BRUCE BAXTER

LOST CARGO

TEMPELJÄGER

Roman

lübbe

Dieser Titel ist auch als E-Book erschienen

MIX
Papier aus verantwor-
tungsvollen Quellen
FSC® C014496

Vollständige Taschenbuchausgabe

Dieses Werk wurde vermittelt durch die
Autoren- und Verlagsagentur Peter Molden, Köln

Copyright © 2020 by Bruce Baxter
Originalausgabe 2020 by Bastei Lübbe AG, Köln
Lektorat: Stefan Bauer
Zeichnungen: Daniel Ernle, dec3 GmbH & Co., Berkheim
Titelillustration: © Arndt Drechsler, Leipzig
Umschlaggestaltung: Massimo Peter-Bille
Satz: hanseatenSatz-bremen, Bremen
Gesetzt aus der Adobe Caslon Pro
Druck und Verarbeitung: GGP Media GmbH, Pößneck
Printed in Germany
ISBN 978-3-404-18082-0

2   4   5   3   1

Sie finden uns im Internet unter
www.luebbe.de
Bitte beachten Sie auch: www.lesejury.de

To Larry »Buster« Crabbe,
who taught me how to hang from cliffs

PROLOG

Amazonien
September 1542

Sie waren aus dem Nebel gekommen.

Krieger, in unüberschaubarer Anzahl.

Der ersten Angriffswelle hatten sie mit ihren Arkebusen noch Einhalt gebieten können. Doch dann war der grausame Feind wie eine Naturgewalt über sie hereingebrochen.

Der Kampf war rasch entschieden gewesen, nicht zuletzt deshalb, weil die Männer erschöpft gewesen waren vom tagelangen Marsch. Die Indios, die die Expedition als Führer und Träger begleiteten, hatten dem Zorn der fremden Krieger nichts entgegenzusetzen gehabt, und auch unter den deutschen Landsknechten und den spanischen Soldaten hatte der Feind furchtbar gewütet. Philipp von Hutten war an vielen Scharmützeln beteiligt gewesen, aber er erinnerte sich an keines, das mit derartiger Härte geführt worden war.

Die Angreifer hatten keine Gnade gekannt.

Wie Geister waren sie aus dem Nichts aufgetaucht und mit Klingen und Speeren über die Expedition hergefallen. Nur noch rund ein Drittel der einhundert Männer, mit denen von Hutten aufgebrochen war, war am Leben. Erst vor wenigen Wochen hatten sie sich vom Hauptkontingent getrennt, um im Auftrag Georg Hohermuths von Speyer, des Statthalters von Venezuela von seiner Majestät des Kaisers Gnaden, nach einer Passage zur Küste zu suchen. Voller Zuversicht waren sie aufgebrochen, doch in der grünen Hölle des erbarmungslosen Urwaldes hatte sich ihre Hoffnung schon bald in schiere Verzweiflung verwandelt …

»Was in aller Welt tust du da?«

Von Hutten sah von dem Papier auf, das er mit einem Stück zugespitzter Holzkohle beschrieb. Beides trug er stets bei sich, und da die Nebelkrieger ihnen bei der Gefangennahme nur die Waffen abgenommen hatten, war es ihm geblieben.

»Ich schreibe, mein guter Moritz«, erklärte er dem Mann, der neben ihm an der feuchten Felswand kauerte und in seinen verdreckten Kleidern, mit dem verfilzten Bart und dem blutigen Verband um den Kopf einen ebenso verwahrlosten Anblick bot wie er selbst.

»Das sehe ich selbst«, erklärte der andere, der sein Freund und Begleiter war, seit sie vor etwas mehr als sieben Jahren mit der Welser Armada in See gestochen waren; ein deutscher Landsmann, der wie er selbst einem verarmten Geschlecht entstammte und in der Neuen Welt sein Glück suchen wollte. Mit bescheidenem Erfolg, wie sich nun zeigte.

»Wofür soll das gut sein?« Der andere schüttelte das verwilderte Haupt. »Keiner von uns wird das überleben, auch du nicht, mein guter Philipp. Von allen Abenteuern, auf die wir uns eingelassen haben, wird dieses das letzte sein, das kann ich spüren.«

Von Hutten nickte. Seit zwei Tagen saßen sie nun in diesem Gefängnis – wenig mehr als eine feuchte Höhle, deren Vorderseite mit einem rostigen Gitter verschlossen war. Ab und zu kamen ihre Häscher, um einige von ihnen mitzunehmen … und nicht eine einzige dieser elenden Seelen war wieder zurückgekehrt. Dafür hallten die unterirdischen Katakomben wider von grauenvollen Schreien und schaurigem Gesang.

»*Ya vienen!*«, rief plötzlich der Mann, der ganz vorn am Gitter kauerte, ein spanischer Soldat, der beim Scharmützel im Wald sein linkes Auge eingebüßt hatte. »*Vienen los fantasmas*«, fügte er hinzu, während er mit seinem verbliebenen Auge panisch nach draußen in das von Fackelschein beleuchtete Halbdunkel starrte.

Los fantasmas.

So hatten die Spanier von Huttens Zug die Krieger aus dem Nebel genannt.

Die Geister …

Gleich mehrere von ihnen tauchten vor dem Gitter auf, und einmal mehr wurde von Hutten klar, wie sehr sie sich von all den anderen Eingeborenen unterschieden, denen er begegnet war. In Körperbau und Hautfarbe ähnelten sie weder den Chibchas noch den Arawak, und auch wenn sie ähnlich grausam und kriegerisch waren wie die gefürchteten Omagua, entbehrten sie doch derer abgeflachten Kopfform. Im Gegenteil haftete diesen geheimnisvollen Kriegern etwas Vertrautes, beinahe Europäisches an. Zwar besaßen die meisten von ihnen dunkle Augen, doch hatte von Hutten auch Krieger mit grünen und blauen Augen entdeckt sowie mit rotem Haar. In ihrer Körpergröße standen sie den Deutschen und den Spaniern in nichts nach, und anders als die meisten Eingeborenen, denen die Konquistadoren auf ihren Erkundungen begegnet waren, gingen sie auch nicht nackt oder nur mit Lendenschurzen bekleidet, sondern trugen lange Tuniken und lederne Panzer und waren mit Helmen aus Metall und messerscharfen Klingen bewehrt. Über vergleichbare Waffen verfügten nur die Inkas, doch ihr Reich war dem Untergang geweiht, und ihr Einfluss reichte nicht bis in die tiefen Wälder.

Wieder kannten die Geisterkrieger keine Gnade. Einige von ihnen öffneten das Gitter und traten mit vorgehaltenen Speeren ein. Der Erste, den sie ergriffen, war der einäugige Spanier, der in entsetzliches Geschrei verfiel. Dann fiel ihr Blick auf die Deutschen, und noch ehe von Hutten etwas sagen oder auch nur ein Gebet zum Schöpfer schicken konnte, wurden sein Begleiter und er bereits in die Höhe gerissen und nach draußen geschleppt.

»Nicht unseren Hauptmann!«, rief jemand hinter ihnen, doch weder waren die Geisterkrieger der deutschen Sprache mächtig noch scherten sie sich darum. Gleichmütig führten sie die drei Gefangenen hinaus und schlossen das Gitter wieder hinter sich. Von Hutten und sein getreuer Moritz wechselten einen flüchtigen Blick. Ihnen beiden war klar, dass sie nicht zurückkehren würden.

Die Krieger nahmen sie in ihre Mitte und führten sie durch ein Labyrinth aus unterirdischen Höhlen und Stollen, deren Wände mit fremdartig wirkenden Symbolen bemalt waren. Keines dieser Muster hatte von Hutten je bei anderen Stämmen gesehen, nicht eines davon ergab Sinn für ihn.

Die Menschen, denen sie unterwegs begegneten, Alte, Frauen und Kinder, waren wie die Krieger in Tuniken gekleidet und trugen oftmals Umhänge, um sich vor der feuchten Kühle der Höhlen zu schützen. Ein beständiges Rauschen war zu hören, das überall zu sein schien. Von Hutten wusste, dass es von einem Wasserfall stammte.

Ihre Bewacher führten sie in einen Raum, dessen niedrige Felsendecke mit verschlungenen Zeichen versehen war und der die Vorkammer zu einer weitaus größeren Höhle zu sein schien. Genau sehen konnte man es nicht, da zahllose Menschen die Sicht versperrten. Heiseres Geschrei und flackernder Feuerschein drangen aus dem Durchgang, und der beißende Geruch von Schwefel stieg ihnen in die Nase.

»Allmächtiger, was für ein Ort ist dies?«, flüsterte Moritz und blickte sich ängstlich um. Auch von Hutten konnte fühlen, wie sich alles in ihm verkrampfte. Die Angst vor dem Unbekannten ergriff von ihm Besitz, die Furcht vor dem, was sie dort in jener Halle erwarten mochte.

Ein Mann trat ihnen entgegen, der eine bodenlange Tunika und eine Haube aus schimmerndem Metall trug – selbst jetzt noch ertappte sich von Hutten dabei, dass er sich fragte, ob es Gold sein mochte. In seinen Händen hielt der Fremde, der ein Priester oder Medizinmann zu sein schien, ein schlankes tönernes Behältnis, in dem eine stinkende Flüssigkeit schwappte. Zunächst gab er dem Spanier zu trinken. Der Mann würgte und spuckte, schluckte das Zeug jedoch folgsam hinunter. Als Nächster war Moritz an der Reihe.

»Was ist das?«, verlangte er zu wissen. Der Medizinmann gab ihm keine Antwort. Stattdessen nickte er den Wachen zu, die den Deutschen kurzerhand packten und ihm den Trank einflößten.

Als die Reihe an von Hutten war, weigerte er sich.

»Nein«, sagte er und schüttelte kategorisch den Kopf – daraufhin traf ihn ein Stockhieb in die Kniekehlen, sodass er auf beiden Beinen einbrach. Er sackte zu Boden, und noch ehe er sich recht besinnen konnte, schütteten sie ihm das Zeug bereits in den Schlund. Es war zähflüssig und schmeckte bitter und widerlich süß zugleich, vermutlich ein Gift, das sie aus Pflanzen gewonnen hatten. Von Hutten drehte den Kopf und spuckte es wieder aus, doch sie schlugen ihn abermals, und sein Widerstand ließ nach. Als sie ihm die Flüssigkeit diesmal einflößten, hielten sie ihm die Nase zu, und wenn er nicht ersticken wollte, musste er wohl oder übel schlucken.

Wie flüssiges Blei rann das Zeug seine Kehle hinab und gab ihm das Gefühl zu verbrennen. Und schon im nächsten Augenblick stellte sich die Wirkung ein.

Sein Blick verschwamm, die eben noch so niedrige Felsendecke schien plötzlich hoch über ihm zu schweben. Und als die

Wächter ihn ergriffen und wieder auf die Beine stellten, hatte er das Gefühl, ihrer Stärke und Allmacht nichts entgegensetzen zu können. Willenlos ließ er sich von ihnen abführen, dem Spanier und Moritz hinterher, die ebenfalls davongeschleppt wurden, hinein in den Pulk der Menschen und in die Höhle.

Das Erste, was von Hutten spürte, war Hitze. Ein feuriges Brennen, das ihn zu verzehren schien. Die Höhle war von solcher Größe, dass sie weder Wände noch Decke zu besitzen schien, nach allen Seiten gab es nichts zu sehen außer im Feuerschein flackerndes Halbdunkel. Und da war Lärm, ein Schreien und Johlen aus Hunderten von Kehlen. Und über allem lag das mächtige Gebrüll von Feuer.

Wohin wurden sie gebracht?

Was für ein Ort war dies?

Während er hilflos vorwärtstaumelte, blickte von Hutten in schreiende, hassverzerrte Gesichter. Männer, Frauen, Kinder und Alte hatten die Arme erhoben und riefen immerzu etwas, das er zunächst nicht verstand … bis ihm klar wurde, dass es ein Name war, den sie brüllten.

Moloch.

Wieder und wieder riefen sie ihn, und von Hutten hatte das Gefühl, unter ihrem Hass und ihrem Geschrei begraben zu werden – als ihre Reihen plötzlich endeten. Die Wachen stießen die Gefangenen von sich, sodass sie taumelten und fielen. Als von Hutten und seine Gefährten den Blick wieder hoben, sahen sie sich der wildesten, abscheulichsten Kreatur gegenüber, der sie je begegnet waren.

Es war ein wahres Monstrum, ein Mischwesen mit dem Hals eines Mannes und dem Kopf eines Stieres. Der Rest der Albtraumgestalt war nicht zu sehen und steckte im steinernen Boden der Höhle, doch allein das scheußliche Haupt mit den leuchtenden Augen war dazu angetan, ihnen den Verstand zu rauben. An die fünf Manneslängen mochte es hoch sein, mit einem großen Maul und gefährlich schimmernden Hörnern!

Nie zuvor waren die Männer aus Europa einer solchen Kreatur begegnet. Sie hatten Geschichten gehört, Gerüchte von Monstren, die in den Tiefen des Waldes hausten und vor denen die Eingeborenen in Furcht erstarrten. Doch erstmals standen sie selbst einer solchen Kreatur Auge in Auge gegenüber. Der Spanier schrie, als würde er den Verstand verlieren, und auch die beiden Deutschen wurden von Grauen geschüttelt.

»*Moloch! Moloch!*«, brüllte die Menge, was den Koloss nur noch mehr anzustacheln schien. Flammen schlugen plötzlich aus seinen Hörnern, kein sterbliches Feuer, sondern geisterhaft grüne Lohen, zum Entsetzen der Gefangenen.

Ein Mann tauchte auf, der goldene Hörner auf dem Kopf trug und der Diener der Kreatur zu sein schien. Das Volk beruhigte sich daraufhin ein wenig. Der Diener rief einige Worte in einer fremdartigen, bedrohlich klingenden Sprache und nahm dann das Amulett ab, das er um den Hals trug – eine goldene Scheibe mit einem Loch in der Mitte.

Triumphierend hielt er sie hoch und trat damit dem Koloss entgegen, der mit lodernden Blicken jeder seiner Bewegungen folgte. Indem er einen heiseren Gesang anstimmte, verbeugte sich der Diener und legte das Amulett an einen dafür vorgesehenen Platz auf dem Boden – worauf sich das Maul des Stieres öffnete und grelle Flammen herausschlugen. Die Hitze und das Gebrüll des Feuers raubten von Hutten und seinen Gefährten fast die Sinne.

»*Moloch*!«, brüllte die Menge abermals – und im nächsten Moment war es, als würde sich ihre zornige Gottheit ganz den Gefangenen zuwenden.

Der Spanier brüllte wie von Sinnen, als sich der gleißende Blick des Stieres auf ihn richtete. Die Wächter packten ihn und schleppten ihn vor den lodernden Schlund. Der Mann brüllte vor Angst und flehte um Gnade, doch seine Häscher blieben ungerührt. Unbarmherzig stießen sie ihn vorwärts, worauf er dem offenen Schlund entgegentaumelte. Im nächsten Moment schloss sich das Maul des Stieres wieder und verschlang den Elenden, tief hinab in seine feurigen Eingeweide.

Die Menge brüllte vor Begeisterung, und von Hutten begriff: Die Gottheit hatte das Opfer bereitwillig angenommen. Aber noch war ihr Hunger nicht befriedigt …

»Nein!«, rief Moritz, als sie ihn packten.

In einer unwillkürlichen Geste griff von Hutten nach dem Freund und hielt seine Hand, als könnte er ihn so vor Unheil bewahren. Ihre Blicke begegneten sich in wilder Panik ein letztes Mal, dann rissen die Wächter sie auseinander. Der Schlund des Molochs öffnete sich ein weiteres Mal, und von Hutten musste mitansehen, wie sein treuer Gefährte kopfüber in die feurigen Eingeweide der Bestie stürzte. Der Schrei, den der arme Moritz dabei ausstieß, war so grell und entsetzlich, dass er selbst die Rufe der Heiden noch übertönte. Unauslöschlich brannte er sich in von Huttens Bewusstsein ein.

Sein Atem stockte, sein Herzschlag raste, und als der beißende Gestank von verbranntem Fleisch in seine Nase stieg, musste er sich übergeben. Da er zwei Tage lang nichts gegessen hatte, waren bittere Galle und das Gift der Geisterkrieger alles, was sein Magen von sich gab. Und kaum hatte das Serum seinen Körper verlassen, klärte sich auch sein Geist.

Stoßweise atmend und mit noch immer hämmerndem Herzen blickte von Hutten auf – und sah die Dinge nicht länger so, wie das Gift sie ihn hatte sehen lassen, sondern so, wie sie wirklich waren:

Die Höhle war groß, aber keineswegs grenzenlos. Der gehörnte Mann trug in Wahrheit einen mit Hörnern versehenen Helm aus schimmerndem Gold. Und die schreckliche Gottheit, der der Spanier und der getreue Moritz geopfert worden waren, war in Wahrheit nur eine Statue, aus Felsgestein gehauen und mit metallenem Maul und Hörnern, aus denen grüne Flammen loderten … ein Mummenschanz, nicht mehr und nicht weniger.

Die Heiden brüllten erneut den Namen ihrer Gottheit, und obwohl von Hutten ihre Sprache nicht verstand, war ihm klar, dass sie das nächste Opfer verlangten. Das Monstrum mochte nur eingebildet gewesen sein, die Todesgefahr war es nicht.

Von Hutten war klar, dass er nur diese eine Chance hatte. Wenn sie ihn erst vor ihren wütenden Götzen schleppten, würde es zu spät sein!

Aus dem Augenwinkel sah er die Wächter kommen und handelte. Wie von einer Natter gebissen sprang er auf und suchte sein Heil in der Flucht, warf sich in die Reihen der Männer und Frauen, die dem grausamen Spektakel beiwohnten. Zuvor war es ihm nicht aufgefallen, aber ihre Blicke waren seltsam leer und leblos – gut möglich, dass auch sie das Gift genommen hatten, um eins zu werden mit ihrer dunklen Gottheit.

Von Hutten stieß sie zur Seite. Sie leisteten keinen Widerstand, dafür konnte er hinter sich die aufgeregten Schreie der Wachen hören. Sie nahmen die Verfolgung auf, doch die Überraschung hatte von Hutten einen Vorsprung verschafft. Er erreichte den Durchgang zur Vorkammer und stürmte hinaus, den Medizinmann mit dem Giftbecher rannte er kurzerhand über den Haufen. Im nächsten Moment erreichte er die offenen Stollen und lief um sein Leben.

Weder scherte er sich um seine schmerzenden Knochen noch um die Krämpfe in seinen Beinen oder die Übelkeit, die ihn nach wie vor quälte; den rasenden Herzschlag in seiner Brust missachtete er ebenso wie das Rauschen des Blutes in seinem Kopf. Verzweiflung hatte von ihm Besitz ergriffen und trieb ihn an, das Entsetzen über das, was er gesehen hatte, und die Furcht vor einem grausamen Tod.

Er lief, so schnell sein erschöpfter Körper ihn trug, und es gelang ihm, seine Verfolger abzuschütteln. Ihre Schreie und das Geklirr ihrer Rüstungen und Waffen verhallten in den Stollen, doch er gönnte sich keine Rast. Immer weiter rannte er, der Quelle des allgegenwärtigen Rauschens entgegen, das die unterirdischen Katakomben erfüllte – und wurde belohnt. Tageslicht glomm ihm plötzlich vom Ende eines Stollens entgegen, und mit ihm die Hoffnung auf Leben, auf Freiheit. In diesem Moment hörte er wieder die Stimmen der Verfolger!

Von Hutten hastete den Stollen hinab, sein rechtes Bein nachziehend, das er kaum noch beugen konnte – als die Silhouette eines Wächters am Ende des Felsenganges auftauchte. Es war ein wahrer Hüne, mit einem Speer bewaffnet. Der Mann blaffte eine Frage, die von Hutten auf seine Weise beantwortete: In halb geduckter Haltung humpelte er auf den Wächter zu und schrie dabei wie von Sinnen, brüllte seine Furcht, seine Wut und seine Verzweiflung laut hinaus.

Der Krieger war einen Augenblick verunsichert. Als er die Waffe dennoch senkte, war es bereits zu spät. Von Hutten unterlief seinen Angriff, entwand ihm die Waffe und schlug ihn mit dem stumpfen Ende nieder. Benommen sank der Wächter an der Felswand herab, und von Hutten wollte weiter – als etwas durch die Luft flirrte und ihn nur knapp verfehlte.

Er fuhr herum, nur um seine Verfolger zu erblicken, die in den Stollen drängten. Bogenschützen waren unter ihnen, die schon dabei waren, den nächsten Pfeil auf die Sehne zu legen.

Von Hutten schleuderte ihnen den Speer entgegen, dann machte er auf dem Absatz kehrt und verließ den Stollen. Schlagartig wurde das Rauschen lauter, steigerte sich zu einem ungeheuren Tosen. Der Grund war der gewaltige Katarakt, zu dem hin sich die Höhle öffnete: Weiße Wassermassen stürzten vor dem Höhlenausgang in die Tiefe und verbargen so den Zugang, durch den die Gefangenen in die Festung gebracht worden waren.

Von Hutten humpelte, so schnell er konnte. Er erreichte den Höhlenausgang und nahm den schmalen Pfad, der zwischen Felswand und herabstürzendem Wasser hindurchführte. Im nächsten Augenblick stand er, zum ersten Mal nach Tagen, wieder unter freiem Himmel. Wolken schwebten über ihm, unter ihm breitete sich die glitzernd blaue Fläche eines Sees aus.

Er hörte Schreie aus der Höhle dringen und wusste, dass ihn seine Verfolger jeden Augenblick einholen würden – und tat das Einzige, was ihm blieb. In einem letzten verzweifelten Entschluss sprang er vom Felsen ab und setzte kopfüber in die gähnende blaue Tiefe. Die Pfeile, die die Luft um ihn durchbohrten, registrierte er kaum, während er der Oberfläche des Sees entgegenstürzte. Nur einen Lidschlag später tauchte er ein.

Stille Kälte umgab ihn plötzlich. Seine Kleider sogen sich mit Wasser voll, seine Stiefel füllten sich. Und so sank er dem dunklen Grund entgegen.

Und dem Vergessen ...

1

Brasilianisches Grenzland
Herbst 1913

Er hätte nicht sagen können, was ihm mehr zusetzte – die Hitze, die zwischen den gewaltigen Stämmen hing und ihn bei jedem Atemzug niederdrückte, oder die Feuchte, die alles übertraf, was er je zuvor am Leib verspürt hatte. Der Rock und die Hosen aus feinem Manchestercord klebten schweißnass an seinem untersetzten Körper, und der weiche Boden, in dem seine Stiefel bis über die Knöchel versanken, machte das Vorankommen zur Strapaze. Und doch hätte Theodor Goldstein keinen anderen Ort auf der Welt benennen können, an dem er in diesem Augenblick lieber gewesen wäre.

»Sind wir noch auf dem richtigen Weg, Professor?«

Goldstein sah sich zu dem Mann um, der in der Kolonne hinter ihm ging. Wie er selbst steckte auch er in einem Tropenanzug aus ausgebleichtem, von Schweißflecken durchsetztem Cord und trug einen breitrandigen Helm, der helfen sollte, die Fährnisse des Regenwaldes abzuhalten. Das Gesicht darunter hatte ein markantes Kinn, über dem ein dunkler Bartschatten lag. Zu Hause im fernen Berlin hätte Goldstein seinem Assistenten solch eine Nachlässigkeit nie durchgehen lassen – hier im Dschungel galten allerdings andere Regeln.

»Ich denke doch, Gruber«, versicherte er, wobei er mit der

Rechten eine Zeichnung hochhielt. »Die Beschreibung, die Mr. Fawcett uns freundlicherweise gegeben hat, ist in dieser Hinsicht eindeutig: ein halber Tagesmarsch am Fluss entlang und dann in Richtung der Berge.«

»Ein eigenartiger Zeitgenosse, dieser Brite.«

»Finden Sie?« Goldstein schenkte seinem Assistenten einen amüsierten Blick. »Sind wir das nicht alle, die wir danach streben, der Vergangenheit ihre Rätsel zu entreißen?«

»Was glauben Sie, Professor? Ist etwas dran an Fawcetts Theorie?«

»Nun«, räumte Goldstein ein, während er ein riesiges Farnblatt hochbog, um darunter hindurchzuschlüpfen, »da er uns kaum etwas darüber erzählen wollte, kann ich das nicht abschließend beurteilen. Aber immerhin scheint er etwas gefunden zu haben, das er mit uns teilen will, und dafür bin ich ihm dankbar. So wie ich Erland dafür danke, dass er uns diese Exkursion gestattet hat.«

»In der Tat, Professor«, stimmte Gruber zu.

Sie waren beide nur Gäste, Teilnehmer der großen Expedition, die der schwedische Forscher Erland von Nordenskiöld veranstaltete. Sein eigentliches Fachgebiet war die Völkerkunde, doch sein wacher Geist war auch anderen Disziplinen gegenüber aufgeschlossen, wie etwa der Geologie, der Biologie oder der Archäologie. Und an dieser Stelle waren Goldstein und sein Assistent ins Spiel gekommen.

Sein ganzes Leben lang war Theodor Goldstein von den frühen Kulturen Süd- und Mittelamerikas fasziniert gewesen. Schon als Heranwachsender hatte er am liebsten Abenteuerromane gelesen und sich zusammen mit einem gewissen Dr. Sternau auf die Suche nach dem Schatz der Miztecas begeben. Der Schreiber dieser Geschichten war ein gewisser Capitain Ramon Diaz de la Escosura gewesen – erst Jahre später hatte Goldstein erfahren, dass sich hinter diesem illustren Namen derselbe Autor verbarg, der auch Winnetou und Old Shatterhand erfunden hatte.

Als junger Mann hatte Goldstein die Romane dann gegen Geschichtsbücher getauscht, von seiner Faszination für diesen Erdteil und seine uralte Kultur jedoch nichts eingebüßt. Anders als die meisten Kommilitonen, die sich hauptsächlich mit der Archäologie der Antike und des alten Ägyptens befassten, hatte er sich den präkolumbianischen Kulturen zugewandt und am Ende gar einen Lehrstuhl dafür bekleidet. Und nun wandelte er selbst auf fremden Pfaden, auf den Spuren von Dr. Sternau und all den anderen Helden seiner Kindheit und Jugend …

Aufgeregtes Geschrei drang plötzlich von vorn und riss Goldstein aus seinen Gedanken.

»Was gibt es?«, erkundigte er sich bei ihrem Führer, der unmittelbar vor ihm ging.

Der Mann, ein Mulatte namens Cicerón, der Spanisch und leidlich Englisch sprach und dazu noch eine Handvoll Tupi-Dialekte, drehte sich zu ihm um. »Späher etwas gefunden.«

»Was ist es?«, wollte Gruber von hinten wissen.

»Das finden wir rasch heraus«, gab Goldstein zur Antwort, noch ehe ihr Führer etwas erwidern konnte, und schritt auf seinen kurzen Beinen so kräftig aus, dass sein Assistent Mühe hatte, ihm zu folgen.

Cicerón trieb die Eingeborenen, die den Proviant und die Ausrüstung trugen, mit harschen Worten zur Eile an, dann setzte er sich selbst wieder an die Spitze des kleinen Zuges. Mit der Machete verbreiterte er die Schneise, die die Späher bereits geschlagen hatten, und bahnte sich so einen Weg durch das Gewirr der Farnblätter und Würgefeigen, dem Geschrei entgegen, das noch immer zu hören war. Goldstein merkte, wie ihm das Herz bis zum Hals schlug, und das nicht nur der Hitze und der Strapaze wegen. Entdeckerdrang hatte von ihm Besitz ergriffen.

Unvermittelt gelangten sie auf eine Lichtung.

Das Erste, was Goldstein sah, war das Entsetzen in den runden, von blauschwarzem Haar gekrönten Gesichtern der drei Indios, die sie als Späher vorausgeschickt hatten. Lauthals schrien sie ihre Furcht hinaus, wobei sie ein Wort immer wieder zu wiederholen schienen.

»Was sagen sie?«, wollte Gruber von Cicerón wissen.

»Aberglaube«, wehrte der Mulatte mit einer wegwerfenden Handbewegung ab. »Reden wirres Zeug.«

»Was sagen sie?«, verlangte nun auch Goldstein zu erfahren. Dass die Furcht der Männer echt war, war deutlich zu spüren.

»Nur Geschwätz. Reden immerzu von Fluch. Sagen, dass Ort verwünscht.«

»Welcher Ort?«, fragte Goldstein stirnrunzelnd – als Gruber ihn an der Schulter berührte.

»Professor«, sagte er leise. »Ich denke, Sie sollten sich das ansehen.«

Goldstein wandte sich um. Zuerst verstand er nicht, was sein Assistent ihm zeigen wollte – auf den ersten Blick unterschied sich der Wald, der die Lichtung umgab, in nichts vom grünen Rest des Dschungels. Doch dann wurde es ihm klar: Das große Objekt, das auf der anderen Seite der Lichtung stand und von Schlinggewächsen, Wurzeln und Moos geradezu überwuchert war, war zu regelmäßig, als dass es sich nur um einen weiteren abgestorbenen Baum handeln konnte.

»Das muss er sein«, flüsterte Gruber voller Ehrfurcht. »Genau wie Fawcett ihn beschrieben hat.«

Goldstein nickte und trat näher an das Objekt heran, den warnenden Rufen zum Trotz, denen sich nun auch die Träger anschlossen. Etwas an diesem Ort schien den Eingeborenen höllische Angst zu bereiten.

Vorsichtig streckte der Professor die Hand aus und schob Wurzelstränge und Blätter beiseite. Nicht faulige Borke, sondern narbiges Gestein kam darunter zum Vorschein, was seinen Verdacht bestätigte. Dies war der Monolith, auf den Fawcett und seine Expedition durch puren Zufall gestoßen waren.

»Woher stammt dieses Gestein?«, fragte Gruber, der ebenfalls näher herangetreten war. »Hier gibt es weit und breit keine Felsen, woher also ist es gekommen?«

»Aus den Bergen herab, vermutlich über einen der Flüsse«, mutmaßte Goldstein.

»Aber warum hat man diesen Monolithen errichtet? Und weshalb ausgerechnet hier?«

»Ich weiß es nicht«, gab Goldstein offen zu und lächelte dabei, glückselig wie ein Kind am Weihnachtsabend. »Ist das nicht wunderbar, Gruber? Es gibt hier ein Geheimnis zu ergründen. Ein echtes Geheimnis!«

Er trat einige Schritte zurück, um einen Eindruck von den tatsächlichen Abmessungen des Monolithen zu bekommen. Nach grober Schätzung musste er an die vier Meter hoch sein, wobei die Grundfläche rund einen Meter im Quadrat betragen mochte.

»Wir müssen ihn freilegen«, wandte er sich dann an die Indios. »Die Wurzeln, das Gestrüpp – das alles muss weg«, forderte er sie auf. Cicerón übersetzte, zur Bestürzung der Indios, die in nur noch lauteres Jammern verfielen. Mit heiserem Gebrüll und wüsten Flüchen machte der Mulatte ihnen klar, was er von ihrem Aberglauben hielt, und brachte es tatsächlich fertig, sie zur Arbeit zu bewegen.

Während die Eingeborenen darangingen, das steinerne Monument von Pflanzen zu befreien, machte sich Professor Goldstein bereits daran, das Dreibein für die Kamera aufzustellen, die sie in einem Behälter aus gewachstem Canvas mitführten. Es war ein spezielles Modell, vom Berliner Hersteller Pogade eigens für Expeditionen angefertigt; ein ausziehbarer Balgen verband das robuste hölzerne Gehäuse mit einem Messingobjektiv des Typs Universal-Aplanat Extra Rapid, das auch unter diesen erschwerten Bedingungen zuverlässige Dienste leisten sollte. Trotz des anstrengenden Marsches, der hinter ihnen lag, verspürte Goldstein dabei eine jugendliche Frische. Die Aussicht darauf, der Geschichte womöglich eines ihrer Geheimnisse zu entlocken, beflügelte ihn und ließ ihn eine Art Glück verspüren, wie er es lange nicht mehr empfunden hatte, zuletzt wohl nur bei Cassiopeias Geburt.

Der Gedanke an Frau und Tochter, die er im kalten Deutschland zurückgelassen hatte, um an dieser Expedition teilzunehmen, überkam ihn für einen Moment, doch schon im nächsten Moment kehrte die Euphorie zu ihm zurück.

»Legt alles frei«, verlangte er abermals, während er mit Grubers Hilfe das Kameragehäuse auf das Dreibein montierte. Tatsächlich schälten sich mit jeder Liane, die die Eingeborenen entfernten, und mit jedem Wurzelstrang, den sie durchtrennten, die Formen des Monolithen deutlicher heraus.

»Er ist völlig glatt«, stellte Gruber fest. »Keine Symbole oder figürlichen Darstellungen. Anders als bei allen anderen Figuren oder Stelen, die man von den Inkas gefunden hat.«

»Das hier stammt nicht von den Inkas«, meinte Goldstein überzeugt und tauchte unter den schwarzen Stoff des Einstelltuchs, der Feuchte und drückenden Hitze zum Trotz.

»Dann denken Sie, dass Fawcett richtig vermutet hat? Dass es sich um die Hinterlassenschaft einer bislang noch unentdeckten präkolumbianischen Kultur handeln könnte?« Nun war auch Grubers Stimme die Aufregung anzumerken. Er nahm seinen Tropenhelm ab und wischte sich den Schweiß von der Stirn, während er das nun teilweise freigelegte Monument aus dunklem Gestein betrachtete. »Andererseits«, meinte er gedankenverloren, »wären wir hier nicht in Amazonien, könnte das gute Stück ebenso gut auch in Ägypten oder Phönizien stehen.«

»Was sagen Sie da?« Goldstein kam unter dem Tuch hervor, einen befremdeten Ausdruck in seinem von der Hitze geröteten Gesicht.

»Verzeihen Sie, Professor, ich wollte nicht respektlos erscheinen. Ich meinte nur, dass die Form und die Art, wie der Stein behauen wurde …«

Ohne ein weiteres Wort zu verlieren, ließ Goldstein die Kamera stehen, trat auf den Monolithen zu und umrundete ihn. »Die Rückseite«, forderte er dann die Indios auf, und Cicerón übersetzte wiederum. »Ihr müsst zuerst die Rückseite freilegen! Möglicherweise findet sich dort …« Er stutzte, als er tatsächlich etwas erblickte, das sein Interesse weckte.

»Was ist, Professor?« Gruber kam zu ihm. »Haben Sie etwas gefunden?«

»Eine Inschrift«, bestätigte Goldstein, während er mit vor Aufregung bebender Hand das uralte Gestein befühlte. »Und sie sieht nicht aus wie eine präkolumbianische Schrift, obschon sie mir entfernt bekannt vorkommt.«

»Zumal die Inkas keine Schrift im herkömmlichen Sinn kannten«, fügte Gruber hinzu.

»Richtig.« Goldstein nickte. »Das könnte ein weiterer Hinweis darauf sein, dass …«

Weiter kam er nicht.

Von einem Augenblick zum anderen gab der Boden unter seinen Füßen nach. Der Professor wusste nicht, wie ihm geschah, als er plötzlich in die Tiefe sackte. Ein erstickter Laut war alles, was er noch zustande brachte, dann verschlang ihn Dunkelheit. Ein Ziehen im Magen, ein Luftzug, der nach Fäulnis und Moder roch, dann schlug er auch schon auf – und konnte von Glück sagen, dass der Grund der Grube von Schlamm bedeckt war, der ihn davor bewahrte, sich beim Aufprall sämtliche Knochen zu brechen.

Schmerzhaft war die Begegnung mit dem Boden trotzdem. Goldsteins Bewusstsein flackerte, er brauchte einen Moment, um sich wiederzufinden und zu begreifen, dass er wohlauf und am Leben war. Wenn auch von Kopf bis Fuß verdreckt und in einer misslichen Lage …

»Professor, um Himmels willen!«, hörte er Gruber von irgendwo über sich rufen. Seine Stimme klang hohl und hallend.

Goldstein schaute nach oben.

Das behelmte Haupt seines Assistenten zeichnete sich vier oder fünf Meter über ihm in einer rechteckigen Öffnung als Silhouette ab. Darüber war das Grün der Bäume zu erkennen.

»Es geht mir gut«, versicherte Goldstein seinen schmerzenden Knochen zum Trotz. »Alles ist noch dort, wo es hingehört.«

»Es freut mich, das zu hören. Benötigen Sie Hilfe?«

Im Licht, das von oben einfiel, betrachtete Goldstein die Schachtwände. Nicht nur, dass sie glatt behauen waren, sie waren aus Steinen gefügt. Das Legemuster folgte allerdings keinem der in der Region gebräuchlichen. Weiße Wurzeln wucherten zwischen den Fugen hervor und hingen bis zum Boden herab – der Schacht musste vor sehr langer Zeit angelegt worden sein.

»Licht, Gruber«, rief Goldstein zu seinem Assistenten hinauf. »Ich brauche Licht hier unten!«

»Verstanden, Professor.«

Keine Minute verging, da wurde an einem Seil eine brennende Karbidlampe herabgelassen. Ihr Lichtschein irrlichterte über die von Schimmel geschwärzten Schachtwände und erreichte endlich den Grund. Jetzt erst erkannte Goldstein, dass er sich in einer unterirdischen Höhle befand. Der Durchmesser betrug rund drei Meter. Die Wände waren ebenfalls gemauert, mit einer Menge Nischen, in denen kleine Krüge aus Ton standen, die meisten davon zerbrochen. Und an der Stirnseite der Kammer, auf einer steinernen Grablege, lag das Skelett eines Menschen.

Goldstein fuhr zurück.

Nicht, dass der Anblick menschlicher Überreste ihn erschreckt hätte, als Archäologe hatte man nur allzu häufig damit zu tun. Jedoch war der Schädel des Toten in einem steilen, unnatürlichen Winkel aufgerichtet. Als das Licht der Grubenlampe auf ihn fiel, wirkte es, als würde er den Besucher aus seinen leeren Augenhöhlen anstarren.

Es war ein Grab – ein Schachtgrab inmitten des Regenwaldes. Die steinerne Platte, die den Eingang verschlossen hatte, war unter Erde und fauligem Laub verborgen und aufgrund der Feuchte wohl von Sprüngen durchsetzt gewesen. Als Goldstein darauf getreten war, hatte sie nachgegeben.

Staunend sah sich der Professor um. Dass die Wände des Schachts intakt geblieben waren, grenzte an ein Wunder und ließ auf die Meisterschaft seiner Erbauer schließen. Lediglich der Boden hatte sich aufgelöst und in einen knietiefen Schlammpfuhl verwandelt. Wie viele Jahrzehnte mochten vergangen sein, seit diese Stätte angelegt worden war? Oder waren es gar Jahrhunderte?

»Wer bist du?«, fragte Goldstein den Toten leise und ohne eine Antwort zu erwarten. »Oder vielmehr: Wer bist du einmal gewesen?«

Er trat näher an den Leichnam heran. Einer der Arme war abgefallen, die Lage des anderen ließ noch darauf schließen, dass sie einst über der Brust gekreuzt gewesen waren. Eine solche Position war häufig bei Bestattungsriten des Nahen Ostens anzutreffen, wie Goldstein wusste – doch hier in Amazonien?

Die Kleider des Toten waren sämtlich zerfallen, Schnallen und Beschläge, die aus Eisen gefertigt gewesen waren, zur Unkenntlichkeit korrodiert. Plötzlich jedoch blitzte etwas im Halbdunkel auf. Der Professor führte die Lampe näher heran und entdeckte ein etwa handtellergroßes Stück aus gelblich schimmerndem Metall, das im Brustkorb des Toten lag. Zu Lebzeiten hatte er es wohl um den Hals getragen, womöglich als Zeichen seines Standes, und um sicherzustellen, dass ihm im Jenseits dieselbe Wertschätzung widerfuhr wie im Diesseits, hatte man es mit ihm begraben. Vermutlich, so nahm Goldstein an, hatte es sich bei dem Toten um eine höhergestellte Persönlichkeit gehandelt, einen Anführer womöglich, einen Fürsten oder Priester.

Er stellte die Lampe ab. Aus der Innentasche seiner verdreckten Cordjacke zog er ein Taschentuch hervor und entfaltete es. Dann griff er nach der Scheibe und befreite sie sorgfältig von Schmutz. Zu seiner Verblüffung war sie völlig makellos, ohne auch nur den geringsten Anflug von Patina oder Rost, was in seinen Augen nur bedeuten konnte, dass sie aus reinem Gold bestand. In der Mitte wies die Scheibe ein etwa drei Zentimeter großes Loch auf, dessen Rand unregelmäßig gezackt war. Und als der Professor die Scheibe im Licht drehte, erkannte er, dass auf beiden Seiten Zeichen eingraviert waren. Sie ähnelten denen, die er oben an dem Monolithen entdeckt hatte, und erneut kamen sie ihm seltsam vertraut vor.

»Was ist dein Geheimnis?«, flüsterte Goldstein und drehte die Scheibe, sodass sie das Licht der Karbidlampe reflektierte und ein gelber Schimmer über die Wände der Gruft huschte. Und plötzlich traf ihn die Erkenntnis mit der Wucht eines Hammerschlags.

»Nein«, hauchte er, während er gleichzeitig merkte, wie ihm

das Blut in die Beine sackte und ihm die Knie weich wurden, »das ist nicht möglich! Das kann nicht sein ...«

»Ist alles in Ordnung, Professor?«

Grubers Stimme kam von unmittelbar hinter ihm. Offenbar hatte sich sein besorgter Assistent in den Schacht abseilen lassen, um nach ihm zu sehen.

Goldstein blieb keine Zeit zu überlegen.

Einem Impuls gehorchend, wickelte er die goldene Scheibe in das Taschentuch und ließ beides in der Innentasche seiner Jacke verschwinden. Dann erst wandte er sich um.

»Natürlich, Gruber«, versicherte er dabei und versuchte ein argloses Lächeln. »Ich habe Ihnen doch gesagt, dass alles in Ordnung ist ...«

2

Der Name der Bar war *Chez Ali Baba*. Doch an die Erzählungen aus Tausendundeiner Nacht gemahnte allenfalls die Öllampe aus poliertem Messing, die über der orientalisch geschwungenen Eingangstür hing.

Der strenge Geruch von Alkohol, der aus der Spelunke auf die Straße drang, war weit weniger märchenhaft, genau wie die Klänge, die ein dunkelhäutiger Pianist einem uralten Klavier zu entlocken versuchte. Rauchschwaden ballten sich unter der gewölbten, rußgeschwärzten Decke, so dicht und klebrig, dass die Ventilatoren kaum etwas dagegen ausrichten konnten.

Die Beleuchtung war nur spärlich. Die Wandnischen mit den kleinen Tischen, an denen sich zwielichtige Gestalten duckten, lagen in dunklen Schatten. Nur hier und dort riss schmutzig gelbes Licht Gesichter aus der Dunkelheit – einige davon afrikanisch, einige asiatisch, die meisten jedoch europäisch. Sie gehörten Glücksrittern aller Art, windigen Spielern, entlassenen Söldnern und abgemusterten Seefahrern auf der Suche nach neuer Heuer. Mitunter kamen auch Flieger in die Bar, die nach Arbeit suchten und bezüglich der Natur ihrer Fracht nicht allzu viele Fragen stellten. Und Kunden, die diese ohnehin nicht beantwortet hätten …

»Kelley.«

Jack betrachtete die Gestalt, die ihm an dem kleinen Tisch gegenübersaß, durch die bernsteinfarbene Flüssigkeit, die in seinem Glas schwappte. Bushmills Single Malt, zehn Jahre alt und in Bourbonfässern gereift. Eigentlich zu schade, um ihn an einem Ort wie diesem zu trinken. Doch nach allem, was geschehen war, hatte Jack das Gefühl gehabt, sich eine kleine Belohnung verdient zu haben.

Jedenfalls bis vor wenigen Augenblicken …

Der Blick durch das Glas sorgte dafür, dass die Gestalt des anderen unnatürlich verzerrt aussah, mehr breit als hoch, mit einem ungeheuren Leib, über dem sich ein schwarzer Nadelstreifenanzug mit Spitzfasson spannte; dazu ein spärlich behaarter Schädel, der direkt auf den Schultern zu sitzen schien und auf dem ein geradezu lächerlich kleiner Fes ruhte. Die kleinen Augen, die darunter funkelten, hatten jedoch überhaupt nichts Lächerliches an sich; sie waren so schwarz und kalt wie die eines Hais. Und auch das Lächeln hatte etwas von einem Raubtier.

»Gibt es etwas zu feiern?«, fragte er lauernd.

»Unsere glückliche Rückkehr«, erwiderte Jack. »Nicht selbstverständlich in diesen Tagen.«

»Nein, wohl nicht«, gab der andere zu, während er über seinen ausladenden Schnauzbart strich. »Wie lange kennen wir uns nun schon, Jack?«

»Zu lange vermutlich«, knurrte Jack. Der Whiskey benebelte seine Sinne, er war nicht darauf gefasst gewesen, diese Unterhaltung zu führen. Nach der ganzen Aufregung hatte es ein entspannter Abend werden sollen, mit Whiskey und allem, was sonst noch dazugehörte. Und eigentlich hatte es ganz gut ausgesehen – bis Rochas und seine Gorillas aufgetaucht waren.

An seinem Whiskeyglas vorbei schielte Jack zu den beiden Kerlen, die im Hintergrund standen, die Visagen aus Stahl und die

Schultern so breit wie ein Mark IV. Ehemalige Fremdenlegionäre, die weder Nachsicht noch Skrupel kannten.

»Ich habe ein Telegramm aus Gibraltar erhalten«, sagte Rochas mit dem französischen Akzent, den er ebenso peinlich pflegte wie seinen Bart. »Wann hattest du vor, mir zu sagen, dass die Ladung verloren ist, Jack?«

Jack senkte das Glas, durch das er geblickt hatte. Ein wenig befremdet nahm er zur Kenntnis, dass Rochas immer noch genauso fett und hässlich aussah wie zuvor. Es hatte wohl doch nicht am Glas gelegen. Und selbst der Scotch, den Jack getrunken hatte, half nicht, sein Gegenüber auch nur einen Deut ansehnlicher zu machen.

»Gleich nachdem Sie mir gesagt hätten, dass das Zeug, das wir an Bord hatten, von den Briten gestohlen war.«

Rochas machte ein Gesicht, als leide er unter Verstopfung. »Stehlen ist ein hässliches Wort, Jack. Auf den Ausgrabungsstätten von Luxor liegt so viel von dem alten Kram herum, dass man fast darüberfällt. Es wäre eine Schande, nicht das eine oder andere davon mitzunehmen.«

»Leider sieht das Britische Museum das anders«, konterte Jack. »Als wir in Gibraltar landen wollten, warteten die britischen Beamten bereits auf uns.«

Der Blick von Rochas' kleinen Augen wurde starr und prüfend. »Warum sitzt ihr zwei Clowns dann hier und nicht in einem britischen Gefängnis?«

Jack streifte den hageren, kahlköpfigen Mann, der neben ihm saß und bislang weder gesprochen noch sich bewegt hatte, mit einem flüchtigen Blick. »Schätze, wir hatten einfach Glück«, sagte er dann.

»Glück.« Rochas lachte leise, aber es war kein verzeihendes Lachen. Schon eher eins, das Übles erahnen ließ. »So nennt man das also, wenn Schmuggler ihre Fracht kurz vor der Landung über Bord werfen und im Meer versenken.«

»Das Zeug war sowieso verloren. Die Briten hätten unsere Maschine auseinandergenommen bis auf den letzten Bolzen. Und der gute Otto und ich wären in den Knast gewandert.«

»Das wisst ihr nicht. Doch statt es darauf ankommen zu lassen und auf meine Verbindungen zu vertrauen, habt ihr den Schwanz eingezogen.« Rochas beugte sich vor, was ihn noch gewaltiger wirken ließ. Der aus Zuckerrohr geflochtene Stuhl knirschte unter seinem Gewicht. »Jack«, fragte er gönnerhaft, »solltet ihr beide etwa vergessen haben, mit wem ihr es zu tun habt?«

Jack schüttelte den Kopf.

Ganz sicher nicht.

Zwar mochte Emile Rochas sich selbst als Geschäftsmann bezeichnen, aber das änderte nichts daran, dass er ein Ganove ersten Ranges war. Während des Großen Krieges war er in die Kolonien gekommen und hatte das allgemeine Durcheinander genutzt, um mit allen möglichen Dingen zu handeln: Informationen, Alkohol, Diamanten und Menschen, von allem war etwas dabei gewesen, und er war auf diese Weise zu einem hübschen Vermögen gelangt. Das Netz seiner Niederlassungen reichte heute von Marrakesch bis Kairo, und es war kein Zufall, dass man ihm hier im französischen Nordwestafrika den Spitznamen *l'araignée* verpasst hatte – die Spinne. Denn genau wie eine solche saß Rochas in seinem Netz und wagte sich nur dann hervor, wenn es etwas zu holen gab.

Oder jemanden zu bestrafen galt …

»Dann bin ich ja beruhigt«, versicherte Rochas, obwohl er wenig erleichtert klang. »Aber dann wisst ihr auch, dass ich nicht zu der Sorte Geschäftsleute gehöre, die sich von ein paar hergelaufenen Vagabunden in einem fliegenden Schrotthaufen übers Ohr hauen lässt.«

»*Einen Moment.*« Der Mann neben Jack, der bislang wie tot auf seinem Stuhl gehangen hatte, erwachte plötzlich zum Leben. Und dass er nicht Englisch sprach, sondern sich seiner deutschen Muttersprache bediente, verhieß nichts Gutes. »Wie haben Sie unser Flugzeug gerade genannt?«

»Ist okay, Oz«, versuchte Jack den Mann zu beschwichtigen, der größer war als er, dabei aber so dürr, dass sein Hemd an ihm schlotterte wie eine Fahne am Mast und er seine aus sandfarbenem Drillich gefertigten Hosen wohl verloren hätte, hätten nicht breite Träger sie gehalten. Sein Kopf war so kahl und glänzend wie die Messinglampe über dem Eingang, dafür prangte in seinem Gesicht ein breiter Schnurrbart, dessen Enden kunstvoll gezwirbelt waren. Darüber befand sich eine gewaltige Nase, die an den Schnabel eines Raubvogels erinnerte, sowie ein Paar eng stehender blaugrauer Augen. Obwohl sie etwas Kindlich-Sanftmütiges hatten, schlug in diesem Moment blanker Zorn aus ihnen.

»Nein, ist es nicht«, widersprach ihr Besitzer, nun auf Englisch, das er fließend beherrschte, wenn auch mit deutlichem Akzent. »Niemand nennt unsere Miss Liberty einen Schrotthaufen! Dafür habe ich entschieden zu lang an ihr herumgeschraubt!«

»Schon gut, Otto«, meinte Jack. »Ich bin sicher, das alles ist nur ein Missverständnis …«

»Sicher nicht«, widersprach Rochas, wobei seine Äuglein angriffslustig zu leuchten begannen. »Euretwegen habe ich eine ganze Ladung verloren. Habt ihr eine Ahnung, was dieses Zeug wert gewesen ist?«

»Null.« Jack zuckte mit den Schultern. »Wie viel bekommt man die Tage für afrikanischen Kaffee? Das stand nämlich auf den Kisten.«

Otto blies spöttisch durch die Nase.

»Für wen haltet ihr beide euch? Für Laurel und Hardy? Seit

33

der verdammte Howard Carter dieses Grab entdeckt hat, gibt es in Londoner Kreisen Sammler, die ein Vermögen für altägyptischen Trödel bezahlen. Zweitausend Pfund Sterling hätte das Zeug in den Kisten mir eingetragen – das ihr über Bord geworfen habt!«

Jack fühlte Schweiß auf seine Stirn treten. Zweitausend Pfund Sterling – das waren rund zehntausend Dollar und damit sehr viel mehr Geld, als er jemals in seinem Leben besessen oder auch nur gesehen hatte. Er hatte mit fünfhundert Pfund gerechnet, vielleicht noch mit tausend.

Aber das sprengte jeden Rahmen.

Es war unerträglich heiß geworden in dem Lokal, und das nicht nur wegen der schwülen Hitze. Jack presste das Whiskeyglas an seine Schläfe, aber das Eis darin war längst geschmolzen. »Wir hatten keine Ahnung, Rochas«, beteuerte er. »Die *Lost Cargo Company* fragt nicht nach der Natur der Ware. Ist eine Frage des Berufsethos.«

»So? War es auch Berufsethos, das euch dazu geraten hat, die Kisten über Bord zu werfen?«

»Pshaw!«, machte Otto.

»Ihr beide werdet mir den Schaden ersetzen«, gab Rochas prompt mit einer Stimme bekannt, die keinen Widerspruch duldete. »Ihr werdet mir das Geld beschaffen, und zwar jeden einzelnen Penny – oder meine beiden Jungs hier werden euch in die Mangel nehmen und euch einen Knochen nach dem anderen brechen.«

»Da können sie so viel brechen, wie sie wollen«, knurrte Jack. »Wir haben keine zweitausend Pfund.«

»Ich habe mir gedacht, dass ihr das sagen würdet«, versicherte der Ganove gelassen. »Deshalb gebe ich euch dreißig Tage Zeit, um die Summe zu beschaffen. Und lasst es euch ja nicht einfallen, das Weite zu suchen. Ich habe Spitzel in jeder verdammten Stadt, und wenn ihr den Versuch unternehmt, euch abzusetzen, werde ich dafür sorgen, dass es auf dieser Welt keinen Flugplatz und keinen Hafen mehr gibt, wo ihr euch sicher fühlen könnt. Niemand entgeht dem Netz der Spinne, das solltet ihr bereits wissen. Aber damit ihr es nicht vergesst, werden meine beiden Jungs euch ein kleines Andenken verpassen.«

Rochas hob die goldberingte Rechte. Und als wäre dies das Zeichen, auf das seine Schläger nur gewartet hatten, traten die beiden vor, nun mit rostigen Eisenstangen in den Händen.

»Scheiße«, knurrte Jack.

Dann ging alles blitzschnell.

Noch ehe sein Partner oder er reagieren konnte, gingen die Eisenrohre bereits nieder. Jack riss schützend die Arme über den Kopf, was zwar das Ärgste verhinderte, aber nur kurz. Der Hüne packte ihn und riss ihn zu sich hoch, und der nächste Hieb saß formvollendet. Die Luft wich pfeifend aus Jacks Lungen, als das Ende des Rohrs in seine Magengrube fuhr. Schlagartig wurde ihm speiübel, und er klappte nach vorn, wo ihn die Faust seines Gegners bereits erwartete. Jack hörte seinen Unterkiefer knacken und spürte stechenden Schmerz.

Für einen Moment flackerte sein Bewusstsein wie eine Kerze im Wind. Als er wieder klar denken konnte, fand er sich auf den schmutzigen Dielen wieder, auf allen vieren und mit einer Lache von Blut und erbrochenem Whiskey unter sich.

»Schade drum«, stöhnte er.

Otto lag neben ihm, und es ging ihm kaum besser. Sein linkes Auge war blutig und beinahe zugeschwollen infolge der Prügel, die er bezogen hatte. Mit vor Schmerz verzerrtem Gesicht hielt er sich die Rippen, die ebenfalls Bekanntschaft mit einem Eisenrohr geschlossen hatten. Für einen Moment fühlte sich Jack wieder in seine Kindheit zurückversetzt. Er hatte auf den Hinterhöfen von Brooklyn nicht nur deshalb überlebt, weil er sich nichts hatte gefallen lassen und immer wieder aufgestanden war. Sondern auch, weil er beizeiten gelernt hatte, wann man unten bleiben musste.

»Hört mir gut zu«, predigte Rochas von irgendwo über ihnen. Jacks Blick war verschwommen, er konnte kaum etwas erkennen. »In dreißig Tagen bringt ihr mir entweder mein Geld, oder ich werde einen Steckbrief mit euren hässlichen Visagen darauf in Umlauf geben. Und glaubt mir, Freunde – spätestens dann wird euer Leben keinen Pfifferling mehr wert sein.«

Damit erhob er sich aus seinem Sitzmöbel, wobei ihm seine Schläger helfen mussten, und entfernte sich über die knarrenden Dielen.

Jack stieß eine Verwünschung aus und schaffte es irgendwie, sich auf die Beine zu raffen. Sein Partner hatte damit mehr Probleme. Schwerfällig kroch er zur Wand und wuchs wie eine dürre, kahlköpfige Schlingpflanze daran empor. Die anderen Gäste schauten demonstrativ weg. Meinungsverschiedenheiten waren in Bars wie dieser an der Tagesordnung, niemand nahm davon Notiz. Die Leute, die in den Nischen an ihren Tischen saßen, hatten ihre eigenen Probleme.

Mit einer Ausnahme …

»Verzeihung, Gentlemen«, sagte eine dünne Stimme hinter ihnen und räusperte sich. »Gehe ich recht in der Annahme, die Inhaber der *Lost Cargo Company* vor mir zu haben?«

Schwerfällig und benommen und sich dabei gegenseitig stützend, wandten Jack und Otto sich um. Beide waren zugerichtet wie zwei Boxer nach dem Titelfight im Schwergewicht.

»Wer will das wissen?«, fragte Jack. Er war vorsichtig geworden, doch von dem Mann, der vor ihnen stand, schien keine Gefahr auszugehen. Er war nicht sehr groß, vielleicht fünf Fuß, und steckte in einem khakifarbenen Tropenanzug, der drollig an ihm wirkte. Nicht nur, weil die Jacke zu groß war und von den Messingknöpfen einige fehlten. Sondern auch, weil der Mann einen etwas zerstreuten, unaufgeräumten Eindruck machte, was auch an seinem wirren grauen Haar liegen mochte, das Jack irgendwie an einen Pudel erinnerte. Über einen ebenso grauen, buschigen Schnauzbart hinweg sah ein waches Augenpaar die beiden Männer feierlich an.

»Ich kam nicht umhin, den Ausgang Ihrer Unterhaltung mit dem anderen Gentleman mitzuerleben«, sagte das Männchen, ohne auf die Frage einzugehen. Wie Otto sprach er mit deutschem Akzent, doch er war weniger ausgeprägt und klang irgendwie anders. »Und wenn Sie mir die Bemerkung gestatten, so denke ich, dass dies heute Ihr Glückstag ist.«

»Wirklich«, stöhnte Jack, während er einen Schwall Blut hinunterschluckte und seinen heftig schmerzenden Unterkiefer knetete. »Darauf wäre ich nicht gekommen.«

»Hier ist meine Karte, ich wohne im *Hôtel des Colonies*«, sagte das Männchen, als würden sie einander bei einer Gala begegnen. Damit lächelte er ihnen verbindlich zu, deutete eine Verbeugung an und war im nächsten Moment wieder verschwunden, so unerwartet, wie er aufgetaucht war.

Jack warf seinem Partner einen Blick zu und erntete nur ein Achselzucken. Dann betrachtete er die Karte in seiner Hand.

Dr. Theodore Goldstone stand darauf geschrieben.
College of Charleston
South Carolina, US

3

Das *Hôtel des Colonies* befand sich auf der anderen Seite der Stadt, denkbar weit vom Hafen und seinen Spelunken entfernt, und das war gut so. Jack verspürte kein Verlangen danach, einem weiteren von Emile Rochas' Schlägern zu begegnen, sein Kiefer schmerzte auch nach vierundzwanzig Stunden noch immer.

»Ich verstehe das nicht«, meinte Otto, während sie durch die schmalen Straßen des Souks gingen. Zu beiden Seiten hingen bunt gemusterte Baldachine, unter denen Händler ihre Waren ausgebreitet hatten: Gebrauchsgegenstände aus Leder, Glas, Ton und Messing, aber auch Lebensmittel und Gewürze, von denen ein exotisch-strenger Geruch ausging, der sich mit dem von Ruß und Feuer mischte. Öllampen verbreiteten in der hereinbrechenden Dunkelheit flackernden Schein, über den Straßen hängende Kabel ließen nackte Glühbirnen leuchten. Dichtes Gedränge herrschte zwischen den Läden und unter den Baldachinen.

»Was verstehst du nicht, Oz?«, fragte Jack seinen Partner, der die meisten der um sie wimmelnden Berber und Araber um Haupteslänge überragte.

»Was hat der kleine Mann gewollt, als er dir seine Karte zusteckte? Wieso meinte er, dass unser Glückstag sei, obwohl man uns gerade nach Strich und Faden die Fresse poliert hatte?«

»Kann ich dir nicht sagen.« Jack zuckte mit den Schultern, selbst das schmerzte noch. »Aber wenn wir etwas ganz gut brauchen könnten, dann wäre es in der Tat ein bisschen Glück.«

»Dann lass uns nachhelfen«, schlug Otto vor. »Wir sollten die Maschine bis zum Rand mit Treibstoff füllen und diesem Teil der Welt Lebewohl sagen.«

»Und woher willst du so viel Fliegerbenzin kriegen?« Jack schüttelte den Kopf. »Solange Rochas es nicht will, gibt es im weiten Umkreis niemanden, der uns das Zeug verkaufen würde. Ganz abgesehen davon, dass es wohl tatsächlich keinen Ort gäbe, an dem wir vor ihm sicher wären. Willst du dich für den Rest deines Lebens beim Pissen unwohl fühlen, weil du nicht weißt, wer hinter dir steht?«

»Wir hätten uns nie mit ihm einlassen dürfen«, knurrte Otto verdrießlich.

»Warum hast du das nicht früher gesagt?«

»Ich habe es gesagt. Aber du wolltest wie immer nicht hören. Ich sage nur *Clarice* …«

»Schnee von gestern.« Jack winkte ab und blieb stehen.

Vor ihnen ragte die eindrucksvolle Fassade eines Gebäudes auf, das im neumaurischen Stil erbaut war und entsprechend orientalisch anmutete, mit holzvergitterten Zwillingsfenstern und kleinen Türmchen darauf. Ein von Säulen umgebenes Hufeisentor säumte den Eingang, *Hôtel des Colonies* stand mit orientalisch geschwungenen Lettern darüber geschrieben. Zwei Einheimische in Fantasieuniformen waren zu beiden Seiten des Eingangs postiert.

»Wie sehe ich aus?«, fragte Jack seinen Partner. Zur Sicherheit strich er sich noch einmal ordnend über das glatte schwarze Haar und überprüfte den Sitz des Hemdes und der Fliegerjacke, die er darüber trug.

»Wie einer, der gern würde, aber nicht kann«, entgegnete

Otto trocken, der in seinen Militärhosen und der um seine hagere Gestalt schlotternden Tropenjacke auch keinen sehr erbaulichen Anblick bot.

»Witzig.«

Unter dem Bogen hindurch betraten die beiden das Hotel, begleitet von den irritierten Blicken der Portiers. Bizerte war keine Metropole wie Algier oder Kairo, doch im Zuge der Geschäfte, die sie in Nordafrika zu tätigen hatten, fanden immer mehr wohlhabende Weiße hierher: Franzosen zumeist, aber auch Belgier, Briten und Amerikaner. Und sosehr Jack und Otto sich auch bemühten, war ihnen doch anzusehen, dass sie nicht zu dieser privilegierten Schicht gehörten.

»Die Messieurs wünschen?« Über den blaugrün gekachelten Boden des Foyers, in dessen Mitte ein kleiner Brunnen plätscherte, kam ihnen ein händeringender Concierge entgegen.

»Wir werden erwartet«, erwiderte Jack, um Weltläufigkeit bemüht. »Von einem gewissen Dr. Goldstone.«

»Folgen Sie mir bitte«, forderte der Concierge sie auf und führte sie am Brunnen vorbei in den Salon des Hotels, an dessen Decke Ventilatoren kreisten und die nach süßem Tabak riechende Luft verquirlten. Durch die den traditionellen Mashrabiyas nachempfundenen Fenstergitter fiel das späte Licht des Tages und beleuchtete einen Raum, der mit einer kleinen, aber gut sortierten Bar, einem grünen Samtsofa sowie mit mehreren kleinen Tischen möbliert war. Ein dunkelhäutiger Mann im weißen Dinnerjackett mixte Drinks und streifte die Besucher mit einem Blick, der die allen Barmännern eigene Mischung aus Freundlichkeit und Gleichgültigkeit enthielt.

Es gab nicht viele Gäste; an einem der hinteren Tische ein Mann im Stresemann, vermutlich ein Festlandseuropäer, dessen Geschäfte in den Kolonien sich nicht wie erhofft entwickelt hatten – eine halb geleerte Flasche Gin stand vor ihm, entsprechend rot und entrückt waren seine Züge.

Der andere Mann, der unter den ausladenden Fächern einer Palme saß, interessierte Jack und Otto sehr viel mehr, denn es war der, der ihnen seine Karte zugesteckt hatte. Genau wie am Abend zuvor trug er noch immer den abgewetzten Tropenanzug, und sein Haar war so wild und wirr, als hätte es seither noch keinen Kamm gesehen.

»Gentlemen«, sagte er mit dem eigentümlichen deutschen Akzent, »wie schön, Sie wiederzusehen!«

»Dr. Goldstone?«

»*Professor* Goldstone, um genau zu sein.« Das kauzige Männlein nickte. »Bitte setzen Sie sich zu mir«, fügte es dann hinzu, auf die beiden unbesetzten Plätze am Tisch deutend.

Jack und Otto wechselten einen Blick. Dann leisteten sie der Einladung Folge.

»Darf ich Ihnen etwas zur Erfrischung anbieten?«

Jack bemerkte den sehnsüchtigen Blick, den sein Partner in Richtung der Bar warf. »Nein, danke«, wehrte er dennoch ab. »Wir sind nur hier, weil wir mit Ihnen reden möchten. Mein Name ist Jack Kelley, und dies ist mein Partner und Mechaniker Otto Keller. Aber das wissen Sie ja vermutlich bereits.«

»In der Tat, ich habe im Vorfeld ein paar Erkundigungen über Sie eingezogen«, bestätigte Goldstone, aus dessen dunklen Augen eine jugendliche Begeisterung sprühte. »Sie wurden mir empfohlen als Spezialisten für – wie soll ich es ausdrücken? – außergewöhnliche Transporte. Obgleich ich gestehen muss, dass mich der Name Ihrer Firma zunächst ein wenig abgeschreckt hat. *Lost Cargo* – wie sind Sie darauf nur gekommen? Eine besonders gute Werbung ist das gerade nicht.«

»Fragen Sie nicht mich.« Otto verdrehte die Augen.

»Keine Sorge, wir verlieren unsere Fracht nicht«, versicherte Jack, ohne auf die Frage oder den Einwurf einzugehen. »Jedenfalls nicht häufiger als andere«, fügte er leiser hinzu.

»Sicher haben Sie sich gefragt, was mein Auftritt von gestern Abend zu bedeuten hat«, fuhr Goldstone ein wenig verlegen fort. »Sehen Sie, es ist so, dass ich mich in einer Notlage befinde – einer transportbedingten Notlage, gewissermaßen. Und dass ich dringend Hilfe benötige. Ihre Hilfe, meine Herren.«

»Inwiefern?«, wollte Otto wissen.

»Ich brauche eine Passage«, eröffnete der kleine Mann rundheraus. »Nach der schönen Stadt Charleston in den Vereinigten Staaten von Amerika.«

»Puh«, machte Jack und kratzte sich an der Stirn. »Das ist ein weiter Weg, Sir.«

»Dessen bin ich mir bewusst. Aber wenn die Informationen, die man mir gegeben hat, richtig sind, dann verfügen Sie beide über eine Flugmaschine, die dazu in der Lage ist.«

»Eine Latécoère 28-3«, eröffnete Otto nicht ohne Stolz. »Zwar keine deutsche Konstruktion, aber auch nicht schlecht. Das Standardmodell der Aéropostale, allerdings in der schwimmfähigen Version. Robust und zuverlässig, mehr als 600 Pferdestärken, wassergekühlter 12-Zylindermotor, dazu …«

»Welche Fracht?«, erkundigte sich Jack, den Vortrag des Freundes brüsk unterbrechend.

»Nichts weiter – nur zwei Passagiere sowie einige gut verpackte Fundstücke.«

»Fundstücke?«

»Gewiss, ich bin Professor der Archäologie«, erklärte Goldstone mit einer Feierlichkeit, als würde er für ein politisches Amt kandidieren.

»Archäologie?«, hakte Otto nach. »Das heißt, Sie gehören zu

den Leuten, die im Wüstensand buddeln und alte Scherben ausgraben?«

»Nun ja, gewissermaßen«, gab Goldstone zu.

Jack und Otto tauschten einen Blick.

Dann standen sie gleichzeitig auf.

»Ich denke, wir haben genug gehört, Professor«, erklärte Jack dazu, »und ich glaube nicht, dass wir das Unternehmen sind, das Sie suchen.«

»Aber … warum?«

»Sagen wir, dass wir schlechte Erfahrungen mit dem Transport von alten Scherben gesammelt haben«, erwiderte Jack, während sie schon auf dem Weg zum Ausgang waren, und rieb sich den noch immer schmerzenden Kiefer.

»Was Ihnen auch widerfahren sein mag, ich versichere Ihnen, dass nichts davon auf meine Person zutrifft«, rief Goldstone ihnen hinterher. »Ich bin ein seriöser Wissenschaftler und im Auftrag des Charleston College tätig. Ich habe alle notwendigen Genehmigungen der französischen Kolonialbehörden, die ich Ihnen gerne zeigen kann.«

Jack wandte sich noch einmal um. »Warum brauchen Sie uns dann?«

»Weil ich wie erwähnt in einer Notlage stecke. Ich bin in einer gewissen Zeitnot und brauche eine schnelle Passage nach den USA. Dafür bin ich auch bereit, einen angemessenen Preis zu entrichten.«

»Wie angemessen?«

»Nun – ich hatte an eintausend Dollar gedacht. Zuzüglich weiterer tausend, wenn wir Charleston innerhalb von zwölf Tagen erreichen.«

Jack und Otto waren wie vom Donner gerührt. Fassungslos starrten sie sich an.

Zweitausend Dollar.

Das war zwar sehr viel weniger, als sie Rochas schuldeten. Aber andererseits sehr viel mehr, als sie die letzten Monate aus der Nähe gesehen hatten. Und es war vielleicht eine Möglichkeit, mit Rochas zu verhandeln und sich irgendwie aus den Schwierigkeiten herauszuwinden, in die sie unverschuldet geraten waren.

Ottos schmalen Gesichtszügen war anzusehen, dass er dasselbe dachte. Allerdings kam er zu einem anderen Ergebnis. »Die Sache stinkt«, stellte er fest.

»Vielleicht«, räumte Jack halblaut ein. »Aber wenn nicht, sind wir auf jeden Fall wieder im Geschäft und können mit Rochas verhandeln – und das sogar noch vor Ablauf der dreißig Tage. Vielleicht ist dieser Job ja wirklich ein Glücksfall!«

Der Deutsche erwiderte etwas Unverständliches. Dann zuckte er mit den schmalen Achseln und nickte resignierend, und sie kehrten an den Tisch zurück und setzten sich wieder.

»Danke, Gentlemen«, empfing Goldstone sie sichtlich erleichtert. »Sie werden sehen, dass ich weder etwas Illegales noch etwas Unmögliches von Ihnen verlange.«

»Was sind das für Fundstücke, von denen Sie gesprochen haben?«, erkundigte sich Jack.

Goldstone lächelte. »Sagt Ihnen der Name Karthago etwas?«

»*Ceterum censeo Carthaginem esse delendam*«, sagte Otto wie aus der Pistole geschossen.

»Sehr gut.« Der Professor nickte vergnügt. »Da kennt jemand seinen Cato.«

Jack verstand kein Wort. Einigermaßen verwirrt wanderte sein Blick zwischen Goldstone und Otto hin und her. Egal, wie lange er ihn auch kennen mochte – sein Partner würde wohl niemals aufhören, ihn zu überraschen.

»Sie sind Deutscher?«, fragte Otto.

»Aus München«, bestätigte der Professor. »Allerdings habe ich es vorgezogen, meiner alten Heimat den Rücken zu kehren und dem Ruf in die Neue Welt zu folgen, wo ich seit zwei Jahren eine Professur im Fach Archäologie bekleide.«

»Alles schön und gut«, versicherte Jack. »Aber das erklärt noch nicht, weshalb Sie unser Flugzeug brauchen. Ich meine, wenn mit Ihren Fundstücken alles in Ordnung ist, wie Sie sagen, könnten Sie auch eine Schiffspassage buchen. Das wäre einfacher, ungefährlicher und offen gestanden auch sehr viel billiger.«

»Dessen bin ich mir bewusst, Mr. Kelley. Aber es würde mich im günstigsten Fall vier Wochen kosten, und so viel Zeit habe ich möglicherweise nicht. Denn leider ist es in meinem Beruf so wie in jedem anderen – es gibt Konkurrenten, die mir auf der Spur sind und mir meine Entdeckungen neiden. Und für den zweiten Platz gibt es auch in der Wissenschaft keinen Siegeslorbeer.«

Jack schürzte die Lippen. »Darauf sind Sie aus? Ehre und Ruhm?«

Goldstones Augen funkelten vor Begeisterung. »Kann es etwas Größeres geben?«

Jack schnaubte. »Der Letzte, den ich von Ehre und Ruhm reden hörte, hieß Bobby Baker. Er flog in derselben Staffel wie ich. Gleich bei seinem ersten Flug ließ er sich auf ein Duell mit einer deutschen Fokker ein. Danach fehlten ihm beide Beine, und er ist elend verblutet, während er nach seiner Mutter rief. Nicht sehr ruhmreich, wenn Sie mich fragen.«

»Darum geht es hier nicht.« Goldstone blieb unbeirrt. »Ich spreche von wissenschaftlichem Ruhm, Mr. Kelley. Denn nach allem, was ich im Zuge meiner Ausgrabungen herausgefunden habe, muss die Geschichte der Menschheit umgeschrieben werden!«

Eine Pause trat ein. Weder Jack noch Otto erwiderten etwas, nur der Ruf des Muezzins war in der Ferne zu hören, der die gläubigen Muslime zum Gebet rief.

Jack war klar, dass dies der Moment war.

Der Augenblick, in dem sie noch zurückkonnten. In dem sie noch aufstehen und das Hotel verlassen, in dem sie sagen konnten, dass sie es sich anders überlegt hätten und mit der Sache lieber nichts zu tun haben wollten. Denn obwohl er sich dagegen sträubte, musste Jack zugeben, dass Otto recht hatte.

Die Sache stank.

Das Angebot, das der ehrgeizige kleine Professor ihnen machte, war einfach zu gut, um es auszuschlagen ... und die Erfahrung sagte, dass man Angebote solcher Art *in jedem Fall* ausschlagen sollte.

Jack zögerte. Ein flaues Gefühl in seiner Magengegend riet ihm, die Finger von der Sache zu lassen – als unvermittelt eine weitere Person den Salon betrat.

Sie war Mitte zwanzig und trug ein enges, geknöpftes Kleid aus Tropenstoff, das ihren grazilen, jedoch überaus weiblichen Körper betonte. Ihr Haar war rabenschwarz und im Pageboy-Stil über der Schulter geschnitten. Ein freches Hütchen saß schräg darauf, das wohl mehr modisches Beiwerk sein denn als Sonnenschutz dienen sollte. Ihr Gesicht war ebenmäßig und schön, mit einer kecken Nase und einem herzförmigen Mund. Ihr Teint war ein wenig zu dunkel für den einer Dame und verriet, dass sie sich in der heißen Wüstensonne aufgehalten hatte. Ihre Bewegungen waren ebenso anmutig wie selbstbewusst.

»Gentlemen«, sagte Goldstone, »gestatten Sie, dass ich Ihnen meine Tochter vorstelle. Eine glückliche Fügung wollte es, dass sie den Rätseln der Antike ebenso verfallen ist wie ich. Deshalb ist sie zugleich auch meine Assistentin.«

»Angenehm«, sagte Jack und setzte sein charmantestes Lächeln auf, während Otto etwas Unverständliches murmelte und mit den Augen rollte.

»Casey«, fuhr Goldstone an seine Tochter gewandt fort, »dies sind die Gentlemen, von denen ich dir erzählt habe. Mr. Kelley, Mr. Keller – meine Tochter Cassiopeia.«

Jack hatte sich bereits erhoben. »Ist mir eine Freude, Miss Goldstone«, behauptete er und neigte höflich das Haupt, während Otto sitzen blieb und sich zum Gruß mit einem krampfhaften Lächeln und einem Nicken begnügte.

»Die Freude ist ganz meinerseits«, erwiderte Cassiopeia Goldstone mit einer Stimme, die tiefer und etwas rauer war, als Jack es erwartet hatte, und ihre anziehende Erscheinung in jeder Hinsicht komplettierte. Der Blick ihrer Augen, die so dunkel waren wie die ihres Vaters, aber nichts von dessen kindlicher Begeisterung hatten, richtete sich prüfend auf ihn. »Dann dürfen wir davon ausgehen, dass Sie meinen Vater und mich in die Staaten bringen werden?«, fragte sie.

»Worauf Sie sich verlassen können, Miss«, hörte Jack sich selbst sagen. Otto gab ein Grunzen von sich.

»Vater, es ist Zeit«, wandte Cassiopeia Goldstone sich an ihren Vater. »Du weißt, deine Medizin.«

»Natürlich«, meinte Goldstone und erhob sich gehorsam. »Ein Haus ohne Tochter ist wie eine Wiese ohne Blume, heißt es.« Er lächelte. »Wann kann ich mit Ihnen rechnen, Gentlemen?«

»Oz?«, gab Jack die Frage an seinen Partner weiter, ohne seinen Blick von Goldstones Tochter zu wenden.

»Ich muss den Motor warten und Kühlwasser auffüllen«, knurrte der. »Dann kann's von mir aus losgehen.«

»In der Zwischenzeit werde ich die Route berechnen und alles Nötige veranlassen«, fügte Jack hinzu. »Abflug in zwei Tagen.«

»Ausgezeichnet.« Der Professor nickte begeistert und streckte ihm die Hand hin, und Jack schlug ein.

»Ich werde die Gräber anweisen, alle Fundstücke zum Hafen

zu bringen, um sie zu verladen«, fügte Goldstone hinzu. »Und jetzt entschuldigen Sie mich bitte, Gentlemen – ich muss dem Ruf meines Herzens folgen, wenn Sie verstehen, was ich meine.«

»Tun Sie das«, bestätigte Jack und schenkte zuerst seiner Tochter und schließlich dem Gelehrten ein verbindliches Lächeln. Dann verließen beide den Salon, und Jack und Otto blieben zurück, zusammen mit dem Barkeeper und dem betrunkenen Kerl im Stresemann.

»Worauf Sie sich verlassen können, Miss«, wiederholte Otto, Jacks säuselnden Tonfall imitierend.

»Was denn?«, rechtfertigte sich Jack entgegen der Bedenken, die er selbst eben noch gehabt hatte. »Es ist ein guter Job, und ordentlich bezahlt obendrein.«

»Und warum juckt es mich dann schon die ganze Zeit an der Glatze?«, fragte der andere, dabei auf sein kahles Haupt deutend. »Kannst du mir das mal verraten?«

»Weiß ich nicht«, gab Jack zu. »Wir sind nämlich nicht in der Position, uns mal eben zweitausend Dollar durch die Lappen gehen zu lassen.«

»Eintausend«, verbesserte Otto. »Ob wir den Rest jemals zu sehen kriegen, ist überhaupt nicht gesagt. Du, mein Freund, hast dich nur aus einem einzigen Grund überzeugen lassen, nämlich weil Goldstones Tochter dir mit ihren Rehaugen und ihrem kecken Näschen den Kopf verdreht hat. Deine Vorliebe für das weibliche Geschlecht wird uns irgendwann noch mehr Ärger einbringen, als wir vertra…«

Ein gellender Schrei ließ ihn verstummen.

»Hilfe!«, brüllte eine heisere, von blankem Entsetzen verzerrte Stimme.

Es war die von Casey Goldstone.

4

Mit ausgreifenden Schritten rannten die beiden ins Foyer und die Stufen zum ersten Stock hinauf, wo sich die Gästezimmer befanden. Den Concierge, der von dem Schrei alarmiert worden und ebenfalls auf dem Weg nach oben war, überholten sie auf halber Strecke.

»*Mon dieu*«, rief er, »was in aller Welt …?«

Schon hatten sie die obere Etage erreicht. Ein mit dunklem Holz getäfelter Gang lag vor ihnen, von gelben Lampenschirmen beleuchtet. Die zweite Tür auf der linken Seite stand offen, ein Wimmern war von dort zu hören. Mit einer halblauten Verwünschung stürmte Jack hinein – und sah die Bescherung.

Auf dem Boden des Zimmers lag Theodore Goldstone.

In seiner Brust steckte ein Messer, umgeben von einem schreiend roten Blutkranz, der das Weiß der Tropenjacke färbte. Der Blick seiner Augen, mit denen er auf die getäfelte Decke starrte, war glasig und leer. Bei ihm kniete seine Tochter. Blankes Entsetzen sprach aus ihrem Gesicht, Tränen der Fassungslosigkeit standen ihr in den Augen.

Mit zwei Schritten war Jack bei ihr, prüfte Pulsschlag und Atem ihres Vaters – nur um festzustellen, dass jede Hilfe zu spät kommen würde.

»Wer?«, fragte Jack nur und sah Cassiopeia fragend an.

»Eine vermummte Gestalt«, stieß sie hervor. »Sie muss bereits hier gewesen sein, als wir ins Zimmer kamen … Ich ging nach nebenan, um meinem Vater die Tropfen für sein schwaches Herz zu holen, da …«

Die Stimme versagte ihr, und sie vergrub ihr Gesicht in den Händen, geschüttelt von Schmerz und Entsetzen.

»Das Fenster!«, stellte Otto fest und stürmte quer durch den Raum. In der Hand hielt er seine Mauser, die er aus dem Hosenbund gezogen hatte. Nach den Ereignissen des Vorabends hatte er darauf bestanden, die Waffe mitzunehmen – jetzt war Jack ihm dankbar dafür.

Das Fenster stand offen, das geschnitzte Gitter war zerbrochen. Jack beugte sich hinaus und warf einen Blick in die darunterliegende Gasse. Es waren höchstens drei Yards, kein Problem für jemanden, der geübt und drahtig genug war. Zweifellos war der Täter auf diesem Weg entkommen.

»Pass auf das Mädchen auf«, wies Jack seinen Partner an, dann setzte er auch schon aus dem Fenster und hinab in die Gasse. Er landete auf beiden Füßen und rollte sich ab, um gleich darauf wieder auf den Beinen zu stehen.

»Hier, Skipper!« Otto warf ihm die Mauser zu. Jack griff die C96, die nicht seine bevorzugte Waffe war, aber besser als nichts, dankbar aus der Luft.

Zur einen Seite endete die Gasse nach wenigen Schritten vor einer glatten Mauer, die zu hoch war, um sie ohne Hilfsmittel zu erklimmen. Der Mörder musste die andere Richtung genommen haben. Jack rannte, so schnell er konnte. Schon nach wenigen Schritten beschrieb die Gasse einen zickzackartigen Kurs und mäanderte zwischen vergitterten Eingängen und mannsgroßen Tongefäßen, ehe sie in ein schnurgerades Stück mündete, an dessen Ende Jack im spärlichen Licht eine in eine dunkelrote Djellaba gehüllte Gestalt erblickte.

»He du!«, rief er laut, dass es von den Wänden der Gasse widerhallte, und riss die Pistole in den Anschlag. »Bleib stehen!«

Der andere verharrte tatsächlich einen Moment und blickte über die Schulter zurück, doch wegen der Kapuze, die er hochgeschlagen hatte, war sein Gesicht nicht zu erkennen. Und natürlich dachte er nicht daran, sich an Jacks Aufforderung zu halten. Im nächsten Augenblick war er um die Häuserecke verschwunden, noch ehe Jack feuern konnte.

Jack unterdrückte eine Verwünschung und sprintete los, obwohl ihm der Vortag noch in den Knochen steckte. Mit ausgreifenden Schritten rannte er die Gasse hinab bis zu der Ecke, um die der Vermummte verschwunden war – und fand sich plötzlich in einem weiteren Souk. Öllampen beleuchteten Essensstände zu beiden Seiten der Straße, dahinter erhoben sich die einstöckigen, gedrungenen Gebäude des Viertels. Und zwischen den Ständen, an denen Fladenbrote gebacken, Kamel- und Hammelfleisch an Spießen gegart und Couscous in allen erdenklichen Varianten zubereitet wurde, drängten sich Dutzende von Menschen, Einheimische zumeist, in Burnussen und Mänteln, die dem des Mörders zum Verwechseln ähnlich sahen!

Jack stieß eine Verwünschung aus. Durch Rauchschwaden, die nach gebratenem Fleisch rochen und von Muskatnuss und Pfefferminz durchdrungen waren, bahnte er sich einen Weg, wobei er Passanten unsanft zur Seite rempelte, dabei halblaute Entschuldigungen murmelnd. Von dem Kerl in der dunkelroten Djellaba jedoch fehlte jede Spur.

Um sich einen Überblick zu verschaffen, stieg Jack kurzerhand auf eine Kiste. Mit zu Schlitzen verengten Augen spähte er umher – und erblickte den Kerl tatsächlich! Gerade war er dabei, sich zwischen zwei Obstständen hindurch aus dem Staub zu machen.

»*Liss*!«, brüllte er auf Arabisch und deutete auf den Vermummten. »Haltet den Dieb!«

Zwar wussten die Umherstehenden nicht, wen genau er meinte, doch es entstand genug Unruhe, um den Mörder an der Flucht zu hindern. Jack rempelte sich einen Weg zu den Obstständen, wo Händler wie Kunden unter aufgeregtem Geschrei herauszufinden versuchten, wer der Dieb nun sei – als ihn etwas unerwartet von der Seite traf. Es war ein Mann in einem gestreiften Burnus, der offenbar gestoßen worden war und nun wiederum auf Jack fiel. Gemeinsam wankten sie wie zwei Pins beim Bowling, dann ging der Araber nieder und riss im Fallen noch einen Korb mit Orangen mit, dessen Inhalt sich zur hellen Aufregung des Händlers über die Straße ergoss. Jack, der sich am Pfahl eines Baldachins hatte festhalten können, sah aus dem Augenwinkel, wie eine dunkle Gestalt davonhuschen wollte.

»Dageblieben«, knurrte er und legte einen Hechtsprung hin wie Babe Ruth zu seiner besten Zeit. Tatsächlich bekam er den Arm des Vermummten zu fassen, doch seine Djellaba war so weich und fließend, dass er ihm entglitt. Der Mann riss sich los, wobei der Ärmel des Mantels zurückrutschte, und für einen kurzen Moment konnte Jack auf dem Unterarm eine Tätowierung sehen, ohne dass er hätte erkennen können, was sie darstellen oder bedeuten sollte. Im nächsten Moment war der Vermummte ihm wieder entwischt.

Bäuchlings auf dem Boden liegend, riss Jack die Mauser empor und wollte schießen, doch im selben Moment kam eine Meute Kinder die Gasse herab – die Gefahr, versehentlich eines von ihnen zu treffen, war zu groß. Fluchend sprang Jack auf die Beine und wollte dem Flüchtigen hinterher, hatte seine Rechnung allerdings ohne den aufgebrachten Orangenhändler gemacht, der nun lautstark Schadenersatz forderte. Er ließ ihn erst gehen, als Jack in die Hosentasche griff und dem Mann ein paar Sous bezahlte. Viel zu spät erreichte Jack schließlich die Gasse, in die sich der Mörder geflüchtet hatte – nur um zu sehen, dass sie in ein wahres Labyrinth aus Hauseingängen und Hinterhöfen mündete. Die Aussichten, eine Nadel in einem Heuhaufen zu finden, standen vermutlich ebenso gut wie jene, den Vermummten wieder aufzuspüren.

Keuchend und in hilfloser Wut ballte Jack die Faust. Nachdem er den Kerl beinahe gehabt hatte, war er ihm nun doch noch entwischt.

Missmutig machte er sich auf den Rückweg zum Hotel. Erst jetzt fiel ihm auf, wie heftig sein Herz in seiner Brust hämmerte. Und ein wenig überrascht stellte er fest, wie sehr ihn der ebenso unerwartete wie gewaltsame Tod von Theodore Goldstone aufgewühlt hatte. Da war etwas an dem kauzigen kleinen Mann gewesen, das er gemocht hatte.

Auf dem Weg durch die nun immer dunkler werdenden Gassen beschlich Jack die dumpfe Ahnung, dass Otto vielleicht doch recht gehabt hatte.

Sie hatten sich tatsächlich Ärger eingehandelt.

Und womöglich mehr, als sie vertragen konnten.

5

Rom
Wenig später

Der Schreibtisch war aus dunkelrotem Wurzelholz gefertigt und im Stil der Moderne an einer Seite abgerundet, sodass er wie ein Flügelpiano wirkte, mehr Instrument als Arbeitsplatz, Ausdruck des Sinnes für Ästhetik und Eleganz, der Italienern zu eigen war, selbst in diesen Tagen, aller Veränderung zum Trotz.

Der Mann, der an dem Schreibtisch saß, hatte keinen Sinn für derlei Dinge. Er störte sich nicht am Zusammenspiel von Form und Farbe, doch die Funktion war ihm wichtiger. Ein Schreibtisch war ein Schreibtisch, ganz gleich, ob er den runden Formen französischen Zeitgeschmacks folgte oder in deutscher Nüchternheit gehalten war. Von Bedeutung war das, was über diesen Schreibtisch ging – und damit konnte er nicht zufrieden sein.

Ein Dienstbote hatte das Telegramm gebracht, nun lag es vor ihm auf der rotledernen Unterlage, und im Schein des Lichts, das unter dem grünen Schirm der Bankerlampe hervordrang, las er die wenigen Worte wieder und wieder, so, als hoffte er, ihren Sinn dadurch noch zu verändern.

Doch diese Hoffnung war vergeblich.

Der Inhalt der Nachricht, die vor etwas weniger als einer Stunde vom französischen Bizerte aus abgeschickt worden war, war ebenso eindeutig wie kurz:

König tot. *** STOP ***
Krone verloren. *** STOP ***

Es bedeutete, dass die Operation abgeschlossen war und Goldstein – oder Goldstone, wie er sich jetzt nannte – nicht mehr unter den Lebenden weilte. Aber auch, dass von dem Fundstück jede Spur fehlte.

In einer Geste der Frustration ballte der Mann die rechte Hand zur Faust und schmetterte sie auf den Tisch. Einen hässlichen Moment lang fühlte er sich in seinem dunklen, nur von der Schreibtischlampe beleuchteten Arbeitszimmer allein und verloren. Dann begann sein Verstand wieder zu arbeiten – jener Verstand, der ihn bis hierher geführt hatte und der ihn auch noch weiter bringen würde, in Erfüllung des ihm zugedachten Erbes.

Die Operation war fehlgeschlagen, aber das bedeutete nicht, dass alles verloren war, noch längst nicht. Goldstein mochte nicht mehr unter den Lebenden weilen, aber seine Tochter war noch da. Wenn er das Fundstück zum Zeitpunkt des Attentats nicht bei sich gehabt hatte, musste es sich zwangsläufig in ihrem Besitz befinden.

Zum ersten Mal, seit er das Telegramm bekommen hatte, lächelte der Mann im Halbdunkel. Sein glattrasiertes, vom Lampenschein beleuchtetes Kinn schob sich vor, und sein Mund dehnte sich zu einem Grinsen.

Er zog eine der Schubladen des Schreibtischs auf, nahm Papier heraus und zog seinen Füllfederhalter aus der Innentasche seines Jacketts. Dann setzte er die Antwort auf, die er noch in dieser Nacht nach Bizerte kabeln lassen würde.

Der König mochte tot sein, aber die Prinzessin war noch am Leben. Und wie es aussah, hatte sie die Krone geerbt.

6

Bizerte, Nordafrika

Irgendwann gegen Mitternacht war Polizei im Hotel eingetroffen, ein Capitaine Arnot von der französischen Kolonialverwaltung mit einem Lieutenant und einem Dutzend einheimischer Uniformierter. Unter großem militärischen Getöse riegelten sie das Hotel ab und suchten in den umliegenden Gassen nach dem Täter, Jacks Beteuerung zum Trotz, dass dieser bereits über alle Berge war.

Unterdessen untersuchte Arnot, ein groß gewachsener Mann in kakifarbener Uniform und mit gepflegtem Menjou-Bärtchen, den Tatort und befragte die Zeugen, neben Goldstones Tochter und dem Concierge auch Jack und Otto. Das alles dauerte bis zum frühen Morgen und damit sehr viel länger, als es Jacks Meinung nach nötig gewesen wäre; er bedauerte Cassiopeia Goldstone, die verloren auf dem samtbeschlagenen Sofa im Salon saß und eine Zigarette nach der anderen rauchte, während sie geduldig gleich lautende Fragen beantwortete. Nach dem ersten Schock hatte sie sich scheinbar gefasst, doch wer genau hinsah, konnte sehen, dass ihre Hand mit der Zigarette zitterte.

Der Arzt, der noch vor der Polizei eingetroffen war, hatte nur noch den Tod Theodore Goldstones feststellen können und den Totenschein ausgestellt. Da der Dolch, der in der Brust des Professors steckte, wenig Zweifel bezüglich der Todesursache zuließ, begnügte sich Arnot damit, die Tatwaffe sicherzustellen und danach den Leichnam abzutransportieren.

»Was wird nun mit ihm geschehen?«, fragte Casey leise.

»Die Untersuchung meinerseits ist beendet«, erklärte Arnot wenig einfühlsam. »Es steht Ihnen frei, Ihren Vater hier bestatten oder zurück in die Heimat überführen zu lassen. Angesichts der Jahreszeit und der noch immer grassierenden Hitze würde ich in jedem Fall jedoch zur Eile raten.«

»Ich verstehe. Danke, Monsieur le Capitaine.«

»Wir werden versuchen, den Mörder Ihres Vaters ausfindig zu machen«, versicherte Arnot, wobei er den Schirm seines Képi verlegen in den Händen knetete, »aber ich fürchte, ich kann Ihnen nur wenig Hoffnung machen. Überfälle wie diese sind leider keine Seltenheit. Offenbar haben Sie einen Dieb dabei überrascht, wie er das Zimmer ausrauben wollte. Der Dolch, mit dem Ihr Vater erstochen wurde, ist ein sogenannter *Kumija*, wie ihn hier viele Männer tragen, den Gesetzen zum Trotz. Den Mörder anhand der Tatwaffe zu ermitteln wird also so gut wie unmöglich sein, zumal mir die Beschreibung unseres amerikanischen Freundes auch nicht wirklich weiterhilft.« Er drehte sich um und warf Jack, der zusammen mit Otto am Eingang stand, einen geringschätzigen Blick zu.

Jack senkte den Blick. Er fühlte sich elend. Nicht nur, weil ihm der Mörder entwischt war. Sondern auch wegen des Unrechts, das hier geschehen war und gegen das er nichts mehr tun konnte.

»Da Sie keinen konkreten Verdacht hegen, wer der Mörder gewesen sein könnte, müssen wir also davon ausgehen, dass es sich um einen namenlosen Dieb gehandelt hat«, brachte Arnot seinen Bericht zu Ende, »und Ihr Vater ist wohl nur zur falschen Zeit am falschen Ort gewesen.«

»Ich verstehe.« Casey nickte. Sie nahm noch einen Zug, dann drückte sie die Zigarette im Ascher aus. »Ich danke Ihnen für Ihre Bemühungen, Monsieur le Capitaine.«

»Ich wünschte, ich könnte mehr tun«, versicherte Arnot. »Nehmen Sie mein tiefes Bedauern dafür, dass Ihnen auf französischem Grund und Boden ein solch schreckliches Unglück widerfahren ist, Mademoiselle Goldstone«, fügte er hinzu. Damit setzte er sein Képi auf und wandte sich zum Gehen.

»Was ist mit uns?«, fragte Jack.

»Die Untersuchung ist beendet, Sie können nach Hause gehen«, beschied Arnot Jack und Otto im Vorbeigehen. »Wo immer das auch sein mag«, fügte er mit Blick auf ihr etwas abenteuerliches Äußeres hinzu.

Otto, der sich seine Tabakspfeife angesteckt hatte und lustlos darauf herumbiss, schnitt eine Grimasse. Sie warteten, bis auch Arnots Leute den Salon verlassen hatten.

»Gibt es noch etwas, das wir für Sie tun können, Miss Goldstone?«, fragte Jack dann.

»Nicht, dass ich wüsste.« Sie schüttelte den Kopf und versuchte ein Lächeln, das ihr jedoch nicht gelingen wollte. »Ich schätze, ich sollte mich ein wenig ausruhen, es war ein anstrengender Abend. Aber ich möchte Ihnen beiden danken, Mr. Kelley.«

»Dazu besteht kein Grund«, versicherte Jack. »Der Mörder ist mir entkommen.«

»Das meine ich nicht. Ich möchte Ihnen dafür danken, dass Sie nichts gesagt haben.«

»Wovon sprechen Sie?«

Cassiopeia Goldstone versuchte erneut ein Lächeln. »Ich kann mir denken, dass Sie meinen Vater nach dem Grund für seine überstürzte Abreise aus Nordafrika gefragt haben. Jedenfalls hätte ich das an Ihrer Stelle getan.«

»Und?«

»Und ich weiß, was mein Vater Ihnen geantwortet hat – dass er einer wissenschaftlichen Sensation auf der Spur ist und es Konkurrenten gibt, die ihm seinen Ruhm als Forscher neiden und streitig machen wollen. Hätten Sie das Capitaine Arnot gesagt, hätte er begonnen, Fragen zu stellen. Viele Fragen.«

Jack schnaubte. Er war nicht sicher, ob ihm diese Wendung des Gesprächs gefiel. »Was zwischen Ihrem Vater und mir besprochen wurde, Miss Goldstone, bleibt selbstverständlich unter uns«, sagte er vorsichtig. »Diskretion ist die Grundlage unseres Geschäfts.«

»Und dafür bin ich dankbar.«

»Trotzdem frage ich mich …«

»Warum ich nicht wollte, dass Arnot davon erfährt?«

Jack nickte.

»Weil es ein mögliches Mordmotiv gewesen wäre«, entgegnete Casey rundheraus.

»Und Sie wollen nicht, dass der Mörder gefunden wird?«

»Wofür halten Sie mich?« Ihr Blick war unverhohlen vorwurfsvoll. »Natürlich wünsche ich mir, dass der Täter gefunden und für sein Verbrechen bestraft wird, aber das wird meinen Vater nicht wieder lebendig machen. Bringe ich hingegen das Ergebnis seiner Forschungen zurück in die Vereinigten Staaten, macht ihn das unsterblich. Jedenfalls auf eine gewisse Weise«, fügte sie einschränkend hinzu.

»Verstehe«, sagte Jack.

»Ich bezweifle, dass Sie das verstehen. Mein Vater hat sein ganzes Leben dieser einen Sache gewidmet. Es war seine Berufung, seine Mission, und er würde wollen, dass sie zu Ende geführt wird. Das ist in meinen Augen wichtiger als Rache.«

»Einen Mörder der gerechten Bestrafung zuzuführen hat nichts mit Rache zu tun.«

»Zugegeben. Aber ich darf Ihnen versichern, dass mein Vater derselben Ansicht gewesen wäre.«

»Leider kannte ich Ihren Vater nicht besonders lange«, erwiderte Jack, »aber ich könnte mir vorstellen, dass Sie damit recht haben.«

»Allerdings«, versicherte sie, »und deshalb möchte ich das Angebot erneuern, das mein Vater Ihnen gemacht hat. Bringen Sie die Fundstücke meines Vaters und mich in die USA.«

»Nun, ich …« Jack zögerte und warf Otto einen Blick zu, der die Augen verdrehte und schon wieder anfing, sich am Kopf zu kratzen. »Darüber müsste ich noch einmal nachdenken.«

»Wozu?«, fragte sie und sah ihm offen ins Gesicht. »Der Handel ist derselbe geblieben. Lediglich die Person, mit der Sie ihn abschließen, ist eine andere.«

»Und – das Geld?«

»Von Algier aus werde ich ein Telegramm nach Charleston schicken und sicherstellen, dass Sie die vereinbarte Summe erhalten. Es hat sich nichts geändert.«

Jack hielt ihrem prüfenden Blick stand. Einmal mehr ging ihm auf, wie schön sie war, trotz allem, was sie durchgemacht hatte. »Wir werden sehen«, sagte er dann, nickte ihr zum Abschied zu und wandte sich zum Gehen. Auch Otto empfahl sich, und gemeinsam verließen sie das Hotel. Draußen dämmerte bereits der neue Tag herauf, und der Muezzin rief zum Gebet.

»Wir werden sehen?«, fragte Otto und blickte Jack ungläubig von der Seite an, während sie die Straße hinab zurück zum Hafen gingen. »Was meinst du mit ›Wir werden sehen‹?«

»Du hast sie gehört«, entgegnete Jack schlicht. »Der Handel steht noch immer. Alles, was wir tun müssen, ist, unseren Teil der Vereinbarung einhalten.«

»Hörst du dir eigentlich selber zu?« Der Hagere nahm die

Pfeife aus dem Mund und benutzte sie, um damit wie mit einem Hammer gegen Jacks Stirn zu schlagen. »Das Mädchen bedeutet Ärger, und das weißt du!«

»Sie ist jetzt allein«, wandte Jack ein.

»Mir tut es ja auch leid, was mit ihrem Vater geschehen ist. Der Alte schien ein netter Kerl zu sein, wenn auch ein bisschen kauzig. Aber diese ganze Sache stinkt zum Himmel!«

»Was genau meinst du?«

»Einfach alles! Die Tatsache, dass Goldstone ermordet wurde. Dass seine Tochter den Franzosen verschweigt, was sie weiß. Dass sie es so überaus eilig hat, von hier wegzukommen.«

»Sie hat es erklärt«, gab Jack zu bedenken.

»Und das glaubst du ihr?« Otto schob sich die Pfeife zwischen die Zähne und raufte sich eingebildete Haare. »Ich weiß gar nicht, wo ich mich zuerst kratzen soll! Gerade erst sind wir diesem Schlitzohr Rochas auf den Leim gegangen, und du bist drauf und dran, uns gegen das nächste Riff zu steuern, Skipper! Oder kam es dir etwa nicht seltsam vor, dass sie so überaus gefasst war nach allem, was geschehen ist?«

»Was willst du damit sagen?« Jack sah ihn von der Seite an und kam sich dabei vor wie in einem Cagney-Film. »Dass sie etwas mit dem Mord an ihrem Vater zu tun hat?«

»Das nun gerade nicht – aber dass sie mehr weiß, als sie uns erzählt.«

»Und wenn schon. Wir brauchen das Geld, Oz. Dringend.«

Otto schnaubte. »Komm mir nicht mit Oz.«

»Warum nicht, großer Zauberer?« Jack blieb stehen und sah den anderen mit großen Augen an. »Du bist mein Partner. Fifty-fifty, komme was wolle. Weißt du noch?«

Auch Otto war stehen geblieben. »Allerdings weiß ich das noch«, bestätigte er. »Und als dein Partner und Freund sage ich dir, dass wir die Finger von der Sache lassen sollten, weil wir sie uns sonst nämlich verbrennen werden!«

»Ich soll aus der Sache aussteigen?«

»Unbedingt, solange noch Zeit dazu ist.«

»Und das ist dein letztes Wort?«

»Mein allerletztes«, versicherte Otto und nahm einen energischen Zug aus der bereits erkalteten Pfeife. »Und du weißt, wenn ein deutscher Landsmann Nein gesagt hat, dann bedeutet das Nein, Nein und nochmals Nein.«

7

Luftraum über der Bucht von Stora
Zwei Tage später

Theodore Goldstones sterbliche Überreste wurden verbrannt, seine Tochter brachte die Urne mit der Asche ihres Vaters mit an Bord, als sie am späten Nachmittag des 16. September im Hafen von Bizerte die *Liberty III* bestieg.

Schon am Tag zuvor hatte ein uralter Renault FU aus Militärbeständen, der nur noch von Staub und Rost zusammengehalten zu werden schien, fünf Holzkisten angeliefert, die die angeblich so wichtigen Fundstücke des Professors enthielten. Nach zähem Ringen hatte Otto zugestimmt, sie und Cassiopeia Goldstone zu transportieren, wenn auch missmutig und mit raubtierhaft gefletschten Zähnen. Aber auch ihm war letztlich klar, wie sehr sie das Geld brauchten.

Es war ein Montag, und ein nahezu wolkenloser Himmel spannte sich über der nordafrikanischen Küste, während die Wolken über der Welt sich zunehmend verdüsterten. Der BBC Empire Service meldete, dass die Italiener noch mehr Truppen nach Abessinien verlegen würden und im Deutschen Reich neue Gesetze erlassen worden waren, die das Verhältnis der jüdischen Bürger zum Staat regeln sollten. Otto sagte nichts dazu, aber seiner verkniffenen Miene konnte Jack entnehmen, dass ihm nicht gefiel, was in seiner alten Heimat geschah. Lediglich die Nachricht, dass die Nationalmannschaft des deutschen Reichs ein Fußballspiel gegen Polen mit eins zu null für sich entschieden hatte, entlockte ihm ein halbes Lächeln.

Überhaupt sprach Jacks Partner nicht viel an diesem Nachmittag, bei der Inspektion des Flugzeugs schwieg er wie ein Grab. Erst als sie in der Luft waren und das glitzernd blaue Band des Mittelmeers sich unter ihnen ausbreitete, schien sich seine Laune wieder etwas zu bessern.

»Du wirst sehen, es geht alles gut«, versicherte Jack, der vor ihm auf dem Führersitz saß und das hölzerne Steuer mit routinierter Hand führte. Die See war ruhig, und es gab kaum Turbulenzen. Die Maschine war auf zweitausend Fuß und machte rund hundert Meilen die Stunde, und die zwölf Zylinder des Hispano-Suiza-Antriebs schnurrten so gleichmäßig, dass sogar der kritische Mechaniker zaghaft nickte.

»Hoffentlich hast du recht«, erwiderte Otto, der wie immer beim Fliegen seine lederne Kappe trug, deren Kinnriemen lose herabbaumelten. Das alte Ding, ein Andenken aus Kriegstagen, verlieh ihm ein geradezu abenteuerliches Aussehen und war Kälteschutz und Glücksbringer zugleich. »Denn wenn nicht, werde ich dich ohne Federlesens aus dem Flugzeug werfen!«

Die Latécoère 28-3 war keine besonders komfortable Maschine – jedenfalls nicht in der Ausführung der *Lost Cargo Company*. Das Flugzeug, das zu den Standardmodellen der französischen Aéropostale gehörte, war ein wahrer Packesel der Lüfte: Mit einer Länge von rund fünfzehn und einer Spannweite von beinahe zwanzig Metern war der einmotorige Hochdecker in der Lage, bis zu vier Passagiere und rund eine Tonne Fracht zu befördern. Damit auch weite Strecken bewältigt werden konnten, hatte Otto zusätzliche Tanks eingebaut, die sich der Flugeigenschaften wegen auf den gesamten Rumpf verteilten und zumindest theoretisch eine

Flugweite von bis zu 3500 Kilometern ermöglichten – tatsächlich stellten solche Flüge jedoch eine Belastungsprobe für Mensch und Material dar, der die beiden sich und die *Liberty* nur selten unterzogen. Und auch dann nur, wenn es sich wirklich lohnte.

Die ursprüngliche Auslegung des Flugzeugs für drei Mann Besatzung hatte Otto ebenfalls geändert. Den Posten des Funkers teilten sie sich, und obwohl er Mechaniker war und niemals Flugunterricht gehabt hatte, wusste der Deutsche genug über das Fliegen, um die Maschine auf langen Flügen zeitweise übernehmen und Jack entlasten zu können. Die Sitze der Passagiere, die sich nach Bedarf ein- und ausbauen ließen, befanden sich unmittelbar hinter der Pilotenkanzel und dem Begleitersitz und lagen genau wie der Laderaum ein wenig tiefer. Auf Fenster hatte man zugunsten von Staufläche und Gepäcknetzen verzichtet; lediglich in der Mitte des Rumpfs gab es eine kleine, rechteckige Sichtluke, und eine weitere in der oval geformten Ladeklappe. Da die 28-3 anstelle eines Landefahrwerks zwei Schwimmer hatte, war es ihr möglich, überall dort zu landen, wo ein Gewässer weit und ruhig genug dazu war: ein unschätzbarer Vorteil, wenn man in einer Branche arbeitete, in der Überraschungen zum Tagesgeschäft gehörten. Andere Firmen mochten gegründet worden sein, um ihren Besitzern Wohlstand einzutragen und ein gutes Auskommen zu ermöglichen, bei der *Lost Cargo* war das nie der Fall gewesen. Jack und Otto war es immer nur darum gegangen, nach dem Krieg irgendwie weiterzumachen und am Leben zu bleiben, von Tag zu Tag und von Monat zu Monat, über die schweren Zeiten hinweg. In wechselnden Maschinen hatten sie Passagiere und Fracht aller Art befördert, manchmal legal, manchmal weniger.

Kein Morgen.

Keine Sorgen …

»Wie weit noch bis Algier?«, erkundigte sich Casey, die ihren

Platz im Passagierraum verlassen hatte und durch den schmalen Durchgang in die Kanzel spähte. Das dunkle Kostüm, das sie beim Start noch getragen hatte, hatte sie inzwischen gegen weite, sandfarbene Reithosen getauscht; über der dazugehörigen Bluse trug sie eine Jacke aus Leder, nicht abgetragen und derb wie Jacks aus Pferdehaut gefertigte A2, sondern anschmiegsam und aus weichem Ziegenleder, das ihre weiblichen Formen betonte. Es war die Kleidung einer Tochter aus besserem Hause – die allerdings schon ziemlich in der Welt herumgekommen zu sein schien …

»Rund zwei Stunden«, gab Jack zurück. »Mit etwas Glück treffen wir noch vor Einbruch der Dunkelheit ein.«

»Sehr gut.« Sie nickte. »Noch von Algier aus werde ich nach Charleston telegrafieren und der Bank meine Ankunft ankündigen. Glauben Sie mir, Gentlemen, Sie werden Ihre Entscheidung nicht bereuen.«

»Hoffentlich!«, rief Otto über das Brummen der Maschine hinweg. Ob er andernfalls auch ihre Auftraggeberin ohne Federlesens aus dem Flieger zu werfen gedachte, behielt er geflissentlich für sich.

»Wonach hat Ihr Vater eigentlich genau gegraben, Miss Casey?«, fragte Jack, um rasch das Thema zu wechseln.

Infolge des allgegenwärtigen Brummens des Zwölfzylinders, das die Pilotenkanzel erfüllte, zwängte sich Casey noch ein Stück weiter hinein. »Was wissen Sie über Karthago, Jack?«

»*Ceterum censeo Carthaginem esse delendam*«, erwiderte Otto wie aus der Pistole geschossen.

»Das hast du schon mal gesagt«, meinte Jack und warf ihm einen fragenden Seitenblick zu. »Was in aller Welt soll das bedeuten?«

»Es ist Latein und der wohl berühmteste Ausspruch Catos des Älteren«, erklärte Casey an Ottos Stelle.

Jack hob eine Braue. »Sollte ich den Kerl kennen?«

»Cato der Ältere war ein bedeutender Staatsmann im Rom der republikanischen Zeit«, erläuterte Casey. »Seine Ansprachen vor dem Senat pflegte er mit immer derselben Floskel zu beenden, nämlich dass die Stadt Karthago auf jeden Fall vernichtet werden müsse.«

»Erinnert mich an Otto, wenn er sich über den spanischen Antrieb der *Liberty* beschwert.«

»Pshaw«, machte der, und Casey musste lachen. Es klang spontan und ehrlich, und Jack wurde bewusst, dass er sie zum allerersten Mal lachen hörte. Besonders viel Anlass hatte sie bislang auch nicht dazu gehabt.

»Karthago war zu dieser Zeit ein erbitterter Konkurrent, mit dem Rom um die Vorherrschaft im westlichen Mittelmeer wetteiferte«, fuhr sie in ihrer Erklärung fort. »Immer wieder kam es zu Konflikten zwischen den beiden Mächten, die als die Punischen Kriege in die Geschichtsschreibung eingegangen sind. Im Verlauf des Zweiten Punischen Krieges brachte der karthagische Feldherr Hannibal Rom sogar an den Rand einer Niederlage. Viele Römer waren daher überzeugt, dass Karthago früher oder später zerstört werden müsse.«

»So wie dieser Cato«, meinte Jack, während er gleichzeitig einen prüfenden Blick aus dem Seitenfenster warf. Die Küstenlinie Nordafrikas war schemenhaft im Süden zu erkennen.

»Ganz recht. Im Jahr 146 vor Christus bekam er seinen Willen. Im Dritten Punischen Krieg gelang es dem römischen Feldherrn Scipio, den Widerstand Karthagos endgültig zu brechen. Nach einer aufwendigen Belagerung und einem sechs Tage währenden Kampf wurde die Stadt von den Römern erobert, geplündert und in Flammen gesteckt. Die Mauern wurden geschleift und die Bewohner in die Sklaverei verkauft.«

»Autsch«, knurrte Jack. »Die alten Römer verstanden wohl keinen Spaß.«

»Nicht in dieser Hinsicht«, stimmte Casey zu. »Tatsächlich waren sie so gründlich, dass das alte Karthago in der Folge praktisch aus den Geschichtsbüchern verschwand. Nicht zuletzt, weil die Römer auf seinen Ruinen eine neue Stadt errichteten. Lange Zeit war man der Ansicht, dass vom ursprünglichen, punischen Karthago überhaupt nichts geblieben sei, bis im Jahr 1860 ein französischer Archäologe namens Charles Beulé nordwestlich von Tunis Ausgrabungen anstrengte und auf Funde stieß, die sich als phönizisch herausstellten – er hatte das alte Karthago entdeckt.«

»Und damit hat sich auch Ihr Vater befasst?«, fragte Jack, der sich weder vorstellen konnte, wie das alles zusammenpassen noch wie man damit unsterblichen wissenschaftlichen Ruhm erlangen sollte.

»In der Tat«, stimmte Casey zu. »Das alte Karthago war Vaters Leidenschaft. Manche würden es wohl auch Besessenheit nennen. Als junger Gelehrter hatte er sich ursprünglich auf die präkolumbianischen Kulturen Südamerikas spezialisiert und an einer ausgedehnten Forschungsreise teilgenommen. Dann jedoch begann er sich immer mehr für phönizische Geschichte und insbesondere für Karthago zu interessieren. Er entwickelte einige Thesen, für die er von seinen deutschen Kollegen jedoch verlacht und verspottet wurde.«

»Ist das der Grund, warum er Deutschland den Rücken gekehrt hat?«, wollte Otto wissen.

»Auch«, gab Casey zur Antwort, und ein Schatten huschte über ihr Gesicht. »Sie scheinen lange nicht in Ihrer alten Heimat gewesen zu sein, sonst würden Sie wissen, dass Leute wie mein Vater und ich dort nicht mehr gut gelitten sind.«

»Und in Charleston konnte Ihr Vater seine Forschungen fortsetzen?«, fragte Jack.

»In der Tat. Ein amerikanischer Kollege, den er bei einem Symposium kennenlernte, ist dort als Kurator in einem Museum tätig. Durch seine Vermittlung kam der Kontakt zum College zustande. Allerdings sind Vater und ich in den letzten Jahren nur sehr selten in den Staaten gewesen. Die überwiegende Zeit haben wir hier in den französischen Kolonien verbracht.«

»Dann fühlen Sie sich hier vermutlich zu Hause.«

Casey schüttelte den Kopf. »Ich glaube nicht, dass ich so etwas wie ein Zuhause jemals gehabt habe. Vielleicht früher, als meine Mutter noch lebte. Doch als sie starb, verkaufte mein Vater unser Haus und fast den gesamten Besitz, um sich von nun an ganz seinen Forschungen widmen zu können.«

»Oh«, machte Jack.

»Sie haben ihn ja erlebt. Wenn er sich etwas in den Kopf gesetzt hatte, war er nicht aufzuhalten. Seine Begeisterungsfähigkeit war praktisch grenzenlos, die Archäologie war sein Leben.«

»Und wie passt seine Tochter in dieses Bild?«

»Eigentlich wohl eher nicht«, gab Casey unumwunden zu. »Die ersten Jahre nach dem Tod meiner Mutter verbrachte ich in einem Internat in der Schweiz, doch ich war dort todunglücklich. Ich schrieb einen jammervollen Brief nach dem anderen, bis mein Vater sich irgendwann meiner erbarmte und mich zu sich holte. Seither habe ich ihn auf seinen Forschungsreisen begleitet, zunächst als seine Schülerin, später dann als seine Assistentin.«

»Verstehe«, meinte Jack, dem klar wurde, dass Theodore Goldstone für seine Tochter sehr viel mehr gewesen war als ihr Vater. Und er begann auch zu verstehen, warum sie alles daransetzen wollte, dass seine wissenschaftlichen Leistungen anerkannt wurden und fortlebten.

»Mein Vater war überzeugt davon, dass die Beweise für seine kühne Theorie irgendwo im Boden Nordafrikas versteckt sein müssten«, fuhr Casey fort, »also suchte er die gesamte Küste ab. Von den Fundamenten des alten Karthago arbeiteten wir uns nach Westen vor, beinahe zwei Jahre lang. Selbst mein Vater, dem es nie an Begeisterung fehlte, war kurz davor, die Suche aufzugeben, als wir vor wenigen Tagen ein gutes Stück außerhalb von Bizerte tatsächlich auf etwas stießen. Es war eine alte karthagische Niederlassung, die aus der Zeit des Dritten Punierkrieges stammte. Und dort fand mein Vater schließlich, wonach er all die Jahre so fieberhaft gesucht hatte.«

»Sind das die Kisten hinten im Laderaum?«, fragte Otto.

»Nur zwei davon – in den anderen befinden sich Bücher und persönliche Gegenstände meines Vaters. Sie können sich nicht vorstellen, wie aufgeregt er gewesen ist, beinahe wie ein kleiner Junge«, berichtete Casey, und ihr hübsches Gesicht verklärte sich angesichts der Erinnerung – nur um sich im nächsten Moment wieder zu verhärten. »Er konnte ja nicht wissen, dass es ihm nicht mehr vergönnt sein würde, die Früchte seiner Arbeit zu ernten. Vielleicht verstehen Sie jetzt, warum ich bereit bin …«

Was auch immer Casey hatte sagen wollen, es ging in einem hellen Schrei unter, als sie von groben Händen brutal gepackt und nach hinten gerissen wurde – und jäh dämmerte Jack, dass sie nicht der einzige Passagier an Bord der *Liberty* war!

8

Ohne die Hände von den Kontrollen zu nehmen, blickte Jack über die Schulter. Aus dem Augenwinkel nahm er eine dunkel gekleidete Gestalt wahr, die nachweislich nicht an Bord gehörte …

»Oz!«, rief er.

»Schon gesehen«, stieß sein Partner hervor, während er vom Begleitersitz hochschoss und mit einer Verwünschung auf den Lippen nach achtern stolperte.

Geräusche drangen aus dem Frachtraum. Ein spitzer Schrei Casey Goldstones, gefolgt von einem deutschen Kraftausdruck. Dann einige heisere Rufe in einer Sprache, die Jack nicht verstand, gefolgt von einem dumpfen Rumpeln.

»Was ist da los, verdammt?«, rief er nach hinten. »Oz, Kumpel, rede mit mir!«

Es kam keine Antwort.

Jack sah über die Schulter, doch im Halbdunkel der spärlich beleuchteten Frachtkabine konnte er nichts erkennen. Dafür schoss plötzlich eine schwarz vermummte Gestalt aus ihr hervor und drängte in die Kanzel, einen blank gezogenen Dolch in der Hand!

Jack hatte keine Zeit, darüber nachzudenken, wer der Kerl war oder wie er an Bord gelangen konnte, dafür ging alles viel zu schnell. Auf dem Führersitz, die Füße auf den Ruderpedalen und die Hände am Steuer, hatte er kaum Möglichkeiten auszuweichen. Mehr instinktiv als willentlich pendelte er mit dem Oberkörper zur Seite, als der Angreifer das Messer durch die Rückenbespannung des Sitzes rammte. Zwar verfehlte die Klinge Jacks Herz, doch er konnte nicht verhindern, dass der rasiermesserscharfe Stahl seine rechte Schulter streifte. Jack fühlte brennenden Schmerz, sein Hemd färbte sich blutig.

Mit einer heiseren Verwünschung riss der Angreifer seine Klinge wieder heraus und wollte abermals zustechen.

Jack kam ihm zuvor.

Mit der Rechten bekam er die Messerhand zu fassen, während die Linke die Maschine weiter auf Kurs hielt. Jack biss die Zähne zusammen und riss mit aller Kraft am Arm des Mannes, sodass dieser nach vorn taumelte und sich hart am eisernen Gestänge der Andrehkurbel stieß. Unter dem schwarzen Tuch, das sich der Kerl so um den Kopf geschlungen hatte, dass nur ein schmaler Sehschlitz frei blieb, drang ein Stöhnen hervor. Jack, der das Handgelenk des Mannes noch immer umklammerte, erblickte darauf die gleiche Tätowierung wie auf dem Arm von Theodore Goldstones Mörder!

War es derselbe Mann? War er gekommen, um nun auch die Tochter des Professors zu töten?

Jack blieb keine Zeit, darüber nachzusinnen. In seiner Not hieb er das Handgelenk des Fremden auf den hölzernen Kranz des Steuers. Der Attentäter schrie und spie etwas aus, das wohl eine Verwünschung war. Mit der Kraft der Verzweiflung hieb Jack noch ein zweites Mal auf die Hand ein. Die Augen hinter dem Sehschlitz weiteten sich vor Schmerz, und die Klinge entrang sich dem Griff des Mannes und verschwand mit metallischem Klirren irgendwo zwischen den Pedalen.

Eine Turbulenz packte das Flugzeug und schüttelte es, Jack blieb nichts anderes übrig, als von seinem Gegner abzulassen und das Steuer in beide Hände zu nehmen. Der Attentäter nutzte dies, um mit geballter Faust auf ihn einzuschlagen. Der Hieb traf Jacks bereits verletzte Schulter und ließ eine Flut von Schmerz durch seinen Körper wallen.

»Oz!«, schrie er. »Verdammt noch mal …!«

Doch von seinem Partner kam keine Antwort. Womöglich hatte der Fremde ihn bereits …

Jack tat das Einzige, was ihm auf die Schnelle einfiel: Er zog die Steuersäule zu sich heran und ließ das Flugzeug steigen. Die *Liberty* gehorchte prompt und hob die Nase. Von ihrem mächtigen Propeller gezogen, stieg die Maschine in steilem Winkel in den azurblauen Himmel – und schlagartig änderten sich die Gewichtsverhältnisse in ihrem Inneren.

Jack fühlte, wie er in den Sitz gepresst wurde. Der Attentäter stieß einen entsetzten Laut aus und versuchte noch, sich irgendwo festzuklammern, jedoch vergeblich. Er kippte zurück und knallte zunächst gegen den Begleitersitz, ehe er hautnahe Bekanntschaft mit der Rückwand der Kanzel schloss. Auch aus dem Frachtraum drang ein dumpfes Rumpeln, für das Jack sich in Gedanken entschuldigte. Die Ladung der *Liberty* war fest verzurrt und würde sich kein Stück bewegen. Otto und Casey waren es nicht …

Jack warf einen Blick über die Schulter. Der Attentäter war durch den Durchstieg gerutscht und klammerte sich jetzt an einen der Passagiersitze, während er mit Todesverachtung versuchte, zurück in die Kanzel zu gelangen.

Ein Blick auf den Höhenmesser: 2800 Fuß.

Jack überlegte fieberhaft. Solange er im Steigflug blieb, war der Attentäter ungefährlich, aber er konnte nicht ewig steigen. Noch bestand keine Gefahr, die Atemluft betreffend, aber irgendwann würde sich auch das ändern.

»Oz! Festhalten!«, brüllte Jack in der Hoffnung, dass der Freund ihn hören und entsprechend reagieren werde – dann beendete er den Steigflug der *Liberty*, um sie schon im nächsten Moment wieder fallen zu lassen und gleich darauf wieder abzufangen. Der Attentäter hob vom Boden ab und schlug zuerst gegen die Decke und dann gegen den Fußboden, doch statt sich so hart zu stoßen, dass er das Bewusstsein verlor, arbeitete er sich schon im nächsten Moment wieder auf Jack zu. Sein Leben schien ihm gleichgültig zu sein. Als Jack sich umwandte, konnte er blanken Fanatismus in den Augen des Mannes leuchten sehen – und plötzlich hielt der Kerl eine Pistole in der Hand!

In einem Reflex riss Jack das Steuer zur Seite. Fast gleichzeitig hämmerte der Schuss, und Jack spürte, wie das Geschoss ihn nur um Haaresbreite verfehlte und durch das Frontglas der Pilotenkanzel schlug. Sofort breitete sich ein Geflecht von Sprüngen auf dem Scheibensegment aus, und eisiger Wind strömte ins Innere. Jack stieß eine Verwünschung aus – als er plötzlich sah, dass sich hinter dem Attentäter etwas im Halbdunkel der Frachtkabine regte.

Es war Casey!

Ihre zierliche Gestalt näherte sich dem Vermummten und griff ihn von hinten an. Jack fluchte, zu gerne wäre er ihr zu Hilfe gekommen, zumal er sehen konnte, dass der Mut der jungen Frau bei Weitem nicht ausreichen würde, um dem Eindringling die Stirn zu bieten. Prompt stieß der Mann Casey zurück, sodass sie irgendwo im Heck der Maschine verschwand. Sein Kopftuch war infolge des Handgemenges verrutscht und ließ einen Teil seines Gesichts erkennen – und Jack konnte sehen, dass der Mann grinste, als sich sein Finger am Abzug krümmte …

»Oz! Otto …!«

Die helle Stimme, die an sein Ohr drang, nahm der Mechaniker der *Liberty* wenn überhaupt nur durch eine dicke Wand aus Schmerz und Benommenheit wahr. Die Ohrfeige jedoch, die im nächsten Moment in seinem Gesicht explodierte, brachte ihn jäh ins Hier und Jetzt zurück.

Er nahm alles gleichzeitig wahr.

Den salzigen Geschmack von Blut in seinem Mund, das Dröhnen des 600 PS-Motors, den strengen Geruch von Öl, Metall und Schweiß … Er war an Bord der 28-3, und das hübsche Gesicht, das über ihm schwebte und ihn aus flehend geweiteten Augen anstarrte, gehörte niemand anderem als Cassiopeia Goldstone.

»Kommen Sie zu sich!«, hörte er jetzt auch ihre Worte. »Jack ist in Gefahr!«

Otto fuhr vom Boden hoch und sah den Attentäter im Durchgang stehen. Der Kerl hatte ihn auf dem völlig falschen Fuß erwischt und ihn auf die Bretter geschickt – und zielte jetzt mit einer Pistole auf Jack!

»Festhalten«, beschied er Casey, während er selbst nach einem der Haltetaue griff, mit denen die Ladung verzurrt war. »Seite!«, brüllte er dann aus Leibeskräften.

Jack reagierte augenblicklich.

Indem er die Quersteuerung betätigte, kippte er die Maschine um ihre Längsachse und legte sie jäh auf die Seite.

Der Attentäter, der darauf nicht gefasst war, taumelte und schlug gegen die Kabinenwand. Als er sich an den Sitzen festhalten und wieder hochziehen wollte, war Otto bereits bei ihm. Der erste Hieb des Mechanikers traf den Angreifer mitten ins Gesicht, der zweite galt der Waffe in seiner Hand, einer italienischen Glisenti, die vor allem aus der Nähe hässliche Löcher stanzen konnte. Ein Schuss löste sich und durchschlug das Bodenblech. Erst als

Jack das Flugzeug wieder in horizontale Lage brachte, gelang es Otto endlich, seinem Gegner die Waffe zu entwinden. Mit einem schweren Fausthieb trieb er ihn heckwärts, wo Casey sich verzweifelt an das Gepäcknetz klammerte. Der Attentäter strauchelte und prallte gegen die Transportkisten, von denen eine offen stand – so also war er an Bord gelangt. Als der Mann wieder hochkommen wollte, starrte er in die schussbereite Mündung von Ottos C96.

»Kein Mucks, Freundchen.«

Der Attentäter erstarrte. Hass und Entsetzen standen in seinen zur Hälfte demaskierten, sonnengebräunten Zügen zu lesen. Im Bruchteil einer Sekunde wog er seine Chancen ab, kam wohl zu dem Schluss, dass seine Mission gescheitert war, und handelte. Mit einem Satz war er an der Frachttür, öffnete die Verriegelung und warf sich mit dem ganzen Gewicht seines Körpers dagegen.

Casey schrie entsetzt, aber es war zu spät. Gegen den anströmenden Fahrtwind klappte das Ladeluk nach draußen, und im nächsten Moment wurde der Attentäter vom Sog erfasst und hinausgerissen. Einen Lidschlag später war er verschwunden.

Otto fluchte auf Deutsch.

Der Mechaniker schloss, erschöpft gegen den Sog kämpfend, die Verriegelung der Frachttür wieder, schob die Mauser zurück ins Holster und gönnte sich einen Moment entspannten Aufatmens.

»Aber jetzt«, wandte er sich dann an Casey Goldstone, die erschöpft auf eine der Kisten gesunken war, »ist eine dicke Erklärung fällig, *Fräulein*!«

9

Sie brachten die Maschine noch vor dem Flugziel auf den Boden. Nachdem Otto die Schnittwunde in Jacks Schulter versorgt hatte, bestand er darauf, die *Liberty III* nach Schäden abzusuchen und die Löcher, die die Kugeln des Attentäters in Kanzel und Rumpf gestanzt hatten, wenigstens behelfsmäßig zu reparieren. In einer windgeschützten, von Felsen und Dattelpalmen gesäumten Bucht ankerten sie und schlugen ein Nachtlager auf, das aus einem Zelt für Casey und einem wärmenden Feuer für Jack und Otto bestand. Gesprochen wurde dabei kaum ein Wort, aber es war offenkundig, dass es Dinge zu klären gab. Am flackernden Feuer, nach einer Ration Dörrfleisch und Pfannenbrot, brach Casey Goldstone ihr Schweigen.

»Es tut mir leid«, flüsterte sie, in die lodernden Flammen starrend, deren heller Schein über ihre Züge irrlichterte.

»Wovon genau sprechen Sie?«, fragte Jack. »Von den Löchern in unserem Flugzeug? Oder von dem Kerl, der uns alle umbringen wollte? Oder eher davon, dass Sie uns etwas verschwiegen und uns damit alle in Todesgefahr gebracht haben?«

»Von allem«, gab sie zu und versuchte erst gar nicht, das Letztgenannte zu leugnen.

»Ich habe es gesagt«, brummte Otto, während er sich paffend seine Pfeife ansteckte und das Streichholz anschließend in die Flammen warf. »Von Anfang an habe ich gesagt, dass mir die Sache nicht gefällt. Dass *Sie* mir nicht gefallen, Miss«, fügte er mit einem Augenaufschlag in Caseys Richtung hinzu. »Und ich hasse es wirklich, in solchen Dingen recht zu behalten.«

»Oz hat recht, er hat es gesagt«, stimmte Jack zu. »Aber ich habe ihm widersprochen. Ich habe mich für Sie eingesetzt, weil ich der Ansicht war, dass Sie alleine sind und unsere Hilfe brauchen …«

»Die brauche ich tatsächlich.« Sie sah ihn direkt an. Er war nicht sicher, ob es Tränen waren, die in ihren Augen glänzten, oder nur der Widerschein der Flammen. »In dieser Hinsicht haben Sie sich nicht geirrt, Jack.«

»Warum haben Sie uns dann nicht die Wahrheit gesagt über diese Typen, die hinter Ihnen her sind?«, knurrte Jack. So froh er war, dass sie den Anschlag lebend überstanden hatten, so wütend war er auch, und nicht nur auf Casey Goldstone. Er schalt auch sich einen elenden Narren, weil er so vertrauensselig gewesen war. Und weil es dem Attentäter – wer immer er gewesen sein mochte – gelungen war, unbemerkt an Bord zu gelangen. Jack war leichtsinnig gewesen, und das machte ihn noch wütender als alles andere zusammen.

»Weil ich mir nicht sicher war«, gab Casey zurück.

»Soll das ein Witz sein?« Otto nahm die Pfeife aus dem Mund. »Das wäre jetzt ein guter Moment, um mit den Halbwahrheiten aufzuhören, Mädchen.«

»Dieser Kerl im Flugzeug«, ergänzte Jack, »hatte eine Tätowierung am Arm. Genau die gleiche habe ich bei dem Mann gesehen, den ich in Bizerte verfolgt habe und der vermutlich Ihren Vater auf dem Gewissen hat. Zunächst habe ich mir nichts dabei gedacht, im Hafen gibt es einen Haufen Kerle, die Tätowierungen tragen.

Aber seit heute Nachmittag ist mir klar, dass das kein Zufall gewesen ist.«

»Außerdem ist der Knilch ohne Federlesens aus dem Flieger gesprungen«, fügte Otto verdrießlich hinzu. »Normale Leute tun so was nicht, die hängen nämlich an ihrem Leben. Es gibt nur eine Sorte Menschen, die so was fertigbringt, und mit denen sollte man besser nichts zu tun haben – nämlich Fanatiker.«

»Sie haben beide recht«, gestand Casey ein.

»Dann wissen Sie, was das für eine Tätowierung ist?«, fragte Jack.

Sie nickte. »Sie stellt einen Stierkopf mit brennenden Hörnern dar: das Zeichen der Söhne Molochs.«

Otto schnaubte. »Wer sind die Knaben nun wieder?«

»Erinnern Sie sich an Charles Beulé?«, fragte sie stattdessen.

»Der Franzose, der Karthago entdeckt hat.« Jack nickte.

»Sie haben gut aufgepasst.« Casey nickte anerkennend. »Was ich Ihnen nicht erzählt habe, ist, dass Beulé einige Jahre später eines gewaltsamen Todes gestorben ist. Man hat ihn in seinem Bett aufgefunden, von mehreren Messerstichen durchbohrt. Der Fall wurde nie abschließend geklärt, aber …«

»Messerstiche«, echote Jack und hatte plötzlich einen bitteren Geschmack auf der Zunge. »Kommt mir bekannt vor.«

»Im alten Karthago«, fuhr Casey fort, »gab es einen Kult, der die stierköpfige Gottheit Moloch verehrte. Der Römer Plinius berichtet von Menschenopfern, die dargebracht wurden, indem man Kinder auf einen speziellen Mechanismus legte, der sie dann zu Ehren der Gottheit in eine Feuergrube warf, in der sie grausam zugrunde gingen.«

»Netter Kerl«, erkannte Otto an.

»Muss man mögen«, stimmte Jack grimmig zu.

»Im Zuge der Eroberung Karthagos wurde eine goldene Statue Molochs geraubt und nach Rom gebracht, doch wie es weiter heißt, fand der Zenturio, der für den Raub verantwortlich war, schon wenig später ein grausames Ende. Tatsächlich waren wohl einige Anhänger Molochs als Sklaven nach Rom gelangt, wo sie den Kult am Leben hielten. Später dann, als das Römische Reich zerfiel, gründeten sie einen geheimen Bund, dem sie den Namen Söhne Molochs gaben und dessen Zeichen ein Stierkopf mit brennenden Hörnern ist.«

»Das verdammte Tattoo«, knurrte Jack. »Dann gehörte der Kerl von heute Nachmittag also zu diesem Kult? Genau wie der Mörder Ihres Vaters?«

Casey nickte, ohne ihren Blick von den Flammen zu wenden. »Ich fürchte, so ist es. Die Söhne Molochs sehen sich als die legitimen Erben des alten Karthago und betrachten es als Diebstahl an ihrem Eigentum, wenn etwas davon fortgebracht wird – selbst wenn es im Dienst der Wissenschaft geschieht.«

»Das erklärt, warum sie Ihren Vater ermordet haben.« Jack schürzte die Lippen. Allmählich gewannen die Dinge einen Zusammenhang. »Hatten Sie schon früher Ärger mit denen?«

»Während der Ausgrabungen kam es wiederholt zu Zwischenfällen«, berichtete Casey. »Einmal brach ein Gerüst zusammen und begrub zwei der einheimischen Arbeiter unter sich. Ein anderes Mal riss ein Seil, und mein Vater wurde um ein Haar von einer Ladung Steine erschlagen. Zuerst glaubten wir noch an unglückliche Zufälle, aber eines Nachts fanden wir in unserem Lager den Schädel eines Stieres vor, dessen Hörner mit Öllappen umwickelt worden waren und lichterloh brannten.«

»Das Symbol der Sektierer«, folgerte Jack, und der bittere Geschmack auf seiner Zunge verstärkte sich noch.

»Grausig«, kommentierte Otto.

»Der brennende Schädel war eine Warnung«, fuhr Casey fort.

»Von da an wussten wir, mit wem wir es zu tun hatten. Einige unserer Gräber ergriffen noch in derselben Nacht die Flucht und kehrten nicht mehr zurück, und ich weiß noch, dass ich mit meinem Vater einen furchtbaren Streit hatte, weil ich die Ausgrabung beenden und die Gegend verlassen, er aber um jeden Preis bleiben wollte. Sie wissen ja, wie er war.« Sie wandte ihren Blick von den Flammen und sah Jack direkt an. »Am darauffolgenden Tag machte er seine große Entdeckung.«

»Zumindest ist mir jetzt klar, warum Sie beide es so eilig hatten, zurück in die Staaten zu kommen«, meinte Jack. »Es ging also nicht wirklich um wissenschaftliche Konkurrenz.«

»Nicht in erster Linie. Mein Vater hatte viele Gegner und manche Neider. Aber von denen trachtete ihm keiner nach dem Leben.«

»Trotzdem, eins verstehe ich nicht«, wandte Otto ein. »Wenn Sie schon wussten, wer die Mörder Ihres Vaters waren, warum haben Sie dann der Polizei kein Sterbenswort davon gesagt?«

»Weil es nichts genutzt hätte«, antwortete Jack an Caseys Stelle. »Capitaine Arnot hätte Nachforschungen angestellt und vielleicht sogar ein paar Leute verhaftet, aber die wahren Täter hätte er wohl nicht gefunden, und Casey hätte nur weiter in Gefahr geschwebt.«

»Das ist wahr«, stimmte sie zu. »Der Kult der Söhne Molochs existierte seit mehr als zweitausend Jahren, und sie hätten nicht all diese Zeit überlebt, wenn sie nicht überaus geschickt darin wären, sich zu tarnen. Außerdem befindet sich der Sitz ihrer Organisation nicht hier in Afrika, sondern weit entfernt in Rom.«

»Kann ja alles sein.« Mit der einen Hand zwirbelte Otto seinen Bart, während er mit der anderen die Pfeife hielt und schmollende Rauchwolken produzierte. »Aber uns hätten Sie doch die Wahrheit sagen können.«

»Hätten Sie dann eingewilligt, mich zu fliegen?«, fragte Goldstones Tochter mit entwaffnender Offenheit, und weder Jack noch sein Partner konnten diese Frage ehrlich bejahen.

»Aber das rechtfertigt nicht, was Sie getan haben«, beharrte Otto. »Bei der Nummer von heute Nachmittag hätten wir alle draufgehen und unser schönes Flugzeug hätte Schrott sein können ...«

»... was zweifellos noch schlimmer gewesen wäre«, ergänzte Jack trocken.

»Willst du sie etwa in Schutz nehmen? Nachdem sie uns angeflunkert und uns diesen Irren auf den Hals gehetzt hat?«

»Nana«, beschwichtigte Jack, »wirklich angeflunkert hat sie uns nicht, sondern uns nur ein paar Dinge vorenthalten. Und was den Messerschwinger betrifft, hätte ich mir den Inhalt der Kisten genauer ansehen müssen, ehe ich sie an Bord bringen ließ.«

Sein Partner starrte ihn mit ungläubig geweiteten Augen an. »Willst du behaupten, dass sie nichts dafür kann und wir selbst Schuld an dem haben, was passiert ist?«

»So weit würde ich nicht gehen.« Jack schüttelte den Kopf. »Aber ich kann verstehen, dass sie so gehandelt hat.«

»Danke, Jack.« Casey nickte und schenkte ihm ein Lächeln.

»Och, gern geschehen«, erwiderte Otto an Jacks Stelle, »aber das war es dann auch. Wir können Sie noch bis Algier bringen oder von mir aus auch bis Oran oder Tanger. Von dort gehen Schiffe nach Lissabon und von da aus geht's zurück in Ihre Heimat. Was Jack und mich betrifft, sind wir raus aus der Sache. Oder glauben Sie im Ernst, dass wir uns nach alldem noch an unsere Abmachung gebunden fühlen?«

»Nein«, versicherte Casey kopfschüttelnd, und diesmal war Jack sicher, dass es tatsächlich Tränen waren, die in ihrem Gesicht glänzten. »Ich verstehe, dass Sie wütend sind. Ich habe nur an mich gedacht und Sie beide damit in große Gefahr gebracht.«

»Nun mal keine Krokodilstränen, Kindchen«, beschwichtigte Otto, »das verfängt nämlich gar nicht.«

»Nicht so eilig«, wandte Jack ein.

»Was denn, Skipper? War dir das Riff noch nicht nah genug? Hast du den Warnschuss nicht gehört?«

»Doch«, beteuerte Jack. »Aber ich mag auch keine Kerle, die sich an alten Männern und wehrlosen Frauen vergreifen.«

»Wehrlos? Die?« Otto verdrehte die Augen.

»Die Sektierer werden herausbekommen, dass das Attentat misslungen ist, und weiter Jagd auf Casey machen«, gab Jack zu bedenken. »Und womöglich auch auf uns.«

Otto schloss die Augen, Rauch quoll aus seiner Nase. »Ich habe gewusst, dass du das sagen würdest. Ich habe es gewusst.«

»Weil du eigentlich meiner Meinung bist«, erwiderte Jack überzeugt. »Wir wissen beide, wie es sich anfühlt, wenn man keine Heimat hat und sich nirgendwo sicher fühlen kann. Manchmal glaube ich sogar, wir haben das Gefühl erfunden«, fügte er ein wenig leiser hinzu.

Sein Partner machte ein verdrießliches Gesicht.

Aber er widersprach auch nicht mehr.

»Und deshalb«, fuhr Jack fort, »denke ich, dass es trotz allem, was geschehen ist, am besten wäre, wenn wir ...«

»Ja?«, fragte Casey und sah ihn fragend an.

»Wir stehen zu unserer Abmachung und werden Sie in die Staaten bringen, Miss Casey«, eröffnete Jack.

»Vorausgesetzt, wir werden ordnungsgemäß dafür bezahlt«, fügte Otto mit deutscher Gründlichkeit hinzu. »Oder nehmen Sie es da mit der Wahrheit ebenfalls nicht so genau?«

»Keineswegs«, beteuerte sie. »Zu den tausend Dollar, die Sie bereits bekommen haben, werden weitere tausend kommen.«

»Wir werden Ärger kriegen, Jack«, sagte Otto voraus. »Jede Menge davon.«

»Wir haben immer Ärger«, konterte Jack, »egal wo wir sind. Das ist schon immer so gewesen.«

Und da konnte ihm auch sein Partner nicht widersprechen.

10

Rom
Tags darauf

»Nun?«

Im Halbdunkel seines Arbeitszimmers blickte der Mann von seinem Schreibtisch aus Wurzelholz auf. Obwohl es längst hell geworden und ein neuer Tag über dem Palatin und dem nahen Colosseum heraufgezogen war, waren die Fensterläden geschlossen. Die Bankerlampe auf dem Tisch bildete die einzige Lichtquelle, in deren grünlich-nüchternen Schein der Besucher vorsichtig trat.

Sein Anzug war schwarz wie die Nacht, seine Züge schmal und eine natürliche Folge der asketischen Lebensweise, der alle Angehörigen seiner Organisation frönten. Seiner Haltung haftete etwas Militärisches an, und wie immer umgab ihn ein Hauch von Schwefel, als sei er geradewegs dem finstersten Höllenpfuhl entstiegen. Es gab Gerüchte über das, was seine Leute in ihrem Geheimversteck trieben, das sich irgendwo in den alten Katakomben der Stadt befand, aber der Mann hinter dem Schreibtisch hatte es sich zur Regel gemacht, sich nicht für Gerede zu interessieren. Vor allem dann nicht, wenn es für ihn nicht von Bedeutung war …

»Noch immer keine Nachricht«, erstattete der Besucher Bericht. Sein Deutsch war akzentbeladen, aber ordentlich.

Der Mann hinter dem Schreibtisch seufzte. »Und das bedeutet?«, wollte er wissen. Zwar kannte er die Antwort nur zu genau, aber die Erfahrung hatte ihn gelehrt, dass man besser keine Gelegenheit ausließ, säumigen Untergebenen ihr Versagen klarzumachen.

»Dass die Mission unseres Agenten gescheitert ist. Offenkundig ist es ihm nicht gelungen, seinen Auftrag auszuführen.«

»Offenkundig.« Der Mann hinter dem Schreibtisch verharrte in gefährlicher Ruhe. »Und was weiter? Algier?«

»Die Maschine ist dort nicht eingetroffen«, entgegnete der andere kleinlaut. »Zuerst vermuteten wir, es könnte in der Luft zum Kampf gekommen und die Latécoère dabei ins Meer gestürzt sein …«

»Was ich in Ihrem Sinne nicht hoffen möchte, Gaspari«, sagte der andere Mann leise. »Denn das würde bedeuten, dass auch das Schmuckstück unwiederbringlich verloren ist.«

»… doch dann erreichte uns ein Telegramm unseres Mittelsmannes in Oran«, fuhr Gaspari rasch fort. »Die 28-3 wurde dort gesichtet.«

»Und es ist sicher die betreffende Maschine? Die französische Luftpost fliegt denselben Typ, wenn ich richtig informiert bin.«

»Jedoch nicht in dieser schwimmfähigen Version«, widersprach Gaspari. »Es ist Goldsteins Tochter, ohne jeden Zweifel.«

»Ich verstehe.« Das Leder seines Sessels knarrte, als der Mann am Schreibtisch sich zurücklehnte. Er griff nach der Fotografie, die auf dem Tisch lag, und betrachtete sie eingehend. Die Aufnahme war vor einigen Wochen an der tunesischen Küste entstanden. Da sie stark vergrößert worden war, war sie entsprechend unscharf, aber man konnte deutlich eine junge Frau erkennen, die Drillichhosen und ein Tropenhemd trug und gerade dabei war, einigen eingeborenen Gräbern Anweisungen zu erteilen: Cassiopeia Goldstein.

Der Mann hinter dem Schreibtisch schürzte die Lippen. Auch

wenn es schmerzte, sich eine Niederlage einzugestehen – er hatte Goldsteins Tochter unterschätzt. Offenbar verbarg sich hinter dieser aparten Erscheinung sehr viel mehr, als er vermutet hatte …

»Was wünschen Sie?«, fragte Gaspari beflissen. »Soll ich unsere Leute nach Oran schicken?«

»Damit sie ein drittes Mal ihre Stümperhaftigkeit unter Beweis stellen?«

Gaspari zuckte zusammen wie unter einem Peitschenhieb. Ein anderer hätte eine solche Beleidigung womöglich mit dem Leben bezahlt, doch die Natur ihrer Zusammenarbeit wollte es, dass er derjenige war, der gehorchen musste.

»Nein, mein düsterer Freund«, beschwichtigte ihn der Mann hinter dem Schreibtisch gönnerhaft. »Ihre Leute hatten ausreichend Gelegenheit, sich zu bewähren. Eine weitere Chance wird es nicht geben.«

»Was wollen Sie stattdessen tun? Die Verräterin entkommen lassen?«

Verrat …

Es war immer wieder interessant zu sehen, auf welch unterschiedliche Weise das Wort gedeutet werden konnte. Jedes Land hatte seine eigene Definition dafür, jede Gruppe und jede Gemeinschaft.

»Was wollen Sie unternehmen, Signore'utten?«, hakte Gaspari nach.

Der Mann hinter dem Schreibtisch verzog das Gesicht. Er würde sich wohl niemals daran gewöhnen, dass sie seinen Namen nicht richtig aussprechen konnten. Vielleicht hätte er doch bei dem anderen bleiben sollen.

»Das werde ich Ihnen sagen«, erklärte er, während er die Fotografie auf den Tisch zurückwarf und sich so weit nach vorn lehnte, dass der Lichtschein der Lampe seine bleichen Gesichtszüge erfasste. »Ich werde Goldsteins Tochter gewähren lassen. Wenn sie tatsächlich so hartnäckig ist, wie sich bislang gezeigt hat, wird sie versuchen, das Erbe ihres Vaters fortzuführen.«

»Das Erbe ihres Vaters«, echote der andere. »Das wird meinen Leuten nicht gefallen.«

»Dessen bin ich mir bewusst. Aber anders als es mir versprochen wurde, haben Sie es versäumt, mir das Schmuckstück zu besorgen, also werden wir die Regeln des Spiels ändern.«

»Inwiefern?«, fragte der Italiener. Man konnte sehen, wie er sich in seinem Anzug verkrampfte.

»Sind Sie in der Lage, uns ein Flugzeug zu besorgen, das uns nach Übersee bringt?«

»Nach Übersee?« Gaspari sah ihn fragend an.

»Ja oder nein?«

»Die Bruderschaft verfügt über weitreichende Verbindungen«, versicherte er. »Aber ich dachte, dass Sie …«

»Wir sind hier in Ihrem Land«, brachte der Mann hinter dem Schreibtisch in Erinnerung. »Das Deutsche Reich zieht es vor, im Verborgenen zu agieren. Der Duce und der Führer sind schließlich gute Freunde.«

Gaspari nickte. »Nichts hält ewig, nicht wahr?«

»Unser beider Völker verlangt es nach Raum zur Entfaltung, doch der Platz auf dieser Welt ist begrenzt. Sie wissen das besser als jeder andere.«

Der Italiener nickte abermals. Seit die Faschisten die Macht in seinem Land übernommen hatten, lebte seinesgleichen in ständiger Furcht. Das gesamte Mittelalter und die frühe Neuzeit hindurch war das Land südlich der Alpen eine Zuflucht für geheime Bünde und verborgene Gesellschaften gewesen. Doch in einer Zeit, die alle Macht in den Händen Einzelner sehen wollte, wurden sie zum erklärten Feind.

»Was haben Sie vor, Signore 'utten?«

»Das will ich Ihnen sagen: Solange sich das Schmuckstück im Besitz von Cassiopeia Goldstein befindet, haben wir keine Aussicht, das zu bekommen, worauf Sie und Ihre Männer es abgesehen haben. Doch statt einen weiteren Versuch zu unternehmen, es in unseren Besitz zu bringen, werden wir uns Goldsteins Tochter an die Fersen heften und ihr von nun an auf Schritt und Tritt folgen. Also noch einmal: Haben Sie ein Flugzeug oder nicht?«

Gaspari zögerte nur einen kurzen Augenblick.

»*Si*«, bestätigte er dann.

Und Harald Hutten nickte zufrieden.

11

Sie hatten die Reise anders fortgesetzt als ursprünglich geplant. Statt den Hafen von Algier anzufliegen, wo mit einiger Wahrscheinlichkeit weitere Schergen des Moloch-Kultes auf sie gewartet hätten, steuerten sie Oran an, das kleiner und weniger belebt war. Hier gingen sie mit der *Liberty III* vor Anker und füllten die Tanks und die Vorräte auf, während Otto die Maschine noch einmal einer eingehenden Prüfung unterzog. Zwei Tage lang blieben sie in Oran, um die Route zu planen und alle notwendigen Vorbereitungen zu treffen, ehe sie am 19. September ihre Reise schließlich fortsetzten. Vor ihnen lag ein Flug von rund achttausend Kilometern voller Unwägbarkeiten und Gefahren, und auch die Tatsache, dass sich ein blauer und weitgehend wolkenloser Himmel über ihnen erstreckte, konnte Jack nicht die innere Unruhe nehmen, die er empfand.

Ihre erste Etappe führte sie nach Tanger, von dort ging es über Rabat nach Casablanca, eine Strecke von achthundert Kilometern, die die *Liberty* mühelos bewältigte. Doch die tiefblaue Fläche des Atlantiks, die sich zu ihrer Rechten erstreckte, Ehrfurcht gebietend in ihrer scheinbar endlosen Weite, gab den Reisenden auch einen ersten Eindruck von der Entfernung, die sie zu überwinden hatten, und von der schieren Naturgewalt, der sie ausgeliefert sein würden.

In Casablanca hatte Otto eine kleine Reparatur vorzunehmen. Ein Bolzenlager war ausgeschlagen und hatte während des Anflugs für ein Geräusch gesorgt, das außer dem Mechaniker kein anderer im Flugzeug wahrgenommen hatte, nicht einmal Jack, der im Lauf von sechzehn Jahren gelernt hatte, sich auf seinen Partner blind zu verlassen. Während der Deutsche dem ausgeschlagenen Lager mit einer Reibahle zu Leibe rückte und den Bolzen ersetzte, tätigten Jack und Casey Einkäufe auf dem Basar der Stadt und zogen beim französischen Wetterdienst Erkundigungen ein. Ein Sturmtief am südöstlichen Rand der Biskaya machte Jack kein Kopfzerbrechen, ihre Route würde weiter südlich verlaufen. Größere Sorge bereitete ihm die späte Jahreszeit, in der sich jenseits des Atlantiks wüste Tropenstürme zusammenzubrauen pflegten. Doch bislang war davon nicht die Rede, also würden sie den Sprung über den Teich wagen.

Am 24. September verließ die *Liberty III* den Hafen von Casablanca und steuerte Funchal an, von dort führte die Route ins rund tausend Kilometer entfernte Horta. Auf den Azoren gelegen und damit zum portugiesischen Einflussgebiet gehörend, stellte Horta für viele Transatlantik-Flieger die letzte Etappe vor der eigentlichen Überquerung dar, während der Hafen für jene, die aus der Gegenrichtung zurückkehrten, den ersten Außenposten menschlicher Zivilisation darstellte.

Den Anforderungen entsprechend gab es Hangars und Werkstätten, auch die Versorgung mit Fliegerbenzin und Schmiermitteln sowie mit Ersatzteilen und Werkzeugen erfolgte auf dem Seeweg regelmäßig und in erforderlichem Umfang. Reibereien gab es wenn überhaupt allenfalls in den Bars und Cafés, wenn sich am Abend dort die Crews unterschiedlicher Nationen und konkurrierender Gesellschaften begegneten. Doch auch diese waren selten, als herrschte unter jenen, die sich in ihren Maschinen den mächtigen Elementen aussetzten, ein stilles Einvernehmen.

Nachdem sein Partner die *Liberty III* noch einmal einer peinlichen Wartung unterzogen hatte, startete Jack am Vormittag des 26. September den Motor.

»Schnurrt wie ein Kätzchen«, kommentierte er, als die 600 PS des Hispano-Suiza ihren mechanischen Gesang aufnahmen und warmliefen. »Gute Arbeit, großer Zauberer.«

Noch einmal überprüfte er Ruder und Kontrollen. Dann drehte er die *Liberty* gegen den Wind und hob von der schwankenden Oberfläche des Meeres ab, wissend, dass mehr als dreitausend Kilometer grenzenloser Weite und blauschwarzer Tiefe vor ihnen lagen, ein Flug von rund zweiundzwanzig Stunden, der Mensch und Material alles abverlangen würde.

Während Casey auf dem Begleitersitz Platz nahm und es als ihre Aufgabe betrachtete, den jeweiligen Piloten wach zu halten, wechselten Jack und Otto sich darin ab, die 28-3 über die endlos scheinende blaue Fläche zu steuern oder sich in der Hängematte auszuruhen, die im Frachtraum unter den Deckenspanten baumelte.

Tagsüber lösten sie sich alle fünf Stunden ab, in der Nacht, die sie auf ihrem Flug gen Westen einholte, alle zwei. Stellten tagsüber Wetterveränderungen und plötzlich auftretende Winde die größte Gefahr dar, wurde nachts hauptsächlich die Orientierung zum Problem. Die Schwärze, die sich über den Ozean senkte, ließ diesen zu einer einzigen großen Dunkelheit verschwimmen, in der allenfalls noch die Positionslichter einzelner Frachtschiffe auszumachen waren. Davon abgesehen, lag unergründliche, teerige Schwärze unter der Maschine, was Höhenmesser und künstlichen Horizont zu den besten Freunden des Piloten werden ließ.

Jack nutzte die Pausen auch, um mit Hilfe des Abdriftmessers Berechnungen anzustellen und Kursabweichungen zu korrigieren. Er ging dabei so sorgfältig vor wie nur irgend möglich, denn ihr

Ziel war das einzige Stück Land im Umkreis von tausend Kilometern, und ihr Treibstoff war denkbar knapp eingeteilt. Schon eine Abweichung um wenige Grad konnte im Zweifelsfall den Unterschied bedeuten zwischen einer glücklichen Landung und einem kalten Tod im Ozean.

Das Wetter schien immerhin auf ihrer Seite zu sein, der befürchtete Sturm blieb aus. Erst in der Morgendämmerung des 27. September konnten sie am nördlichen Horizont eine Ballung dunkler Wolken erkennen, die sich dafür rasend schnell näherte.

»Wie weit noch bis Bermuda?«, fragte Otto grimmig.

»Knapp hundert Meilen.«

»Das schaffen wir nicht«, stellte der Mechaniker mit einem besorgten Blick aus dem Seitenfenster fest.

»Kaum.« Jack schüttelte den Kopf. »Sag unserer Passagierin, dass sie sich anschnallen soll. Und dann setz eine Meldung nach Hamilton ab, damit sie schon mal wissen, dass wir hier rumkurven. Nur für alle Fälle.«

Ihre Blicke trafen sich. Beide wussten, dass die Aussichten, eine Notlandung inmitten eines tosenden Sturmes zu überstehen, praktisch gleich null waren. Von der Aussicht, von einem Schiff aus Seenot gerettet zu werden, ganz zu schweigen. »Verstanden, Skipper«, sagte Otto nur.

Durch die nun bereits wankende Maschine ging er in den Frachtraum, um Casey zu wecken, die irgendwann auf ihrem Sitz eingeschlafen war. Er half ihr dabei, den Beckengurt anzulegen, dann schnallte er sich selbst auf dem Begleitersitz fest. Und nicht lange darauf wurde die *Liberty* von der ersten schweren Bö getroffen.

Es ging schnell.

Die zu Ende gehende Nacht schien es sich plötzlich anders überlegt zu haben. Es wurde wieder dunkel, die Welt versank in tiefem Grau, durch das gleißende Blitze zuckten. Mit furchtbarer Wucht entluden sie sich, fuhren aus den schwarzen Wolken zur See hinab, zornig wie Poseidons Dreizack. Casey schrie entsetzt auf, als blaues Irrlicht den Frachtraum taghell erleuchtete.

Dann setzte der Regen ein.

Es war, als würde die *Liberty* vom Hieb einer riesigen Faust getroffen. Das Flugzeug machte einen Satz in der Luft, und es kam Jack so vor, als würde der Motor in Panik aufbrüllen. Er konnte die ungeheuren Kräfte spüren, die an den Rudern zerrten, und der metallene Rumpf hallte wider vom Prasseln des Regens. Von einem Augenblick zum anderen bestand so gut wie keine Sicht mehr. Hunderte Liter Wasser stürzten auf die Kanzel der 28-3 herab und verzerrten die ohnehin schon hinter grauen Schleiern verschwundene Welt noch mehr.

»Hamilton! Hier Maschine LCC-3 ...«

Vergeblich kämpfte Ottos Stimme gegen den infernalischen Lärm an, während er über Kurzwelle den Anflughafen zu erreichen versuchte. Mit Argusaugen behielt Jack den Höhenmesser im Blick. Fallwinde und Böen hatten die Maschine in kürzester Zeit auf rund sechshundert Fuß gedrückt. Er musste wieder an Höhe gewinnen, vielleicht sogar versuchen, über den tobenden Sturm hinauszugelangen ...

Er zog die Steuersäule zu sich heran und ging höher, den heulenden Winden zum Trotz. Über den Treibstoff, den der Kampf gegen die tobenden Elemente kostete, dachte er lieber gar nicht nach. Auch so flog die *Liberty* schon auf Reserve, die Nadel war tief im roten Bereich. Ihnen war klar gewesen, dass diese Distanz so ziemlich das Äußerste war, was die Maschine leisten konnte. Es war ein Risiko gewesen, von Anfang an.

Das Flugzeug bebte, wurde zum Spielball der Winde, doch es war nicht der erste Sturm, gegen den Jack kämpfte, und er hatte die anderen nicht überlebt, weil er stets nur Glück gehabt hatte. Wie immer, wenn die Elemente an der Steuerung zerrten, wenn der Motor brüllend protestierte und die kaum vorhandene Sicht andere Piloten in die Verzweiflung getrieben hätte, überkam ihn eine seltsame Ruhe. Woher sie rührte, wusste er selbst nicht zu sagen, vielleicht war es die Gelassenheit eines Mannes, der im Krieg dem Tod zu oft ins Auge geblickt hatte, als dass der Gedanke ihn noch hätte schrecken können. Noch war es nicht so weit, sagte er sich.

Noch nicht …

Nach seinem Verständnis brandeten der Wind und der Regen nicht nur einfach gegen das Flugzeug an, sondern folgten einem Muster, das er auf eine schräge Art durchschaute. Er konnte es nicht benennen, es war ein Gefühl, das tief aus seinem Inneren kam und dem er in solchen Momenten die Kontrolle überließ. Schon als blutjunger Anfänger von siebzehn Jahren hatte er auf dieses Bauchgefühl vertraut, zum Leidwesen seines Ausbilders, den er damit fast in den Wahnsinn getrieben hatte. Es war wie eine Melodie, die Jack einmal gehört hatte und die ihm seither nicht mehr aus dem Kopf ging. Sie gab ihm Sicherheit und verlieh ihm die Gewissheit, dass sie es schaffen konnten.

Von gleißenden Blitzen umtanzt, schoss die *Liberty* jetzt steil hinauf, während die Elemente weiter an ihr zerrten und sechshundert heulende Pferdestärken alles gaben, um sie auf Kurs zu halten. Otto versuchte weiter, die Hafenkontrolle von Hamilton zu erreichen, während Casey Goldstone ihrer verständlichen Angst immer wieder mit heiseren Rufen Ausdruck verlieh … Doch plötzlich wurde es ruhiger.

Jack beendete den rasanten Steigflug und setzte die Querruder ein, um die Maschine in der Luft zu stabilisieren. Der Höhenmesser zeigte knapp 3000 Fuß an. Noch immer wüteten die Elemente, doch waren sie jetzt sehr viel gemäßigter. Der Regen hatte nachgelassen, sodass man außerhalb der Sichtfenster wieder etwas erkennen konnte – ein gewaltiges Gebirge aus graublauen Wolkenmassen, über dessen Gipfel sie flogen, während im Osten die ersten Strahlen der aufgehenden Sonne über den Horizont stachen.

»Scharfer Ritt, Cowboy«, meinte Otto anerkennend. Das Sprechteil des Funkgeräts umklammerte er so fest, dass die Knöchel seiner rechten Hand weiß hervorgetreten waren.

»Danke, Kumpel.«

»Woher wusstest du, dass es hier oben ruhiger sein würde?«

»Wusste ich nicht, war nur ein Gefühl.« Jack grinste.

Mit einem prüfenden Blick auf den Kompass leitete er eine leichte Kurskorrektur ein, und durch eine Landschaft aus bizarren Wolkenformationen legte die *Liberty III* das letzte Stück zum Ziel ihrer Reise zurück, das sie um 4 Uhr 21 Ortszeit erreichte.

12

Hamilton, Grand Bermuda
28. September 1935

Den ersten Tag ihres Aufenthalts verbrachten sie damit, die *Liberty* nach Schäden abzusuchen, die im Lauf der Überquerung und des Unwetters entstanden sein mochten. Und zu Ottos großem Verdruss wurden sie fündig.

Zunächst hatte er die knallenden Geräusche, die die Landung der 28-3 im Hafen von Hamilton begleitet hatten, für eine Folge des beinahe leeren Treibstofftanks gehalten, doch im Zuge der Inspektion stellte sich heraus, dass infolge des Gewitters Wasser in das Kraftstoffsystem eingedrungen war.

»Schöner Mist«, kommentierte der Mechaniker missmutig und zerrieb die Probe zwischen seinen Fingern.

»Woran liegt's?«, fragte Jack, der wie sein Partner auf einem der Schwimmer stand, auf denen die *Liberty* im Hafen dümpelte.

»Im besten Fall nur an einer defekten Dichtung wegen des Windes. Wenn's schlimm kommt, am ganzen Kühlsystem.«

»Wie lange?«

»Mit Glück nur ein Tag – oder eine ganze Woche, je nachdem.«

»Wir zählen auf dich, großer Zauberer«, erwiderte Jack und klopfte ihm ermutigend auf die Schulter.

»Kann ich helfen?« Casey stand auf dem Steg, an dem die *Liberty* vertäut war, und sah fragend zu ihnen herüber.

»Das fehlte noch«, brummte Otto leise.

Sie hörte es trotzdem.

»Unterschätzen Sie mich nicht. Die Wohnung, in der ich mit meiner Familie lebte, befand sich neben einer Werkstatt für Automobile. Als kleines Mädchen bin ich oft dort gewesen und habe zugesehen. Ich bin durchaus in der Lage, einen Gabelschlüssel von einem Kerzenschlüssel zu unterscheiden. Und ich weiß auch, was ein Engländer ist.«

»Großartig.« Otto schnitt eine Grimasse.

»Weißt du was«, meinte Jack, »ich denke, das ist eine gute Idee. Casey kann dir zur Hand gehen, während ich die Formalitäten erledige und neue Karten besorge. Der schwierigste Teil unserer Reise ist geschafft, aber wir sind noch nicht am Ziel.«

»Bist du verrückt?«, zischte sein Partner. Schlagartig wurde er puterrot im Gesicht und sah ihn mit großen Augen an. »Lass mich bloß nicht allein mit dieser … dieser …«

»Frau«, half Jack aus. »So werden diese Wesen genannt.«

»Ich muss mich auf die Arbeit konzentrieren.«

»Kannst du«, versicherte Jack gelassen, »und sie wird dir dabei Gesellschaft leisten, denn hier ist sie sicher. Bitte, Oz, tu mir den Gefallen.«

Die Schwere des inneren Kampfes, den Otto führte, ließ sich an seinen bebenden Bartspitzen ablesen. Augenblicke lang schien er drauf und dran zu sein, in Bausch und Bogen abzulehnen. Schließlich nickte er und gab sich geschlagen.

»Von mir aus.«

»Geht in Ordnung, Miss Casey«, gab Jack die gute Nachricht fröhlich an die junge Frau weiter, die sich daraufhin die Ärmel ihrer Bluse aufkrempelte. Es sollte wohl ihre Bereitschaft signalisieren, sich die Hände schmutzig zu machen. Otto grinste, als er das sah.

Am frühen Nachmittag bekamen sie die Erlaubnis, ihre Maschine über eine der dafür vorgesehenen Rampen aufs Trockene zu ziehen. Dort begann Otto mit den Reparaturarbeiten, während Jack die örtliche Niederlassung der Luftfahrtbehörde aufsuchte. Und Casey gab sich alle Mühe, nützlich zu sein.

»Den 16er Schlüssel«, wies Otto sie an. »Nein, nicht den da! Den anderen! Und jetzt die Kombizange!«

Casey reagierte prompt und ohne Murren, und nach einer Weile musste Otto sich eingestehen, dass sie ganz und gar nicht seiner Vorstellung von einer Professorentochter entsprach und tatsächlich eine Hilfe war – auch wenn er sich lieber seinen Schnauzbart abrasiert hätte, als ihr das zu sagen. Denn da war noch immer eine Menge an ihr, das ihn störte, und es fing damit an, dass er sich nie auf diese Reise hatte begeben wollen. Es war Jack gewesen, der ihn dazu überredet hatte, und dafür wiederum war in Ottos Augen einzig und allein Casey Goldstone verantwortlich.

»Schöner Mist«, sagte er plötzlich auf Deutsch.

»Was ist?«, fragte sie, ebenfalls in ihre Muttersprache wechselnd, die sie noch immer fließend beherrschte. Aus Rücksicht auf Jack hatten sie es bislang beide vermieden, deutsch zu sprechen.

»Mir ist eine Dichtung da reingefallen«, erwiderte er, auf eine große Wanne mit Altöl deutend, die unter dem Motorblock der Liberty stand.

»Und?«, fragte sie.

»Blöderweise haben wir nur eine davon, ich brauche sie unbedingt«, behauptete er, während er auf einer kleinen Klappleiter stand und die Zuleitungen zum Motor prüfte. »Könnten Sie sie wohl rausfischen?«

Casey bedachte zuerst ihn und dann die braune Brühe mit einem undeutbaren Blick. »Sie glauben wohl, ich traue mich nicht?«, fragte sie dann.

»Weiß nicht. Trauen Sie sich?«

Sie schnaubte, während ihre Züge sich rötlich verfärbten. Dann trat sie entschlossen vor, schob die Ärmel ihrer Bluse noch ein wenig höher, beugte sich hinab und steckte ihre nackten Arme ohne Zögern in die lauwarme und elend stinkende Brühe.

»Liegt wahrscheinlich irgendwo auf dem Boden«, meinte Otto. »Gummi schwimmt nämlich nicht.«

»Darf ich Sie etwas fragen?«, erkundigte sie sich von unten, während sie sprichwörtlich im Trüben fischte.

Er seufzte nur.

»Wie haben Jack und Sie sich kennengelernt? Ich meine, ein Amerikaner und ein Deutscher …«

»Im Krieg«, sagte Otto nur.

»Wie kam das? Sie haben doch auf verschiedenen Seiten gekämpft, oder?«

»Hat sich nicht vermeiden lassen.«

»Und doch sind Sie Freunde geworden?«

»Sieht ganz so aus.«

»Sie sprechen nicht gern darüber«, vermutete sie, während sie weiter im Altöl rührte. Da die Wanne tiefer war, als es aussah, waren die aufgekrempelten Ärmel ihrer Bluse inzwischen braun verfärbt.

»Erraten.«

Casey unterbrach ihre Suche, um sich einen Moment auszuruhen. Als sie sich mit dem Handrücken den Schweiß von der Stirn wischte, hinterließ sie dort eine schmutzig braune Ölspur. »Sie mögen mich nicht besonders, oder?«, fragte sie unvermittelt.

»Ich kenne Sie nicht genug, um Sie nicht zu mögen, Miss Casey«, erwiderte Otto, während er mit dem Oberkörper in der offenen Wartungsklappe verschwand. »Aber ich habe schon viele Frauen wie Sie kennengelernt«, meldete er von drinnen. »Und die bedeuteten immer Ärger.«

»Frauen wie mich? Was soll das heißen?«

Man hörte ihn hämmern und stöhnen, dann tauchte sein Gesicht wieder auf, jetzt nicht weniger dreckverschmiert als ihres. »Sie sind geschmeidig. Elegant. Raffiniert. Frauen ihres Schlages bringen Männer dazu, Dinge zu tun, die sie eigentlich gar nicht tun wollen.«

»Was Sie nicht sagen.« Casey beendete ihre Pause und setzte die Suche fort. »Ehrlich gesagt habe ich nicht den Eindruck, dass Sie sich von mir etwas vorschreiben lassen. Und Jack ebenfalls nicht.«

»Wir sind hier, oder nicht?«, fragte Otto. »Wissen Sie, manchmal ist Jack wie ein kleiner Junge. Ein Pfadfinder, der immer Gutes tun möchte.«

»Verstehe – und Sie haben sich wohl vorgenommen, auf ihn aufzupassen?«

»Hören Sie.« Von der Leiter aus schickte er ihr einen eindringlichen Blick. »Jack ist nicht nur mein bester Freund, sondern auch der feinste Kerl, den ein Mädchen wie Sie in Ruhe lassen sollte.«

»Wie darf ich das verstehen?«

»Jack hat eigentlich nur zwei Schwächen«, erklärte der Mechaniker, »nämlich das weibliche Geschlecht und ein zu weiches Herz, und ich bitte Sie, weder das eine noch das andere für Ihre Zwecke auszunutzen – und schon gar nicht beides zur selben Zeit!«

Casey sah zu ihm auf. Es war unübersehbar, wie ernst es ihm war. »Das werde ich nicht«, versprach sie.

Sein prüfender Blick blieb noch einen Augenblick auf ihr haften. »Danke«, sagte er dann und verschwand wieder im Motorgehäuse.

Inzwischen hatte Casey ihre Suche beendet. Sie war sicher, den gesamten Boden der Ölwanne abgesucht zu haben – von der Dichtung, die angeblich hineingefallen war, fehlte jedoch jede Spur. »Da drin ist gar nichts, oder?«, fragte sie.

»Nein«, gab er rundheraus zu.

»Na schön.« Sie nickte und zog ihre Arme aus der Brühe, dann wischte sie sie mit einem Öllappen notdürftig ab. In einer Pfütze, die noch vom Gewitter übrig war und die in allen Regenbogenfarben schillerte, konnte sie ihr Spiegelbild sehen.

»Ich hoffe, Sie sind zufrieden. Ich sehe wie ein richtiger Dreckspatz aus«, stellte sie fest.

»Naja«, meinte Otto, während er von der Leiter stieg und die Wartungsklappe wieder schloss, »wenigstens haben wir jetzt etwas gemeinsam.«

Sie schaute ihn an, und einen Augenblick stand sie nur da und wusste nicht, was sie erwidern sollte.

Dann lachten sie beide.

13

Am übernächsten Tag hob die *Liberty III* wieder ab.

Wie Otto gehofft hatte, hatte sich der Schaden am Kraftstoffsystem tatsächlich auf eine fehlerhafte Dichtung beschränkt, die infolge des Sturmes beschädigt worden war. Darüber hinaus wechselte er das Öl und tauschte einige Bolzen, sodass die 28-3 Hamilton in, wie er behauptete, praktisch nagelneuem Zustand verließ. All dies hatte er, wie er betonte, durch Caseys tatkräftige Hilfe in Rekordzeit geschafft.

Bis Charleston waren es noch einmal rund achthundert Seemeilen. Unter anderen Voraussetzungen wäre es eine weite Strecke gewesen, doch nach der Distanz, die hinter ihnen lag, kam es Jack fast wie ein Katzensprung vor. Zumal das Wetter sich entspannt hatte und zumindest für die vorgesehene Flugstrecke keine bösen Überraschungen erwarten ließ.

Die Stimmung an Bord war gelöster als während der bisherigen Etappen. Ob es daran lag, dass die Erinnerung an Nordafrika langsam verblasste oder dass Otto augenscheinlich seinen Frieden mit ihrer Passagierin gemacht hatte, wusste Jack nicht zu sagen. Vielleicht lag es aber auch daran, dass er sich heimatlichen Gefilden näherte, zum ersten Mal nach ziemlich langer Zeit. Zwar war er in Brooklyn geboren, Yankee durch und durch, Fan der gleichnamigen Baseballmannschaft und als Südstaatler nicht zu gebrauchen. Doch als sich in der Ferne schemenhaft die Küste Carolinas abzeichnete und über Kurzwelle die ersten Meldungen vom Festland eingingen, da wurde ihm wärmer um sein Herz, als er selbst es vermutet hätte. Und er ertappte sich dabei, dass er die Melodie von »I wish I was in Dixie« pfiff, während er die Liberty III ihrem endgültigen Ziel entgegensteuerte.

Es war am späten Nachmittag, als die 28-3 nach etwas mehr als zehn Stunden Flug wieder festes Land erreichte. Die Bucht von Charleston kam in Sicht, und mit ihr auch das auf einer kleinen Insel gelegene Fort Sumter, das die Einfahrt zur Bucht bewachte und mit dessen Beschuss durch die Konföderierten seinerzeit der amerikanische Bürgerkrieg begonnen hatte. Die Liberty flog darüber hinweg und hielt auf die Stadt zu, die auf einer von drei Flüssen gesäumten Landzunge lag. Von weißen Gebäuden umrahmte Straßen durchzogen die Stadt und strebten auf die Märkte und Plätze zu, und inmitten der Dächer erhob sich der weiße Turm der Kirche St. Michael's. Unweit davon befand sich der Hafen, an dessen Kais unzählige Frachtschiffe und Fischkutter vertäut lagen. Dorthin lenkte Jack auch die *Liberty* und brachte sie sicher zur Landung.

Ein Schlepper kam und zog sie zur Anlegestelle, und dann betrat Jack zum ersten Mal nach einer gefühlten Ewigkeit wieder den Boden seiner Heimat.

Während Otto es sich nicht nehmen ließ, sofort nach der *Liberty* zu sehen und ihr nach all den Strapazen ein paar Streicheleinheiten zukommen zu lassen, kümmerte sich Jack um die Einreiseformalitäten. Casey begleitete ihn und wollte danach sofort nach Hause. Die Erschöpfung stand ihr ins Gesicht geschrieben, aber sie wirkte auch unsagbar erleichtert darüber, endlich wieder zurück zu sein. Ein seltsames Gefühl überkam

Jack, und mit Befremden stellte er fest, dass es ein Anflug von Neid war. Nicht ihres schönen Hauses wegen, das Cassiopeia Goldstone erwartete. Sondern wegen des Gefühls, überhaupt ein Zuhause zu haben.

Als sie alle Formalitäten erledigt hatten, war es bereits dunkel. Die Betriebsamkeit im Hafen und an den Kais war zum Erliegen gekommen, und in den Straßen gingen die Lichter an und tauchten die kleinen Häuser und ihre weiß gestrichenen Vorgartenzäune in kitschigen Schein.

»Sie müssen das nicht tun«, sagte Casey.

»Wovon sprechen Sie?«

»Mich nach Hause bringen«, erwiderte sie. »Es ist nur ein kurzes Stück.«

»Es ist schon dunkel«, sagte er.

»Und ich bin ein großes Mädchen. Außerdem ist das hier nicht Afrika. Das hier sind die Vereinigten Staaten von Amerika.«

»Stimmt genau, Ma'am«, bestätigte Jack und tippte sich an den Schirm der blauen Yankee-Mütze, die er trug. »Und in den Staaten pflegen wir alleinstehende Ladys sicher bis vor ihre Haustür zu begleiten. Außerdem haben Sie für diesen Service bezahlt.«

»Sie machen das bei jedem Fluggast?« Casey warf ihm einen zweifelnden Seitenblick zu.

»Natürlich.«

»Das bezweifle ich.« Sie schüttelte den Kopf.

»Wann sind Sie das letzte Mal hier gewesen?«

»Vor etwa acht Monaten. Bevor mein Vater den Hinweis bekam, der ihn nach Tunis führte und von dort nach Bizerte, wo wir …« Sie unterbrach sich. »Es ist seltsam, wieder hier zu sein und zu wissen, dass er nie wieder …« Sie verstummte wieder.

»Tut mir leid«, sagte Jack.

»Ist schon gut.« Sie wischte sich über die Augen. »Ich hatte nur gedacht, ich hätte es schon verwunden. Aber wieder hier zu sein lässt mich an damals denken. In dem Lokal da drüben haben wir am Tag vor unserer Abreise noch gegessen.«

Sie deutete auf die andere Straßenseite, wo ein von leuchtenden Glühbirnen umrahmtes Schild »Antoine's Seafood« anpries und von wo der verführerische Duft von frisch gegrilltem Catfish herüberzog.

»Viele Erinnerungen, was?«

»Ja«, gab sie zu und versuchte ein Lächeln. »Vielleicht zu viele.«

»Was werden Sie nun tun?«, fragte Jack.

»Dem Museum des College die Fundstücke übergeben, die Vater in Nordafrika gefunden hat. Der Kurator ist Dr. Vandermere, ein guter Freund, der mir helfen wird, die Funde einzuordnen und der Wissenschaft zugänglich zu machen.«

»Können Sie ihm vertrauen? Ich erinnere mich, dass Ihr Vater etwas von Konkurrenten sagte …«

»Jerome gehört bestimmt nicht dazu«, versicherte sie. »Vater und er kennen sich schon seit Jahren. Er ist es auch gewesen, der ihn eingeladen hat, in die Staaten zu kommen. Wir haben ihm viel zu verdanken.«

»Verstehe.« Jack nickte. »Und wenn Sie Ihre Arbeit beendet haben? Was dann?«

»Ich weiß es nicht.« Sie schüttelte den Kopf. »Mein ganzes Leben lang habe ich immer nur das getan, was andere von mir wollten. Zuerst meine Mutter, dann die Lehrer im Internat, und schließlich mein Vater. Ich meine, ich war gerne mit ihm unterwegs, aber stets ist er es gewesen, der die Ziele vorgegeben hat, und diesen Zielen bin ich immer gefolgt. Sogar jetzt noch, obwohl er gar nicht mehr am Leben ist. Aber danach werde ich zum allerersten Mal in fünfundzwanzig Jahren nicht wissen, wie es weitergehen soll.« Sie blieb stehen und sah ihn fragend an. »Ist das nicht eigenartig?«

»Eigentlich nicht.« Jack verharrte ebenfalls und rückte seine Mütze zurecht. »Man nennt das Freiheit, Miss Casey. Das Streben nach Glück. Steht sogar in der Verfassung.«

»Ich weiß.« Sie lächelte. Es war ein zauberhaftes, ehrliches Lächeln, das gut zu ihrem hübschen Gesicht passte. »Endstation«, sagte sie dann.

»Das ist es?« Er trat zwei Schritte zurück, um an dem Haus emporzublicken, vor dem sie stehen geblieben waren.

Es war ein hübsches Südstaatenhaus, aus Holz gebaut und weiß gestrichen, mit einer großen Eiche im Garten und einer breiten Veranda, von deren Decke an rostigen Ketten eine verwaiste Schaukelbank hing.

»Mein Vater hat diesen Platz geliebt«, erklärte Casey. »Er saß dort oft und sah sich den Sonnenuntergang an. Das hat ihn irgendwie an die alte Heimat erinnert, glaube ich.«

»Schönes Haus.« Jack nickte. »Kommen Sie zurecht?«

»Naja.« Sie zuckte mit den Schultern. »Der Strom ist noch nicht wieder angestellt, aber soweit ich weiß, sind noch Kerzen im Haus.«

»So meinte ich das nicht.«

»Ich weiß.« Sie lächelte. »Ich denke schon, dass ich allein zurechtkomme«, sagte sie dann. »Wollen Sie trotzdem noch mit reinkommen? Ich kann nicht garantieren, dass noch Kaffee da ist, und wenn, dann hat er wahrscheinlich jegliches Aroma verloren, aber ich könnte …«

»Glauben Sie, dass das eine gute Idee wäre?«

Ihre braunen Augen sahen ihn durchdringend an. »Wahrscheinlich nicht«, gestand sie dann.

»Wir sehen uns morgen«, kündigte Jack an und konnte selbst kaum glauben, was er da sagte. »Sobald die Fracht durch den Zoll ist, bringen wir sie vorbei.«

»Danke.« Sie nickte, stellte sich auf die Zehenspitzen und küsste ihn sanft auf die Wange.

»Wofür war das?«, fragte er.

»Für alles, was Sie getan haben. Für alle Risiken, die Sie und Ihr Partner auf sich genommen haben, nur um den Traum eines alten Mannes zu erfüllen, den sie noch nicht einmal richtig gekannt haben.«

»Und nicht zu vergessen zweitausend Dollar«, fügte Jack hinzu. Er war rot geworden, die Rolle des edlen Ritters stand ihm nicht, wie er fand.

»Ja, das auch.« Sie lächelte. »Sie werden das restliche Geld morgen bekommen. Ist versprochen.«

»Danke, Miss Casey.«

»Gute Nacht, Jack.«

»Nacht, Miss«, erwiderte Jack und tippte sich abermals an den Schirm seiner Mütze. Sie sahen einander an, und ihre Blicke begegneten sich ein wenig länger, als es notwendig gewesen wäre.

Da war etwas zwischen ihnen, das war nicht zu übersehen, und Jack konnte selbst kaum fassen, dass er die Gelegenheit nicht nutzte. Was war nur los mit ihm? Wurde er alt? Die Kleine war ein Volltreffer, ein echter Hauptgewinn, und hatte sie ihn nicht sogar zu sich nach Hause eingeladen?

Die Sache war nur – Casey war erschöpft von der langen Reise und noch immer voller Trauer über den Tod ihres Vaters. Sie war allein und sehnte sich nach Nähe, und Jack wollte verdammt sein, wenn er das für sich ausnutzte.

Auch wenn es schwerfiel.

Sie wandte sich ab, ging durch den verwahrlosten Vorgarten

zur Veranda und die Stufen hinauf. Dort drehte sie sich noch einmal um und winkte, und er nickte ihr zum Abschied zu.

Dann wandte er sich um, rammte entschlossen die Fäuste in die Taschen seiner Fliegerjacke und ging die Straße hinab auf der Suche nach einer Bar.

Er brauchte dringend einen Drink.

Oder auch zwei.

14

Luftraum über dem südlichen Atlantik
Zur selben Zeit

Gaspari hatte Wort gehalten.

Die Maschine, die er besorgt hatte, war ein italienisches Fabrikat, eine Savoia-Marchetti S 55. Ihre Bauweise mit den beiden Rümpfen, die zugleich als Schwimmer dienten, und der mittig darüberliegenden Pilotenkanzel war mehr als außergewöhnlich, weshalb das Flugzeug schon bei seinem Abflug in Ostia mehr Aufmerksamkeit auf sich gezogen hatte, als Hutten lieb sein konnte. Andererseits sprachen die technischen Daten der Maschine für sich: Mit einer Geschwindigkeit von zweihundertdreißig Stundenkilometern, einer Zuladung von zweieinhalb Tonnen und einer Reichweite von viertausendfünfhundert Kilometern war die S 55 anderen Flugzeugen überlegen und für Transatlantikflüge weit besser geeignet als viele vergleichbare Maschinen. Nicht von ungefähr hatte im vorletzten Jahr ein Geschwader von vierundzwanzig S-55-Maschinen unter dem Kommando des italienischen Luftmarschalls Italo Balbo den Atlantik überquert und war in einer beispiellosen, von der Weltpresse aufmerksam verfolgten Aktion von Rom nach New York geflogen.

Die Ausrüstung für das bevorstehende Unternehmen, das den Namen »Operation Tempeljäger« bekommen hatte, war auf beide Rümpfe der Maschine verteilt worden; den verbleibenden

Raum in der Backbord-Kabine teilten sich zehn Mann, die Gasparis Geheimbund angehörten. Auf der Steuerbordseite reisten Hutten und Gaspari selbst in sehr viel weniger beengten räumlichen Verhältnissen; in der Gondel darüber saßen der Pilot und der Mechaniker, beides Angehörige der *Regia Aeronautica*, die der Organisation verbunden waren. Das tiefe Brummen der beiden Isotta-Fraschini-Motoren, die die Maschine in rund zweieinhalbtausend Metern Höhe mit beinahe zweitausend Pferdestärken durch die Luft trieben, hatte etwas Beruhigendes.

»Sind Sie zufrieden, Signore 'utten?«, fragte Gaspari, der ihm in der Kabine gegenübersaß. Seinen Anzug hatte er gegen leichtere Kleidung getauscht, die aus weiten Fliegerhosen und einem Hemd bestand. Rabenschwarz war sie jedoch allemal – die Farbe der Söhne Molochs.

»In der Tat«, bestätigte Hutten. Zumal die S 55 nicht alles war, was die Italiener aufgeboten hatten. Ein kleines Geschwader von Doppeldeckern, deren Reichweite zu gering war, um den Atlantik zu überfliegen, würde mit dem Schiff überführt werden und später eintreffen. Das Ziel hieß zunächst Pernambuco, von dort waren es noch rund 2500 Kilometer bis Manaus. Was danach kam, wusste zu diesem Zeitpunkt niemand mit Bestimmtheit zu sagen. Aber vielleicht würde sich dies ja schon sehr bald ändern …

»Was lesen Sie da?«, wollte Gaspari wissen.

Hutten blickte auf das Buch, das er aufgeschlagen vor sich auf dem Schoß liegen hatte und das aus vielen losen Blättern zusammengebunden war.

»Briefe«, erwiderte er.

»Von wem?«

»Aus der Vergangenheit«, entgegnete Hutten ausweichend und genoss es, den pikierten Ausdruck im Gesicht des anderen zu sehen. Gaspari schien zu überlegen, ob er weiter nachfragen sollte, aber dann trug sein Stolz den Sieg davon.

»Und Sie sind sicher, dass auch Goldsteins Tochter dorthin will?«, wechselte er stattdessen das Thema.

»Was ist schon sicher, Herr Gaspari?« Hutten zuckte mit den Schultern. »Aber ich habe allen Grund, es anzunehmen.«

Der Italiener nickte und wandte sich einem der Gepäcknetze zu. Mit großer Geste zog er eine Weinflasche und zwei metallene Becher hervor. »Dieser Wein«, erklärte er dazu, »wurde nach der alten Art gekeltert. Ich habe lange darauf gewartet, ihn zu trinken.«

Er entkorkte die Flasche, füllte die beiden Becher und reichte einen davon an Hutten. Der Inhalt hatte eine beunruhigend tiefrote Farbe. Wäre Hutten abergläubisch gewesen, hätte er darin womöglich ein schlechtes Omen gesehen. Aber zumindest in dieser Hinsicht hielt er es ganz mit den Faschisten. Er glaubte nur an seine eigene Kraft – und an die seiner Bestimmung.

Gaspari setzte sich wieder. Über den Rand seines erhobenen Bechers schickte er Hutten einen bedeutungsvollen Blick zu.

»*Morte ai nemici di Moloch*«, sagte er dann.

»Tod den Feinden Molochs«, bestätigte Hutten.

Und beide tranken.

15

Die Hupe des Ford Model A quäkte heiser, als Jack in die Straße einbog, in der Casey Goldstones Haus stand.

»Hübsche Bude«, meinte Otto, der seine Pfeife im Mundwinkel hatte und kleine Wölkchen paffte.

»Ja«, stimmte Jack zu. »Sehr hübsch.«

Sie stiegen aus und öffneten die Klappe der Ladepritsche, auf der die Kisten mit der Fracht der *Liberty* standen. »Ich werde Casey fragen, wo sie die Sachen haben will«, kündigte Jack an und betrat den Vorgarten – als die Haustür sich öffnete und jemand auf die Veranda trat. Zu Jacks Verwirrung war es nicht Casey Goldstone, sondern ein Mann in seinem Alter, von untersetzter Postur, mit blondem Haar, gepflegtem Oberlippenbart und wasserblauen Augen, die aus einem milchigen Gesicht leuchteten. Sein Kinn war fliehend, der Mund wenig mehr als ein schmaler Strich. Der Mann trug einen weißen, teuer aussehenden Anzug und einen Panamahut.

»Mr. Kelley?«, fragte er.

Jack nickte.

»Die Asche und der Nachlass von Professor Goldstone?«, erkundigte sich der Mann im Anzug.

»Allerdings.« Jack nickte. »Darf ich auch fragen, wer Sie sind?«

»Natürlich, bitte entschuldigen Sie.« Der andere kam die Stufen herab und streckte Jack jovial die rechte Hand entgegen. »Jerome Vandermere ... Dr. Vandermere«, stellte er sich vor. »Ich bin ein guter Freund der Familie.«

»Ich erinnere mich«, sagte Jack und schlug ein. »Sie sind Kurator beim Museum. Und Sie waren es auch, der Professor Goldstone und seine Tochter zu uns in die Staaten geholt hat.«

»In der Tat.« Vandermere lächelte gewinnend. »Wir hatten uns bei einem internationalen Symposium in London kennengelernt, und mir war vom ersten Moment an klar, dass er eine Bereicherung sowohl für unser Land als auch für unser Institut sein würde. Also habe ich alles darangesetzt, ihn für uns zu gewinnen, und die Entwicklungen in seiner alten Heimat haben ein Übriges dazu getan, wenn Sie verstehen. Umso größer war meine Erschütterung, als ich Miss Goldstones Telegramm erhielt, in dem sie mir vom ebenso unerwarteten wie grausamen Ableben meines geschätzten Freundes berichtete.«

Jack schürzte die Lippen. Vandermere schien zu jener Sorte Leute zu gehören, die auf die simple Frage nach der Uhrzeit mit einem Vortrag über die Geschichte der Zeitmessung antworteten, ein typischer Gelehrter. »Wo ist Miss Goldstone eigentlich?«, erkundigte er sich.

»Nicht hier«, kommentierte Vandermere das Offensichtliche. »Sie müssen wissen, in der Abwesenheit ihres Vaters sind einige Dinge geschehen.«

»Dinge?« Otto, der ebenfalls hinzugetreten war, nahm die Pfeife aus dem Mund. »Was denn für Dinge?«

»Kommen Sie«, forderte Vandermere sie auf und war schon dabei, den Vorgarten zu verlassen. »Wir sollten das nicht hier besprechen. Bitte folgen Sie mir«, fügte er hinzu, während er auf ein cremefarbenes Cabriolet zuschritt, das am Straßenrand parkte.

Es war ein ziemlich neu aussehender Buick der Serie 90, der Otto ein anerkennendes Pfeifen entlockte. Jack und er wechselten einen etwas ratlosen Blick, dann stiegen sie wieder in den Führerstand ihres sehr viel weniger eleganten Wagens und folgten dem Buick die Straße hinab.

An der Kirche von St. Michael's vorbei bogen sie in die King Street, und je weiter nördlich sie kamen, desto größer und schöner wurden die Gebäude, die hier nicht schlicht aus Holz gezimmert, sondern aus Stein gemauert waren. Eng aneinandergeschmiegt formten sie Straßenzüge mit Läden, Büros und Lokalen, dazwischen fläzten sich weiße Häuser im Antebellum-Stil mit hohen, von Säulen getragenen Portalen.

»Hübsch«, sagte Otto wieder und schien das genaue Gegenteil zu meinen. Auch Jack verzog das Gesicht. Als waschechter Yankee hatte er für Südstaatenprunk nicht allzu viel übrig, auch wenn er zugeben musste, dass das Gebäude, das sie jetzt passierten, ziemlich beeindruckend aussah. Es war ein regelrechter Palast mit hohen Fenstern, dessen Mittelportal an einen griechischen Tempel erinnerte. Jack fragte sich noch, wer dort wohl wohnen mochte, als sein Blick auf ein Schild fiel, auf dem *College of Charleston* geschrieben stand. Das also, dachte er, waren die ehrwürdigen Hallen, in denen Theodore Goldstone gewirkt und unterrichtet hatte.

Es war ein sonniger Tag; Studenten in Knickerbockern und karierten Pullundern tummelten sich auf dem Campus, die meisten mit Büchern oder Schreibblöcken bewaffnet. Vandermere fuhr bis zum Ende des College-Geländes und nahm dann eine Seitenstraße. Dort bog er in die Auffahrt eines würfelförmigen Gebäudes ein, das aus roten Backsteinen errichtet war. Mit den weiß gestrichenen Fensterläden und dem hohen Eingangsportal strahlte es etwas Herrschaftliches aus. Jack folgte Vandermere die Auffahrt hinauf und stellte den Model A hinter dem Buick ab. Gleich mehrere dunkelhäutige Bedienstete erschienen.

»Ihr Haus, Dr. Vandermere?«, fragte Jack, als er ausstieg.

»Gewissermaßen. Meine Familie genießt das Privileg, wohlhabend zu sein«, erklärte der Gelehrte, während er schon dabei war, die Stufen des Portals hinaufzusteigen. »Sie unterhält auch die Stiftung, die das Museum finanziert, einschließlich einer angemessenen Unterkunft für den Kurator, in diesem Fall also für mich.« Er hatte die oberste Stufe erreicht, wandte sich um und lächelte. »Wenn Sie mir bitte hineinfolgen möchten, mein Diener wird sich um Miss Goldstones Gepäck kümmern.«

»Wo ist Casey?«, fragte Jack noch einmal, energischer diesmal.

Vandermere grinste über sein ganzes, vom Panama beschattetes Gesicht. »Sie sind genauso, wie ich Sie mir vorgestellt habe, Mr. Kelley«, beschied er ihm, ohne näher zu erläutern, was er damit meinte. »Glauben Sie mir, es hat alles seine Richtigkeit. Miss Goldstone erwartet Sie im Salon meines Hauses.«

»Na schön«, meinte Jack und warf die Fahrertür des Pick-ups zu. »Wenn das so ist …«

Sie folgten der Einladung nach drinnen, wo ein weiß livrierter Schwarzer parat stand, um ihnen ihre Jacken abzunehmen – Otto seine alte, an mehreren Stellen ausgebesserte Tropenjacke, Jack seine knorrige A2. Der Diener betrachtete beide Kleidungsstücke mit leicht pikiertem Blick und trug sie dann an zwei Fingern vor sich haltend davon, als hätte man ihm aufgetragen, zwei tote Ratten rauszubringen.

Die Wände der Eingangshalle waren mit riesigen Ölgemälden behangen, von denen unglücklich aussehende Kerle in grauen Uniformen stierten. Von hier aus ging es in den Salon. Die gläserne Front öffnete sich zu einem exotischen, beinahe paradiesischen Garten. Jack sah Palmen und Feigenbäume, dazwischen blühte roter Ingwer. Noch mehr überraschte ihn allerdings der Anblick der jungen Frau, die in einem Korbsessel unter einem riesigen Deckenventilator saß und an einer Zigarette sog.

Es war Casey Goldstone.

Oder?

Jack fühlte leichte Verunsicherung, denn noch nie zuvor hatte er einen Menschen in so kurzer Zeit eine derartige Verwandlung durchlaufen sehen. Nicht, dass er erwartet hätte, sie noch immer in Drillich und Lederjacke vorzufinden, aber *damit* hatte er dann doch nicht gerechnet: Casey trug ein bodenlanges Kleid aus schimmerndem Batist, weiß mit grünen Punkten, über dessen Schultern ein weiter Capekragen fiel. Ihr Haar war gebändigt worden und lag in dichten Wellen an ihrem Kopf. Ein weißer Sonnenhut mit grünem Band vervollkommnete die Erscheinung. Keine Frage – die junge Frau, die dort saß und ihnen freundlich entgegenlächelte, war eine Dame, so anziehend wie Jean Harlow und so vollendet wie eine Rosenblüte. Und doch ertappte sich Jack dabei, dass ihm die andere, patente Casey ein ganzes Stück lieber gewesen war …

»Miss Goldstone«, nannte er sie reflexhaft wieder bei ihrem Nachnamen und nickte ihr zu.

»Jack! Otto! Wie schön, Sie zu sehen! Bitte setzen Sie sich zu mir!«

Die Freunde wechselten einen Blick. Zumindest in dieser Hinsicht waren Ottos Bedenken wohl unbegründet gewesen. Casey schien durchaus über die Mittel zu verfügen, die *Lost Cargo Company* für die geleisteten Flugdienste zu entlohnen. Oder zumindest schien sie jemanden zu kennen, der es konnte …

Ein wenig zögerlich kamen sie der Aufforderung nach und nahmen auf den anderen Korbsesseln Platz, die sich um einen kleinen Tisch reihten. Vandermere, der seinen Hut am Eingang abgegeben hatte, setzte sich ebenfalls zu ihnen.

»Darf ich Ihnen eine Erfrischung anbieten?«, erkundigte er sich. »Vielleicht ein Glas eisgekühlte Limonade?«

»Schütten Sie noch etwas Gin rein, und ich bin dabei«, brummte Otto.

»Wie bitte?«

»Hören Sie nicht auf ihn, er macht nur Spaß«, versicherte Jack. »Es ist alles in Ordnung«, sagte er dann, an Casey gewandt, »das Gepäck ist durch den Zoll. Eigentlich wollten wir es wie vereinbart zum Haus Ihres Vaters bringen, aber ...«

»Ich wohne dort nicht mehr«, erklärte Casey, noch ehe er seine Frage stellen konnte. »Jerome war so freundlich, mich bei sich aufzunehmen, denn wie sich herausstellte, ist das Haus meines Vaters nicht sicher.«

»Nicht sicher?« Jack hob eine Braue. Natürlich musste er sofort an die Sektierer denken, die ihnen in Afrika nachgestellt hatten. Zwar konnte er sich nicht vorstellen, dass deren Arm bis in die Staaten reichte, aber möglich war es immerhin. Da er allerdings nicht wusste, inwieweit Vandermere über diese Dinge im Bilde war, behielt er sie lieber für sich.

»Sie können offen sprechen«, versicherte Casey, als könnte sie seine Gedanken lesen. »Jerome ist ein Freund. Ich habe ihn über alles informiert, was auf unserer Reise geschehen ist.«

»Und?«, fragte Jack deshalb rundheraus. »Sind es diese Knilche aus Afrika?«

»Karthago«, präzisierte Otto paffend.

»Wir wissen es nicht«, antwortete Vandermere an Caseys Stelle. »Doch wir haben allen Grund zu der Annahme, dass sich Cassiopeias Vater auch hierzulande ein paar Feinde gemacht hat.«

»Wie kommen Sie darauf?«

»Als ich gestern nach Hause kam«, erwiderte Casey leise, »fand ich unser Haus verwüstet vor. Jemand war durch den Hintereingang eingedrungen und hatte alles durchwühlt: das Wohnzimmer, die Küche, das Arbeitszimmer meines Vaters. Sogar die Schlafräume im ersten Stock. Es war entsetzlich.«

»Das ... tut mir leid«, versicherte Jack, wobei ihn gleichzeitig ein schlechtes Gewissen plagte. Denn während Casey all dies durchlebt hatte, hatte er in einer Bar gesessen und einen Plausch mit Johnnie Walker geführt ...

»In meiner Not wusste ich mir keinen anderen Rat, als zu Jerome zu gehen«, fuhr Casey in ihrem Bericht fort. »Er hat mich in sein Haus aufgenommen und mir umgehend Hilfe angeboten.«

»Das war das wenigste, das ich tun konnte«, versicherte Vandermere lächelnd.

Jack schalt sich einen Idioten für die Eifersucht, die in ihm aufkommen wollte. Natürlich war Casey in einer solchen Lage nicht mitten in der Nacht zum Hafen gelaufen. Und natürlich suchte sie Rat und Zuflucht bei jemandem, den sie schon lange kannte und dem sie vertraute, statt bei einem hergelaufenen Piloten und seinem raubeinigen Partner.

»Haben Sie die Polizei verständigt?«, fragte Otto.

»Nein.« Vandermere schüttelte den Kopf. »Sehen Sie, ich weiß nicht, ob das in diesem Fall eine kluge Maßnahme gewesen wäre. Denn zum einen scheint der Einbruch schon eine ganze Weile zurückzuliegen – einige Getränkeflaschen sind dabei zu Bruch gegangen, doch sowohl die Scherben als auch das Papier der Etiketten waren völlig trocken. Und zum anderen denken wir auch nicht, dass wir es mit gewöhnlichen Einbrechern zu tun hatten, für die die Polizei zuständig wäre.«

»Wenn es Einbrecher waren, dann die schlechtesten, die es je gegeben hat«, erläuterte Casey. »Die Münzsammlung meines Vaters hat sie ebenso wenig interessiert wie die Fundstücke aus

Ägypten und Mittelamerika, die unter Sammlern ein kleines Vermögen erzielen würden.«

»Vielleicht haben sich die Kanaillen ja an der Tür geirrt«, gab Otto zu bedenken. »Oder sie haben nur die Gelegenheit genutzt, weil das Haus über Monate leer stand.«

»Auch das wäre möglich«, räumte Vandermere ein, »aber aufgrund bestimmter Gegebenheiten halten Cassiopeia und ich das für äußerst unwahrscheinlich.«

»Was für Gegebenheiten?«, wollte Jack wissen.

»Sehen Sie, Mr. Kelley – bevor wir Ihnen das verraten, möchte ich sichergehen, dass ich Ihnen voll und ganz vertrauen kann. Zwar hat Cassiopeia von Ihnen nur in den höchsten Tönen gesprochen, aber ich muss gestehen, dass es da einige Dinge gibt, die mir bedenklich erscheinen, angefangen beim Namen Ihrer Firma.«

»War seine Idee«, brummte Otto, mit dem Mundstück der Pfeife auf Jack deutend. »Ich hab gleich gesagt, das schafft nur Missverständnisse.«

»Hier drin«, sagte Vandermere und legte ein geschlossenes Briefkuvert auf den Tisch, »befinden sich die eintausend Dollar, die Miss Goldstone Ihnen noch für den Flugtransport schuldet. Ein ziemlich happiger Preis, wenn Sie mir die Bemerkung gestatten.«

»Moderne Wunder sind eben teuer«, brummte Otto. »Ist kein Honigschlecken, über'n großen Teich zu kurven.«

»Cassiopeia hat mir berichtet, mit welchen Fährnissen Sie unterwegs zu kämpfen hatten«, versicherte Vandermere, »und auch, wie bravourös sie sie gemeistert haben, wenngleich ich zugeben muss, dass es mir ein wenig schwerfällt, dies zu glauben. Dennoch hat sie mich überzeugt, Ihnen einen neuen Handel anzubieten, Gentlemen. Die Entscheidung liegt bei Ihnen. Entweder, Sie nehmen dieses Kuvert und gehen Ihrer Wege – oder Sie stellen sich und Ihre Maschine auch weiterhin in den Dienst von Miss Goldstone.«

Jack und Otto sahen sich an.

»Wie viel ist dabei drin?«, wollte der Mechaniker wissen, noch ehe Jack irgendetwas sagen konnte.

»Das will ich Ihnen gerne sagen, Gentlemen«, erwiderte Vandermere, wobei er sie erwartungsvoll mit seinen wasserblauen Augen taxierte. »Es geht um fünfzehntausend Dollar.«

16

Obwohl der Ventilator an der Decke sein Bestes gab, um die schwüle Luft zu quirlen, hatte Jack das Gefühl, dass sie zum Schneiden dick war und er kaum atmen konnte.

Hatte er gerade richtig gehört?

Hatte Jerome Vandermere ihnen tatsächlich die unvorstellbare Summe von fünfzehntausend Dollar angeboten?

An Ottos wenig geistreichem Gesichtsausdruck konnte Jack erkennen, dass auch bei seinem Partner Funkstille herrschte. Fünfzehntausend – das war mehr, als sie je zuvor für einen Auftrag bekommen hatten. Es war genug, um ihre Schulden bei diesem Halsabschneider Rochas auf einen Schlag zu tilgen, um ihre Maschine auf den neuesten Stand zu bringen und mit der Firma neu durchzustarten, abseits dunkler Spelunken und zwielichtiger Geschäfte. Es konnte die Erfüllung ihrer Träume bedeuten, die absolute Freiheit.

Kein Morgen, keine Sorgen ...

»Wie Jerome schon sagte, es ist Ihre Entscheidung«, hörte er Casey sagen. »Sie sollen nicht noch tiefer in diese Sache hineingezogen werden, wenn Sie es nicht wollen.«

»Was müssen wir dafür tun?«, fragte Jack nur.

Und nicht einmal Otto widersprach.

»Um das zu erklären, müssen wir etwas weiter ausholen«, begann Vandermere. »Wie Sie inzwischen ja wissen, ist Professor Goldstones Spezialgebiet die Geschichte des alten Karthago gewesen.«

»*Ceterum censeo*«, bestätigte Otto.

»Erspar's uns«, bat Jack.

»Was Sie noch nicht wissen, ist, dass seine Forschungen den guten Theodore dazu veranlasst haben, eine geradezu ungeheuerliche These zu verfassen, die die Geschichte, wie wir sie heute kennen, grundlegend ändern würde.«

»Er hatte etwas in der Richtung angedeutet«, stimmte Jack zu, »aber ehrlich gesagt verstehe ich nicht, wie …«

»Angefangen hat alles vor mehr als zwanzig Jahren«, fiel Casey ihm ins Wort. »Mein Vater und sein damaliger Assistent hatten die Gelegenheit, an einer Expedition Erland von Nordenskiölds teilzunehmen, des berühmten schwedischen Völkerkundlers.«

»Aha«, machte Jack nur – er wollte nicht zugeben, dass er den Namen noch nie gehört hatte.

»Die Expedition führte sie ins Grenzland zwischen Brasilien und Bolivien, wo sie einem britischen Forscher namens Percy Fawcett begegneten, der vorgab, einer versunkenen präkolumbianischen Kultur auf der Spur zu sein. Mein Vater folgte einigen Hinweisen, die Fawcett ihm gab, und tatsächlich stießen sein Assistent und er im dichten Regenwald auf eine verborgene Grabkammer, die zumindest sehr ungewöhnlich für eine südamerikanische Kultur war. Die größte Entdeckung, die mein Vater machte, war jedoch ein goldenes Schmuckstück, eine Art Amulett, in das eine Inschrift eingraviert war. Zwar war mein Vater nicht in der Lage, sie zu entziffern, jedoch erinnerte sie ihn an etwas, das er kannte, nämlich an das Alphabet der Phönizier. Das hat ihn zu folgender Überlegung veranlasst: Was, wenn in jenem Jahr 146 vor Christus, als die Römer Karthago eroberten und vollständig zerstörten, einer kleinen Flotte karthagischer Schiffe die Flucht gelang? Was, wenn sie Nordafrika verlassen und durch die Meerenge von Gibraltar auf den offenen Ozean gelangen konnten? Und was weiter, wenn sie danach von Strömungen erfasst und bis nach Südamerika getragen wurden, wo sie den Amazonas hinauffuhren und eine neue Kultur begründeten?«

»Das wäre eine Sensation ohnegleichen!«, platzte Vandermere heraus, noch ehe Jack etwas erwidern konnte. »Die Geschichte, wie wir sie kennen, müsste neu geschrieben werden!«

Jack nickte. Das also war es gewesen, was der alte Theodore gemeint hatte. »Und die Ausgrabungen in Nordafrika sollten wohl dem Beweis dieser Theorie dienen?«, fragte er.

»So ist es«, bestätigte Casey, »nur dass es inzwischen keine Theorie mehr ist. Ich hatte Ihnen ja gesagt, dass wir bei den Ausgrabungen bei Bizerte einen Durchbruch erzielt haben.«

»Das haben Sie – aber nicht, worin dieser Durchbruch bestand. Was also befindet sich in den Kisten, die wir über den Atlantik geflogen haben?«

»Eine Stele«, eröffnete Casey. »Die Bruchstücke eines in phönizischer Schrift beschriebenen Monuments aus der Zeit des Untergangs von Karthago, die genau jene Stelle bezeichnet, wo die karthagische Expeditionsflotte damals in See stach, unter dem Kommando eines Sprosses des Königshauses, der den Namen Hiram trug. Und es ist ein Nachfahre jenes Königs Hiram gewesen, dessen Grab mein Vater damals gefunden hat.«

»Hübscher Zufall«, paffte Otto.

»Kein Zufall«, versicherte Vandermere, »sondern das Ergebnis jahrelanger wissenschaftlicher Arbeit und Hingabe. Es ist Theodore Goldstones Lebenswerk.«

»Schön und gut«, meinte Jack, »aber warum sind Sie so sicher, dass der Tote aus dem Grab ein Nachfahre von diesem Hiram war?«

»Wissen Sie, was Hieroglyphen sind?«, fragte Casey dagegen.

»Ich habe ›Die Mumie‹ zweimal gesehen«, versicherte Jack. »Karloff war großartig in der Rolle.«

»Dann wissen Sie vielleicht auch, dass man lange Zeit keine Ahnung hatte, was jene ägyptischen Schriftzeichen bedeuten sollen«, fuhr Casey fort. »Erst als man während des napoleonischen Ägyptenfeldzugs in der Nähe der Stadt Rosetta einen Stein fand, der ein Dekret aus der Zeit der Ptolemäer in drei gleichlautenden, jedoch in verschiedenen Sprachen gehaltenen Fassungen enthielt, gelang es dem Franzosen Champollion, ihre Bedeutung zu entschlüsseln. Mein Vater wusste, dass er ebenfalls einen solchen Vergleich benötigen würde, um die Inschrift auf dem Amulett zu entziffern, also suchte er fieberhaft danach, allerdings nicht in Südamerika, sondern auf der anderen Seite des Ozeans. Und schließlich fand er ihn, denn die phönizische Inschrift auf dem Monument, auf das wir bei Bizerte stießen, entspricht exakt jener auf dem Schmuckstück – es ist ein Lied.«

»Wer hätte das gedacht?«, fragte Otto zwischen zwei Rauchkringeln. »Die alten Karthager waren musikalische Leutchen.«

»Kein Lied in dem Sinn, wie wir es heute verstehen«, schränkte Casey ein, »sondern ein Hymnus, ein Lobgesang auf die bevorstehende Fahrt.«

»Das verstehe ich nicht«, gab Jack zu. »Ich meine, was brachte Ihren Vater auf den Gedanken, dass die beiden Inschriften dasselbe bedeuten könnten?«

»Sehr einfach«, verriet Casey in einem Anflug von Forscherstolz, »das steinerne Monument, das wir bei Bizerte fanden, hatte exakt dieselbe Form wie das goldene Schmuckstück, nämlich die eines flachen Rades. Geradeso, als ob es ein Modell des sehr viel größeren, in Afrika zurückgelassenen Originals wäre.«

»Verstehe«, sagte Jack verblüfft.

»So wurde es meinem Vater mit Hilfe des Monuments von Bizerte möglich, die geheimen Inschriften aus Amazonien zu entschlüsseln, und wir erfuhren, dass seine Theorien alle richtig waren: Die Karthager gründeten auf der anderen Seite des Ozeans tatsächlich eine neue Zivilisation, und die Nachkommen von König Hiram waren ihre Herrscher.«

»Das also war die Neuigkeit, die er der wissenschaftlichen Welt verkünden wollte«, folgerte Jack. »Und wo ist das Schmuckstück geblieben?«

Casey sah Vandermere fragend an, der ihr auffordernd zunickte. »Hier«, eröffnete sie daraufhin und legte etwas auf den Tisch, das sie hinter ihrem Rücken verborgen hatte.

Es war ein aus Gold gefertigtes Kleinod, flach, rund und etwa so groß wie ein Handteller. In der Mitte hatte es eine von unregelmäßigen Zacken umgebene Öffnung, und es gab Ösen, um sich das Ding um den Hals zu hängen. In das Gold jedoch waren in einer fremdartigen Schrift winzig kleine Zeichen eingearbeitet.

»Das ist das Stück aus der Grabkammer«, erläuterte Casey. »Der tote König trug es um den Hals.«

»Keine gute Idee, die Toten zu beklauen«, kommentierte Otto und klopfte seine Pfeife im Ascher aus. »Das bringt Unglück.«

»Er hat ›Die Mumie‹ auch gesehen«, sagte Jack trocken.

»Aberglauben und Folklore«, spottete Vandermere. »So etwas kann einen Mann der Wissenschaft nicht aufhalten.«

»Vielleicht nicht«, gab Jack zu, »aber blanke Klingen schon. Der arme Theodore würde mir da zustimmen.«

»Vaters Mörder hatte es nicht nur auf sein Leben abgesehen, sondern auch auf diese Scheibe«, war Casey überzeugt.

»Dann war es auch das, was die Einbrecher suchten?«

»Das nehmen wir an.« Casey nickte. »Tatsächlich jedoch war das Schmuckstück weder hier noch hatte es mein Vater, sondern ich selbst trug es die ganze Zeit über bei mir.«

Jack schürzte die Lippen. Die Höflichkeit hinderte ihn daran zu fragen, wie Casey es geschafft hatte, dieses Ding die ganze Zeit über unbemerkt am Körper zu tragen. Aber sie war offenbar immer für eine Überraschung gut.

»Und warum sind diese Kerle hinter dem Schmuckstück her?«, wollte Jack wissen.

»Nun, zum einen ist es natürlich aus purem Gold«, meinte Vandermere. »Und außerdem stellt die Scheibe im Augenblick noch die einzige Verbindung zwischen Karthago und dem Geheimnis der Nebelkrieger dar.«

»Wer sind die nun wieder?«, knurrte Otto.

»Ein sagenumwobenes Volk, das einst in Amazonien lebte«, erläuterte Casey. »Ihre Kultur soll sich grundlegend von den indianischen unterschieden haben, und aus der Zeit der Konquistadoren gibt es wiederholt Berichte über Krieger aus dem Dschungel, die sich in Aussehen und Wuchs von Eingeborenen unterschieden.«

»Und Sie glauben, diese Krieger wären die Erben Karthagos?«, fragte Jack.

»Wir brauchen es nicht mehr zu glauben, denn jetzt können wir es beweisen«, widersprach Vandermere. »Alles, was wir noch brauchen, um Theodores Traum zu erfüllen und seine Theorie mit unleugbaren Fakten zu untermauern, sind tatsächliche Spuren jener Zivilisation – und zwar ehe sie ein anderer findet.«

»Sie meinen diese Sektierer«, vermutete Jack. »Die Söhne Molochs, richtig?«

»Nicht nur, Mr. Kelley. Wir haben auch Grund zu der Annahme, dass es konkurrierende Wissenschaftler gibt, die diese Entdeckung für sich reklamieren und so ein zweiter Schliemann oder ein neuer Howard Carter werden wollen. Haben Sie eine Ahnung, was das *Time Magazine* oder die *National Geographic Society* für eine solche Story bezahlen würden? Vom unsterblichen wissenschaftlichen Ruhm ganz zu schweigen!«

»Davon hat auch Miss Caseys Vater geträumt«, gab Jack zu bedenken. »Ist ihm nicht bekommen.«

»Wir erwarten nicht, dass es einfach werden wird«, versicherte Vandermere mit beinahe kindlichem Trotz. »Alles, was wir wollen, ist Ihr Flugzeug, um uns damit auf die Suche nach den Spuren der Nebelkrieger zu machen – und das möglichst rasch.«

»Wir?«, fragte Otto mit hochgezogenen Brauen. »Uns?«

»Gewiss«, versicherte Vandermere mit einnehmendem Lächeln. »Da die Stiftung meiner Familie die Expedition finanziert, werde ich Miss Goldstone natürlich begleiten.«

»Verstehe ich das richtig?«, fragte Jack. »Sie wollen, dass wir uns in den Flieger setzen, nach Amazonien fliegen und dort Ausschau nach irgendwelchen alten Ruinen halten?«

»Nun, einfach wird es sicher nicht«, gab Casey zu. »Aber es gibt Mythen der Einheimischen, das Volk der Wolkenkrieger betreffend, und Berichte der Konquistadoren. Mein Vater hat sie alle gesammelt und gesichtet. Seine Aufzeichnungen werden uns als Hinweise dienen, ebenso wie dieses Schmuckstück«, fügte sie hinzu, auf die Scheibe deutend. »Denn wenn mein Vater recht hatte, hat es noch nicht all seine Geheimnisse preisgegeben.«

»Was nichts daran ändert«, beharrte Jack, »dass Sie sich geradewegs ins Nirgendwo katapultieren wollen.«

»Nicht ins Nirgendwo, sondern nach Amazonien«, verbesserte sie. »Ich hätte nicht erwartet, dass Sie das derart erschreckt. Ich dachte, Sie wären schon so ziemlich überall gewesen?«

»Wir sind ganz gut rumgekommen«, versicherte Jack. »Und deshalb weiß ich auch, dass so eine Expedition in den Dschungel kein Spaziergang ist.«

»Deshalb möchte ich Sie ja dabeihaben«, bestätigte Casey. »Ich könnte mir niemanden vorstellen, der besser dafür geeignet wäre.«

»Ich mir durchaus«, gab Vandermere zu, »aber in Anbetracht der Zeitnot haben wir wohl keine andere Wahl. Wie steht es also, Gentlemen? Dürfen wir mit Ihrer Unterstützung rechnen?«

»Es kommt darauf an.«

»Was wollen Sie denn noch?«, schnaubte Vandermere.

»Ich bin der Captain«, stellte Jack klar. »Ich habe das Kommando, und es wird gemacht, was ich sage.«

»Das ist kein Problem für mich.«

»Und der vereinbarte Preis ...«

»... wird unabhängig vom Erfolg der Expedition ausbezahlt«, versicherte Vandermere. »Glücklicherweise verfügt das Museum über die entsprechenden Mittel.«

Jack und Otto tauschten einmal mehr einen vielsagenden Blick. Die Sache war gefährlich und würde sie in einen Erdteil führen, in dem sie lange nicht mehr gewesen waren.

Doch die Belohnung lockte so sehr, dass sie selbst Ottos Bedenken verstummen ließ. Und was Jack betraf, so gefiel ihm auch die Aussicht, noch ein paar weitere Wochen in der Gesellschaft von Cassiopeia Goldstone zu verbringen. Selbst wenn er dafür die Anwesenheit einer Nervensäge wie Jerome Vandermere in Kauf nehmen musste. Notfalls, sagte er sich missmutig, konnte er den Knaben ja immer noch aus dem Flieger werfen, ein unglücklicher Unfall …

»Abgemacht«, sagte er und grinste dabei verwegen. »Sie haben Ihre Maschine, Miss Goldstone. Die *Liberty III* steht voll und ganz zu Ihrer Verfügung.«

17

Recife, Pernambuco
Zwei Tage später

Harald Hutten mochte den Ort nicht.

So zufrieden er einerseits damit war, dass der Flug über den Atlantik ohne Zwischenfälle vonstatten gegangen war, so sehr widerte ihn hier alles an.

Die enorme Hitze und die Feuchte, die schwüle Luft, die in den Straßen und über den Plätzen stand, vom allgegenwärtigen Modergeruch ganz zu schweigen. Die gesamte Stadt schien von Fäulnis durchdrungen. Darüber konnten weder die Kirchen und Paläste hinwegtäuschen, die Zeugen einer großen kolonialen Vergangenheit waren, noch das geschäftige Treiben, das Tag und Nacht auf der *Avenida Marquês de Olinda* herrschte. Sogar Straßenbahnen verkehrten hier, doch Hutten kam es wie eine hohle Nachahmung europäischer Metropolen vor. *Florença dos Trópicos* pflegten die Einwohner von Recife ihre Stadt zu nennen, das Florenz der Tropen. Wäre es nicht so traurig gewesen, hätte Hutten darüber gelacht.

Er saß in der Bar des neu eröffneten *Hotel Central* unter einem riesigen Deckenventilator, der die zähe Luft mit wuchtigen Schlägen geißelte, und trank Gin Tonic zum Schutz vor Malaria. Ein wenig widerwillig gestand er sich ein, dass weniger von seinem Vorfahr in ihm steckte, als er immer gedacht hatte. Auch der Tropenanzug, den er sich noch in Rom hatte auf den Leib schneidern lassen, machte aus ihm keinen Abenteurer. Seiner Entschlossenheit tat das jedoch keinen Abbruch.

Harald Hutten wollte diese Expedition mehr als alles andere. Er hatte sein Leben lang darauf gewartet, und weder Hitze noch Feuchte noch Schwärme von Moskitos würden ihn davon abhalten können!

»*Senhor Hutten?*«

Ein livrierter Diener war an seinen Tisch getreten und sah pflichtschuldig zu ihm herab.

»Ja?«

»*Um telegrama para você*«, sagte der Einheimische und händigte ihm ein Kuvert aus, wobei er sich höflich verbeugte.

»Danke«, sagte Hutten in seiner eigenen Sprache und gab dem Mann ein Trinkgeld. Dann öffnete er das Kuvert, wobei er merkte, wie sich sein Pulsschlag beschleunigte.

Er hatte auf Nachricht gewartet.

Mit fliegendem Blick überlas er die Zeilen – und ein zufriedenes Lächeln huschte über seine strengen Züge, der Hitze und der Örtlichkeit zum Trotz.

»Gute Nachrichten?«

Hutten sah auf. Es war Gaspari.

»Die Überprüfung der Maschine kommt gut voran«, erstattete der Italiener Bericht. »Schon in Kürze werden wir unseren Flug fortsetzen können.«

»Sehr gut.« Hutten nickte. »Ich kann es kaum erwarten, diese Stadt zu verlassen. Manaus erwartet uns.«

»Eines verstehe ich noch immer nicht«, wandte Gaspari ein. »Wie können Sie so sicher sein, dass Cassiopeia Goldstein denselben Weg einschlagen wird? Sollten wir nicht lieber …?«

»Ich weiß es einfach, mein düsterer Freund«, versicherte Hutten mit gewinnendem Lächeln.

»Und woher?«

Hutten grinste, während er das Telegramm zusammenfaltete und auf den Tisch legte. Dann nahm er das Glas mit dem Gin Tonic und leerte es bis auf den Grund.

»Moloch hat es mir zugeflüstert«, erklärte er.

18

Die Vorbereitungen der Reise nahmen eine knappe Woche in Anspruch. Das war weit weniger, als man gewöhnlich brauchte, um eine Expedition dieser Größenordnung anzugehen, aber in Anbetracht der Lage hatten sie nun mal keine Zeit zu verlieren – und schließlich waren da noch fünfzehntausend Dollar, die sie lockten.

Während Casey und Vandermere die überwiegende Zeit damit verbrachten, in Professor Goldstones Aufzeichnungen nach allem zu suchen, das ihnen auf ihrer Suche von Nutzen sein konnte, war Jack mit der Planung des Fluges beschäftigt sowie damit, mit Hilfe von Vandermeres Geld die Ausrüstung für die Expedition zusammenzustellen. Neben Zelten, Decken und tropenfester Kleidung waren dies vor allem Werkzeuge, Verbandmaterial, Laternen und Proviant. Mit Dosenfleisch, Bohnenkonserven, Ritz-Zwieback und getrockneten Früchten würde der Speiseplan der nächsten Wochen zwar etwas eintönig werden, aber andererseits sehr viel umfangreicher, als Jack und Otto es auf anderen Flügen erlebt hatten. Dazu gab es Kaffee, Tee und hochprozentigen Schnaps, den man ihrer Erfahrung nach nicht nur zum Trinken, sondern auch zum Desinfizieren von Wunden sowie für Tauschgeschäfte mit Einheimischen verwenden konnte.

Für Flüge in großer Höhe führten sie Sauerstoff und die dazugehörigen Masken mit, an Bewaffnung neben ihren gewohnten Handfeuerwaffen drei Springfield-Repetiergewehre des Modells 1903, das im Krieg die Standardbewaffnung der amerikanischen Soldaten gewesen war, sowie die dazugehörige Munition. Die Seeausrüstung der 28-3 wurde um ein geräumigeres Gummiboot erweitert sowie um einen neuen Anker.

Otto war unterdessen damit befasst, die *Liberty* auf die bevorstehende Herausforderung vorzubereiten, und das nicht nur, indem er die Maschine wie üblich wartete, schmierte und ausgeschlagene Bolzen ersetzte. Er entfernte auch zwei der zusätzlich eingebauten Treibstofftanks, da die vorgesehenen Etappen allesamt unter tausend Meilen lagen und die Liberty nicht nur einen zusätzlichen Passagier, sondern auch eine Menge Ausrüstung würde aufnehmen müssen. Zudem bestand Vandermere darauf, dass es an Bord der Maschine auch eine kleine Dunkelkammer geben müsse, damit er seine Kamera gefahrlos laden und auch deren Rollfilme dort lagern könne. Otto war drauf und dran gewesen, diesen Wunsch als unerfüllbar zurückzuweisen, als Vandermere erwähnte, dass es sich um eine Leica-Kamera aus deutscher Fertigung handelte. Daraufhin waren beide sich einig, dass ein so ausgefeiltes technisches Gerät auch eine entsprechende Umgebung brauche.

Der Termin für den Abflug wurde auf den 8. Oktober festgesetzt, verzögerte sich dann aber wegen einer Wolkenfront, die im Süden aufzog. Erst am Morgen des 10. Oktober hob die *Liberty III* schließlich ab. Getrieben von den 600 Pferdestärken des Hispano-Suiza schwang sie sich in den weißgrauen Himmel über der Charleston Bay und schlug südlichen Kurs ein.

Jack hatte das Steuer, Otto hockte auf dem Begleitersitz, während Casey und Vandermere die beiden Plätze jenseits des Durchstiegs einnahmen. Die übrigen Sitze hatte Otto entfernt, um mehr Platz für die Ladung zu schaffen und für die improvisierte

Dunkelkammer, die wenig mehr war als ein Verschlag aus leichtem Holz, dessen Innenseite mit kohleschwarzem Filz beschlagen war.

Die Stimmung an Bord war gut; während der vergangenen Tage hatte es keine weiteren Nachstellungen gegeben, was Vandermere zu der Aussage verleitete, die Konkurrenz hätte womöglich das Interesse verloren. Jack konnte nur hoffen, dass Caseys gelehrter Freund recht hatte.

Das erste Etappenziel war Havanna, das sie nach neun Stunden erreichten. Der Tag neigte sich bereits dem Ende zu, als Jack die 28-3 in der Bahia de Habana aufsetzte. Da die kubanische Hauptstadt in den letzten Jahren einen regelrechten Boom erlebt hatte, im Zuge dessen Hotels, Spielkasinos und Nachtklubs wie Pilze aus dem Boden geschossen waren, war die *Liberty* bei Weitem nicht das einzige Wasserflugzeug im Hafen.

In der Stadt tummelten sich haufenweise ausländische Besucher, zumeist wohlhabende Amerikaner, die den Hauch des Exotischen erleben und auf ansprechende Weise ihr Geld loswerden wollten. Taxis fuhren hupend durch die mit bunten Lichtern erhellten Straßen, deren nur wenige Etagen hohe Gebäude mit ihren in Pastelltönen gehaltenen Fassaden und ihren schmiedeeisernen Balkonen tropisches Flair verbreiteten. Dazwischen wiegten sich Palmen sanft im Abendwind, und aus den Bars und Bodegas drangen die Rhythmen von Rumba und Habanera. Es war ein zauberhafter Ort, an dem man leicht vergessen konnte, wo man war und dass auch Gefahren drohten. Denn wie jeder Ort der Welt, wo es Geld im Überfluss gibt und lockere Sitten herrschen, zog Havanna auch Ratten an …

»Sie tragen Ihre Waffe?«, fragte Vandermere mit Blick auf Jacks Revolver, der schwer im Holster an seinem rechten Oberschenkel steckte. »Denken Sie, dass das notwendig ist?«

»Auf jeden Fall«, bestätigte Otto überzeugt, der auch seine

Mauser am Mann trug und sich argwöhnisch am Kai umblickte. »Hier wimmelt es nur so von Dieben und Halsabschneidern. Ich werde im Flieger übernachten. Andernfalls könnte es sein, dass uns morgen früh der Propeller fehlt.«

»Da hat er recht«, räumte Jack ein, an die anderen gewandt. »Auch wir sollten uns eine Bleibe in der Nähe suchen.«

»In der Nähe?« Vandermere sah ihn mit großen Augen an. »Ich hatte gehofft, im *Habana Riviera* zu nächtigen. Es soll derzeit das beste und schönste Hotel der Stadt sein. Es hat sogar ein eigenes Kasino!«

»Das glaube ich Ihnen gern, Doktor, aber daraus wird nichts werden. Bei allem, was geschehen ist, sollten wir uns möglichst unauffällig verhalten. Und einen Besuch im Kasino zähle ich nicht gerade dazu.«

»Nein?« Vandermere blickte beleidigt drein. »Aber Miss Goldstone ... Cassiopeia hat das Recht, in einem ordentlichen Etablissement zu nächtigen!«

»Es wird schon gehen, Jerome«, versicherte Casey beschwichtigend. Sie trug ein weißes Tropenkleid wie viele Damen auf Kuba, und es stand ihr ausgezeichnet.

»Gleich dort drüben gibt es eine Albergue«, schlug Jack vor, auf die andere Seite des Kais deutend, wo sich schmale kunterbunte Häuser mit hohen Fenstern und winzigen Balkonen eng aneinanderduckten. »Und gleich nebenan scheint es eine Bodega zu geben, wo wir zu Abend essen können – Bohnen und Dosenfleisch werden wir noch früh genug bekommen. Außerdem können wir von dort das Flugzeug im Blick behalten.«

»Eine ... Bodega?« Vandermere sah ihn entnervt an. »Was, bitte, soll das sein? Haben Sie eine Ahnung, wie viele erstklassige Restaurants es in Havanna gibt?«

»Es steht Ihnen frei, dorthin zu gehen, Doktor«, versicherte

Jack. »Miss Casey und wir gehen in die Bodega. *Disfruta de tu comida*«, fügte er auf Spanisch hinzu und bot Casey seinen Arm, wie Gable es getan hätte. Otto machte dasselbe auf der anderen Seite. Casey lächelte, hakte sich bei ihnen ein, und gemeinsam zogen sie los, während Vandermere mit offenem Mund zurückblieb.

»Sie werden sich den Magen verderben, alle drei!«, rief er ihnen voller Überzeugung hinterher – um sich dann doch anzuschließen.

Der Wirt der Bodega, ein kleiner, spitzgesichtiger Mann, der eine viel zu große Schürze trug, begrüßte sie freudig und gab ihnen einen kleinen Tisch unter einer steinernen Arkade. Da nur ein Gericht auf der Karte stand, fiel die Auswahl nicht schwer. Nur wenig später standen vier Teller mit einer dampfenden Speise auf dem Tisch.

»Was in aller Welt ist das?«, erkundigte sich Vandermere. Seinen Hut hatte er abgenommen, nun beugte er sich vor, um wie ein argwöhnischer Vierbeiner an seinem Essen zu schnuppern.

»Die Einheimischen nennen es *Ropa Vieja*«, erklärte Jack. »Das bedeutet ›zerrissene Kleider‹.«

»Genauso sieht es auch aus«, bestätigte Vandermere, wobei er missbilligend auf den Berg in Streifen gezupften und mit Paprika und Oliven versetzten Rindfleischs starrte, der sich auf seinem Teller häufte.

»Aber es schmeckt ausgezeichnet«, beteuerte Casey, die bereits davon versucht hatte.

Auch Vandermere schob sich daraufhin einen Bissen in den Mund, aber große Freude schien er nicht daran zu haben – an dem Wein, den der Wirt auftrug, dafür umso mehr. Die Stimmung des Gelehrten hellte sich daraufhin ein wenig auf, und sie aßen gemeinsam und unterhielten sich. Bis Vandermere plötzlich ein

Gesicht machte, als hätte er sich alle Zähne auf einmal ausgebissen.

»Was ist?«, fragte Otto, der zur Ausnahme auf seine Pfeife verzichtet hatte und sich zum Nachtisch eine kubanische Zigarre gönnte.

»Oje«, sagte Vandermere nur und erhob sich. Seine sonst so blassen Gesichtszüge waren plötzlich feuerrot geworden. »Ich fürchte, die Natur verlangt nach ihrem Recht«, sagte er noch, dann wandte er sich abrupt ab und stürzte nach draußen.

»Und dabei hat er noch nicht mal eine Zigarre geraucht«, meinte Otto und paffte ihm eine blaue Rauchwolke hinterher.

»Wie können Sie es wagen, sich über Jerome lustig zu machen?«, fragte Casey, doch noch während sie versuchte, ein tadelndes Gesicht aufzusetzen, verfiel sie in prustendes Gelächter, in das Jack und Otto sofort einfielen.

»Na? Amüsiert ihr euch?«

Jack blickte auf. Zwei Männer waren an ihren Tisch getreten. Beide trugen Fliegerjacken mit einem Abzeichen darauf, das er nicht kannte.

»Danke, können nicht klagen«, versicherte er.

»Sie sind Piloten?«, fragte Casey.

»General Air Express«, bestätigte der eine, der rote Haare und einen schottischen Akzent hatte.

»Wir sind auch Helden der Lüfte«, meinte Otto paffend und augenzwinkernd. »Wollt ihr euch zu uns setzen?«

»Das würden wir gerne«, versicherte der andere, der Brite zu sein schien. »Nur leider müssten wir dann die Gesellschaft von einem deutschen Dreckschwein ertragen!«

Er war immer lauter geworden, und man konnte hören, dass er zu viel getrunken hatte. »Hey«, meinte Jack, »mal halblang, Kumpel. Der Krieg ist lange vorbei.«

»Für dich vielleicht, Yankee, für uns aber nicht!«, maulte der Rotschopf. »Weißt du, wie viele von unseren Kameraden diese verdammten Jerrys auf dem Gewissen haben?«

»Wahrscheinlich ebenso viele, wie ihr von denen auf dem Gewissen habt«, entgegnete Jack. »War eine böse Zeit.«

»Die Zeit war's nicht, es waren diese verdammten Deutschen! Sie und niemand sonst waren schuld an diesem Krieg!«

»Naja«, erwiderte Jack, ohne den anderen dabei anzusehen, »so wie ich es verstanden habe, waren bei euch in Europa alle ziemlich wild darauf, eins auf die Mütze zu kriegen. Und offen gestanden, Jungs, habe ich auch bei euch diesen Eindruck.« Damit erhob er sich und stellte sich vor den Schotten, der ihn jedoch um einen guten Kopf überragte.

»Jack …«, begann Otto.

»Schon gut«, wehrte Jack ab.

»Was soll das?«, regte der Rotschopf sich auf. »Der Jerry soll sich gefälligst selbst verteidigen!«

»Muss er nicht«, erklärte Jack schlicht. »Das übernehme ich für ihn. Denn dieser Mann ist mein Freund, und es schert mich einen Dreck, woher er kommt. Wenn du zu ihm willst, musst du an mir vorbei.«

»Du riskierst eine ziemlich große Lippe, Yankee. Sollen wir dir ebenfalls die Fresse polieren?«

»*Por favor*!«, rief der Wirt. »Bitte kein Streit! Bitte nicht, *señores*! Nicht in meiner Bodega!«

Jack konnte die Panik in den Augen des Mannes erkennen, die nur zu berechtigt war. Eine handfeste Schlägerei würde das halbe Mobiliar zerlegen. Ganz abgesehen davon, dass sie ihren Weiterflug wohl würden verschieben müssen …

Sein Blick glitt an dem Hünen herab und blieb an dem Webley hängen, den er im Holster stecken hatte.

»*Yessir*«, machte der Schotte und entblößte sein lückenhaftes Gebiss zu einem Grinsen. »Wir haben auch Artillerie. Lass deine Knarre also lieber stecken und setz dich wieder.«

Jack nickte und erweckte einen Augenblick lang den Eindruck, als wolle er der Aufforderung tatsächlich nachkommen. Dann jedoch drehte er sich blitzschnell in den Mann und ließ seine Faust mit der Wucht einer Dampframme in dessen Magen krachen. Der Schwinger traf den Rothaarigen so unerwartet, dass er ihn glatt von den Beinen holte. Er fiel um wie ein Sack Mehl und krümmte sich am Boden, die Streitlust war ihm schlagartig vergangen.

»Mieser Yank!«, knurrte sein Kumpan und wollte nach seiner Waffe greifen – da blickte er schon in den Lauf von Jacks Colt Army.

»War noch was?«, erkundigte sich Jack.

Der andere zögerte einen Moment, dann besann er sich und schüttelte krampfhaft den Kopf.

»Nimm deinen Kumpel mit und verschwinde. Und dann schlaft euren Rausch aus, ihr Fliegerasse.«

Der Mann widersprach nicht mehr. Stattdessen half er seinem sich noch immer vor Schmerz krümmenden Kumpanen auf die Beine und rollte ihn mehr, als er ihn führte, nach draußen.

Jack sah ihnen nach, bis sie das Lokal verlassen hatten. Dann holsterte er und setzte sich wieder. Sichtlich erleichtert nickte der Wirt ihm zu, und die Gäste an den anderen Tischen nahmen ihre Gespräche wieder auf.

Otto und Jack wechselten einen Blick.

Mehr brauchte nicht gesagt zu werden.

Eine Weile saßen sie noch beisammen, dann klemmte sich Otto den Rest seiner Zigarre zwischen die Zähne und erhob sich. »Werde mich jetzt aufs Ohr legen«, kündigte er an. »Wird ein anstrengender Tag morgen.«

»Tu das, großer Zauberer.«

»Gute Nacht, Miss Casey.«

»Gute Nacht, Otto.«

Er empfahl sich und verließ das Lokal.

»Sie sind seltsam, Mr. Kelley«, stellte Casey fest, nachdem er gegangen war. »Immer wenn ich glaube, Sie zu kennen, tun Sie etwas, das mich ziemlich überrascht.«

»Wovon sprechen Sie?«

»Sie haben gerade ohne Zögern für einen Freund Ihr Leben riskiert.«

»Und?«

»So etwas ist selten geworden in dieser Welt, glauben Sie mir. Und Otto hat Ihnen noch nicht einmal dafür gedankt.«

»Muss er auch nicht«, erwiderte Jack, »denn er würde jederzeit dasselbe für mich tun.« Er warf einen Blick auf seine Armbanduhr. »Es ist spät geworden«, stellte er fest. »Wir sollten ebenfalls gehen.«

Er legte ein paar Dollar auf den Tisch, die den Wirt nicht nur für die Mahlzeit, sondern auch für den überstandenen Schrecken entlohnten, dann verließen sie das Lokal. Das Hotel nebenan hatte tatsächlich noch Zimmer frei, und über eine Treppe, die außen an dem alten Gebäude emporführte, brachte Jack Casey nach oben.

»Ihr Zimmer«, erklärte er, nach einer weiß gestrichenen Tür deutend. »Meins liegt gleich nebenan.«

»Danke.« Sie nickte, und ihre dunkelbraunen Augen taxierten ihn auf eine Weise, wie sie es bislang nicht getan hatten. Eine leichte Brise wehte von der See heran und fuhr durch ihr Haar, und im Zwielicht der liegenden Mondsichel und der bunten Straßenbeleuchtung sah sie anziehender aus als je zuvor.

Sie trat näher auf ihn zu, hob ihr Kinn und öffnete ihren sinnlichen Mund ein wenig, und noch ehe er groß darüber nachdenken konnte, was er tat, zog er sie zu sich heran und küsste sie. Einen Augenblick war er nicht sicher, ob es okay für sie war oder ob sie ihm im nächsten Moment eine schallende Ohrfeige versetzen würde, die er fraglos verdient hätte. Doch sie erwiderte seine Zärtlichkeit. Und die Art, wie ihr Körper sich an ihn drängte, sagte ihm, dass sie zwar eine Tochter aus gutem Hause sein mochte, dies aber nicht zum ersten Mal tat.

»Ich will es«, flüsterte sie und sah ihn herausfordernd dabei an, ein Blick von der Sorte, dem sich Jack noch nie gut hatte widersetzen können.

Er wollte es auch.

Verdammt, und wie er es wollte …

»Nur leider«, fügte sie hinzu, während sie sich vorsichtig wieder aus seiner Umarmung löste, »ist es noch immer keine gute Idee. Gute Nacht, Mr. Kelley«, sagte sie – und war im nächsten Moment hinter der weiß gestrichenen Tür ihres Zimmers verschwunden.

Jack blieb zurück.

So, dachte er, musste sich ein Sandwich fühlen, das jemand im Diner bestellte, dann aber nicht anrührte. Ottos Vorhaltungen, Clarice betreffend, im Hinterkopf, hatte sich Jack in Charleston wie ein ausgemachter Gentleman verhalten – und das war nun der Dank dafür.

»Gut gemacht, Skipper«, brummte er.

Dann wandte er sich ab und ging auf sein eigenes Zimmer.

Es war eine heiße Nacht in Havanna.

Und sie war lang.

19

Den nächsten Tag verbrachten sie zum größten Teil in der Luft. Weder Jack noch Casey verloren ein Wort über den Zwischenfall. Sie tat einfach so, als hätte es den Kuss nie gegeben, und eigentlich war ihm das ganz recht.

Ein rund siebenstündiger Flug führte sie auf südöstlichem Kurs nach Kingston, Jamaika, wo sie eine Zwischenlandung einlegten, weil Otto ein Klopfen am Motor wahrgenommen hatte, das ihm nicht gefiel. Wie sich zeigte, war der Sicherungssplint eines Bolzens gebrochen, was nur deshalb ohne Folgen blieb, weil das feine Gehör des Mechanikers es rechtzeitig erkannt hatte. Ein neuer Splint behob den Schaden, und schon am nächsten Tag, es war der 12. Oktober, konnte die Reise weitergehen. Weiter auf südöstlichem Kurs gelangten sie ins rund tausend Kilometer entfernte Maracaibo, den großen venezolanischen Hafen, in dem täglich Kaffee und Kakao im Wert von Hunderttausenden Dollars umgeschlagen wurden. Auch dort war der Anblick eines Wasserflugzeugs nicht weiter ungewöhnlich, die Geschäftsleute aus Europa, den USA und Argentinien, die regelmäßig in Maracaibo verkehrten, hatten dieses Transportmittel längst für sich entdeckt.

Von Maracaibo aus, wo sie ihren Vorrat an Frischwasser und

Lebensmitteln ergänzten, führte sie die Reise weiter nach Süden, über den Lago de Maracaibo und dann über die nördlichen Ausläufer der Anden hinweg, die sich wie eine gewaltige, in dichte Wolken gehüllte Mauer im Westen erstreckten. Die *Liberty* flog über das weiße Meer, aus dem hin und wieder einsame Gipfel ragten, um schließlich dem wirren Geflecht der Flüsse zu folgen, die die nördliche Orinoco-Ebene durchziehen. Nach einer Zwischenlandung in Barinos folgten sie dem Lauf des Rio Santo Domingo und erreichten über den Rio Apure schließlich den Orinoco, der sie tief hinein in den südamerikanischen Regenwald führte. Nach zwei weiteren Zwischenhalten langten sie am 17. Oktober in Manaus an, der einstigen Welthauptstadt des Kautschuk an der Mündung des Rio Negro, die nur über Wasser oder aus der Luft zu erreichen war.

Trotz seiner abgeschiedenen Lage hatte Manaus ein Heer von Kaufleuten, Spekulanten und Glücksrittern aus aller Welt angezogen. Das Kautschuk-Monopol hatte der Stadt am Amazonas über eine lange Zeit Reichtum und einen bis dahin nie gekannten Aufschwung eingetragen. In den Vorkriegsjahren jedoch hatten dann auch Plantagen in Asien und Afrika nennenswerte Mengen an Kautschuk zu liefern begonnen und das brasilianische Monopol damit gebrochen. Seither war der Preis des Naturgummis beständig gefallen, erst im vergangenen Jahr hatte man vergeblich versucht, ihn mit einer internationalen Vereinbarung zu regulieren. Die Geschäftsleute und Spekulanten hatten Manaus in Scharen den Rücken gekehrt, und so erinnerte die Stadt mit ihren weißen, allmählich verfallenden Palästen an eine Orchideenblüte, deren Duft und Vollkommenheit einst betört hatten, die nun jedoch welk geworden und der Fäulnis preisgegeben war.

Dennoch war die Stadt ein betriebsamer Ort. Dutzende von

Booten, von den schmalen *piraguas* der eingeborenen Fischer über tuckernde Frachter bis hin zu den großen Dampfschiffen, die auf dem Amazonas verkehrten, tummelten sich im Hafen und an den Kais, sogar ein Flugboot lag dort vor Anker, dessen Metallhülle im fahlen Sonnenlicht blitzte.

»Eine Savoia-Marchetti«, erkannte Otto die etwas eigenartig wirkende Konstruktion mit den zwei parallelen Rümpfen, die zugleich auch als Schwimmer dienten. Die Pilotenkanzel befand sich mittig darüber, gleich unterhalb des gewaltigen Doppelmotors, dessen zwei hintereinander montierte Propeller sowohl Zug- als auch Druckkräfte entwickelten. »Das Ding hat mehrere Rekorde gebrochen, was Reichweite und Geschwindigkeit betrifft, und als erstes Flugzeug den südlichen Atlantik überquert«, erläuterte Otto begeistert, während er aus der Kanzel auf den Schwimmer kletterte, um die Leine aufzufangen, die ihnen ein Hafenarbeiter vom Kai aus zuwarf. »*Das* ist ein Flugzeug!«

»Hey«, rief Jack hinaus, »nicht so laut! Miss Liberty könnte sonst eifersüchtig werden.«

»Ja«, stimmte Casey zu, die hinter der offenen Kabinentür auf den Ausstieg wartete. »Sie scheinen Ihr Herz ziemlich schnell zu verschenken, mein Lieber.« Sie zwinkerte ihm zu, worauf Otto rot wurde und sich abwandte.

Sie legten an, und Vandermere, der ein wenig Portugiesisch sprach, regelte das Formelle. Otto blieb bei der Maschine, während Jack und Casey Unterkünfte für die Nacht organisierten und anschließend bei den nahen Treibstoffdepots Fliegerbenzin für die nächste Etappe besorgen wollten.

Doch dies erwies sich als schwierig.

»Was soll das heißen, es gibt keinen Treibstoff?«, fragte Jack den bärtigen alten Brasilianer, der mit verschränkten Armen und trotzig in den Nacken geschobener Skippermütze vor ihm saß und verkniffen zu ihm aufblickte.

»*Sem combustíve* – kein Treibstoff«, wiederholte der Mann.

»Aber der Tank da drüben ist voll davon«, widersprach Jack, auf das walzenförmige Gebilde deutend, das die aus Holz und Wellblech errichtete Verkaufshütte überragte.

»*Sim, senhor*«, pflichtete der andere bei und breitete die Arme zu einer resignierenden Geste aus.

»Nur falls Sie Angst haben, dass wir nicht bezahlen«, meinte Jack, griff in die Innentasche seiner Fliegerjacke und holte ein Bündel Dollarscheine hervor. »Wir haben Geld, okay? Amerikanische Dollar.«

Er meinte, ein sehnsüchtiges Blitzen in den Augen des Mannes wahrzunehmen, doch es änderte nichts an dessen Entscheidung. »*Sem combustíve*«, wiederholte er zum ungezählten Mal und so entschlossen, dass Jack nichts anderes übrig blieb, als sein Glück beim nächsten Händler zu versuchen.

Und beim übernächsten.

Ohne Erfolg.

»Irgendetwas stimmt hier nicht«, stellte er schließlich fest. »Diese Händler haben genug Sprit auf Lager, um ein ganzes Geschwader in die Luft zu bringen. Aber aus irgendeinem Grund wollen sie ihn uns nicht verkaufen.«

»Was vermuten Sie?«, wollte Casey wissen. Längst hatte sie ihr Tropenkleid gegen Hosen und Bluse getauscht, dazu trug sie einen leichten Tropenhelm, unter dem ihr schwarzes Haar schulterlang hervorquoll. Jack bevorzugte seine gute alte Yankee-Mütze, um sich vor der stechenden Sonne zu schützen.

»Wenn ich es nicht besser wüsste, würde ich sagen, die Leute haben Angst«, vermutete er. »So, als hätte ihnen jemand bei Strafe verboten, mit uns Gringos Geschäfte zu machen.«

»Gringos?«

»So nennt man Amerikaner gern in diesen Breiten. Es ist ein bisschen Verachtung und ein bisschen Bewunderung dabei.«

»Und bezieht sich dieses Verbot auf alle Gringos?«, spann Casey den Gedanken weiter, »oder nur auf uns?«

Jack schürzte die Lippen und nickte grimmig. »Wenn ich das wüsste, wären wir schon einen Schritt weiter.«

»Was machen wir jetzt?«

»Da vorn ist noch ein Depot, dort werden wir unser Glück noch einmal versuchen. Aber diesmal werden wir unsere Taktik ändern«, kündigte Jack an, während sie die von Scheunen und mit Wellblech gedeckten Unterständen gesäumte Straße hinabgingen. Jenseits davon ragten die Bäume des nahen Regenwaldes wie eine dunkle, grüne Mauer auf.

»Wie wollen Sie gegen nackte Angst ankommen?«, fragte Casey stirnrunzelnd.

»Mit dem einzigen Mittel, das sich zuverlässig dagegen einsetzen lässt, nämlich ebenso nackter Gier.«

Den Betreiber des letzten Depots an der Straße trafen sie in einer Hütte an. Die schwüle Luft war von Zigarrenqualm durchdrungen und zum Schneiden dick, der Ventilator kam nicht dagegen an. Inmitten des grauen Dunsts saß ein Mann mit ausgemergelten Gesichtszügen an einem alten Schreibtisch.

»*Bonjour*!«, rief er ihnen entgegen, eine glimmende Zigarre zwischen den Zähnen. »Mein Name ist LeFevre, aber alle hier nennen mich nur *le feu*, das Feuer«, erklärte er mit französischem Akzent. »Womit kann ich dienen? Benzin? Gasolin? Petroleum? Maschinenöl?«

»Leichtbenzin«, erklärte Jack.

Le Feu stutzte und nahm die Zigarre aus dem Mund. »Wofür, wenn ich fragen darf?«

»Für unsere Maschine«, eröffnete Jack rundheraus. »Sie liegt am Kai vor Anker.«

»Im Hafen? Demnach darf ich darauf schließen, dass es sich um kein gewöhnliches *avion* handelt?«

»Dürfen Sie.« Jack nickte. »Es ist ein Wasserflugzeug. Eine Latécoère 28-3 aus französischer Herstellung, wenn Ihnen das weiterhilft.«

»Ich fühle mich geschmeichelt«, versicherte der Händler und paffte nervös weiter. »Ich fürchte nur, ich kann Ihrem Wunsch nicht entsprechen.«

»Warum nicht?«

»Weil es, sagen wir, meiner Gesundheit nicht zuträglich wäre.«

»Hat jemand Sie bedroht?«, fragte Casey.

»Sehen Sie, ich denke nicht, dass dieses Gespräch zu etwas führt. Wenn Sie mein *bureau* also einfach wieder verlassen möchten …«

Jack legte wortlos eine Zehn-Dollar-Note auf den Tisch. In den Staaten konnte man dafür bei Sears einen Trenchcoat und ein paar Schuhe kaufen. Hier im südamerikanischen Dschungel war es ein kleines Vermögen.

»Wo das herkommt, ist noch mehr«, kündigte Jack vielsagend an. »Wir brauchen diesen Kraftstoff. Dringend.«

»Das glaube ich Ihnen gern«, versicherte der Franzose, während er den Schein zuerst verstohlen einsteckte und dann weiterpaffte. »Ich fürchte nur, es gibt einige *messieurs*, die das nicht möchten.«

»Wer?«, fragte Jack, während er einen weiteren Schein auf den Tisch legte.

»Bitte bringen Sie mich nicht in eine unangenehme Lage«, bat Le Feu mit einem Blick, der gleichzeitig um Gnade zu winseln und nach mehr zu verlangen schien.

»Würde mir nicht im Traum einfallen«, versicherte Jack und

legte noch einen Schein drauf. Der Franzose stahl beide vom Tisch wie ein Kind eine verbotene Leckerei.

»Ich weiß nicht, woher sie kamen, aber sie unterhielten sich in einer seltsamen Sprache, die ich noch nie zuvor gehört habe«, erklärte er dazu.

»Waren es Südeuropäer?«, erkundigte sich Casey. »Italiener womöglich?«

»*Peut-être*, dem Aussehen nach. Aber auf jeden Fall sprachen sie kein Italienisch.«

Jack und Casey tauschten einen Blick, und beide stellten sich in diesem Moment dieselbe Frage.

War es möglich? Konnte es tatsächlich sein, dass der Arm der Söhne Molochs bis hierher reichte? Und waren sie es dann auch gewesen, die in Caseys Haus in Charleston eingebrochen waren? Jack merkte, wie sich in seinem Magen ein hässliches Ziehen ausbreitete. Und dieses Ziehen war noch selten ein gutes Zeichen gewesen.

»Wie viele Männer waren es?«, wollte er wissen.

»*Quatre.*« Le Feu hielt vier Finger hoch.

»Wann sind sie hier gewesen?«

»Vorgestern. Sie haben gesagt, dass jemand mit einer Latécoère nach Manaus kommen und nach Benzin fragen würde. Und dass ich ihm nichts verkaufen dürfe, weil ich es sonst bitter bereuen würde.«

Wieder wechselten Jack und Casey Blicke. Nun gab es keinen Zweifel mehr, dass die geheimnisvollen Fremden es auf sie abgesehen hatten. Wer immer sie gewesen waren, sie waren gut informiert. Und sie waren ihnen offenbar auf der Spur, was bedeutete, dass sie rasch verschwinden mussten, am besten noch in dieser Nacht.

Kurz entschlossen legte Jack das ganze Zehnerbündel auf den

Tisch. »Hier sind zweihundert Dollar«, erklärte er dazu. »Ich will kein Geld zurück. Alles, was ich möchte, ist Treibstoff, einen verdammten Tank voll. Der Rest gehört Ihnen.«

Der Franzose schien innerlich zu ringen. Unstet huschte sein Blick zwischen Jack, Casey und dem Geldbündel hin und her, während er qualmte wie eine Vickers mit Motorschaden.

»Einverstanden«, verkündete er schließlich. »Wann?«

»Noch heute Abend, sofort nach Einbruch der Dunkelheit«, antwortete Jack. Er beugte sich vor, nahm das Bündel vom Tisch und riss es in der Mitte entzwei. Die eine Hälfte legte er wieder auf den Tisch zurück, die andere steckte er ein.

»Was tun Sie?«, ächzte Le Feu, wobei er unglücklich auf seine Hälfte starrte.

»Nur eine kleine Versicherung. Bei Lieferung erhalten Sie den Rest. Pier 26.«

»*Bien*«, bestätigte der Franzose.

Aber sein Gesichtsausdruck machte klar, dass nichts wirklich gut war. Und dass ein Teil von ihm den Handel bereits bereute.

20

Fünf Stunden später herrschte in den Tanks der *Liberty* noch immer gähnende Leere. Die Sonne war vor einer halben Stunde hinter der grünen Wand des Regenwalds versunken, nicht ohne den Fluss vorher noch in goldenes Licht zu tauchen.

Seither warteten sie.

Gepäck und Vorräte befanden sich an Bord, die Checks waren durchgeführt. Alles, was Jack noch fehlte, um den Motor zu starten und ihren metallenen Vogel in die Luft zu bringen, war der verdammte Treibstoff – doch von Le Feu war weit und breit nichts zu sehen.

»Gefällt mir nicht«, meinte Otto. Wie oft, wenn er nervös war, biss er auf dem Mundstück der kalten Pfeife herum.

»Mir auch nicht, Oz«, versicherte Jack.

»Wenn Sie mich fragen, hat dieser Gauner Sie um mein Geld betrogen«, murrte Dr. Vandermere. Seit Maracaibo trug er helle Tropenkleidung, seinen Panama hatte er gegen einen nagelneuen Jacobson-Tropenhelm getauscht.

»Und sich selbst gleich mit«, erwiderte Jack und hielt die andere Hälfte des durchgerissenen Bündels hoch.

»Vielleicht war die Angst am Ende doch stärker als die Gier«, mutmaßte Casey.

»Vielleicht.« Jack schürzte die Lippen. Beide Möglichkeiten gefielen ihm nicht, denn beide bedeuteten, dass sie keinen Treibstoff bekommen würden. Und sein Bauchgefühl, das sich mit hässlichem Ziehen zurückgemeldet hatte, sagte ihm, dass der Boden unter ihren Füßen allmählich heiß wurde.

»Das alles kommt mir doch ziemlich fadenscheinig vor«, ereiferte sich Vandermere. »Glauben Sie wirklich, dass diese Sektierer … Wie war doch gleich ihr Name?«

»Die Söhne Molochs«, half Casey aus.

»… dass die Söhne Molochs uns tatsächlich bis hierher gefolgt sind?«

»Immerhin haben diese Typen Caseys Vater auf dem Gewissen«, gab Jack zu bedenken, »und in Nordafrika hätte nicht viel gefehlt, und sie hätten uns auch erwischt. Grund genug, um ihnen aus dem Weg zu gehen und von hier zu verschwinden.«

»Ganz meine Meinung«, pflichtete Otto bei.

»Ich werde nachsehen, wo unsere Lieferung bleibt«, erklärte Jack. »Pass gut auf Miss Liberty auf, hörst du?«

»Worauf du dich verlassen kannst.« Über die rostige Pierleiter stieg der Mechaniker auf einen der Pontons der 28-3 hinab, verschwand kurz im Einstieg und kehrte mit einem der Springfield-Gewehre zurück.

»Passt auf euch auf«, sagte Jack.

»Du auch, Skipper.«

Jack nickte, dann wandte er sich Casey zu. »Haltet euch an Oz. Er weiß, was zu tun ist.«

Er wollte sich abwenden und aufbrechen, da hielt sie ihn fest, schlang ihre Arme um ihn und küsste ihn.

Jack war verblüfft.

Nach dem Vorfall in Havanna war sie weiter formell geblieben. Er hatte angenommen, dass es wegen Vandermere war, und hatte mitgespielt. Allerdings sah Diskretion in seinen Augen ein wenig anders aus …

»Sei vorsichtig«, gab sie ihm lächelnd mit auf den Weg, während Vandermere mit vor Staunen offenem Mund danebenstand.

»Versprochen«, versicherte Jack, wandte sich um und lief den Pier hinab.

Im Laufschritt rannte er durch die schwüle Nacht, unter dem Schein schmutziger Laternen hindurch, unter denen sich Schwärme von Moskitos tummelten, und vorbei an Tavernen, aus denen das Gelächter betrunkener Seeleute und hin und wieder auch die spitzen Schreie leichter Mädchen drangen. Auf dem Trittbrett eines Lieferwagens, der die Hauptstraße heraufkam, fuhr er ein Stück mit, bis der Wagen die Zufahrt zu den Depots passierte. Jack sprang ab und hastete die von Schlaglöchern durchsetzte Straße hinab. Schon von Weitem konnte er sehen, dass in Le Feus Hütte Licht brannte. Offenbar war der Franzose noch bei der Arbeit.

Ein Truck stand vor der Hütte, ein klobiges, dreiachsiges Model 45 der White Motor Company. Auf der Ladepritsche hockte ein gewaltiger Tank, auf den mit überschaubarem Talent ein Flammensymbol gemalt worden war. Den Reifen und Federn nach zu urteilen, war der Tank randvoll.

»Hey, Le Feu«, knurrte Jack, während er durch die Eingangstür der Hütte platzte, »haben Sie unsere Abmachung vergessen? Wo bleiben …?«

Er verstummte, denn es war auf den ersten Blick zu erkennen, warum der Franzose seinen Teil der Abmachung nicht eingehalten hatte. Wie bei Jacks erstem Besuch saß er auf seinem Stuhl hinter dem Schreibtisch. Sein Kopf jedoch hing seitlich herab, die Zigarre war ihm aus dem offenen Mund gefallen und lag verglommen auf dem Tisch. In seiner Brust steckte ein Messer, um das sich das Hemd dunkelrot verfärbt hatte.

»Verdammter Mist.«

Jack trat hinter den Tisch und warf einen Blick auf den Leichnam. Allzu lang konnte Le Feu noch nicht tot sein. Es war noch keine Starre eingetreten, und trotz der schwülen Hitze war kein Geruch festzustellen.

Jacks Blick fiel auf ein Stück Papier, das auf dem Tisch lag und von Blutspritzern besudelt war.

Es war ein ausgefüllter Lieferschein.

Über fünfhundert Gallonen Flugbenzin.

Der Wagen draußen war also noch betankt worden.

Mit *ihrem* Sprit …

»Danke, Freund«, flüsterte Jack und nickte dem Toten zu. Dann wandte er sich ab, eilte hinaus und stieg ins Führerhaus des Trucks. Mit lautem Gebrüll sprang der mächtige Motor an, und Jack trat das Gaspedal durch. Der Tankwagen machte einen Satz nach vorn und schoss an der Hütte vorbei vom Gelände und die holprige Straße hinab, eine Fontäne von Schmutz und Staub hinter sich her ziehend.

Jack gab Gas. Die Lichtkegel der Scheinwerfer schnitten durch die Dunkelheit, rissen verfallene Hütten und grünes Gebüsch aus der Schwärze – und im nächsten Moment auch ein dachloses Model T, das so voller Schmutz und Staub war, dass es auf den ersten Blick kaum zu erkennen war. Im Vorbeifahren erhaschte Jack einen Blick auf die vier Kerle, die darin saßen. Sie trugen schwarze Kleidung und Tücher um die Köpfe. Und sie waren bis an die Zähne bewaffnet.

»Mist«, knurrte er, als der Ford auch schon Gas gab, auf die Straße schoss und an Jacks Truck vorbeiziehen wollte.

Jack ließ ihn nicht und trat ebenfalls aufs Gaspedal.

Der Motor brüllte auf und riss den Truck nach vorn, und einige Augenblicke lang lieferten sich beide Wagen ein erbittertes Rennen Kopf an Kopf – bis Jack am Lenkrad riss und den Tanker zur Seite ausbrechen ließ.

Es war ein riskantes Manöver. Der Motor heulte, und die Konstruktion ächzte, und für einen Moment war Jack nicht sicher, ob er das schwere Monstrum wieder unter Kontrolle bringen würde. Mit ganzer Körperkraft stemmte er sich gegen die Trägheit des Gefährts und konnte es gerade noch daran hindern, von der Fahrbahn abzukommen und die Strommasten niederzumähen, die die Straße säumten.

Der Fahrer des Model T hatte weniger Glück.

Aus Sorge, vom massigen Tanklaster gerammt zu werden, war er ausgewichen und hatte kurzzeitig die Kontrolle über den Wagen verloren. Der Ford kam von der Straße ab und holzte durch eine Ansammlung von Bananenstauden. Schreie waren zu hören, und Fetzen von Blattwerk stoben nach allen Seiten, was Jack ein breites Grinsen entlockte. Als sein Verfolger im nächsten Moment wieder auf die Straße zurückfuhr, verging ihm das Grinsen allerdings. Der Model T hatte noch ein paar Kratzer mehr abbekommen und einen Scheinwerfer eingebüßt. Das war auch schon alles.

Der Fahrer gab erneut Gas und holte auf. Im Außenspiegel konnte Jack sehen, wie der Ford heranschoss – und mit ihm auch die Vermummten, die jetzt ihre Waffen in Anschlag nahmen. Im nächsten Augenblick flackerte Mündungsfeuer in der Dunkelheit, und Schüsse krachten.

»Verdammt!«, fluchte Jack.

Was versuchten die Kerle da?

Wenn eine der Kugeln den Tank durchschlug und es einen Funken gab, würde man weder von ihm noch von ihnen genügend Reste finden, um einen Schuhkarton damit zu füllen. Er musste an den Attentäter aus dem Flugzeug denken, an den fanatischen

Glanz in seinen Augen. Ihr eigenes Leben schien diesen Kerlen herzlich wenig zu bedeuten!

Mit zusammengebissenen Zähnen zog Jack sein Modell 1917 aus dem Holster und riss die Tür auf. Während er mit der linken Hand das hölzerne Steuer hielt, beugte er sich hinaus und feuerte. Der Colt Army krachte in seiner Hand und spuckte Blei. Aus alter Gewohnheit zählte Jack die Schüsse mit. Als die Verfolger das Feuer erwiderten, verschwand er wieder im Führerhaus, spürte förmlich, wie die Kugeln vorbeischrammten, einige davon durchlöcherten die offene Fahrertür. Blitzschnell beugte Jack sich hinaus und schickte zwei weitere Geschosse in die Nacht. Es war ein Lotteriespiel, ordentlich zu zielen war in dieser Situation unmöglich. Jacks Hoffnung war eher, dass Otto den Lärm hören und alarmiert sein würde …

Dennoch fand eine der Kugeln ihr Ziel.

Sie durchschlug die Frontscheibe des Model T und fuhr in die Brust des Beifahrers, der daraufhin auf den Fahrer fiel. Der Wagen begann zu schlingern und wurde langsamer, und Jack trat aufs Gaspedal. Durch die Beschleunigung fiel die durchsiebte Fahrertür zurück ins Schloss, und Jack riss am Lenkrad. Mit quietschenden Reifen schoss der Truck auf die Hauptstraße, und Jack rammte den nächsthöheren Gang ins Getriebe. Wenn er jedoch gehofft hatte, seine Verfolger losgeworden zu sein, so wurde er bitter enttäuscht.

Der Ford tauchte wieder auf, und mit ihm seine schießwütige Besatzung. Die Passanten, die sich zu beiden Seiten der Straße tummelten, warfen sich schreiend in Deckung, als erneut Schüsse peitschten. Einer davon zertrümmerte den Außenspiegel des Trucks. Glassplitter regneten ins Führerhaus. Jack stieß eine Verwünschung aus – nun war er nach hinten praktisch blind.

Den Fuß weiter fest auf dem Gaspedal, raste Jack dem Ende

der von Laternen beleuchteten Hauptstraße entgegen, während er gleichzeitig herauszufinden versuchte, wo seine Verfolger abgeblieben waren. Erneut stieß er während der Fahrt die Tür auf, für die das jedoch zu viel war. Die rostigen Scharniere brachen, sodass sie sich mit metallischem Ächzen verabschiedete. Sie blieb irgendwo zurück, während Jack sich für einen raschen Blick hinausbeugte – doch von dem Wagen seiner Verfolger fehlte jede Spur.

Dafür ratterte auf der anderen Seite des Trucks plötzlich infernalischer Lärm los, und etwas schlug mit Gewalt von schräg unten durch die Beifahrertür und durch das Dach des Führerhauses.

»Verdammt, was …?«

Der Ford war jetzt rechts von ihm, und einer der Kerle hielt eine Maschinenpistole in den Händen. Jack erkannte den hölzernen Schaft und den klobigen langen Lauf sofort – es war eine deutsche MPE. Otto hatte ihm berichtet, dass seine Landsleute diese Teufelsdinger nach Südamerika exportierten, wo sie im Grenzkrieg zwischen Bolivien und Paraguay zum Einsatz kamen. Irgendwie hatte dieses Exemplar wohl seinen Weg hierher gefunden …

Der Kerl auf dem Rücksitz des Model T wollte erneut feuern, aber Jack ließ es nicht dazu kommen. Kurzerhand zog er das Lenkrad herum und rammte den Ford von der Seite. Hätte er den sehr viel kleineren und leichteren Wagen voll getroffen, wäre es wohl dessen Ende gewesen, doch der Fahrer war diesmal vorgewarnt. Geschickt wich er aus und wäre im nächsten Moment mit einer Straßenlaterne kollidiert, hätte er nicht in letzter Sekunde in die Eisen getreten.

Der Ford fiel zurück, und Jack konnte aufatmen – wenigstens für den Augenblick.

Das Flussufer kam in Sichtweite, und mit ihm auch das Ende der Hauptstraße. Jack nahm den Fuß vom Gas und bog in die

Straße zum Hafen ein. Wo seine Verfolger waren, konnte er im Augenblick nicht sagen, aber er nahm an, dass sie noch immer …

In diesem Moment hämmerte die Erma-Maschinenpistole erneut! Heißes Blei schlug in die Beifahrertür, und wäre Jack nicht in einer blitzschnellen Reaktion in die Eisen gestiegen, hätte die nächste Garbe ihn durchsiebt. So verlangsamte der Truck abrupt seine Fahrt, und die Garbe, die der Sektierer abgegeben hatte, wanderte nach vorn aus und zerschlug die Windschutzscheibe. Jack, der Mühe hatte, sich auf dem Sitz zu halten, stieß eine Verwünschung aus, als ihm Glassplitter entgegenprasselten. Da er die Hände am Steuer behalten musste, zerschnitten die Splitter ihm beide Handrücken. Den Kopf konnte er im letzten Moment noch zur Seite drehen, jedoch nicht verhindern, dass ein Stück Glas ihn an der Wange traf und eine blutige Furche riss. Durch den Fahrtwind, der ihm durch die zertrümmerte Scheibe jetzt direkt ins Gesicht wehte, sah Jack den Model T, der nach dem abrupten Manöver nun vor ihm fuhr.

Jack war für einen Moment irritiert – hatten nicht vier Vermummte in dem Wagen gesessen? Jack zählte nur den Fahrer, den reglosen Kerl neben ihm auf dem Beifahrersitz sowie den Schützen auf dem Rücksitz. Der war gerade dabei, seine Maschinenpistole nachzuladen, um erneut zu feuern.

»Leck mich«, stieß Jack zwischen zusammengebissenen Zähnen hervor – und gab ohne Rücksicht Gas.

Mit röhrendem Motor machte der Truck einen Satz. Um dem Kerl mit der MPE ein gutes Schussfeld zu ermöglichen, war der Fahrer des Ford dicht vor dem Laster gefahren – das wurde ihm zum Verhängnis. Denn im nächsten Moment hatte der Truck den Model T bereits erreicht und rammte ihn mit voller Wucht.

Es krachte. Der Ford wurde durchgeschüttelt und klebte vor dem Motorblock von Jacks Truck wie Möwenschiss am Kanzelglas der 28-3. Der Typ mit der Maschinenpistole verschwand für einen Moment hinter der Rückbank und dem löchrigen Verdeck.

Jack wartete nicht, bis er wieder auftauchte und das Feuer auf ihn eröffnete, sondern setzte alles auf eine Karte.

Während er den Fuß fest auf dem Gas behielt, zog er das Steuer herum und lenkte den Truck auf die Kaimauer zu. An den Piers waren in regelmäßigen Abständen Boote vertäut, Kutter und Frachter, jenseits davon lauerten die dunklen, unergründlichen Fluten des Flusses.

Es war riskant.

Damit sein Plan aufging, musste Jack dem Rand des Kais sehr viel näher kommen, als es ihm lieb war, noch dazu, da ihm die Abmessungen des Lasters nicht vertraut waren – aber es gab keine Alternative.

Den Ford Model T vor sich her schiebend, lenkte Jack den Truck schräg auf die Kaimauer zu. Der Fahrer des Wagens erkannte, was er vorhatte, und versuchte gegenzusteuern. Wie von Sinnen riss er am Lenkrad, während er gleichzeitig Gas gab, doch von den entfesselten Pferdestärken des Lasters vermochte er sich nicht zu lösen. Der Kerl mit der Maschinenpistole tauchte wieder hinter dem Rücksitz auf, die Waffe schussbereit im Anschlag.

»*So long*, Leute«, knurrte Jack.

Schlagartig steuerte er nach links und brachte den Truck wieder auf geraden Kurs. Die Masse des Fahrzeugs protestierte ächzend, und einen Herzschlag lang befürchtete Jack, dass der Truck umkippen und über den Kai in die Tiefe stürzen würde. Doch er hatte Glück – der Ford hingegen, der am Kühlergrill geklebt hatte, wurde durch das abrupte Manöver abgeschüttelt. Wie ein Geschoss wirbelte er davon und vollführte eine komplette Drehung, ehe er über den Rand der Kaimauer hinausschoss und mit dem Heck voraus in den Fluss eintauchte.

Jack hätte einen Triumphschrei ausgestoßen, hätte er nicht alle Hände voll damit zu tun gehabt, den Truck wieder unter Kontrolle zu bringen. Infolge des abrupten Richtungswechsels war der Treibstoff im Tank in Bewegung geraten und schwappte nun hin und her, sodass der Laster bald zur einen, bald zur anderen Straßenseite auszubrechen drohte. Mit einigem Geschick brachte Jack das Gefährt wieder auf die Spur, und durch die zertrümmerte Scheibe sah er das Ziel der mörderischen Fahrt in Sicht kommen.

Pier 26.

Der Anblick der *Liberty III*, die dort im Wasser dümpelte, gab ihm neue Zuversicht. Er nahm den Fuß vom Gas und verlangsamte die Fahrt, hielt so, dass die Länge der Schläuche zum Befüllen der Tanks ausreichen würde.

Nachdem er die Bremse arretiert hatte, sprang er vom Wagen.

»Jack!« Casey kam auf ihn zu. Sie wollte ihn umarmen und erschrak, als sie sein blutiges Gesicht sah.

»Nicht der Rede wert«, versicherte er.

»Himmel, was ist geschehen?«, fragte Otto, der mit weit aufgerissenen Augen auf das durchlöcherte Führerhaus und die Überreste der Windschutzscheibe starrte.

»Meinungsverschiedenheiten«, erwiderte Jack schlicht, während er bereits dabei war, den Schlauch abzuziehen, der an der Seite des Tanks auf einer großen Winde aufgerollt war. »Wir sollten verschwinden, ehe es noch mehr davon gibt.«

»Die Sektierer?«, fragte Otto, der noch immer das Gewehr in den Händen hielt.

Jack nickte. »Offenbar sind sie uns gefolgt. Le Feu ist tot, und wenn wir nicht aufpassen, sind wir …«

Er verstummte, als er in seinem Rücken ein hässliches Klicken hörte. Gleichzeitig stieß Casey einen schrillen Schrei aus. Jack fuhr herum. Er erkannte die vermummte Gestalt auf dem Dach des Führerhauses und begriff jäh, wo der vierte Sektierer geblieben war: Vorhin während der wilden Jagd, als er den Model T kurz aus den Augen verloren hatte, musste der Kerl auf den Truck aufgesprungen sein.

Jack sah die schussbereite Luger in der Hand des Mannes – und wusste, dass er zu langsam sein würde.

Seine Hand glitt dennoch hinab zum Griff des Colt Army 1917, doch ehe er die schwere Waffe ziehen konnte, krachte es. Jack zuckte zusammen, in der festen Überzeugung, eine Kugel hätte ihn getroffen – aber da war nichts.

Der Vermummte auf dem Wagendach hingegen vollführte einen bizarren Tanz. Ein Stöhnen drang unter seinem Gesichtstuch hervor, und er ließ die Waffe fallen. Dann brach er zusammen, rollte seitlich vom Dach des Trucks und blieb leblos auf dem Boden liegen.

Jack wandte sich um. Otto stand hinter ihm, das Springfield-Gewehr noch in den Händen. Rauch wölkte aus dem langen Lauf der Waffe. Jack tippte sich an den Schirm seiner Mütze, Otto nickte.

Dann gingen sie daran, die Tanks der Liberty zu befüllen, während Casey und Vandermere Wache hielten. Der Kurator aus Charleston bot einen eigentümlichen Anblick, wie er so dastand, in seinem hellen Tropenanzug und mit dem Helm auf dem Kopf, ein klobiges Repetiergewehr in den Händen, doch niemand lachte mehr darüber. Und als die Tanks endlich gefüllt waren, ließ Jack den Motor warmlaufen, und sie stiegen auf, unendlich erleichtert darüber, die feuchte Hitze Manaus' hinter sich zu lassen.

Es war erst der Anfang.

21

Sie flogen die ganze Nacht hindurch, dabei stets dem Lauf des Amazonas folgend, der sich als silbern glitzerndes Band unter ihnen abzeichnete. Als gegen Mitternacht Dunst aufzog und den Fluss mehr und mehr verschleierte, zog Jack die Maschine höher und behielt Kompass und Höhenmesser von nun an genau im Auge. Gegen zwei Uhr morgens löste Otto ihn ab. Jack ging nach hinten, wo er erwartete, die beiden Fluggäste schlafend vorzufinden. Doch nur Vandermere schlief, fest an seinen Sitz geschnallt und den Tropenhelm über dem Gesicht, während Casey über einer Reihe von Aufzeichnungen brütete, die sie auf dem Boden ausgebreitet hatte und im Licht einer batteriebetriebenen Lampe studierte.

»Was machen die Wunden?«, fragte sie.

Jack hob die Hände hoch, die Otto kurzerhand mit Jod behandelt und dann verbunden hatte. »Ich bin dadurch noch interessanter für dich geworden«, stellte er grinsend fest. »Denn jetzt kann ich aus erster Hand berichten, wie sich eine Mumie fühlt.«

»Du übertreibst.«

»Keine Spur.« Er ging in die Knie. »Was ist das alles?«

»Aufzeichnungen meines Vaters«, erwiderte sie. »Er hat alles gesammelt, was er über das Volk der Nebelkrieger finden konnte.«

»Zum Beispiel?«

»Zum Beispiel Erzählungen eines Indio-Stammes, der am oberen Amazonas lebt. Darin ist von einem Volk weißer und schwarzer Menschen die Rede, die vor langer Zeit den Fluss heraufgekommen sein sollen.«

»Weiß und schwarz?« Jack hob die Brauen.

»Im karthagischen Heer dienten Kämpfer aus Schwarzafrika ebenso wie keltische Söldner aus Spanien«, erklärte Casey. »Auf die Bewohner des Regenwalds müssen beide sehr seltsam gewirkt haben.«

»Alles eine Frage der Perspektive«, meinte Jack.

»Sozusagen.« Sie lächelte und nahm ein in abgegriffenes Leder gebundenes Büchlein zur Hand, dessen Seiten in filigraner, für Jack unleserlicher deutscher Handschrift beschrieben waren. Zwischen den Seiten steckten allerhand Zeichnungen und Kartenskizzen, die offenbar aus Büchern entfernt und eingelegt worden waren. »In diesem Buch hat Vater alles gesammelt, was er für die Suche nach den Nebelkriegern für erforderlich hielt«, erklärte sie. »Mehrere Quellen berichten übereinstimmend, dass sich Siedlungen dieses Stammes am oberen Amazonas befunden haben müssen.«

Sie legte ihm eine Kartenskizze hin, in die der Professor die in Frage kommenden Regionen eingezeichnet hatte.

»Dieses Gebiet ist so groß wie Iowa«, stellte Jack fest. »Bist du je in Iowa gewesen?«

»Nein«, gab sie zu.

»Verdammt viele Maisfelder.«

Sie seufzte. »Ich habe nie behauptet, dass es einfach sein würde. Aber wir haben etwas, das uns helfen wird, das Suchgebiet einzugrenzen, denn wir wissen, wer die Nebelkrieger waren und woher sie einst kamen.«

»Wie soll uns das helfen?«, fragte Jack.

»Zum Beispiel kennen wir die Größe ihrer Schiffe und ihre Art, sie zu bauen, also wissen wir auch, in welche Gefilde des Flusses sie damit vorstoßen konnten und in welche nicht. Außerdem hat mein Vater versucht, von den Ausgrabungen in Nordafrika Rückschlüsse auf die Architektur der Nebelkrieger zu ziehen, denn die Neu-Karthager haben sich als Kolonisten gesehen und das getan, was Kolonisten zu allen Zeiten der Geschichte getan haben, nämlich ihre alte Kultur auf ihren neuen Lebensraum übertragen.«

»Allerdings«, bestätigte Jack grimmig. »Die Indianer können davon ein Liedchen singen.«

»Die Menschen ändern sich nicht, nur weil ein paar hundert oder auch tausend Jahre vergangen sind«, entgegnete Casey. »Das ist eine der Lektionen, die uns die Geschichte lehrt. Die Nebelkrieger haben versucht, die eingeborene Bevölkerung zu verdrängen und zu unterdrücken, was ihnen wohl auch gelungen ist. Das erklärt die vielen Erzählungen, die es über sie gibt und von denen die wenigsten schmeichelhaft sind. Oft werden sie als Räuber bezeichnet und als Mörder, die einem dunklen Dämon gedient haben sollen.«

»Einem Dämon?«

»Einem gehörnten Dämon, der unschuldige Opfer verschlang«, erläuterte Casey. »Kommt dir das bekannt vor?«

Jack schürzte die Lippen. »Allmählich glaube ich, dein Vater hatte wirklich recht.«

»Er hatte recht – so sehr, dass es verwunderlich ist, dass noch niemand vor ihm auf diesen Gedanken gekommen ist. Aber so ist es ja bei allen großen Entdeckungen, nicht wahr?«

»Schätze schon.« Jack nickte. Caseys Begeisterung erinnerte ihn sehr an ihren Vater. »Dein alter Herr hätte sich keinen besseren Nachfolger wünschen können als dich«, sagte er.

Sie lächelte. »Anfangs dachte ich, ich tue das alles nur für ihn, für seinen wissenschaftlichen Ruhm und um es all jenen zu zeigen, die ihn damals verlacht und verspottet haben«, fuhr sie dann fort, wobei sie ihren Blick über die ausgebreiteten Unterlagen schweifen ließ. »Aber inzwischen bin ich mir nicht mehr ganz so sicher …«

»Ob du es nicht auch für dich selbst tust?«

Sie nickte. »Es ist fast ein bisschen wie früher, wenn wir gemeinsam unterwegs waren.«

»Er wäre stolz auf dich«, sagte Jack voller Überzeugung und setzte sich neben ihr auf den Boden. »Was hast du noch?«

»Berichte der Konquistadoren, die Amazonien bereist haben. Der erste von ihnen war Francisco de Orellana im Jahr 1541. Ein Dominikanermönch namens Gaspar de Carvajal begleitete ihn und fertigte einen ausführlichen Reisebericht an, in dem er unter anderem von einer blühenden Kultur berichtet, die jedoch nie gefunden wurde. Genau zwanzig Jahre später stieß ein spanischer Edelmann namens Lupo de Aguirre in die betreffende Gegend vor. Im Dschungel verfiel er dem Wahnsinn und errichtete eine wahre Schreckensherrschaft unter seinen Gefolgsleuten und den ihn begleitenden Indios. Manche von ihnen behaupteten später, der böse Geist der Nebelkrieger hätte von ihm Besitz ergriffen.«

»Und so etwas glaubst du?«

»Mein Vater pflegte zu sagen, dass Mythen oft einen wahren Kern enthalten«, erwiderte Casey. »Mein Vater hat Dutzende solcher Schriften gesichtet. Viele davon sind in Latein verfasst, das im späten Mittelalter so etwas wie die Sprache der Gelehrten gewesen ist. Aber er scheute sich auch nicht, eigens zu diesem Zweck Spanisch und Portugiesisch zu lernen, so ernst ist es ihm damit gewesen.«

»Hm«, machte Jack. »Deutsche Konquistadoren waren wohl eher selten?«

»Zur Zeit Karls V. gab es sie durchaus«, erklärte Casey. »Im

Jahr 1535 beispielsweise führte Georg Hohermuth von Speyer eine Expedition bis tief in den Regenwald von Amazonien. Begleitet wurde er dabei von einem deutschen Abenteurer namens Philipp von Hutten, der in zahlreichen Briefen von seinen Erlebnissen berichtete. Unglücklicherweise sind die meisten davon verschollen, sodass wir nicht genau wissen, was damals geschehen ist. Eines der wenigen erhaltenen Schreiben stammt aus dem Jahr 1542 und handelt vom Angriff eines äußerst aggressiven Eingeborenenstammes, dem sich von Hutten und seine Leute am oberen Amazonas ausgesetzt sahen.«

»Was für ein Stamm?«, wollte Jack wissen.

»Darüber wissen wir nichts. Aber wie es heißt, seien diese Krieger anders gewesen als die übrigen Indios, mit denen seine Leute und er es zu tun hatten – und dass sie einer grausamen Gottheit gehuldigt hätten ...«

»Moloch«, sagte Jack leise. »Oder nur ein Zufall.«

»Bald werden wir es wissen«, versicherte Casey, »denn wir haben etwas, das die Konquistadoren nicht hatten.«

»Und das wäre?«, fragte Jack.

»Ein Flugzeug«, entgegnete sie mit entwaffnender Logik und entlockte ihm damit ein Lächeln – während er sich gleichzeitig fragte, ob er die Antworten auf alle diese Fragen wirklich finden wollte.

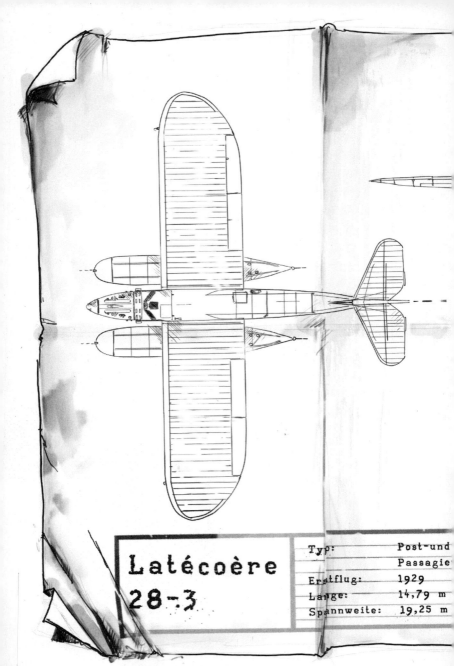

Latécoère
28-3

Typ:	Post-und
	Passagie
Erstflug:	1929
Länge:	14,79 m
Spannweite:	19,25 m

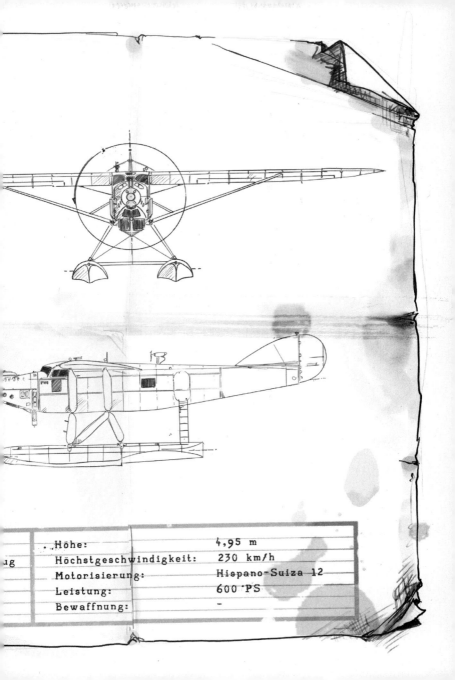

.Höhe:	4,95 m	
Höchstgeschwindigkeit:	230 km/h	
Motorisierung:	Hispano-Suiza 12	
Leistung:	600 PS	
Bewaffnung:	–	

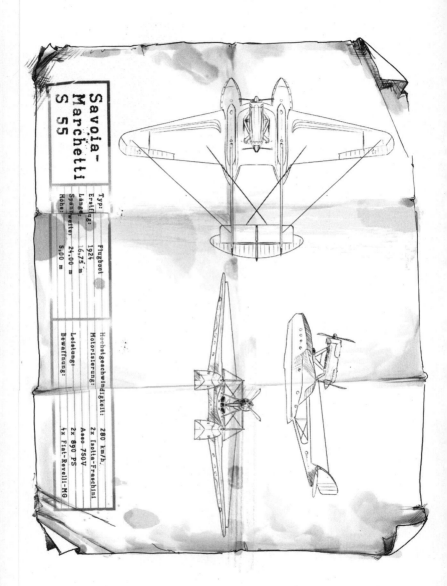

Savoia-Marchetti S 55

Typ:	Flugboot
Erstflug:	1924
Länge:	16,75 m
Spannweite:	24,00 m
Höhe:	5,00 m

Höchstgeschwindigkeit:	280 km/h.
Motorisierung:	2x Isotta-Fraschini
	Asso-750V
Leistung:	2x 890 PS
Bewaffnung:	4x Fiat-Revelli-MG

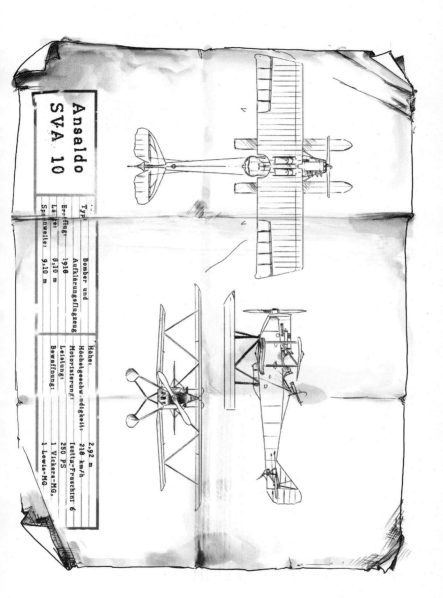

Ansaldo SVA 10

Typ:	Bomber und
Erstflug:	Aufklärungsflugzeug
Erstflug:	1918
Breite:	3.10 m
Länge:	8.10 m
Spannweite:	9.10 m

Höhe:	2,92 m
Höchstgeschwindigkeit:	218 km/h
Motorisierung:	Isotta-Fraschini 6
Leistung:	250 PS
Bewaffnung:	1 Vickers-MG.
	1 Lewis-MG.

22

Als die Sonne ihre ersten Strahlen über den Horizont schickte, setzten sie zur Landung an.

Trotz des Morgennebels, der über dem Fluss lag und die Sicht beschränkte, gelang es Jack, die Maschine wohlbehalten auf dem Fluss aufzusetzen und in die Sicherheit eines gewaltigen Kapokbaumes zu steuern, dessen Äste bis weit über das trübe Wasser reichten und ein natürliches Dach bildeten.

Sie brachten ihre Ausrüstung an Land und schlugen zwischen den gewaltigen Brettwurzeln ihr Lager auf. Während Otto die Maschine wartete, so gut es in Anbetracht der Umgebung möglich war, gönnte sich Jack ein wenig von der Ruhe, die er in der Nacht nicht bekommen hatte. Zudem steckten ihm die Ereignisse von Manaus noch in den Knochen, und seine Hände hatten wieder höllisch zu schmerzen begonnen. Casey erneuerte die Verbände.

»Du machst das gut«, stellte Jack fest. »Sogar noch besser als der große Zauberer.«

»Sanfter«, verbesserte sie.

»Das auch.« Er grinste.

»Wird es gehen?«

»Klar.« Jack lehnte sich mit dem Rücken gegen die glatte

Baumrinde und zog die Baseballmütze übers Gesicht. »In ein paar Sekunden spüre ich sowieso nichts mehr.«

»Jerome bewacht das Lager«, sagte Casey und nickte Vandermere zu, der mit dem schussbereiten Springfield-Gewehr am Ufer stand. »Ich werde inzwischen ein paar Bodenproben nehmen, um herauszufinden, ob es hier früher vielleicht Siedlungen gab.«

»Tu das«, murmelte Jack, »aber bleib in der Nähe.«

»Mach ich.« Sie nahm ihm die Mütze ab und küsste ihn sanft auf die Stirn. Als sie ihm die Mütze wieder aufsetzte, war er bereits eingeschlafen.

Casey schulterte die Tasche aus Korbgeflecht, die die Gläser für die Bodenproben enthielt, und setzte ihren Helm auf.

»Soll ich nicht doch lieber mitkommen?«, fragte Vandermere.

»Nicht nötig.« Sie schüttelte den Kopf. »Ich werde mich nicht weit vom Lager entfernen. Außerdem muss doch jemand die Augen offen halten. Wir verlassen uns auf Sie, Jerome.«

Sie nickte ihm zu, dann tauchte sie unter einem Vorhang grüner Blätter hindurch und war bereits außer Sichtweite des Lagers.

Casey ging einige Schritte und blieb dann stehen. Obwohl sie nur ein kurzes Stück gegangen war, war sie von Wildnis umgeben. Die Stämme riesiger Bäume ragten ringsum auf, deren Blätterdach so hoch war, dass es wie ein zweiter Himmel wirkte. Sonnenlicht drang, wenn überhaupt, nur in dünnen Schäften hindurch, die das Blattwerk von Palmen und Farnen zum Leuchten brachten und für grünes Zwielicht sorgten. Würgefeigen bildeten ein wirres Geflecht, Dampfschwaden lagen über dem Boden, der knöcheltief von welkem Laub bedeckt war. Und von einem Ast, so grün und reglos, dass Casey sie zunächst für eine Pflanze gehalten hatte, hing eine Schlange.

Casey wusste nicht, ob es sich um ein giftiges Exemplar handelte, und sie wollte es auch nicht herausfinden. Sosehr der

Dschungel sie in seiner Größe und Pracht faszinierte, so sehr bedrückte er sie auch. Eine Unruhe war in ihr, die sie nur mit Urängsten erklären konnte, die in jedem Menschen verborgen waren und an einem Ort wie diesem nach Ausbruch verlangten. Sie beschloss, rasch ihre Proben zu nehmen und ins Lager zurückzukehren.

Sie wählte eine Stelle aus, die ihr geeignet schien, und befreite sie mit dem Stiefel von Laub. Dann bückte sie sich und lud die Tasche ab, um ihr eines der kleinen, mit einem Schraubdeckel verschlossenen Gefäße zu entnehmen. Mit einer kleinen Schaufel füllte sie das Glas bis zum Rand mit rotbrauner Erde und verschloss es sorgfältig. Mit einem Bleistift notierte sie Tag und Ort der Entnahme und verstaute alles wieder in ihrer Korbtasche. Als sie sich wieder erhob, fiel ihr etwas auf.

Nur wenige Schritte von ihr entfernt gab es eine Unebenheit im laubbedeckten Boden. Das wäre nicht weiter ungewöhnlich gewesen, hätte es nicht ein paar Schritte weiter noch so eine Erhebung gegeben. Und nicht weit davon entfernt noch zwei weitere, und alle vier schienen miteinander rechte Winkel zu bilden. Ein weniger geschultes Auge hätte darin wohl nicht mehr als eine Laune der Natur gesehen. Aber Casey hatte ihren Vater auf genug Ausgrabungen begleitet, um zu wissen, dass die Natur selten exakte geometrische Muster formte – das war in der Regel dem Menschen vorbehalten.

Sie trat auf eine der Erhebungen zu, bückte sich und befreite sie von Laub. Sie hätte vor Überraschung beinahe laut aufgeschrien, als ein Stein zum Vorschein kam, quaderförmig behauen und in den Boden eingesenkt – und damit zweifellos das Werk von Menschen! Um ganz sicherzugehen, legte Casey auch noch die anderen Erhebungen frei. Es waren Quader ganz ähnlicher Größe, die wohl vor langer Zeit einmal zu einem Fundament gehört hatten. Der Aufbau war aus Holz gewesen und im Lauf der Jahrhunderte verrottet, aber es konnte kein Zweifel daran bestehen, dass sich hier vor langer Zeit ein Gebäude befunden hatte, vielleicht ein Wohnhaus oder ein Turm.

Casey fühlte ihr Herz in der Brust schlagen. Es war ihre erste eigene Entdeckung, und sie begann zu ahnen, was ihren Vater an der Archäologie so fasziniert hatte, dass er dafür sogar sein Leben geopfert hatte. Man hatte das Gefühl, mit der Vergangenheit verbunden zu sein, eins zu sein mit dem Erbe der Menschheit und für einen kurzen Moment einen Blick auf jenes große Geheimnis zu erheischen, dem letztlich alle Wissenschaften auf der Spur …

Ein knackendes Geräusch in ihrem Rücken riss Casey aus ihren Gedanken.

Alarmiert fuhr sie herum – und erkannte zu ihrem Schrecken, dass sie nicht mehr allein war. Ihre Augen weiteten sich, und eine endlose Sekunde lang war sie zu entsetzt, um auch nur einen Laut von sich zu geben.

Dann entfuhr ihr ein gellender Schrei.

23

Jack riss die Augen auf und schreckte in die Höhe.

Wohin er auch blickte, sah er nichts als dichtes Grün. Irrte er sich und hatte nur schlecht geträumt? Oder hatte er tatsächlich einen Schrei gehört? Er sprang auf die Beine.

»Casey?«, fragte er halblaut, aber niemand antwortete. Da war nur das allgegenwärtige Rauschen, Wispern und Kreischen des Dschungels. »Oz, bist du da? Vandermere?«

Er umrundete den Baum und seine ausgreifenden Wurzeln. Er sah die *Liberty*, die friedlich auf ihren Schwimmern im Fluss dümpelte, das Schlauchboot am Ufer und den offenen Werkzeugkasten. Aber von seinem Partner fehlte jede Spur.

»Otto? Komm schon, Kumpel, wo steckst du?«

Jacks Stimme schien in der schwülen Luft zu verdampfen. Er warf einen flüchtigen Blick auf die Uhr – rund eine halbe Stunde hatte er geschlafen. Aber wo waren plötzlich alle hin?

Die Hand am Griff des Revolvers, stieg er zum Ufer hinab. Unweit vom Werkzeugkasten lag etwas im welken Laub. Jack bückte sich und hob es auf.

Es war Ottos Pfeife.

Und wenn Jack eines von seinem Partner ganz sicher wusste, dann dass er seine geliebte Pfeife niemals zurückgelassen hätte …

Den Colt Army zu zücken und den Spannhahn zurückzuziehen war eine einzige fließende Bewegung. Mit der Waffe in der Hand taxierte Jack die umliegenden Bäume.

Die schwüle Hitze und das schummrige Halbdunkel, die allgegenwärtigen Schreie und der faulige Geruch, der vom ewigen Werden und Vergehen kündete, wirkten mit einem Mal bedrohlich … jedenfalls sehr viel bedrohlicher als zuvor.

Jack merkte, wie sich sein Pulsschlag beschleunigte. Mit dem Colt in der Hand suchte er den Boden ab und fand tatsächlich einige Spuren. Er war nicht besonders erfahren im Fährtenlesen, aber selbst er konnte sehen, dass es verschiedene Spuren waren. Und nicht alle Füße, die sie hinterlassen hatten, hatten Stiefel getragen …

»Scheiße«, knurrte er.

Er hatte also nicht geträumt, Caseys Schrei war echt gewesen. Ganz offenbar waren seine Gefährten von Eingeborenen überrascht worden. Was dann geschehen war, darüber konnte er nur spekulieren. Immerhin fand sich kein Blut am Boden, das war wenigstens etwas.

Jack folgte den Spuren am Boden, doch schon nach wenigen Schritten verloren sie sich im Laub. Er stocherte hier und dort, doch außer einem Hundertfüßer, den er aufschreckte und der beinahe so lang wie sein Unterarm war, fand er nichts. Gerade so, als hätten die Eingeborenen ihre Beute gefasst und sich mit ihr in Luft aufgelöst.

Plötzlich geschah es.

Jack hörte ein scharfes, schnappendes Geräusch, das ihn an einen Gummizug erinnerte. Kaum einen Lidschlag später packte ihn etwas bei den Fußgelenken und zog sich zu, und noch ehe er reagieren konnte, wurden ihm die Beine unter dem Körper weggezogen, und er wurde senkrecht nach oben gerissen. Ein Schuss löste sich aus seinem Colt Army. Er ließ die Waffe fallen, sodass sie herrenlos auf dem Boden landete – während Jack selbst sich kopfüber von einem Brotnussbaum hängend wiederfand, eine zugezogene Schlinge um seine Fußgelenke.

Eine Falle, dämmerte es ihm.

Er war in eine verdammte Falle getappt!

Vergeblich versuchte er, sich zu befreien. Zwar gelang es ihm, sich so weit hinaufzubeugen, dass er seine Füße erreichen konnte, doch war die aus Pflanzen geknüpfte Schlinge zu fest und zu straff, als dass er sie hätte lösen können. Sein nächster Gedanke galt dem Messer an seinem Gürtel, doch noch ehe er es zücken konnte, bekam er Gesellschaft.

Gleich mehrere groß gewachsene Gestalten traten aus dem Unterholz. Sie waren nackt bis auf schmale Schurze, die sie um die Lenden trugen, und ihre Körper waren mit fremdartigen Mustern aus roter Farbe bemalt. Ihr langes Haar war zu Zöpfen geflochten, die wiederum um ihre Köpfe gewickelt waren, sodass sie eine Art Helm formten, der mit Papageienfedern geschmückt war. Ihre Gesichter und Nasen waren ungewöhnlich schmal für die einheimische Bevölkerung. Bewaffnet waren sie mit Bogen und Pfeilen sowie mit langstieligen Keulen, deren Anblick Jack nicht gefallen wollte.

»*Bom dia*«, versuchte er eine Begrüßung auf Portugiesisch, doch die fremden Krieger antworteten nicht, sondern begnügten sich damit, ihn anzustarren und langsam einzukreisen, während er hilflos und kopfüber am Seil hing.

Das Blut sank in seinen Schädel. Es rauschte in seinen Ohren und verlangsamte seine Gedanken. Vielleicht war das der Grund dafür, dass ihm erst jetzt auffiel, dass die fremden Krieger ohne Ausnahme Frauen waren.

Er wollte etwas sagen, als er erneut ein schnappendes Geräusch vernahm. Noch bevor er begriff, was es zu bedeuten hatte, krachte er schon auf den Boden. Wäre die Erde nicht weich und feucht gewesen und hätten Moos und Laub den Sturz nicht aufgefangen, hätte er sich wohl das Genick gebrochen. So stieß er sich nur die Schulter an einer Wurzel und holte sich noch ein paare Blessuren mehr, auf die es längst nicht mehr ankam. Stöhnend wälzte er sich herum und lag rücklings am Boden, während die Kriegerinnen einen Kreis um ihn bildeten und mit einer Mischung aus Feindseligkeit und Neugier auf ihn herabstarrten.

»Tag, Ladies«, hörte er sich selbst noch sagen.

Dann fiel eine der Keulen herab und schickte ihn ins Reich der Träume.

24

Das Erwachen war ungefähr so, als hätte Jack eine Flasche Whiskey bis auf den Grund geleert und anschließend das leere Gefäß über den Schädel gezogen bekommen.

Sein Kopf dröhnte wie ein schadhaftes Triebwerk, und seine Schläfen hämmerten, als wollten sie jeden Moment platzen. Am liebsten wäre er gleich wieder in die Bewusstlosigkeit weggedämmert, aber da waren Stimmen, die ihn davon abhielten.

»Da! Er kommt zu sich!«

»Das möchte ich ihm auch geraten haben.«

Jack blinzelte. Im schummrigen Dämmerlicht dauerte es einen Moment, bis sein Blick sich schärfte und er etwas erkennen konnte. Da war Casey. Und da war Otto. Erleichtert nahm er zur Kenntnis, dass beide unverletzt zu sein schienen. Allerdings kauerten sie am Boden und waren an hölzerne Pfähle gefesselt. Jack brauchte einen Moment, um zu begreifen, dass dies kein Traum war und er in derselben misslichen Lage steckte. Auch er saß auf dem Boden, einen hölzernen Pfahl im Rücken, an den man ihn gebunden hatte. Ebenso wie Vandermere, dessen Gesicht noch blasser aussah als sonst.

»Sie hätten bewusstlos bleiben sollen«, sagte er, »dann wäre Ihnen manches erspart geblieben.«

»Pshaw!«, knurrte Otto und nickte ihm zu. »Gut, dass du wieder bei uns bist, Skipper.«

Jack versuchte, den Kopf zu bewegen, was höllisch schmerzte. Er hatte einen schalen Geschmack im Mund, und eine Hälfte seines Gesichts schien von angetrocknetem Blut bedeckt zu sein. Einige Fliegen, die um ihn schwirrten, interessierten sich sehr dafür.

Er erkannte, dass sie sich in einer Behausung befanden. Die Wände bestanden aus Holzbohlen, das Dach aus getrockneten Palmblättern. Durch einen Rauchabzug in der Decke drang Licht, was darauf schließen ließ, dass noch immer Tag war – oder schon wieder?

»Wie lange war ich weggetreten?«, fragte Jack. Seine Stimme klang heiser und wie aus einem tiefen Brunnen.

»Ein paar Stunden«, versicherte Casey. »Wie geht es dir?«

Er nickte nur, während er all die Informationen einzuordnen suchte. Das Letzte, woran er sich erinnerte, war der harte Schlag, den er auf den Kopf bekommen hatte.

»Tut mir leid«, versicherte Otto, wobei er deprimiert zu Boden starrte. »Sie haben mich auf dem falschen Fuß erwischt. Auf einmal sind sie da gewesen, von allen Seiten, mit Pfeil und Bogen. Ich wusste nicht, was ich tun sollte.«

»Sie hätten schießen sollen«, kommentierte Vandermere giftig. Sein ehemals weißer Tropenanzug war schmutzbesudelt und ein Ärmel abgerissen. Er bot einen elenden Anblick. »Nicht eine einzige Kugel haben Sie abgegeben.«

»Sagt der Kerl, der das Gewehr in der Hand hatte«, konterte Otto.

»Ich habe nie behauptet, ein Kämpfer zu sein«, verteidigte sich der Gelehrte. »Dafür bezahle ich Ihnen schließlich Geld, und das nicht zu knapp! Und nun sehen Sie sich an, wo wir gelandet sind! Wir befinden uns in der Gewalt dieser Wilden!«

»Ich habe Ihnen gesagt, dass so ein Ausflug in den Dschungel kein Spaziergang ist, Doktor«, knurrte Jack. »In diesen Gegenden gibt es eine Menge Eingeborene, die etwas gegen weiße Eindringlinge haben.«

»Ich fürchte, ganz so einfach ist es in diesem Fall nicht«, wandte Casey ein.

»Was meinst du?«

»Ist dir nichts an diesen Kriegern aufgefallen?«

Trotz seines schmerzenden Schädels versuchte Jack sich zu erinnern. Doch, dämmerte es ihm jetzt, da war etwas gewesen … »Frauen«, stieß er hervor. »Da waren nur Frauen!«

»Ist hier im Dorf nicht anders«, bestätigte Otto. »Nur Weiber, so groß und stark wie Vollmatrosen.«

»Keine Männer?« Jack hob die Brauen. Selbst das tat weh.

»Hab keine gesehen.« Otto schüttelte den Kopf. »Wahrscheinlich verstecken sich die armen Kerle«, fügte er halblaut hinzu.

»Oder«, widersprach Casey, »es gibt hier gar keine Männer.«

»Wie meinst du das?«

»Erinnerst du dich an die Konquistadoren, von denen ich dir erzählt habe? An Francisco de Orellana? In dem Reisebericht von Gaspar de Carvajal ist von einem Stamm äußerst aggressiver Kriegerinnen die Rede, die sich äußerlich stark von den übrigen Einheimischen unterschieden – einerseits durch die Körpergröße, andererseits aber auch durch ihre Physiognomie und ihre Haarfarbe.«

»Das stimmt«, pflichtete Otto bei. »Unter denen, die mich gefesselt haben, war auch ein Rotschopf!«

»Carvajal berichtet weiter, dass diese Kriegerinnen nackt gingen und ihr zu Zöpfen geflochtenes Haar um die Köpfe gewickelt trugen.«

»Stimmt ebenfalls«, schnaubte Jack, der sich nun immer deutlicher erinnerte. »Und was haben die Spanier damals gemacht?«

»Sie waren klüger als wir und sind geflohen«, entgegnete Casey. »Allerdings hat sie die Begegnung mit den Kriegerinnen so nachhaltig beeindruckt, dass sie den Strom, auf dem sie reisten, nach ihnen benannt haben …«

»Die Amazonen«, flüsterte Otto mit vor Staunen geweiteten Augen. »Deshalb heißt der Fluss Amazonas!«

»Jedenfalls in unserem Sprachgebrauch«, schränkte Jack ein. »Die Eingeborenen haben andere Namen dafür.«

»Ja«, pflichtete Casey bei, »und ich denke, wir wissen alle, dass diese Frauen dort draußen nichts mit der griechischen Sage zu tun haben …«

»… dafür aber umso mehr mit Karthago«, sagte Vandermere und brachte es trotz ihrer verzweifelten Lage fertig, triumphierend zu grinsen. »Wir sind auf dem richtigen Weg!«

»Jedenfalls würde es erklären, warum es unter diesen Frauen welche gibt, die ungewöhnlich groß sind und andere Haar- und Hautfarbe haben als die einheimische Bevölkerung«, stimmte Casey zu. »Und auch, warum ich in der Nähe Spuren einer alten Ansiedlung gefunden habe.«

»Weil diese Frauen die Nachkommen der Karthager sind«, folgerte Jack.

»Um zu überleben, haben sie sich im Lauf der Jahrhunderte sicher mit den Einheimischen vermischt, was ihr Erscheinungsbild seit Orellanas Tagen verändert haben dürfte«, räumte Casey ein.

»Aber warum in aller Welt nur Frauen?«, fragte Otto. Der Gedanke schien ihn zu verstören.

»Das muss nicht zwangsläufig eine bewusst herbeigeführte Entscheidung gewesen sein«, gab Vandermere zu bedenken. »Möglicherweise wurden die Männer der Expedition durch einen Krieg oder eine Seuche so dezimiert, dass die Frauen gezwungen waren, das Heft des Handelns zu übernehmen.«

»Nach allem, was man weiß, nahmen Frauen im alten Karthago ohnehin eine starke Stellung ein«, fügte Casey hinzu. »Immerhin wurde die Stadt der Sage nach sogar von einer Frau gegründet, einer phönizischen Prinzessin namens Dido. Die Karthager verehrten sie so sehr, dass sie ihr sogar einen eigenen Kult widmeten.«

»Einen Kult zu gründen scheint im alten Karthago wohl ein beliebter Zeitvertreib gewesen zu sein«, knurrte Jack und zerrte an seinen Fesseln. »Nur nützt uns dieses Wissen leider nichts. Lieber wäre es mir, einen Weg hier raus zu kennen.«

»Geht mir auch so«, pflichtete Otto bei.

In diesem Moment wurde der aus Bast geflochtene Vorhang des Eingangs angehoben. Grelles Tageslicht drang herein und blendete die Gefangenen. Als sich ihre Augen wieder an das helle Licht gewöhnt hatten, konnten sie die Silhouetten zweier Frauen erkennen. Grüne, an Raubkatzen erinnernde Augen leuchteten aus ihren sonnengebräunten Gesichtern, während sie die Gefangenen taxierten. Dann wechselten sie einige Worte in einer fremden Sprache.

»Verstehst du, was sie sagen?«, raunte Jack Casey zu. »Klingt nicht nach einer Indio-Sprache.«

»Vielleicht ein alter phönizischer Dialekt«, mutmaßte Casey. »Möglicherweise auch mit keltischen Elementen.«

Die größere der beiden Frauen schien die Anführerin zu sein, denn sie sagte etwas, das sich dem Tonfall nach wie ein Befehl anhörte. Die andere verbeugte sich daraufhin und erwiderte etwas, das sich wie »Elissa« anhörte.

Die Anführerin machte kehrt und verließ die Hütte, kurz darauf traten noch weitere Kriegerinnen ein, die sich anschickten, Jack und seine Gefährten loszubinden.

»Endlich tut sich etwas«, murrte Vandermere.

»Das ja«, erwiderte Jack, während sie ihn unsanft in die Höhe rissen. »Ich bezweifle nur, dass das ein gutes Zeichen ist.«

Er taxierte die Umgebung und wog ihre Chancen ab. Es waren acht Kriegerinnen, zwei bei jedem von ihnen, und im Gegensatz zu ihnen waren die Frauen ausgeruht und bewaffnet. Ihre Bogen würden ihnen in der Enge der Hütte zwar kaum von Nutzen sein, aber Jack sah auch die langen, offenbar aus Fischknochen gefertigten Messer, die an den Gürteln ihrer Lendenschurze hingen. Otto und er würden sich mit etwas Glück von ihren Bewacherinnen losreißen und vielleicht sogar in den Wald entkommen können – aber was dann? Ihre Waffen hatte man ihnen abgenommen, die Pistolen ebenso wie die Messer. Und was würde aus Casey und Vandermere werden? Jack verwarf seine Fluchtgedanken rasch wieder und ließ zu, dass sie ihm die Hände auf den Rücken banden. Dann wurden die Gefangenen nach draußen bugsiert.

»Habt ihr das gehört?«, raunte Casey dabei den anderen zu. »Die Kriegerin hat ihre Anführerin ›Elissa‹ genannt – das war Didos phönizischer Name! Mein Vater hatte recht, in jeder Hinsicht!«

»Meinen Glückwunsch«, entgegnete Vandermere mit vor Sarkasmus triefender Stimme. Angesichts der bedrohlichen Lage hatte sein Forscherdrang merklich gelitten.

»Ja«, bestätigte Otto trocken. »Jetzt können wir wenigstens in Frieden sterben.«

Sie blinzelten, als sie aus dem Halbdunkel der Hütte ins helle Tageslicht geschoben wurden. Die Sonne hatte ihren Zenit bereits überschritten, doch es herrschte dampfige Hitze auf der von Hütten umgebenen Waldlichtung. Die Behausungen ähnelten in der Bauweise jener, in der die Gefangenen untergebracht gewesen waren, mit dem Unterschied, dass viele auf hölzernen Stelzen standen. Dahinter verlief eine rund drei Yards hohe Palisadenwand, die Jack an ein Fort erinnerte und das gesamte Dorf zu umgeben schien. In der Mitte des kreisrunden Krals gab es einen Steinblock in Form eines Quaders, der offenbar einst kunstvoll bearbeitet worden war. Unter dem Moos, das über das Gestein wucherte, konnte man Darstellungen von Figuren erkennen.

»Das ist ein karthagischer Opferstein«, erkannte Casey aufgeregt. »Der Gelehrte Franz Movers hat solche Opfersteine in seiner Arbeit über die Religion der Phönizier genau beschrieben.«

»Freut mich, das er dir gefällt«, konterte Jack. Ihn beschäftigte eher, wozu die Rinne gut sein sollte, die die Platte des Opfertischs umlief …

Drei Frauen, darunter auch die Anführerin, standen hinter dem Stein. Der Rest des Stammes, so schien es, hatte sich ringsum versammelt, und tatsächlich handelte es sich ohne Ausnahme um Frauen. Dass sie praktisch nichts am Leib trugen, schien sie nicht zu stören. Im Gegenteil wirkte es eher so, als stellten sie ihre unverhüllten, teils mit roter Pflanzenfarbe bemalten Körper stolz zur Schau.

Als die Gefangenen sich näherten, begannen die Kriegerinnen schrill zu kreischen. Jack und seine Gefährten wurden vor den Opferstein geführt und gezwungen niederzuknien. Als sie sich weigerten, hielt man ihnen kurzerhand blanke Klingen an die Kehlen, die ihnen wenig Entscheidungsfreiheit ließen.

Sobald alle knieten, hob die Anführerin in einer theatralischen Geste die Arme, worauf die Kriegerinnen sofort verstummten. Dann sprach sie einige Worte, die weithin hörbar über die Lichtung schollen. Jack verstand nicht ein einziges Wort. Aber freundlich klang keines davon.

»Das hört sich nicht gut an«, meinte auch Otto, der neben ihm am Boden kauerte, und lachte freudlos auf. »Hättest du gedacht, dass es mal auf diese Weise enden würde?«

»Noch sind wir nicht tot«, wandte Jack ein.

»Aber so gut wie.«

»Ich fürchte, er hat recht«, pflichtete Casey bei. »Ritensteine wie diese wurden einst für Tieropfer benutzt. Bedauerlicherweise sehe ich hier weit und breit keine Tiere.«

»Ich protestiere gegen dieses barbarische Vorgehen«, ereiferte sich Vandermere. »Sofort nach meiner Rückkehr werde ich in der amerikanischen Botschaft eine Protestnote einreichen. Ich will, dass diese primitiven Frauenzimmer zurück in die Steinzeit gebombt werden.«

»Da sind sie bereits«, konterte Jack. »Wir sind hier die Eindringlinge, Doktor. Nicht sie.«

»Außerdem bezweifle ich, dass Sie dazu Gelegenheit bekommen werden, Jerome«, fügte Casey gepresst hinzu. Jack bewunderte sie für ihre innere Ruhe und den Mut, mit dem sie dem Tod ins Auge blickte.

Die Anführerin verließ ihren Platz hinter dem Opferstein und kam auf die Gefangenen zu. »Ich verlange unsere sofortige Freilassung«, rief Vandermere erbost, »oder ich werde dafür sorgen, dass sie es bitter ber…«

Er verstummte, als man ihm eine Knochenklinge an die Kehle hielt. Die Anführerin würdigte ihn keines Blickes, ebenso wenig wie die anderen beiden Männer. Dafür trat sie auf Casey zu, deutete auf sie und gab einen knappen Befehl.

»Nicht!«, rief Jack daraufhin. Er wollte aufstehen, aber seine Bewacherinnen hielten ihn mit Gewalt am Boden. »Nicht sie!«, verlangte er dennoch. »Nehmt mich, wenn ihr unbedingt jemanden opfern müsst, aber nicht sie, in Ordnung?«

Die Kriegerinnen achteten nicht auf ihn. Wortlos durchschnitten sie Caseys Fesseln und führten sie zum Opferstein, während Jack hilflos zusehen musste. Noch einmal versuchte er, sich gegen den Griff der Kriegerinnen zu wehren. Dann hatte er wie Vandermere eine Messerspitze an der Kehle.

Mit pochendem Herzen sah er zu, wie die Anführerin auf Casey zutrat. Er konnte das Grauen in Caseys Zügen sehen und hatte Angst um sie. Casey rang um Fassung, während sie zu der fast einen Kopf größeren Frau aufblickte, die sie mit ihren grünen Augen taxierte.

Die Anführerin nickte Caseys Bewachern zu, worauf diese ihr die Bekleidung vom Oberkörper rissen. Casey schrie auf und versuchte, ihre Blöße zu bedecken, doch die Amazonen ließen sie nicht. Sie nahmen sie bei den Armen und führten sie zu einer weiteren Kriegerin, die ein tönernes Gefäß im Arm hielt. Sie tauchte ihre Hand hinein – und als sie sie wieder herauszog, war sie blutig rot. Die Frau fuhr damit über Caseys Gesicht, dann bemalte sie auch ihren Oberkörper. Bebend ließ Casey es über sich ergehen, wohl ahnend, dass es ihr Ende sein würde, wenn sie sich widersetzte.

»Was zum Teufel soll das werden?«, flüsterte Otto. »Haben die sie noch alle?«

»Ich glaube, sie wollen Casey zu einer der Ihren machen«, gab Jack zurück, »schließlich ist sie eine Frau.«

»Cassiopeia eine dieser Wilden? Niemals!«, protestierte Vandermere entrüstet.

Jack schüttelte den Kopf. »Immerhin wird sie auf diese Weise überleben ...«

Casey sah fürchterlich aus, halbnackt und vom Schrecken ebenso gezeichnet wie von roter Farbe. Aber auch ihr schien inzwischen zu dämmern, was all dies zu bedeuten hatte, und sie wehrte sich nicht mehr dagegen. Bereitwillig folgte sie der Anführerin, die sie an den Opferstein führte und einige Worte sprach. Daraufhin erhob sich erneut das schrille Geschrei der Kriegerinnen, als wollten sie so ihre neue Schwester begrüßen. Als die Rufe wieder verstummt waren, zückte die Anführerin ihr Messer und reichte es mit dem Griff voran an Casey weiter.

Dann deutete sie in Richtung der Gefangenen.

»Haben Sie gesehen?«, fragte Vandermere hoffnungsvoll. »Sie darf uns losschneiden!«

»Da wäre ich mir nicht so sicher«, erwiderte Jack düster. »Wissen Sie, wie man während des Krieges sichergestellt hat, dass Überläufer voll und ganz bei der Sache sind?«

»Scheiße«, sagte Otto.

»Wieso, wovon sprechen Sie?«, fragte Vandermere verwirrt.

Auch Casey schien nicht sofort zu verstehen.

Die Anführerin machte es mit einer unmissverständlichen Handbewegung, die quer über die Kehle führte, klar.

»Nein!«, schrie Casey und schüttelte entschlossen den Kopf. »Das werde ich nicht tun! Niemals!«

Die Gesichtszüge der Anführerin verfinsterten sich daraufhin. Mit einer herrischen Geste wandte sie sich den Gefangenen zu – und deutete geradewegs auf Jack.

»Nein!«, rief Casey entsetzt.

Doch die Entscheidung war gefallen.

Jacks Bewacherinnen rissen ihn in die Höhe und schleppten ihn zum Opferstein. Im nächsten Moment lag er auch schon darauf, und die Anführerin deutete auf die Stelle in seiner Halsbeuge, wo Casey die Messerklinge versenken sollte, um ihn ausbluten zu lassen, wie das Ritual es vorsah.

»Nein«, sagte Casey noch einmal. »Das mache ich nicht.«

Sie warf das Messer weg und eilte zu Jack, der wehrlos auf dem Opfertisch lag, von vier Wächterinnen gleichzeitig gehalten.

»Tu es!«, redete er ihr zu. »Wenn du dich weigerst, werden sie uns beide töten. So hast du eine Chance!«

»Das kann ich nicht!« Sie schüttelte den Kopf. Tränen rannen über ihre Wangen und verwischten die rote Farbe in ihrem Gesicht. »Ich kann es einfach nicht …«

»Doch, du kannst«, widersprach Jack und sah ihr dabei fest in die Augen. »Es ist in Ordnung, hörst du? Es ist okay!«

»Aber ich …« Sie stutzte, als sie das Knarren von Bogen hörte, die langsam gespannt wurden. Als sie sich umblickte, sah sie ein halbes Dutzend Kriegerinnen, die auf sie zielten.

Jack schnitt eine Grimasse. »Sieht nicht aus, als ob du die Wahl hättest.«

»Ich werde dich nicht töten«, versicherte sie unter Tränen und krampfhaft den Kopf schüttelnd.

»Doch, wirst du. Denn auf diese Weise wirst du überleben. Und du wirst einen Weg finden, von hier zu entkommen – weil du ein verdammt hartes Mädchen bist. Hast du verstanden?«

Er sah sie durchdringend an, während sie weiter den Kopf schüttelte. Doch ihre Bewegungen wurden langsamer und wirkten nun weit weniger entschlossen.

»Jack«, flüsterte sie.

Jemand kam und drückte ihr das Messer in die Hand, und die Anführerin forderte sie mit harschen Worten auf, nun endlich zu tun, was von ihr erwartet wurde. Jack nickte ihr aufmunternd zu, und sie beugte sich vor und presste einen letzten, flüchtigen Kuss auf seine Lippen.

Dann hob sie das Messer und setzte es an der Stelle an, die die Anführerin ihr gezeigt hatte. Jack konnte die Spitze fühlen. Wenigstens, sagte er sich, würde es schnell gehen.

In diesem Moment hörten sie das dumpfe Brummen.

25

Von einem Augenblick zum anderen lag ohrenbetäubendes Getöse in der Luft, das den Amazonen wie der Anbruch des jüngsten Tages vorkommen musste – in Jacks Ohren hörte es sich nach etwas an, das ihm nur zu vertraut war.

Es war der Klang eines Flugzeugmotors! Und zwar eines ziemlich großen Motors, der eine entsprechend große Maschine antreiben musste.

Im nächsten Moment tauchte sie auch schon auf. Das Brummen schwoll an, und die Sonne verfinsterte sich, als sich eine eindrucksvolle Silhouette davorschob. Wie ein riesiger Vogel hing das fremde Flugzeug am Himmel und zog im Tiefflug über das Dorf hinweg, gerade hoch genug, um nicht die Wipfel der Bäume zu berühren.

Es war ein Flugboot. Seine Metallhaut gleißte im Sonnenlicht, und der Zwillingsantrieb auf seinem Rücken sorgte für den infernalischen Lärm. Jack erkannte die Maschine mit ihren Zwillingsrümpfen sofort wieder. Es war die Savoia-Marchetti, die sie im Hafen von Manaus gesehen hatten!

»Hurra!«, rief Otto in entsprechendem Triumph, während die Amazonen in hellen Aufruhr gerieten. Zwar hatten sie sicher schon öfter Flugzeuge über dem Fluss gesehen, doch war wohl keine der Maschinen jemals so tief geflogen. Ob es das plötzliche Auftauchen des metallenen Vogels war, der Sturm, den er in den Baumwipfeln entfesselte, oder der grässliche Lärm, den er verbreitete – die eben noch so überlegen wirkenden Kriegerinnen verfielen in aufgeregtes Geschrei. Die Bogenschützinnen, die eben noch auf Casey gezielt hatten, schossen ihre Pfeile in den Himmel, auf ein Ziel, das sie selbstverständlich nie erreichten. Denn schon im nächsten Moment war die Maschine wieder jenseits der Bäume verschwunden, und ihr Motorenlärm verhallte über dem Wald.

Die Anführerin zögerte. Reglos stand sie am Opfertisch, umgeben vom Geschrei ihrer Untergebenen, und schien zu überlegen, was zu tun sei – als erneut Motorengeräusche zu vernehmen waren, diesmal heller und mehrstimmig. Und im nächsten Augenblick rasten drei mit Pontons versehene Doppeldecker über die Lichtung hinweg.

Jack glaubte, italienische Ansaldos zu erkennen, wie er sie zuletzt in Europa gesehen hatte. Und als würde der Große Krieg noch immer toben, eröffneten sie das Feuer.

Die Maschinengewehre, die vor den Pilotensitzen montiert und mit den Propellern getaktet waren, spuckten knatternd Tod und Verderben. Erde spritzte auf, als die Garben in den Boden einschlugen und sich auf die Kriegerinnen zu fraßen, die panisch die Flucht ergreifen wollten – doch dafür war es zu spät.

Mit bestialischer Gewalt schlugen die Geschosse in die Menge und forderten entsetzlichen Blutzoll, ohne dass die Amazonen auch nur den Hauch einer Chance zur Gegenwehr hatten. Einen Herzschlag später waren die Maschinen bereits wieder verschwunden, doch die Motorengeräusche von jenseits der Bäume ließen vermuten, dass sie sich zu einem zweiten Anflug formierten.

»Schnell! Weg hier!«, rief Jack.

Seine Bewacherinnen waren verschwunden, hatten sich um ihre Anführerin geschart, um sie zu beschützen. Mit dem Opfermesser schnitt Casey seine Fesseln durch, und er wälzte sich von der Steinplatte – als die Doppeldecker ein zweites Mal angriffen!

Während die MGs erneut Feuer spuckten und Schneisen der Zerstörung durch das Dorf sengten, drückten sich Jack und Casey in den Schutz des Opfersteins. Kaum waren die Maschinen über sie hinweggeflogen, sprangen sie wieder auf und eilten zu ihren Gefährten, die unversehrt waren, so, als wären sie bewusst vom Beschuss ausgenommen worden. Jack wusste nicht, was er davon halten sollte, im Augenblick war er nur froh darüber, verschwinden zu können. Rasch schnitten sie Ottos und Vandermeres Fesseln durch und rannten zum jetzt unbewachten Eingangstor, vorbei an den blutüberströmten Körpern toter und verwundeter Frauen, während auf der anderen Seite des Runds die Anführerin ihre Kriegerinnen zum Widerstand formierte.

Schon wieder näherte sich das hässliche Brummen der Flugzeuge. Obwohl ihr Motorenlärm bereits über der Lichtung dröhnte, waren sie noch immer nicht zu sehen. Diesmal kamen sie steil von oben, direkt aus der Sonne.

»In Deckung!«, rief Jack, und sie duckten sich in den Schutz einer der Hütten. Selbst wenn die Piloten der Doppeldecker es nicht auf sie abgesehen hatten, im Krieg hatte Jack zu oft erlebt, dass Soldaten durch das Feuer ihrer eigenen Kameraden getötet worden waren, als dass er darauf vertraut hätte.

Die Piloten der fremden Maschinen gaben erbarmungslos Feuer. Von ihrer Deckung aus konnte Jack sehen, wie mehrere der Kriegerinnen, die sich den Angreifern mit Pfeil und Bogen hatten stellen wollen, von Kugeln niedergemäht wurden. Ein wahrer Triumph fortschrittlicher Zivilisation über primitive Wilde, dachte er bitter. Einige der Kriegerinnen, unter ihnen auch die Anführerin selbst, kamen jedoch dazu, ihre bunt gefiederten Geschosse abzufeuern – und trafen prompt einen der Piloten, als dieser im Tiefflug über sie hinwegziehen wollte. Die Maschine begann zu schlingern und verlor schlagartig an Höhe. Wie ein Geschoss schlug sie in die Baumwipfel auf der gegenüberliegenden Seite der Lichtung und verschwand aus dem Blickfeld. Die Amazonen brachen in helles Triumphgeschrei aus.

»Weiter!«, zischte Jack.

»Zur *Liberty* und nichts wie weg«, bestätigte Otto.

Jack hatte sein Hemd ausgezogen und es Casey gegeben, damit sie sich bedecken konnte. Nun nahm er sie an der Hand und zog sie hinter sich her, durch das offene Tor und zum nahen Waldrand, Otto hinterher, der die Führung übernahm und den Weg zum Fluss zu kennen schien. Vandermere hastete ihnen hinterher, zu entsetzt und außer Atem, um sich zu beschweren.

Hals über Kopf rannten sie durch das Labyrinth der Bäume, duckten sich unter riesigen Blättern und kletterten über Hindernisse aus abgestorbenen Wurzeln, während grüne Flecken Sonnenlicht über sie wischten. Die Schreie der Amazonen fielen hinter ihnen zurück, ebenso wie der Lärm der Flugzeuge, die nun keinen weiteren Anflug mehr zu wagen schienen.

Jack atmete auf, als sie durch das Gewirr der Bäume das braune Band des Flusses erreichten, wo nach wie vor die 28-3 im Schutz des großen Kapokbaumes vor Anker lag, als wäre nichts geschehen. Während Casey und Vandermere sich sofort daranmachten, das Nötigste von ihrer zwischen den Brettwurzeln verstreuten Ausrüstung einzusammeln, wollten Jack und Otto direkt zur Maschine, um sie zu starten und warmlaufen zu lassen. Dass es nicht dazu kam, lag an dem summenden Geräusch, das plötzlich wieder in der Luft lag und an riesige Moskitos erinnerte. Und zwar solche mit einem verdammt scharfen Stachel.

»Das sind die Ansaldos!«, stellte Otto fest. »Sie kommen in unsere Richtung!«

Er hatte kaum ausgesprochen, als die beiden verbliebenen Doppeldecker auch schon auftauchten. Dicht nebeneinander fliegend, schwenkten sie in den Flusslauf ein und schossen in geringer Höhe über das trübe Wasser hinweg, direkt auf die *Liberty* zu. Jack hatte keine Ahnung, was das bedeuten sollte, aber das miese Gefühl in seinem Magen war plötzlich wieder da.

»Geht in Deckung!«, rief er seinen Gefährten zu, und alle duckten sich in die Nischen zwischen den gewaltigen Kapokwurzeln – und das keinen Augenblick zu früh.

Schon einen Herzschlag später hämmerten die Bord-MGs der Flugzeuge wieder los, und man konnte hören, wie ihre Geschosse dünnwandiges Metall durchschlugen.

»Ihr Idioten«, schrie Otto aus seiner Deckung, »was macht ihr denn? Habt ihr den Verstand verloren?«

Aber es half nichts.

Nur Augenblicke später waren die Angreifer wieder verschwunden, und die beiden Inhaber der *Lost Cargo Company* erhoben sich aus ihrer Deckung und blickten auf das, was der Kugelhagel von ihrer Maschine übrig gelassen hatte.

Der Anblick war deprimierend.

Der hintere Teil des Rumpfs samt Seiten- und Höhenleitwerk war von einer vollen Garbe getroffen und regelrecht abgesägt worden. In bizarrem Winkel stand er vom Rest der Maschine ab, die schräg im Wasser lag: Beide Schwimmer waren von Kugeln durchsiebt worden, sodass sie sich rasch mit Flusswasser füllten und die Maschine auf den Boden zogen. Auch das Kanzelglas war durchlöchert worden und wies zahllose Sprünge auf, doch wären all diese Schäden mit etwas Einfallsreichtum und viel schweißtreibender Arbeit noch zu beheben gewesen. Der Motorblock allerdings war ebenfalls getroffen worden, und die Art und Weise, wie Öl daraus hervortroff und sich als schillernder Film auf den Fluss legte, ließ erkennen, dass der Schaden verheerend war.

»Aus«, stieß Otto tonlos hervor. »Das war's, Skipper.«

Er wollte zur Maschine, um sie näher in Augenschein zu nehmen, als erneut das tiefe Brummen der Savoia-Marchetti erklang. Kurz darauf setzte das Flugboot unweit vom Ufer auf.

»Ein Glück«, meinte Vandermere.

»Glauben Sie, Doktor?« Jack sah ihn fragend an.

»Nun, wenigstens werden wir hier nicht stranden.«

»Nein«, gab Jack zu, wobei er nicht sicher war, was ihm lieber gewesen wäre. Wer immer die Fremden sein mochten, sie hatten ihnen ihre unverhoffte Rettung zu verdanken – aber diese Leute hatten auch ein Massaker unter den Amazonen angerichtet und die *Liberty* zerstört.

Der Ausstieg der S 55 wurde geöffnet und ein Schlauchboot herausgeworfen, das sich innerhalb von Augenblicken selbst aufblies. Jack hatte von diesen neumodischen Dingern gehört, aber noch nie eins davon in Aktion gesehen.

»Ja, kommt nur«, brummte Otto und schob die Ärmel seines Hemdes noch ein Stück weiter hoch. »Ich kann's kaum erwarten, euch die Meinung zu geigen.«

»Langsam, Kumpel«, mahnte Jack ihn zur Ruhe. Sein mieses Bauchgefühl war trotz ihrer Rettung noch immer nicht verschwunden. Instinktiv legte er schützend einen Arm um Casey, die sich die rote Farbe weitgehend aus dem Gesicht gewischt hatte. Umso deutlicher waren nun die Schrecken zu erkennen, die sich in ihre Züge eingegraben hatten.

»Wer sind diese Leute?«, fragte sie leise.

Jack schürzte die Lippen. Er hatte einen Verdacht, schon seit dem Augenblick, als die fremde Maschine über dem Dorf der

Amazonen aufgetaucht war, aber er wollte ihn nicht äußern, um niemanden zu beunruhigen.

Im nächsten Moment allerdings wurde seine Rücksichtnahme gegenstandslos, denn aus dem Inneren des Flugzeugs stiegen mehrere Gestalten in das Schlauchboot, die alle schwarze Kleidung trugen und ihre Gesichter unter ebenso schwarzen Tüchern verbargen. In ihren Händen hielten sie Maschinenpistolen, mit denen sie schon während der Überfahrt auf Jack und seine Crew zielten.

Casey holte scharf Luft, Otto stieß eine Verwünschung aus.

»Wenigstens diese Frage«, sagte Jack trocken, »wäre damit geklärt.«

26

Zu fliehen kam nicht mehr in Frage.

Zum einen hatten die Vermummten sie bereits im Visier, zum anderen gab es keinen Ort, wohin sie sich wenden konnten. Sie hatten keine Waffen und keinen Proviant, und um sie herum war weit und breit nichts als dichter, beinahe unermesslich großer Dschungel, von den Amazonen ganz zu schweigen.

»Sie sind es«, flüsterte Casey, »die Söhne Molochs.«

»Hurensöhne trifft es besser«, brummte Otto. »Die müssen uns seit Manaus gefolgt sein.«

»Sieht ganz so aus«, pflichtete Jack bei.

Das Schlauchboot hatte das Ufer beinahe erreicht. Schon sprangen die ersten Vermummten heraus und wateten an Land, ihre Ermas im Anschlag. Dadurch konnte man erkennen, dass nicht alle im Boot maskiert waren. Auf der Heckducht saß ein Mann mittleren Alters, der eine dunkle Sonnenbrille trug. Er war Weißer, mit einem energischen, glattrasierten Kinn und dunkelblondem Haar. Sein drahtig wirkender Körper steckte in einem khakifarbenen Tropenanzug. Auf einen Helm hatte er verzichtet und trug stattdessen einen breitrandigen Strohhut.

Jack konnte sich keinen Reim auf diese Erscheinung machen, die in den Dschungel ungefähr so gut passte wie Babe Ruth zu den Boston Braves. Wer war der Kerl? Und was hatte er mit diesen Sektierern zu schaffen?

Während drei der Vermummten Jack und seine Gefährten in Schach hielten, zogen die anderen das Boot an Land. Erst als es trocken am Ufer lag, erhob sich der Mann und stieg aus. Wie er sich bewegte, seine ganze Art, die Vermummten anzusehen und ihnen Befehle zu erteilen, vermittelte Selbstsicherheit an der Grenze zur Arroganz. Dieser Mann hatte Macht und war sich ihrer bewusst. Im Krieg war Jack solchen Typen oft begegnet. Meist hatten sie Offiziersuniformen getragen, und er hatte auf die harte Weise gelernt, dass es besser war, sie zu meiden.

Der Fremde kam die Uferböschung herauf und gab den Sektierern einen knappen Befehl in ihrer seltsamen Sprache. Vier von ihnen schwärmten daraufhin aus, um das Gelände zu sichern, die übrigen drei blieben bei ihm und hielten Jack und seine Gefährten in Schach. Der Fremde taxierte sie durch die runden Gläser seiner getönten Brille, seine Augen waren dahinter nicht zu sehen.

»Wer sind Sie?«, wollte Jack wissen. »Was soll der Aufmarsch?«, fügte er mit Blick auf die Vermummten und ihre Maschinenpistolen hinzu. »Und warum helfen Sie uns zuerst, um unser Flugzeug dann zu Schrott zu schießen?«

Der andere schwieg, als müsse er sich die Antwort überlegen. »Auch Ihnen einen guten Tag«, grüßte er schließlich mit einem Akzent, den Jack sofort erkannte. Der Mann war Deutscher, ein Landsmann von Otto. Und natürlich auch von Casey und ihrem Vater.

»Ob es ein guter Tag ist, wird sich zeigen«, konterte er trocken. »Der Anfang war offengestanden nicht besonders.«

Der andere lachte – ein unehrliches Lachen, das sich keine Mühe gab, die Heuchelei zu verbergen. »Ich fürchte, die Entscheidung darüber, ob es ein guter Tag werden wird oder nicht, wird in hohem Maße von Ihnen abhängen, Mr. Kelley.«

Jack versuchte, sich seine Verblüffung nicht anmerken zu lassen. Wer auch immer der Typ war, er schien gut informiert zu sein.

»Ich habe Erkundigungen über Sie eingezogen«, erklärte der andere ungefragt.

»Schön für Sie. Und ist es auch erlaubt zu fragen, wer Sie sind? Ich werde nicht gerne von fremden Leuten mit Maschinenpistolen bedroht.«

»Oh, wer meine schwarz gewandeten Freunde sind, haben Sie inzwischen sicher längst herausgefunden. Ich bin überzeugt, dass Fräulein Goldstein es Ihnen gesagt hat. Was mich betrifft, so ist mein Name Hutten. Harald Hutten vom Reichsministerium für Wissenschaft in Berlin. Wir sind Landsleute, Herr Keller«, fügte er in Ottos Richtung hinzu.

Otto schnaubte. »Nettes Flugzeug haben Sie da.«

»Nicht wahr? Meine italienischen Freunde sind sehr stolz auf dieses Modell. Nicht von ungefähr hat es seit seiner Indienststellung zahlreiche Rekorde gebrochen. Es ist wie geschaffen für diese Expedition.«

»Was für eine Expedition?«, fragte Casey.

»Fräulein Goldstein, Sie sollten nicht den Fehler begehen, mich zu unterschätzen«, beschied Hutten ihr. »Wie ich schon sagte, habe ich Erkundigungen eingezogen. Ich weiß von den Hypothesen Ihres Vaters und auch von seinen Forschungen – so wie ich weiß, dass es ihm gelungen ist, die Inschrift zu entschlüsseln, die er vor vielen Jahren hier im Dschungel gefunden hat.«

»Woher wissen Sie das alles? Mein Vater hatte noch nichts davon veröffentlicht!«

»Natürlich nicht, weil er fürchten musste, von der wissenschaftlichen Welt dafür verlacht zu werden. Deshalb sind Sie ja hier, nicht wahr? Um die Beweise zu sichern, die die Theorien Ihres Vaters untermauern, und damit all jene Lügen zu strafen, die ihn für einen Fantasten hielten. Das ist sehr selbstlos von Ihnen, wirklich. Ich wünschte nur, Sie wären in der Wahl Ihrer Gesellschaft etwas sorgsamer gewesen.«

»Sie sind auch nicht gerade wählerisch, was Ihren Umgang betrifft«, konterte Jack. »Diese Kapuzenmänner haben Caseys Vater auf dem Gewissen.«

»Ich weiß«, versicherte Hutten und nahm seine Brille ab. Ein kaltes, graublaues Augenpaar kam darunter zum Vorschein. »Schließlich war ich es, der die Anweisung dazu gegeben hat.«

»Was?« Casey holte scharf Luft.

»Dreckskerl«, stieß Jack hervor. Er ballte die Fäuste und hätte sich am liebsten auf Hutten gestürzt. Aber die Läufe der Maschinenpistolen, in die er blickte, sagten ihm, dass das kein guter Einfall gewesen wäre.

»Sie sollten Ihr Temperament zügeln, Kelley, sonst könnte es nicht nur ein schlechter, sondern auch Ihr letzter Tag werden.«

»Warum haben Sie das getan?«, fragte Casey, die mit den Tränen kämpfte. »Was hat mein Vater Ihnen getan? Sie kannten ihn ja nicht einmal!«

»In diesem Punkt muss ich Ihnen widersprechen, Fräulein. Ich kannte Ihren Vater, gewissermaßen sogar länger als Sie. Vor zweiundzwanzig Jahren, Sie waren damals noch ein kleines Kind, nahm ich als sein Assistent an einer Expedition in den südamerikanischen Urwald teil.«

»Sie?« Casey sah ihn entgeistert an. »Ich erinnere mich, dass mein Vater diese Expedition erwähnte, und ich weiß auch, dass ihn ein Assistent begleitete. Aber sein Name war ...«

»Gruber, ich weiß«, kam die Antwort ohne Zögern. »Aus Gründen der Diskretion habe ich damals den Nachnamen meiner Mutter benutzt. Schließlich wollte ich nicht, dass Ihr Vater Verdacht schöpft und womöglich erkennt, dass mein Ehrgeiz und meine Interessen sehr viel weiter reichten.«

»Hutten«, flüsterte Casey. Erkenntnis flackerte in ihren von Tränen geröteten Augen, und auch Jack ging auf, dass er diesen Namen erst unlängst gehört hatte. »Diese Übereinstimmung kann kein Zufall sein. Sie sind ein Nachkomme Philipps von Hutten, des deutschen Konquistadors.«

»Ich bewundere Ihren Scharfsinn.« Der andere grinste freudlos. »Bedauerlicherweise blieb mir die Anerkennung durch die Familie versagt. Als illegitimer Spross des Hauses war ich mehr geduldet als geliebt, weswegen mir der Adelstitel meines Vaters leider versagt blieb.«

»Autsch«, knurrte Otto. »Muss weh tun.«

»Anders als die meisten in der Familie erkannte mein Vater jedoch mein außergewöhnliches Talent«, fuhr Hutten fort, den Einwurf überhörend, »und hinterließ mir zahlreiche Briefe, die unser berühmter Vorfahr während seiner Reise verfasst hatte und die sich seit mehreren Jahrhunderten im Besitz der Familie befanden.«

»Deshalb heißt es, sie wären verschollen«, folgerte Casey. »Warum haben Sie sie der Forschung nicht zugänglich gemacht?«

»Weil ich gute Gründe habe, das Wissen meines Ahnen für mich zu behalten«, entgegnete Hutten prompt. »Sehen Sie, ich war erst sechzehn Jahre alt, als ich diese Briefe zum ersten Mal las. Als ich damit durch war, war mir klar, dass ich präkolumbianische Archäologie betreiben wollte. Und da ich schon immer einen gesunden Ehrgeiz besaß, wollte ich nicht bei irgendwem studieren, sondern bei dem Besten seines Fachs: Ihrem Vater, Fräulein Goldstein. Innerhalb kurzer Zeit entwickelte ich mich zu seinem besten Schüler, und er nahm mich unter seine Fittiche und förderte mich. Ich wurde sein Assistent, und als er zu einer Forschungsreise ins

Amazonasgebiet eingeladen wurde, tat ich alles dafür, dass seine Wahl auf mich als seinen Begleiter fiel. Und so war ich dabei, als wir auf jene Grabkammer stießen, deren Entdeckung unser beider Leben für immer verändern sollte.«

»Ihrer beider Leben?«, fragte Casey.

»Für Ihren Vater stand fortan fest, woran er künftig forschen wollte, dass er eine Erklärung dafür finden wollte, warum sich Spuren einer offenkundig phönizisch geprägten Kultur im Herzen des südamerikanischen Regenwalds fanden. Für mich jedoch war dieser Fund der Beweis dafür, dass mein Vorfahr nicht gelogen hatte und dass jedes Wort in seinen Briefen für bare Münze zu nehmen ist, so unglaublich es auch klingen mag.«

»Wovon genau sprechen Sie?«, wollte Casey wissen.

»Ihr Vater hat nur an der Oberfläche gekratzt, Fräulein Goldstein. Er war so darauf versessen, einen Beweis für seine abenteuerliche Theorie zu finden, dass er darüber das Wesentliche aus den Augen verloren hat.«

»Und das wäre?«, fragte Jack.

»Dass die Karthager in jenen Tagen nicht nur hierher gelangten und ihre Kultur nach Amazonien brachten, sondern dass sie versuchten, ein neues Reich zu gründen und Furcht und Schrecken unter den Einheimischen verbreiteten, die ihnen den Namen Nebelkrieger gaben – und dass sie tief im Dschungel eine eigene Stadt errichteten.«

»Auch mein Vater hat angenommen, dass die Nebelkrieger eine Festung gehabt haben müssen«, wandte Casey ein, »jedoch keinen konkreten Hinweis darauf gefunden.«

»Anders als mein Vorfahr«, konterte Hutten, »denn er hat die Stadt der Nebelkrieger besucht und sie in seinen Briefen detailliert beschrieben. Und obwohl er kein Wissenschaftler war, sondern Soldat, ein Glücksritter und Abenteurer, wunderte er sich über die

Andersartigkeit dieser Kultur, die er in allen Einzelheiten schildert. Unter anderem berichtet er von einer Gottheit, die durch eine steinerne Statue repräsentiert wurde, einer Statue in Form eines Stieres.«

»Der Kult des Moloch«, flüsterte Casey.

»Wäre meinem Ahnen nicht die Flucht aus jener Stadt gelungen, hätte ich wohl nie davon erfahren«, fuhr Hutten fort. »So jedoch hielt er alles in seinen Briefen fest. Ich nehme an, er hatte vor, zu einem späteren Zeitpunkt mit einer größeren Streitmacht in den Dschungel zurückzukehren. Aber noch ehe es dazu kam, starb er durch die Hand eines Rivalen. Und nun ist es an mir, das Rätsel zu lösen.«

»Warum haben Sie nicht weiter mit meinem Vater zusammengearbeitet?«, fragte Casey. »Er hätte Ihre Hilfe gut gebrauchen können.«

»Zweifellos – und allen Ruhm für sich allein in Anspruch genommen. Wussten Sie, dass er versucht hat, das Schmuckstück vor mir zu verbergen, das er in der Grabkammer gefunden hatte? Hätte ich nicht den Widerschein des Goldes an der Wand gesehen, hätte ich womöglich nie davon erfahren.«

»Sie lügen«, widersprach Casey voller Überzeugung.

»Durchaus nicht. Ihr Vater war ein sehr ehrgeiziger Mann, Fräulein Goldstein, und das wissen Sie nur zu genau, denn genau wie ich haben Sie es am eigenen Leib zu spüren bekommen. Also habe ich seinen Ehrgeiz für mich arbeiten lassen und mich in den Jahren nach dem Krieg darauf beschränkt, ihn zu beobachten. Natürlich mit dem erklärten Ziel, eines Tages die Früchte seiner Arbeit zu ernten …«

»… und ihn dann zu ermorden«, fügte Casey tonlos hinzu.

»Glauben Sie mir, Ihr Vater hat keine Gelegenheit ausgelassen, sich Feinde zu machen, sowohl zu Hause als auch in der Fremde.

Meine Begleiter haben sich, wie Sie sicher wissen, der Wahrung des karthagischen Erbes verpflichtet und schätzen es ganz und gar nicht, wenn die Ruhe ihrer Vorfahren gestört wird. Früher oder später wäre Ihr Vater ihnen ohnehin zum Opfer gefallen. Ich habe ihre Wut nur in Bahnen gelenkt.«

»Sie benutzen diese Fanatiker also nur«, folgerte Jack.

»Wir helfen uns gegenseitig. Zumal die italienischen Faschisten für den Kult nichts übrig haben.«

»Und der Angriff im Flugzeug?«, fragte Jack. »Die Schießerei in Manaus?«

»Anfangs wollte ich lediglich das Schmuckstück in meinen Besitz bringen und Fräulein Goldstein ebenfalls zum Schweigen bringen«, erklärte der Schurke ungeniert. »Dann jedoch erkannte ich, dass es meinen Zielen sehr viel dienlicher ist, wenn ich Ihnen den Vortritt lasse und Ihnen einfach in sicherem Abstand folge. In Manaus allerdings musste ich Ihren Eifer ein wenig dämpfen, denn unsere Begleitmaschinen waren noch nicht eingetroffen, und ich musste Zeit gewinnen.«

»Woher wussten Sie, wo wir waren?«, fragte Otto verwundert.

»Können Sie sich das nicht denken?« Huttens Blick glitt hinüber zu Vandermere, der bislang nur dagestanden und kein Wort gesagt hatte. »Sie hatten recht, mein Freund«, sagte er dann. »Sie sind wirklich leichtgläubig.«

»Je-Jerome?«, fragte Casey – und Jack spürte wieder das miese Ziehen in seiner Magengegend.

»Ich fürchte, ich muss Ihnen ein Geständnis machen, Teuerste«, entgegnete Vandermere. Er verließ seinen Platz an ihrer Seite und ging zu Hutten, ohne dass dessen Schießmänner Anstalten machten, ihn daran zu hindern.

»Nein.« Casey schüttelte den Kopf. Die Tränen rannen ihr jetzt ungehemmt über die Wangen. »Sagen Sie, dass das nicht wahr ist!«

»Ganz im Gegenteil«, widersprach Vandermere grinsend. »Von Anfang an bin ich Auge und Ohr Ihrer Gegner gewesen. Wo auch immer sich die Möglichkeit dazu bot, habe ich Mr. Hutten Telegramme geschickt und ihn über unseren Aufenthalt in Kenntnis gesetzt.«

»Während Sie von allem nichts ahnten«, fügte Hutten selbstgefällig hinzu.

»Wie auch?«, spottete Vandermere, der sich an seine Seite stellte und sich mit einem Taschentuch den Schweiß von der Stirn tupfte. »Sie haben es vorgezogen, über den Idioten zu lachen, der sich in Maracaibo unbedingt einen neuen Anzug kaufen musste und dessen Magen in Havanna vor dem einheimischen Fraß kapituliert hatte.«

»Sie haben den Trottel also nur gespielt?« Jack schnitt eine Grimasse. »Kompliment, Sie haben Talent dafür.«

»Wie konnten Sie das nur tun, Jerome?« Casey schüttelte den Kopf vor Entsetzen und Abscheu. »Wir sind doch Freunde!«

»Leider nicht, Miss Casey«, widersprach Otto. »Diese elende Filzlaus hat Sie und Ihren Vater nur aus einem einzigen Grund in die Staaten geholt: weil er wusste, welcher großen Sache Ihr Vater auf der Spur war.«

»War es das alles wert?«, fragte Jack. »Einen rechtschaffenen Mann zu ermorden und einen halben Eingeborenenstamm auszurotten für ein bisschen Ruhm?«

Hutten und Vandermere sahen einander an. Sosehr sie sich äußerlich unterscheiden mochten, der eine blass und untersetzt, der andere von drahtiger Gestalt und mit kantigen Zügen, so sehr waren sie auch Brüder im Geiste.

Zwei Seiten derselben gezinkten Münze.

Zwei Köpfe desselben Monsters.

Spontan brachen sie in schallendes Gelächter aus, das voller Spott und Bosheit war. Das Gelächter von Männern, die ihre Pläne lange vorbereitet hatten und sich nun kurz vor dem Ziel sahen. »Ich fürchte, ich muss Ihnen noch eine Geschichte erzählen, Fräulein Goldstein«, meinte Hutten schließlich. »Auf jener folgenreichen Expedition haben Ihr Vater und ich auch Percy Fawcett getroffen, einen exzentrischen Briten, der im Urwald auf der Suche nach einer geheimnisvollen versunkenen Stadt war, der er den Namen ›Z‹ gegeben hatte. Erst sehr viel später wurde mir klar, dass jener Ort und die Festung der geheimnisvollen Nebelkrieger ein und dasselbe sind. Bedauerlicherweise wurde dem guten Percy seine Leidenschaft zum Verhängnis. Vor zehn Jahren brach er zu einer weiteren Expedition auf, von der er jedoch nie zurückgekehrt ist. Die sagenumwobene Stadt hat er nie gefunden, wie sollte er auch? Er suchte an der falschen Stelle. Genau wie alle anderen, die je danach gesucht haben.«

»Alle anderen?« Casey sah ihn fragend an. »Von wem sprechen Sie? Außer meinem Vater und Ihnen …«

»Es gab schon viele Männer, die diesen verdammten Wald auf der Suche nach jenem Ort durchstreift haben – Cortez, Aguirre, Pizarro und wie sie alle hießen. Sie alle haben dafür betrogen und gemordet und sind ihrerseits elend zugrunde gegangen, doch das ferne Ziel haben sie nie erreicht.«

»Welches Ziel?«, wollte Casey wissen.

»Gewiss haben Sie schon davon gehört«, antwortete Vandermere an Huttens Stelle. »Es heißt ›El Dorado‹ …«

27

»El Dorado?« Jack schnaubte. »Ich nehme nicht an, dass Sie die Bar an der Ecke Front Street/Hudson meinen?«

»Allerdings nicht, Mr. Kelley«, prahlte Hutten. »Ich spreche von der legendären Stadt des Goldes, nach der schon die spanischen Eroberer suchten ...«

»... und sie niemals fanden«, fügte Casey hinzu.

»Weil die Konquistadoren alle nicht wussten, was wir heute wissen – nämlich dass das Gold von El Dorado fast zweitausend Jahre vor ihrer Zeit aus Afrika nach Amazonien gekommen war.«

»Sie denken ...?«

»Bei allem, was Ihr Vater herausgefunden, bei allen Hypothesen, die er aufgestellt hat, ist ihm dieser letzte kühne Gedanke nie gekommen, Fräulein Goldstein: dass die Karthager, als sie vor den Römern in die neue Welt flohen, auch ihren legendären Königsschatz dorthin mitgenommen und in ihrer Festung versteckt haben könnten.«

»El Dorado«, fügte Vandermere hinzu, wobei in seinen Augen etwas aufblitzte, das er hinter der Fassade des wohlhabenden, aber unbedarften Gelehrten gut verborgen hatte. Nämlich an Irrsinn grenzende Gier. »Das ist das wahre Geheimnis der Nebelkrieger.«

Casey erwiderte nichts darauf. Jack konnte sehen, wie sie bleich wurde, und er wechselte einen vielsagenden Blick mit Otto. In diesem Moment wurde ihm manches klar.

»Deshalb also sind alle hinter diesem Geheimnis her«, stieß Jack bitter hervor. »Es geht nicht wirklich um wissenschaftlichen Ruhm, sondern nur um schnöden Mammon.«

»Das sollte Sie nicht überraschen, Mr. Kelley«, konterte Hutten. »Wie heißt es doch in Ihrem Land so schön? Geld sorgt dafür, dass die Welt sich dreht!«

»Deshalb helfen diese Fanatiker Ihnen auch so überaus bereitwillig.«

»Mussolini und seine Faschisten wollen alle Macht im Staat, entsprechend haben sie nichts übrig für geheime Verbindungen«, erklärte Hutten achselzuckend. »Für meine vermummten Freunde ist der Fund des Schatzes in gewisser Weise lebensnotwendig. Und mir wird er endlich das Vermächtnis eintragen, das mir von Geburt an zusteht.«

»Hast du von dem Schatz gewusst?«, wandte sich Jack an Casey.

Sie sah ihn an. Ihre hübschen Züge waren kreidebleich, ihre Augen schwammen in Tränen. »Nein.« Sie schüttelte den Kopf. »Darum ist es meinem Vater nie gegangen. Das müsst ihr mir glauben!«

»Wirklich? Müssen wir?«, murrte Otto.

Jack biss sich auf die Lippen.

Er glaubte Casey. Das Problem war, dass er eine Stinkwut im Bauch hatte und nicht recht wusste, worauf er sie richten sollte. Wahrscheinlich am ehesten auf sich selbst. Sein Partner hatte recht gehabt, von Anfang an.

Dieser Auftrag hatte tatsächlich nichts als Ärger bedeutet.

»Wozu das ganze Theater?«, fragte er. »Wenn Sie schon alles wissen, warum sind Sie uns dann den ganzen Weg gefolgt? Wozu brauchen Sie uns?«

»Oh, ich fürchte, Sie überschätzen Ihre Rolle in dieser Angelegenheit«, erwiderte Hutten. »Ein Flugzeug zu fliegen und zu warten ist nicht allzu schwierig. Hier ist sicher qualifizierteres Personal zu finden als zwei abgehalfterte Kriegsveteranen.«

»*Ein* abgehalfterter Veteran«, verbesserte Otto trocken. »Ich bin nur Veteran.«

»Wie auch immer, Ihre Dienste werden nicht länger benötigt. Und was Sie betrifft, Fräulein Goldstein, so befindet sich etwas in Ihrem Besitz, das ich gerne haben möchte, nämlich das Schmuckstück aus der Grabkammer. Ich habe schon damals versucht, es an mich zu bringen, bedauerlicherweise hat Ihr Vater es wie seinen Augapfel gehütet.«

»Was wollen Sie damit?«, fragte Casey, während sie unwillkürlich zurückwich.

»Das überlassen Sie getrost mir.«

»Lassen Sie sie in Ruhe«, knurrte Jack – aber natürlich war ihm klar, dass diese Forderung angesichts ihrer Lage ziemlich sinnlos war.

»Und – wenn ich es nicht mehr habe?«, fragte Casey hilflos.

»Sie sollten das nicht tun, Fräulein Goldstein«, beschied Hutten ihr mit einem Lächeln, das nichts Gutes verhieß. »Spielen Sie keine Spiele mit mir. Sie können mir das Ding entweder freiwillig geben, oder ich werde meine Leute anweisen, Sie zu erschießen, und es dann von Ihrem toten Leib reißen. Mir ist es gleich«, fügte er hinzu, und man konnte sehen, dass es ihm bitterernst war damit.

»Mistkerl«, knurrte Otto.

»Gib ihm, was er haben will«, raunte Jack Casey zu. »Es ist es nicht wert, dafür zu sterben.«

»Sehr gut.« Huttens Grinsen wurde noch breiter. »Ich bin stets dafür, der Vernunft den Vortritt zu lassen. Die Berichte meines Ahnen sind detailliert, aber ihm fehlte der Sinn für das große Ganze – wohingegen es bei Ihrem werten Vater genau umgekehrt gewesen ist.« Sein Lächeln wurde so schmierig wie ein alter Öllappen, und der Blick, mit dem er Casey bedachte, wollte Jack nicht gefallen. Ihm war klar, dass er sie töten würde, sobald er bekommen hatte, was er wollte, und alles in ihm begehrte dagegen auf. Das durfte nicht geschehen! Er hatte versprochen, sie zu beschützen, und sie hatte ihm vertraut …

Plötzlich schoss ihm ein Gedanke durch den Kopf.

»Sie machen einen Fehler, Hutten«, knurrte er.

»Ach ja?« Der Schurke war wenig beeindruckt.

»Und ob.« Jack brachte es fertig, schief zu grinsen. »Auf zwei abgehalfterte Kriegsveteranen können Sie vielleicht verzichten, aber ganz gewiss nicht auf Miss Casey. Haben Sie vergessen, dass Sie die Einzige ist, die die Schrift der Nebelkrieger entziffern kann?«

»Das habe ich nicht vergessen – aber warum sollte das jetzt noch von Bedeutung sein? Ich habe schließlich die Aufzeichnungen meines Ahnen …«

»… die einen Scheißdreck wert sind, wenn es darum geht, eine alte Inschrift zu entschlüsseln«, entgegnete Jack – und rief sich alles ins Gedächtnis, was er aus dem Kino über versunkene Tempel und verborgene Schätze wusste. »Möglicherweise gibt es in der Festung der Nebelkrieger versteckte Wegweiser oder Hinweise auf verborgene Fallen …«

»Fallen«, echote Vandermere. Sein selbstgefälliges Grinsen wirkte plötzlich etwas verkrampft.

»Casey ist nicht nur Theodore Goldstones Tochter«, fuhr Jack fort, »sie war auch seine Assistentin und ist wie niemand sonst mit den Ergebnissen seiner Forschungen vertraut. Dieser Mann hat sein ganzes Leben der Ergründung dieser Geheimnisse gewidmet,

Hutten – sind Sie sicher, dass Sie es sich leisten können, auf dieses Wissen zu verzichten?«

Hutten stand unbewegt.

Seiner Miene war nicht anzusehen, ob Jacks Worte etwas bei ihm bewirkt hatten – mit Vandermere dagegen ging eine Veränderung vor sich. Das Lächeln bröckelte aus seinen Zügen wie Putz von einer alten Wand, darunter kam nackte Furcht zum Vorschein. »Vielleicht hat er recht, Hutten«, flüsterte er seinem Kumpanen zu. »Möglicherweise kann sie uns dort, wo wir hingehen, noch von Nutzen sein.«

»Möglicherweise«, wiederholte Hutten. Noch immer war nicht zu erkennen, was in seinem Kopf vor sich ging, während er Jack aus zu Schlitzen verengten Augen musterte. »Also schön«, entschied er dann. »Schafft sie ins Flugzeug.«

»Und wir?«, wollte Otto wissen.

»Wie ich schon sagte – für Sie habe ich keine Verwendung mehr«, erklärte Hutten. Er nickte den Vermummten zu, worauf sie Jack und Otto an Hand- und Fußgelenken fesselten.

»Was geschieht mit ihnen?«, fragte Casey bang.

»Wir lassen sie hier.«

»Was?« Casey starrte den Mann mit dem Strohhut entsetzt an. »Bitte tun Sie das nicht! Ich werde Ihnen das Schmuckstück geben und alles sagen, was ich darüber weiß.«

»Glauben Sie mir, Fräulein Goldstein, das werden Sie ohnehin«, sagte Hutten, dann nickte er seinen Leuten abermals zu. Einer von ihnen zückte eine Machete und schnitt Jack am Oberschenkel. Das Gleiche machte er bei Otto.

»Scheißkerl«, stieß der zwischen zusammengebissenen Zähnen hervor. Sie wurden zum Ufer gezerrt, wo man Seile über einen der ausgreifenden Äste des Kapokbaumes warf und dann um ihre Handfesseln knotete.

»Halt!«, rief Casey in diesem Moment.

Die Männer hielten in ihrer Arbeit inne, auch Hutten wandte sich zu ihr um. Casey stand mit den Füßen im Wasser. In ihrer Hand hielt sie einen Gegenstand, den sie aus einer in ihren Hosenbund eingenähten Tasche gezogen hatte.

Es war die goldene Scheibe.

»Lassen Sie die beiden sofort wieder frei, Hutten, oder ich werfe das Schmuckstück in den Fluss«, drohte sie, während sie schon mit dem Arm ausholte.

»Fräulein Goldstein«, sagte Hutten, »wenn man eine Drohung ausspricht, sollte man bereit sein, diese auch wahrzumachen. Solange Sie keinen weiteren Beweis für die Existenz der Nebelkrieger gefunden haben, bleibt dieses Schmuckstück der einzige, der belegt, dass Ihr Vater nicht der Fantast gewesen ist, für den die Fachwelt ihn gehalten hat, sondern ein überaus brillanter Wissenschaftler. Ich glaube nicht, dass Sie das wegwerfen möchten – oder wollen Sie im Ernst, dass Theodor Goldstein als spinnerter Sonderling in die Annalen der Wissenschaft eingeht?«

Casey zögerte. Sie hatte die Goldscheibe noch in der Hand, aber Jack konnte auch sehen, wie die Entschlossenheit aus ihrem Gesicht wich – und er konnte es ihr nicht einmal verdenken. Das Andenken an ihren Vater war alles, was ihr von ihm geblieben war.

Mit Tränen in den Augen ließ sie die Goldscheibe sinken, worauf man Jack und Otto ins Wasser stieß und sie an den Seilen emporzog, bis nur noch die untere Körperhälfte im Wasser hing. Dann wurden die Seile fixiert.

»Ein Sprichwort der Eingeborenen besagt, dass der Fluss viele Zähne hat, kleine und große«, erklärte Hutten, während Vandermere schadenfroh grinste. »Ihnen kann es letztlich gleichgültig sein, ob sie zuerst von Piranhas oder Kaimanen entdeckt werden.

Ich habe allerdings gehört, dass der Tod durch Piranhas sehr viel qualvoller sein soll.«

»Danke für den Hinweis«, knurrte Jack. »Warum erschießen Sie uns nicht einfach?«

»Nun, wäre es nach mir gegangen, hätten wir das getan. Schließlich können wir uns auch im Urwald wie zivilisierte Menschen benehmen, nicht wahr? Aber meine vermummten Begleiter haben bedauerlicherweise eine etwas archaische Vorstellung von Bestrafung. Und das eine oder andere Zugeständnis muss ich schließlich machen, nicht wahr?«

»Nein!«, rief Casey verzweifelt. Sie wollte ins Wasser, um den beiden zu Hilfe zu kommen, aber ihre Häscher ergriffen sie und hielten sie fest.

»O doch«, widersprach Vandermere voller Häme. »Ich fürchte, wenn die Piranhas sich mit dem guten Jack befassen, werden sie sich auch seines besten Stücks annehmen – und wir wissen beide, wie sehr Sie es darauf abgesehen haben.«

Es gelang ihr, den rechten Arm frei zu bekommen und ihm eine schallende Ohrfeige zu versetzen. »Schwein!«, rief sie dazu und brach in Tränen aus. Dann schleppten sie sie fort, zum Ufer hinab und in das Schlauchboot.

»Casey!«, schrie Jack.

Verzweifelt versuchte er, mit den Handgelenken aus den Fesseln zu schlüpfen, was ihm jedoch nicht gelang. Hilflos pendelte er hin und her, während sich das Wasser um ihn nur noch mehr mit Blut färbte.

»Lasst sie in Ruhe, ihr Mistkerle!«, schrie er ihnen in hilfloser Wut hinterher. Doch alles, was er dafür erntete, war höhnisches Gelächter, während das Schlauchboot das Ufer verließ und zurück zum Flugboot ruderte. Dann sah er Casey im doppelten Bauch der Maschine verschwinden.

Zwei von Huttens Schergen kehrten ans Ufer zurück, um den Rest ihrer Leute abzuholen, dann bestiegen auch die letzten Vermummten die Maschine, deren Zwillingsmotor bereits warmlief, und holten das Schlauchboot an Bord. Und indem sie an Fahrt aufnahm und die braune Fläche des Amazonas hinabschoss, hob die S 55 schließlich von der Wasserfläche ab, beschrieb in der Luft eine Kehre und verschwand in westlicher Richtung jenseits der Bäume, gefolgt von den beiden verbliebenen Doppeldeckern.

Schon kurz darauf war ihr Motorenlärm verstummt. Nur noch die Geräusche des Dschungels waren zu hören – und ein deutscher Mechaniker, der in seiner Muttersprache fluchte.

»Lass gut sein, Oz«, raunte Jack ihm zu, während sie nebeneinanderhingen wie Schweinehälften in einer Schlachterei.

»Lass gut sein? Du meinst, ich soll es gut sein lassen?« Ottos Augen waren zorngeweitet, der Schnauzer bebte über seiner Lippe. »Nachdem du uns diese verdammte Suppe eingebrockt hast?«

»Tut mir leid«, versicherte Jack, während er sich fieberhaft nach einem Ausweg umblickte – und keinen fand. Entweder, die Sektierer hatten an alles gedacht, oder sie hatten schlicht und einfach Übung darin, Leute auf möglichst einfallsreiche Art vom Leben zum Tode zu befördern. Das Seil war so lang, dass man den Ast darüber nicht erreichen konnte, und zugleich zu dick, um es durchzuwetzen.

»Ah, gut zu wissen!«, tönte Otto weiter und rollte mit den Augen. »Ich habe dir gesagt, dass wir in Schwierigkeiten geraten würden, von Anfang an!«

»Ich weiß«, seufzte Jack.

»Aber du musstest es ja besser wissen! Du musstest den Auftrag ja unbedingt annehmen und dich in das deutsche Fräulein verlieben.«

»Ich weiß.«

»Musstest unbedingt den Helden spielen und dich mit einer Meute vom Wahnsinn befallener Fanatiker anlegen! Und weil das noch nicht genügt, auch gleich noch mit einem irren deutschen Wissenschaftler!«

»Ich weiß.«

»Verdammt nochmal, sag nicht immer ›Ich weiß‹! Hättest du das alles vorher gewusst, würden wir nicht in dieser verdammten Patsche stecken!«

»Ich weiß.«

»Na wunderbar!« Otto schnappte nach Luft. »Gibt es auch irgendetwas, das du Schlaumeier nicht weißt?«

»Ja«, bestätigte Jack. »Ich weiß nicht, ob das da drüben ein Stück Treibholz ist oder ein verdammtes Krokodil.«

Otto fuhr herum und sah in die Richtung, in die sein Partner wie gebannt starrte. Er verengte die Augen zu Schlitzen, um im grellen Licht besser sehen zu können.

Tatsächlich – dort trieb etwas im Wasser und kam den Fluss herab auf sie zu. Es war von dunkler Farbe, lag flach im Wasser und mochte an die fünf Meter lang sein.

Ein paar Sekunden lang rätselten die beiden, was es sein mochte.

Dann riss das Treibholz das Maul auf und entblößte ein mörderisches, vor Zähnen starrendes Maul.

»Frage beantwortet«, knurrte Jack.

28

Es war ein Schwarzer Kaiman.

An die sechs Yards lang und von jener dunkelgrün-teerigen Färbung, der er seinen Namen verdankte. Mit wuchtigen Schlägen seines langen Schwanzes trieb sich das riesige Tier durch das trübe Wasser, direkt auf die beiden Gefangenen zu, die hilflos an ihren Seilen baumelten.

»Jack?«, fragte Otto nur.

»Ich weiß, Oz«, gab Jack zurück – es war Trost, Entschuldigung und Abschied zugleich.

Im nächsten Moment war das Reptil bereits heran. Noch einen Augenblick lang begnügte es sich damit, im Fluss zu liegen und seine Beute durch die kleinen, nur unwesentlich über der Wasserlinie liegenden Augen zu betrachten. Dann riss es abermals das Maul auf, entblößte einen bodenlosen Rachen und mörderische Zähne und katapultierte sich auf Jack zu.

»Verdammt!«

In einer verzweifelten Reaktion riss Jack die Beine empor und trat nach dem Unterkiefer des Tieres. Zwar traf er ihn nicht mit voller Wucht, doch der Kaiman, der mit dieser Attacke nicht gerechnet hatte, ließ von ihm ab – und wandte sich stattdessen Otto zu! Das grotesk große Maul klappte zu und verfehlte den

Mechaniker, der sich an seinem Strick zur Seite drehte, nur um Zentimeter. Otto schrie und zerrte weiter am Seil, was ihn im Wasser hin und her schaukeln ließ, aber nicht außer Reichweite der tödlichen Zähne brachte. Der Kaiman ließ sich Zeit. Er schien zu wissen, dass seine Beute ihm nicht entkommen konnte, also ließ er sich ein Stück von der Strömung abtreiben, um sich in eine andere Position zu bringen. Dann warf er sich herum und griff erneut an, das mörderische Maul weit aufgerissen.

»Oh, Gott, er hat mich, Jack!«, schrie Otto mit heiserer Stimme. »Er hat mich …!«

In diesem Moment durchzuckte etwas die schwüle Luft und verfehlte Otto nur um Haaresbreite, um sich in den offenen Schlund des Tieres zu bohren.

Es war ein Pfeil, dessen Ende mit bunten Federn versehen war, und wenn es für den Kaiman auch nur ein Nadelstich sein mochte, unterbrach er doch seinen Angriff und wich zurück. Mehr noch, im Bemühen, den Fremdkörper in seinem Rachen abzuschütteln, warf er das Haupt hin und her und drehte sich mehrmals im Wasser herum. Als er dabei seine ungepanzerte Bauchseite darbot, prasselte ein ganzes Rudel weiterer Geschosse auf ihn ein, die sich in seinen massigen Körper bohrten.

Gleichzeitig, noch ehe Jack und Otto recht begriffen, was geschehen war, sprang ein Dutzend Amazonenkriegerinnen aus den umliegenden Bäumen. Während die einen weiter Pfeile auf den Kaiman schossen, der seine Beute völlig vergessen zu haben schien und sich vor Wut und Schmerz im Wasser umherwarf, kamen die übrigen Kriegerinnen den Gefangenen zu Hilfe. Knochenklingen durchtrennten die Seile, worauf Jack und Otto vollends in den Fluss eintauchten. Mit ihren gefesselten Händen konnten sie nicht schwimmen, doch indem sie mit aller Kraft Wasser traten, gelang es ihnen, wieder an die Oberfläche zu kommen.

Dann spürten sie auch schon, wie sie an den losen Seilen an Land gezogen wurden. Kurz darauf lagen sie auf der Uferböschung, keuchend und hustend und am ganzen Körper bebend vom Adrenalin, das noch immer wild durch ihre Adern pumpte.

Nur entfernt nahmen sie wahr, wie einige der Amazonen ins Wasser sprangen und dem Kaiman mit ihren Knochenmessern zu Leibe rückten, der für einen langen Zeitraum ihre Mägen füllen würde. Dafür merkten die beiden, wie ein dunkler Schatten auf sie fiel. Jack wälzte sich herum und blickte auf.

Es war die Anführerin des Stammes, und der Blick ihrer grünen Raubtieraugen verhieß nichts Gutes. Die Erleichterung über ihre unverhoffte Rettung verflog so schnell, wie sie aufgekommen war.

»Vom Regen in die Traufe«, kommentierte Otto.

»Es heißt, ›Aus der Pfanne ins Feuer‹«, verbesserte Jack. »Aber ich weiß, was du meinst.«

Man zog sie auf die Beine und führte sie ab, ungeachtet ihrer durchnässten, wie auf die Haut geklebten Kleider. Der Weg zurück ins Dorf kam Jack wie eine Ewigkeit vor.

»Was die wohl mit uns vorhaben?«, raunte Otto ihm zu.

»Weiß nicht, Oz. Aber sie haben allen Grund, sauer auf uns zu sein.«

Wie sehr dies untertrieben war, wurde Jack klar, als sie den Kral erreichten. In der Hitze des Angriffs und ihrer überstürzten Flucht war kaum Zeit geblieben, sich umzublicken. Erst jetzt sah er, wie verheerend der Angriff der Doppeldecker die Amazonen tatsächlich getroffen hatte.

Viele Kriegerinnen waren tot.

Aufgereiht lagen sie auf dem Dorfplatz, während immer mehr leblose Körper herangetragen wurden. Wohin Jack auch blickte, sah er Blut und Verwundete. Auch viele der Hütten waren von

Geschossen durchschlagen worden, zwei sogar regelrecht zerstört. Und über dem Dorf und dem beißenden Gestank von Blut und Tod, der sich bei dieser Hitze in kürzester Zeit verbreitete, lag ein leiser Wehgesang, den die Amazonen zur Trauer um ihre gefallenen Waffenschwestern anstimmten. Jack fühlte mit ihnen. Und obwohl diese Frauen drauf und dran gewesen waren, sie alle drei zu töten, schämte er sich für diesen grausamen Angriff, der den Kriegerinnen keine Chance gelassen hatte. Er fühlte sich an den Krieg erinnert, und er brauchte nur in die ausgezehrten Gesichtszüge seines Freundes zu sehen, um zu wissen, dass es ihm ebenso ging. Für Ehre oder gar Ritterlichkeit war auf den Schlachtfeldern kein Platz gewesen. Für anonymes, sinnloses Sterben dafür umso mehr.

Willkommen in der modernen Zeit …

Man führte sie wieder in die Hütte, in der sie schon zuvor gewesen waren und die den Angriff weitgehend unbeschadet überstanden hatte. Allerdings verzichtete man darauf, sie wieder anzubinden, löste im Gegenteil sogar ihre Fesseln. Dann machte die Anführerin eine unmissverständliche Geste.

»Wie bitte?«, fragte Otto.

»Sie sagt, wir sollen unsere Kleider ausziehen.«

»Fällt mir nicht ein.«

»Irgendwie«, meinte Jack, während er schon dabei war, seinen Hosengurt zu lösen, »glaube ich nicht, dass wir die Wahl haben.«

Sie entledigten sich ihrer Oberkleider und erkannten den Grund für die ungewöhnliche Aufforderung. Denn beider Beine waren mit etwa fingergroßen schwarz glänzenden Würmern übersät, die sich an ihrer Haut festgesogen hatten.

»Blutegel«, knurrte Otto angewidert. »Verdammte Viecher.«

Er wollte die Tiere nacheinander abpflücken, aber die Amazonen ließen ihn nicht. Stattdessen brachte eine Frau, die schlohweißes Haar hatte und älter zu sein schien als alle anderen, ein Gefäß aus Kork, aus dem sie einige Tropfen einer milchigen Flüssigkeit auf die Blutsauger träufelte. Nur Augenblicke später fielen sie ab, worauf eine andere Kriegerin sie aufsammelte und wegbrachte. Die Medizinfrau unterdessen trug sowohl auf die Bissstellen als auch auf die Schnittwunden, die die Machete der Sektierer hinterlassen hatte, eine Salbe auf, die höllisch brannte und desinfizierende Wirkung zu haben schien. Anschließend verband sie die Schnitte mit Blättern, die sie mit Bast festzurrte.

»Danke«, sagte Jack einigermaßen verblüfft.

Die Medizinfrau nickte, dann verließ sie die Hütte zusammen mit der Anführerin. Es dauerte allerdings nicht lange, bis Jack und Otto erneut Gesellschaft bekamen. Vier andere Frauen kamen und brachten Baumblätter mit Nahrung, die sie vor Jack und Otto ausbreiteten: ein Brei, von dem Jack annahm, dass er aus Kochbananen zubereitet war, außerdem gebratene Käfermaden auf kleinen Holzspießen sowie Eier, die vermutlich von Schildkröten stammten. Die Kriegerinnen bedeuteten ihnen zu essen und nickten ihnen auffordernd zu, dann entfernten sie sich wieder.

»Was in aller Welt soll das?«, fragte Otto, wobei er einen skeptischen Blick über die ausgebreiteten Köstlichkeiten schweifen ließ.

»Essenszeit«, sagte Jack.

»Das sehe ich auch. Aber warum tun sie das? Das letzte Mal, als wir uns gesehen haben, waren sie drauf und dran, uns umzubringen.«

»Hast du eine Vermutung?«

»Und ob.« Otto nickte. »Nehmen wir mal an, in der Falle eines anderen Jägers findest du einen Hasen, der völlig abgemagert ist – würdest du ihn auf der Stelle essen oder lieber warten, bis er wieder kräftig ist und du ihn fett gemästet hast?«

»Du bist kein Hase«, widersprach Jack. »Und abgemagert bist du auch nicht.«

»Naja.« Mit einem bekümmerten Blick sah Otto an sich herab. »Aber besonders viel dran ist auch nicht an mir.«

»Nach allem, was wir wissen, sind diese Frauen keine Kannibalen, Oz«, beruhigte Jack den Freund, während er nach einem der Spieße griff und sich eine Suri-Made zwischen die Zähne schob. »Ich glaube, sie haben nur etwas begriffen«, verkündete er kauend.

»Und was?«

»Ganz einfach.« Jack grinste freudlos. »Dass der Feind ihres Feindes ihr Freund ist.«

29

Der Flug hatte nur etwas über eine Stunde gedauert. Nun waren sie in Iquitos, der einzigen Enklave menschlicher Zivilisation im weiten Umkreis, um die Maschinen zu warten und zu betanken und um die Vorräte aufzufüllen.

Sie wohnten in einem Hotel, das wenig mehr war als eine Absteige, und auch die im Erdgeschoss untergebrachte Bar verdiente diese Bezeichnung eigentlich nicht. Die Einrichtung war schäbig, Schimmel klebte an den lindgrün gestrichenen Wänden, und die verschieden geformten Flaschen hinter dem schäbigen Tresen schienen alle mit derselben Flüssigkeit gefüllt zu sein, einem bräunlich-gelben Fusel, den Harald Hutten in kleinen Schlucken trank. Vandermere hatte sich bereits schlafen gelegt, der Flug war ihm nicht bekommen. Oder vielleicht, sagte sich Casey, hatte er auch nur nicht den Mut, hier am Tisch zu sitzen und ihr in die Augen zu sehen.

Ihre anfängliche Angst hatte sie überwunden.

Hutten und Vandermere brauchten ihre Kenntnisse, und sie behandelten sie so, wie man es in Anbetracht der Lage erwarten konnte. Einen Fluchtversuch zu unternehmen oder um Hilfe zu rufen wäre an diesem Ort sinnlos gewesen. Weder der alte Barkeeper, der immerzu dasselbe Glas polierte, noch der einzige Gast, der zusammengekauert in einer Ecke hockte und seinen Rausch ausschlief, hätten ihr helfen können. Und selbst wenn es ihr gelungen wäre, an den beiden Sektierern vorbeizukommen, die Hutten als Wachen an der Tür postiert hatte, wäre sie zu allen Seiten von Hunderten Kilometern undurchdringlichen Regenwalds umgeben gewesen.

»Sie sehen unglücklich aus«, meinte Hutten, der ihr an dem runden Tisch gegenübersaß.

»Genau wie Sie«, konterte Casey, die kein Verlangen danach verspürte, ihm ihre Gedanken zu offenbaren. Sie hatte deutsch gesprochen, entsprechend bediente sich auch Hutten ihrer beider Muttersprache.

»Ich hätte nicht gedacht, dass ich das sagen würde, aber verglichen mit diesem Loch sind Manaus und Recife wahre Perlen Südamerikas«, gab er zu und nahm einen weiteren Schluck. »Das Zeug schmeckt schauderhaft«, beschwerte er sich. »Aber mit etwas Glück enthält es wenigstens genügend Alkohol, um die Kolibakterien abzutöten.«

»Warum sind Sie hier, wenn es Ihnen Angst macht?«

»Das wissen Sie doch genau.« Hutten lachte leise. »Außerdem habe ich nicht gesagt, dass es mir Angst macht. Aber ich mag den Dschungel nicht. Diese Trägheit, diese beständige Fäulnis, das ewige Werden und Vergehen …«

»Was ist damit?« Casey sah ihn herausfordernd an. »Erinnert es Sie an Ihre eigene Vergänglichkeit?«

Hutten lachte wieder, während er sich von dem Fusel nachschenkte. »Sie erinnern mich an Ihren Vater, wissen Sie das? Er hatte auch diesen seltsamen Sinn für Humor.«

»Sprechen Sie nicht von ihm«, knurrte Casey.

»Warum nicht? Sie sind ihm in der Tat sehr ähnlich. Es fängt schon damit an, dass Sie sich an einem Ort wie diesem wohlzufühlen scheinen«, sagte er und machte mit dem Glas in der Hand eine ausladende Geste, die nicht nur die Bar und das Hotel, sondern den gesamten Regenwald zu umfassen schien. »Für einen wirklich zivilisierten Menschen ist das nichts. Das wurde mir klar, als wir mit Nordenskiöld unterwegs waren. Aber natürlich hätte ich mir lieber die Zunge abgebissen, als das Ihrem Vater zu sagen.«

»Er hat es auch so gemerkt«, konterte sie. »Er hat mir oft davon erzählt.«

»Das, wertes Fräulein Goldstein, ist eine glatte Lüge«, beschied Hutten ihr ohne Zögern. »Ihr Vater hat kaum je ein Wort über jene Expedition verloren.«

»Woher wollen Sie das wissen?«

»Sehr einfach – weil er auf jener Reise etwas getan hat, wofür er sich sein Leben lang schämte. Sehen Sie, Ihr Vater war ein guter Mensch, und daher war er einfach zu durchschauen. Er konnte keiner Fliege etwas zuleide tun und war stets bemüht, mit allen seinen Mitmenschen gut auszukommen.«

»Ist das der Grund, warum Sie ihn umgebracht haben?«, warf Casey bitter ein.

»An jenem Tag jedoch, als wir die Grabkammer entdeckten, hat Ihr Vater für einen Moment in den Abgrund geblickt«, fuhr Hutten unbeirrt fort. »Von diesem Tag an war er nicht mehr derselbe.«

»Was soll das heißen?«

»Er hatte in der Grabkammer jenes Amulett gefunden, doch als ich dazukam, verbarg er es vor mir. Vermutlich zum allerersten Mal in seinem Leben wollte er etwas um jeden Preis für sich behalten und hat es eifersüchtig gehütet.«

»Sie reden Unsinn.« Casey schüttelte unwirsch den Kopf. »Mein Vater war nicht an Gold interessiert, sondern an wissenschaftlicher Erkenntnis.«

»Woran du dein Herz hängst, das ist dein Gott«, hielt Hutten dagegen. »Haben Sie das schon mal gehört?«

»Dass ich Jüdin bin, bedeutet nicht, dass ich Luther nicht kenne.«

»Dann wissen Sie vielleicht ja auch, wie viel Wahrheit diesem Zitat innewohnt«, erwiderte Hutten zwischen zwei Schlucken Schnaps. »Von dem Tag an, da Ihr Vater jenes Grab betreten hat, war er besessen davon, das Rätsel zu lösen, auf das er gestoßen war. Vielleicht war das ja der Fluch, vor dem uns die Einheimischen damals warnten. Denn diesem Ziel hat Ihr Vater alles geopfert. Seine Frau, seine Familie – selbst Sie, Fräulein Goldstein.

In der Tat«, fuhr er genüsslich fort, als er die Betroffenheit in Caseys Zügen sah, »ich weiß alles über Ihren Vater und Sie, über den frühen Tod Ihrer Mutter und die schweren Jahre im Internat, bis er sich endlich dazu bequemte, Sie zu sich zu nehmen.«

»Mein Vater war Gelehrter durch und durch. Er hatte viele Verpflichtungen«, erwiderte Casey, aber ihre Stimme bebte leicht dabei. Auch wenn sie sich alle Mühe gab, es zu verbergen – Hutten hatte einen wunden Punkt getroffen.

»Er war weit mehr als das, aber ich erwarte nicht, dass Sie das verstehen. Ihr Vater und ich waren uns sehr viel ähnlicher, als Sie es gerne zugeben möchten.«

In diesem Moment erhielten sie Besuch. Der Anführer der Sektierer betrat den Schankraum, von dem Casey inzwischen wusste, dass er auf den Namen Gaspari hörte. Seine Maske hatte er abgenommen, und sie war beinahe überrascht, dass ein in jeder Hinsicht gepflegter und zumindest äußerlich kultivierter Mensch darunter zum Vorschein gekommen war. Seine schwarze Kampfmontur allerdings hatte Gaspari anbehalten, und mit Unbehagen sah Casey die Tätowierung auf seinem Unterarm.

In gut verständlichem Deutsch berichtete Gaspari über den

Fortschritt der Wartungsarbeiten. Hutten ordnete an, für die bevorstehende Nacht Wachen einzuteilen, die sich alle zwei Stunden ablösen sollten. Der Italiener bestätigte und ging, ein eilfertiger Diener.

»Ihre Bluthunde gehorchen Ihnen aufs Wort«, stellte Casey spöttisch fest.

»Sie sind nützlich«, bestätigte Hutten.

»Auf welchem Hinterhof haben Sie sie aufgetrieben?«

»Durch bloßen Zufall. Im Zuge meiner Arbeit für das Wissenschaftsministerium sollte ich einen Überfall auf deutsche Archäologen in der Nähe von Tripolis untersuchen. Dabei kam ich den Söhnen Molochs auf die Spur. Doch statt die Informationen meinen Vorgesetzten zu übergeben, behielt ich sie lieber für mich, denn ich erkannte sofort, dass sich hier Möglichkeiten zur Zusammenarbeit ergaben. Im Zuge des Austauschs mit unseren italienischen Verbündeten ließ ich mich nach Rom versetzen, wo es mir gelang, Kontakt zu Gaspari und seiner kleinen, aber exklusiven Geheimgesellschaft aufzunehmen.«

»Ein Kult mordlüsterner, vom Größenwahn befallener Sektierer«, drückte Casey es anders aus.

»Nennen Sie es, wie Sie wollen – in jedem Fall erkannten Herr Gaspari und ich die Gemeinsamkeit unserer Interessen, und es gelang mir, ihn und seine Leute zu überzeugen, dass ihr Erbe lebendiger ist, als sie es je für möglich gehalten hätten.«

»Das wissen Sie doch gar nicht«, wandte Casey ein. »Dass Überlebende Karthagos nach Südamerika gelangt sind, bedeutet nicht zwangsläufig, dass sie auch den Moloch-Kult dorthin mitgenommen haben.«

»Mit Verlaub, Fräulein Goldstein, das ist ein Irrtum. Denn wie Sie sich vielleicht erinnern werden, stehen mir andere Informationsquellen zur Verfügung als Ihrem Vater.«

»Sie sprechen von den Briefen Ihres Vorfahren«, vermutete Casey.

»Aus ihnen weiß ich, dass der phönizische Kult des Moloch in der neuen Welt nicht nur fortlebte, sondern dort sogar zu neuer Entfaltung gebracht wurde.«

»Was immer das heißen mag.« Casey schnitt eine Grimasse. »Aber immerhin verstehe ich jetzt, warum diese Leute Ihnen scheinbar bedingungslos vertrauen.«

»Ich bin ihre Zukunft und ihre Hoffnung«, erklärte Hutten mit widerwärtigem Grinsen. Casey überlegte, ihm das Glas mit dem Fusel ins Gesicht zu schütten, besann sich jedoch anders.

»Und wenn Sie das Gold gefunden haben? Was dann?«

»Was weiß ich?« Er zuckte mit den Schultern. »Die Söhne Molochs werden ihren vereinbarten Anteil bekommen – was sie damit anfangen, ist ihre Sache. Wichtig ist nur, dass zwei Drittel des Schatzes mir gehören.«

»Also sind Sie im Grunde nichts weiter als ein Gangster, der hinter Geld her ist?«

»Ich bin weit mehr als das, meine Teure. Als Erster und Einziger meiner Familie werde ich das Vermächtnis meines Ahnen antreten und damit jedermann beweisen, dass ich ebenso viel wert bin wie jeder legitime Spross des Hauses.«

»Darum geht es in Wirklichkeit, nicht wahr?« Caseys Stimme triefte vor Spott. »Sie wollen etwas beweisen, wollen einmal in Ihrem Leben etwas Bedeutsames tun.«

»Und? Was ist falsch daran? Auch Ihr Vater wollte seinen Namen in die Annalen der Wissenschaft einschreiben, wenn ich mich recht entsinne.«

»Das wollte er.« Casey nickte und konnte nicht verhindern, dass ihr nun doch Tränen in die Augen traten, Zeugnis ihrer ohnmächtigen Wut. »Aber er hätte niemanden dafür ermordet.«

»Wissen Sie das mit Bestimmtheit?« Hutten lächelte. »Wie sehr wir etwas wollen und was wir dafür zu tun bereit sind, erfahren wir doch stets erst dann, wenn es tatsächlich in unserer Reichweite liegt. Alles andere ist reine Hypothese.«

»Und was habe ich mit alldem zu tun?«, wollte Casey wissen. »Wenn die Angaben Ihres Ahnen tatsächlich so umfassend sind, wie Sie behaupten, wozu brauchen Sie mich dann?«

Hutten sah sie an. Der Blick seiner grauen Augen war glasig geworden infolge des Alkohols, das Licht der Petroleumlampe auf dem Tisch spiegelte sich darin. Draußen war es inzwischen dunkel geworden. Der Barkeeper schloss die ausgestellten Fensterläden, um so wenigstens einen Teil der allenthalben umherschwirrenden Moskitos vom Eindringen abzuhalten.

»Sie haben recht«, bestätigte Hutten schließlich. »Die Hinweise meines Ahnen sind wertvoll, aber auch unpräzise. Es hat mich fast zwanzig Jahre meines Lebens gekostet, all die Hinweise, die er in seinen Briefen gibt, so zu verbinden, dass sie auch einen geographischen Sinn ergeben. Doch all das ist sinnlos ohne das Schmuckstück, das Ihr Vater damals gefunden hat.«

»Aus welchem Grund? Was hat es damit auf sich?«

»In seinen Briefen erwähnt mein Vorfahr eine Scheibe wie diese – und dass der Hohepriester sie als eine Art Schlüssel benutzte.«

»Und Sie glauben, dass es diese Scheibe ist?«

»Die Beschreibung stimmt exakt überein, und ich glaube nicht, dass das ein Zufall ist.«

»Was soll es sonst sein?«, spottete Casey. »Schicksal?«

»Gaspari und seine Leute sind überzeugt davon.«

»Und Sie?«

Hutten lächelte entwaffnend. »Ich bin bereit zu glauben, was immer mich ans Ziel dieser Suche bringt, Fräulein Goldstein.

Aber tatsächlich bin ich überzeugt davon, dass jeder Mensch ein Schicksal hat – und meines ist es, das Gold von El Dorado zu finden. Und Sie«, fügte er hinzu, während er sich nach vorn beugte und sie mit seinen glasigen Augen durchdringend ansah, »werden mir dabei helfen, so gut Sie können.«

Er sagte nicht, was er tun würde, wenn sie sich weigerte. So wie er auch verschwieg, was er mit ihr anfangen würde, wenn er sein Ziel erreicht und sie ihren Zweck erfüllt hatte.

Und Casey Goldstein merkte, wie ihre Angst zurückkehrte.

30

Jack sollte recht behalten.

Sie hatten ihre Mahlzeit kaum beendet, als Elissa, die Anführerin der Amazonen, wieder zu ihnen in die Hütte kam. Mit Gesten erkundigte sie sich nach ihrem Befinden und forderte sie dann auf, ihr nach draußen zu folgen.

Über den großen Dorfplatz, der noch immer einem Schlachtfeld ähnelte, führte Elissa die beiden Männer in die mit Abstand größte Hütte, die ihr selbst als Unterkunft zu dienen schien. Schon beim Betreten wurde Jack allerdings klar, dass es keine Behausung wie die anderen war. Im Inneren war es sehr viel kühler und auch dunkler, was vermuten ließ, dass sie aus anderen Materialien erbaut war. Tatsächlich konnte Jack im flackernden Feuerschein, der den Hauptraum erhellte, aus behauenen Steinen gemauerte Wände erkennen.

Und noch etwas war im Feuerschein zu sehen: eine Reihe schmaler, etwa drei Fuß hoher Steintafeln, die die rückwärtige Seite des Raumes einnahmen. Davor war ein aus Wurzelholz gezimmerter Sitz aufgestellt, der uralt zu sein und eine Art Thron darzustellen schien. Woher hatten die Amazonen all diese Dinge? Er war sicher, dass Casey und ihr Vater auf diese Fragen ein paar gute Antworten parat gehabt hätten.

Die Tafeln waren mit fremdartigen Zeichen versehen, die jemand in das weiche Gestein geritzt hatte. Vermutlich, dachte Jack, waren es auch solche Tafeln gewesen, die Casey und ihr Vater bei Bizerte gefunden hatten. Ob Elissa die uralte Schrift lesen konnte oder nicht, war nicht festzustellen – vielleicht war das auch gar nicht notwendig, weil der Inhalt unter den Amazonen von Generation zu Generation weitergegeben worden war.

Im Licht des flackernden Feuers begann Elissa zu tanzen – jedenfalls wirkte es wie ein Tanz, was die Anführerin der Amazonen vor ihnen vollführte, ein Tanz mit ausladender Mimik und Gestik, dessen Musik das leise Wehklagen der Kriegerinnen war. Jack und Otto tauschten einen verwunderten Blick, doch als die Amazone immer wieder auf die Stelen deutete, begriffen sie: Elissa spielte ihnen vor, was dort geschrieben stand. Und wenn sie auch nicht jede Einzelheit verstanden, konnten sie, auch aufgrund dessen, was sie schon von Casey erfahren hatten, der Handlung doch in ihren Grundzügen folgen.

Elissa erzählte von einem Krieg, der vor langer Zeit stattgefunden und viele Menschenleben gekostet hatte; von wütender Feuersbrunst und einstürzenden Mauern, von Männern, die bestialisch abgeschlachtet wurden, und von Frauen und Kindern, die man in die Sklaverei verkaufte. Aber auch von neuer Hoffnung, von Schiffen, die Segel setzten und über ein großes Wasser nach Westen segelten, der untergehenden Sonne entgegen; wie sie ihrer Gottheit unterwegs Opfer darbrachten, auf dass sie sie führe und ihnen den Weg weise – und wie sie schließlich Land erreichten und einen breiten Fluss fanden, den sie immer weiter hinauffuhren. Elissa berichtete von Kämpfen gegen Eingeborene und wilde Tiere, von Begegnungen mit Kaimanen, Jaguaren und anderen Schrecken des Waldes. Wie die Flüchtlinge unter dem Eindruck all dieser Schrecken immer weniger wurden und wie sie schließlich beschlossen, sich zu teilen: Während die einen weiter den Fluss hinauffuhren, wollten die anderen an Ort und Stelle bleiben und eine Siedlung gründen. Diese blühte und gedieh, bis eine Seuche alle Männer dahinraffte. Von diesem Tag an waren die Frauen auf sich gestellt, und im Bestreben, am Leben zu bleiben und sich gegen ihre Feinde zu behaupten, taten sie, was notwendig war, und wurden zu Kriegerinnen.

»Ich denke, ich verstehe«, sagte Jack, nachdem Elissa ihren Bericht beendet hatte, und nickte ihr zu.

»Hübsche Geschichte«, erkannte Otto an.

»Wahrscheinlich ist es mehr als das. Vandermere hatte ja schon vermutet, dass irgendeine Katastrophe für diese Frauengesellschaft verantwortlich sein könnte. Bei den Konquistadoren haben die Damen jedenfalls einen bleibenden Eindruck hinterlassen.«

»So sehr, dass sie den Fluss nach ihnen benannt haben.« Otto schnitt eine Grimasse. »Und warum erzählt sie uns das alles?«

Als könnte sie verstehen, was er sagte, wandte die Anführerin sich ab, trat hinter ihren Thron und holte etwas hervor, das sie ihnen triumphierend zeigte. Es war eine Figur, gerade so groß, dass sie auf ihre Handfläche passte – ein Fabelwesen, ein Löwe mit Flügeln. Und dem gelben Glanz nach zu urteilen aus purem Gold …

»Sieh dir das an, Oz«, stieß Jack hervor. »Das muss zu dem Schatz gehören, von dem Hutten gesprochen hat.«

»Was bringt dich darauf?«

»Das hier soll ganz eindeutig einen Löwen darstellen, und hier in Südamerika gibt es nun mal keine. Also muss die Figur von woandersher gekommen sein … Woher hast du das?«, fragte er Elissa.

Statt zu antworten, holte die Amazone noch zwei weitere Gegenstände hervor. Der eine war ein goldener Pokal, der andere ein ebenso goldener Dolch mit gekrümmter Klinge. Jack war kein

Archäologe, aber ganz sicher sah das Zeug nicht so aus, als würde es hierher in den Dschungel gehören.

»Woher hast du das?«, fragte er noch einmal. »Stammt das aus dem Schatz? Aus dem Schatz der Nebelkrieger?«

Er war nicht sicher, ob sie verstand, was er meinte. Elissa sah ihn an und schien einen Moment zu überlegen. Dann ließ sie sich nieder und malte mit dem Finger in den weichen Boden. Zuerst wussten Jack und Otto nicht, was sie davon halten sollten, aber dann wurde es ihnen klar …

»Das ist eine Landkarte«, kommentierte Otto.

Jack nickte – man konnte den Flusslauf erkennen, und an einer Stelle zeichnete Elissa das Amazonendorf ein. Dann, ein gutes Stück flussaufwärts, Hügel und Berge. Und schließlich griff sie nach dem goldenen Löwen und setzte ihn mitten in die Gebirgslandschaft, die sie gemalt hatte.

»Ach du Scheiße«, entfuhr es Otto.

»Kannst du laut sagen.« Jack wusste nicht, was er davon halten sollte – aber ganz offenbar war der Anführerin nicht nur klar, dass Hutten und seine Leute hinter dem Gold der Nebelkrieger her waren. Sie wusste ganz offensichtlich auch, wo es versteckt war …

»Kannst du uns führen?«, fragte Jack, zuerst auf die Landkarte und dann auf sich und Otto deutend. »Kannst du uns den Weg dorthin zeigen?«

Als Antwort erhob sie sich und trat ein drittes Mal hinter den Thron, um etwas hervorzuholen. Diesmal waren es ihre Waffen, Jacks Modell 1917 und Ottos Mauser, dazu ihre Messer, die sie ihnen zurückgab.

»Danke«, sagte Jack verblüfft. Dann begriff er, was all das zu bedeuten hatte. »Einverstanden«, erklärte er und nickte.

»Wunderbar.« Otto schnaubte. »Und womit genau bist du einverstanden, du Frauenversteher?«

»Die Amazonen haben begriffen, dass wir nicht ihre Feinde sind. Stattdessen wollen sie, dass wir an ihrer Seite gegen die Männer kämpfen, die ihnen so viel Leid zugefügt haben.«

»Klingt gut«, meinte Otto grimmig, während er die Gängigkeit des Magazins prüfte. Die C96 zeigte Spuren von Rost, schien ansonsten aber voll funktionsfähig zu sein. »Ich fürchte nur, du hast eine Kleinigkeit vergessen.«

»Was für eine Kleinigkeit?« Jetzt erst merkte Jack, wie sein Herz vor Aufregung hämmerte. »Oz«, sagte er, »wir sind wieder im Spiel. Vielleicht kriegen wir noch eine Chance, Casey zu befreien und es diesem Hundesohn von Hutten heimzuzahlen.«

»Da wäre ich gerne dabei«, versicherte sein Partner. »Nur haben wir leider kein Flugzeug mehr.«

Jack stieß eine Verwünschung aus. Die Aussicht, Hutten und seinen Sektierern in den Hintern zu treten, hatte ihn für einen Augenblick so in Aufregung versetzt, dass er tatsächlich vergessen hatte, dass die *Liberty* durchlöchert auf dem Grund des Flusses lag.

»Es sei denn ...«, sagte Otto leise.

»Ja?«

»Nein«, sagte der Deutsche und schüttelte den Kopf, »das ist Blödsinn. Vermutlich ist das Ding so kaputt, dass nicht mal ich es wieder zusammenflicken könnte. Davon, es wieder in die Luft zu kriegen, ganz zu schweigen.«

»Welches Ding?«, fragte Jack. »Wovon ...?«

In diesem Moment wurde es ihm klar.

»An die Arbeit«, sagte er und nickte seinem Partner verwegen zu. »Was wir hier brauchen, ist ein wenig Magie. Und das ist deine Abteilung, großer Zauberer.«

31

Sie hatten Iquitos am Morgen verlassen und waren rund dreiein-
halb Stunden in westliche Richtung geflogen, die S 55 ebenso wie
die beiden Doppeldecker, die sie eskortierten.

Anfangs war die Sicht über dem Dschungel noch klar gewesen, und wohin man auch blickte, hatte sich der Regenwald wie
ein endlos grüner Teppich unter ihnen ausgebreitet. Dann jedoch
hatten sich die Nebelschwaden, die zunächst nur vereinzelt über
den Bäumen gelegen hatten, zusehends verdichtet, und Hutten
hatte befohlen, die Maschinen zur Landung zu bringen – auf
einem Nebenarm des Hauptflusses, der sich als mattgrünes Band
durch den Dschungel schlängelte, zu beiden Seiten dicht bedrängt
von Bäumen und Luftwurzeln, die weit herabhingen und dunkle
Höhlen formten, in denen alles Mögliche lauern mochte. Casey
Goldstone empfand den Regenwald jetzt als sehr viel bedrohlicher
als zuvor – was auch an ihrer Gesellschaft liegen mochte.

Nachdem die Maschinen gewassert waren, ließ Hutten sie
ankern. Die drei Piloten sowie der Mechaniker blieben zur Bewa-
chung zurück, der Rest der Männer bestieg zwei große Schlauch-
boote, die sie aus den Ladekammern der Savoia-Marchetti holten,
und fuhr damit flussaufwärts.

Das eine Boot war mit Hutten, Vandermere, Casey und fünf

von Gasparis Leuten bemannt, die auf dem wulstigen Rand des Bootes saßen und es mit kurzen, aber kräftigen Paddelschlägen antrieben. Gaspari selbst saß mit dem Rest seiner Männer, die trotz der feuchten Hitze auch weiter ihre Gesichtstücher trugen, im anderen Boot, das zudem noch einiges an Ausrüstung geladen hatte, im Wesentlichen Proviant und Munition. Casey wusste nicht, womit genau Hutten rechnete, aber er schien keine Überraschungen riskieren zu wollen.

Beinahe lautlos glitten die Boote am Ufer vorbei, nur das leise Plätschern der Paddel war zu hören, während sie immer tiefer in den Regenwald eindrangen, aus dem ihnen dumpfe Geräusche entgegenschollen, ein beständiges Brüllen und Kreischen, das vom ewigen Kampf ums Überleben erzählte.

Wie lange sie so fuhren, wusste Casey später nicht mehr zu sagen, doch je weiter sie in den tiefen Dschungel vorstießen, desto dichter wurde der Nebel. Zunächst hüllte er das Ufer nur in trübe Schleier, doch schließlich verblasste der Wald zu beiden Seiten des Flusses zu einer verschwommenen grünen Wand. Die Geräusche veränderten sich und ließen sich nicht mehr zuordnen, waren bald hier und bald dort, bald ganz nah und dann wieder weit entfernt. Und wie so oft, wenn das menschliche Auge keine verlässlichen Bilder lieferte, kam die Fantasie ins Spiel …

»*Cos'è stato?*«, drang es aus Gasparis Boot herüber, das samt seiner Besatzung nur noch schemenhaft zu erkennen war.

»Was sagt er?«, fragte Vandermere erschrocken. Ihm war anzusehen, dass er sich nicht wohl in seiner Haut fühlte. Zusammengekauert hockte er auf der schmalen Ducht im Bug des Bootes und sah sich nervös um.

»Alles in Ordnung?«, rief Hutten hinüber.

»*Si*«, kam Gasparis Antwort zurück. »Einer meiner Leute dachte, er hätte etwas gesehen.«

Hutten, der in der Mitte des Bootes thronte, schien das nicht zu gefallen. Er befahl, dass nur noch zwei Mann rudern sollten, die anderen ließ er nach den Maschinenpistolen greifen, die sie an Riemen über den Schultern hängen hatten. Von ihrem Platz im Heck des Bootes aus konnte Casey sein Gesicht sehen – und auch die Sorge darin.

»Nun haben Sie doch Angst«, stellte sie mit grimmiger Genugtuung fest.

»Unsinn. Aber ein wenig Vorsicht kann in diesem Teil der Welt nicht schaden.«

»Was genau befürchten Sie?«

Er lachte freudlos auf. »Wo soll ich anfangen? Wasserschlangen? Kaimane? Mordlüsterne Eingeborene? Niemand weiß, was sich in diesem Nebel verbirgt.«

Casey nickte, dennoch hatte sie das Gefühl, dass Hutten ihr etwas verschwieg. Die Art und Weise, wie er den Männern befohlen hatte, sich zu bewaffnen, wie er sich beständig nach allen Seiten umblickte – es war, als würde er mit einer ganz bestimmten Bedrohung rechnen, über die er allerdings nicht sprechen wollte, weder vor Casey noch vor seinen Kumpanen.

Plötzlich ein Geräusch auf der linken Seite!

Ein Plätschern, ganz nah …

Die Männer fuhren herum. Maschinenpistolen wurden in den Anschlag gerissen und entsichert, aber ein Ziel war im milchigen Graugrün nirgendwo auszumachen. Augenblicke der Stille und des atemlosen Wartens verstrichen … dann ein Geräusch auf der entgegengesetzten Seite.

Die Männer im anderen Schlauchboot schrien auf.

Dann eröffneten sie das Feuer auf das Ufer.

Obwohl das andere Boot nur zehn, vielleicht fünfzehn Meter entfernt war, dämpfte der Nebel das Rattern der Ermas. Mündungsfeuer flackerte im Nebel und erhellte ihn mit orangerotem Schein, ohne dass zu erkennen gewesen wäre, worauf die Sektierer ihre Magazine leerten.

»Feuer einstellen!«, bellte Hutten. Er hatte Mühe, sich gegen den Schusslärm Gehör zu verschaffen, aber schließlich gelang es ihm. Gaspari gab den Befehl weiter, und endlich verstummten die Waffen. Beißender Pulvergeruch drang durch den Nebel herüber.

»Was sollte das?«, rief Hutten zum anderen Boot, das mehr zu erahnen als wirklich zu sehen war.

»Ich weiß es nicht«, kam es zurück. »Einer der Männer hat wohl etwas gehört oder gesehen.«

»Sehen Sie zu, dass Sie Ihre Leute unter Kontrolle behalten, Gaspari! Ich will nicht, dass …«

Plötzlich erschütterte ein harter Stoß das Boot, in dem Casey und Hutten saßen – und die Ereignisse überstürzten sich.

Der Mann, der auf der Steuerbordseite auf dem Außenring des Schlauchboots saß und paddelte, verlor das Gleichgewicht und stürzte rücklings in den Fluss. Gleichzeitig tauchte an Backbord eine gewundene, verschlungene Form aus dem Nebel auf, ganz nah und von erschreckender Größe.

»*Serpente*!«, brüllte einer der Männer und schoss.

Wieder flackerte Mündungsfeuer, wieder brüllten die MPEs. Casey duckte sich und hielt sich die Ohren zu, Vandermere zog den behelmten Kopf ein und erinnerte an eine Schildkröte, die sich in ihren Panzer zurückzog. Die Söhne Molochs feuerten unbarmherzig – doch als Holzsplitter flogen und die vermeintliche Schlange keine Anstalten machte, sich auch nur einen Deut zu bewegen, dämmerte ihnen, worauf sie hier tatsächlich schossen …

»Verdammt, stellt das Feuer ein!«, blaffte Hutten ohne Rücksicht darauf, dass die Männer ihn nicht verstanden. »Das ist nur eine harmlose Wurzel! Begreift ihr das, ihr Idioten? Nur eine

Wurzel! Wir sind im Nebel auf Grund gelaufen, also hört gefälligst auf, wertvolle Munition zu verschwenden, und seht lieber zu, dass wir das Boot wieder ...«

Der Rest von dem, was er sagen wollte, ging in einem gellenden Schrei unter. Er kam aus der Kehle des Sektierers, der zuvor ins Wasser gefallen war.

Einer seiner Kameraden war gerade dabei, den Mann wieder an Bord zu hieven, als dieser in entsetzliches Geschrei verfiel.

»Verdammt, was ...?«

Hutten fuhr herum, ebenso wie Casey und die anderen – und sie alle wurden Zeugen eines entsetzlichen Schauspiels.

Der Fluss, in dem der Italiener noch bis zur Leibesmitte steckte, schien plötzlich zu kochen. Luftblasen stiegen auf, das Wasser quirlte und sprudelte, während der Mann wie von Sinnen weiterschrie. Und dann wurde es allen klar ...

Piranhas!

Die Männer reagierten rasch und versuchten, ihren Kameraden zurück ins Boot zu ziehen, während sich das Wasser um ihn bereits blutig färbte. Selbst Casey fasste nach der Hand des Vermummten, um ihm das schreckliche Schicksal zu ersparen, bei lebendigem Leib gefressen zu werden – doch es war zu spät. Als sie ihn endlich zu fassen bekamen und aus dem Wasser zogen, war von seinem Unterleib nur noch ein zerfetzter Torso übrig. Der Anblick war so entsetzlich, dass Casey den Blick abwandte. Der Mann hatte zu schreien aufgehört. Vermutlich war er noch am Leben, aber Schmerz und Blutverlust hatten ihm die Besinnung geraubt, während im Wasser Myriaden blutrünstiger Fische weiter nach Beute schnappten.

»Zurück mit ihm«, verlangte Hutten erbarmungslos. Vorhin, als es darum gegangen war, den Mann zu retten, hatte er keinen Finger gerührt – jetzt drehte er sich herum, hob seinen Stiefel und trat den Bewusstlosen ins Wasser zurück, wo die Fische ihre grausige Mahlzeit fortsetzten.

»Sie Unmensch!«, platzte Casey fassungslos heraus, worauf Hutten kurzerhand seine Pistole zückte, auf den Kopf des Todgeweihten zielte und abdrückte.

»Zufrieden?«, fragte er ungerührt, und Casey hatte den Eindruck, dass die Frage nicht nur an sie gerichtet war.

Die Sektierer zögerten einen Moment. Was unter ihren Gesichtstüchern vor sich ging, war nicht festzustellen. Empfanden sie Trauer über den Tod ihres Kameraden? Hatten sie Angst? Waren sie zornig? Was auch immer sie empfinden mochten, im nächsten Moment nahmen sie gehorsam wieder ihre Paddel auf und trieben das Schlauchboot an, brachten es außer Reichweite der bisswütigen Fische. Casey blickte zurück, sah schaudernd den im Wasser treibenden Leichnam im Nebel verschwinden.

»Sie sind ein Scheusal«, beschied sie Hutten daraufhin.

»Warum? Weil ich tue, was getan werden muss?«

»Nein, sondern weil diese Menschen Ihnen völlig egal sind. Ihnen geht es nur darum, Ihr Ziel zu erreichen. Sie wollen Ihren Ruhm und das Gold, nur darum geht es Ihnen!«

»Etwas anderes habe ich nie behauptet«, entgegnete der Schurke achselzuckend – und Casey musste einräumen, dass das der Wahrheit entsprach.

Die Boote setzten ihre Fahrt fort.

Nur einen halben Steinwurf voneinander entfernt glitten sie den Fluss hinauf. Der Nebel blieb dabei so undurchdringlich wie zuvor, sodass ihnen zunächst verborgen blieb, dass die Uferlandschaft sich veränderte. Erst nach einer Weile fiel ihnen auf, dass das Grün des Dschungels auf beiden Seiten grauen Felsen gewichen war, die beinahe senkrecht vom Ufer aufragten und eine enge Schlucht bildeten, durch die der Wasserlauf sich schlängelte.

»Und Sie sind sicher, dass das der richtige Weg ist?«, fragte Vandermere vorsichtig. Seine Stimme hallte zwischen den Felswänden wider.

»Vertrauen Sie mir«, erwiderte Hutten lakonisch.

Vermutlich, sagte sich Casey, wusste er dank der Briefe seines Vorfahren mehr als alle anderen. Doch als der Taktiker, der er war, zog er es vor, dieses Wissen für sich zu behalten. Es machte ihn unentbehrlich und war die Grundlage der Macht, die er über die Söhne Molochs ausübte.

Da mit der Zeit kaum noch Sonnenlicht auf den Grund der Schlucht drang, wurde es kühl und dunkel. Klamme Kälte kroch unter die feuchten Kleider und ließ Casey frösteln, der Nebel trug ein Übriges dazu bei. Bislang war das andere Boot zumindest noch den Umrissen nach zu erkennen gewesen, schließlich verschwand es ganz im trüben Grau. Die Männer behalfen sich, indem sie Seefackeln aus Kalziumkarbid entzündeten, deren grelles Glühen auch noch durch den Nebel zu sehen war. Doch wohin führte die Reise?

Wo entsprang dieser Fluss? An welchen verlassenen Ort würde Hutten sie bringen? Und wovor fürchtete sich der Mann, der sich in den Kopf gesetzt hatte, das Gold von El Dorado zu finden? Was wusste er, das er mit niemandem teilen wollte?

Während sie sich all diese Fragen stellte, spürte Casey die alte Furcht in sich aufsteigen. Unwillkürlich dachte sie an ihren Vater, an Jack und an Otto. Sie fühlte sich einsam und verloren, und ihre Furcht vor dem Mann, der sie alle auf dem Gewissen hatte, verwandelte sich mehr und mehr in Wut.

»Ich kann mir vorstellen, was Sie jetzt gerade denken«, versicherte Hutten, ohne sich zu ihr umzudrehen. »Ihnen wäre es am liebsten, wenn alle meine Pläne scheitern und ich ebenfalls ein blutiges Ende bei den Piranhas finden würde, nicht wahr?«

»Wenn Sie es sagen«, knurrte Casey.

»Allerdings wäre Ihr Schicksal dann ebenfalls besiegelt, das muss Ihnen klar sein.«

»Das würde ich zur Not in Kauf nehmen.«

Hutten lachte nur. »Ich weiß, dass das nicht wahr ist, und Sie wissen es ebenfalls. Ob Sie es wahrhaben wollen oder nicht, es steckt viel von Ihrem Vater in Ihnen, und ganz gleich, wie sehr Sie mich hassen mögen, auch Sie würden gerne erfahren, was sich hinter diesem Nebel verbirgt.«

»Das heißt, die Festung der Nebelkrieger ist in der Nähe?«, fragte Casey. »Diese dichte Suppe würde immerhin erklären, warum die Indios ihnen diesen Namen gegeben haben.«

»In der Tat. Und tatsächlich war dies ein Hinweis, der mich auf die richtige Spur geführt hat. Auch mein Vorfahr berichtete von einem Tal, das beständig im Nebel lag, von einer Schlucht und von ...«

»Still«, fiel Vandermere ihm ins Wort. »Hören Sie das?«

Alle lauschten, und Hutten befahl seinen Leuten mit einer herrischen Handbewegung, das Paddeln auszusetzen, damit das Plätschern verstummte. Lautlos glitt das Schlauchboot weiter, nicht einmal die Geräusche des Urwalds waren mehr zu hören – dafür ein fernes Rauschen.

»Klingt wie ein Wasserfall«, stellte Casey fest.

»So ist es.« Hutten nickte zufrieden.

»O nein!«, rief Vandermere entsetzt und schien einmal mehr unter seinem Helm verschwinden zu wollen. »Am Ende fahren wir auf einen Wasserfall zu! In diesem Nebel würden wir ihn erst viel zu spät bemerken und über den Rand ...«

»Da wir uns flussaufwärts bewegen, ist das äußerst unwahrscheinlich, Jerome«, beschied Casey ihm mit vor Sarkasmus triefender Stimme.

Hutten lachte nur. »Ganz der Vater.«

Das Rauschen blieb dumpf und undeutlich, doch je weiter sie den Fluss hinauffuhren, desto lauter wurde es. Gleichzeitig verengten sich die Wände der Schlucht, sodass es fast den Anschein hatte, als wollten sie die beiden Boote zerquetschen, die sich im Vergleich zu den massiven Felswänden wie kleine Spielzeuge ausnahmen. Die Strömung, gegen die die Männer ankämpfen mussten, wurde stärker und verlangte ihnen Kraft und Ausdauer ab.

»Weiter!«, trieb Hutten sie an. »Nicht nachlassen jetzt! Es kann nicht mehr weit sein!«

Die Sektierer taten, was von ihnen verlangt wurde, doch obwohl Casey ihre Gesichter nicht sehen konnte, hatte sie das Gefühl, ihre wachsende Unruhe zu spüren. Auch sie brannten darauf, das Ziel der Reise zu erreichen, die so viele Tausende Kilometer entfernt in Afrika ihren Anfang genommen hatte. Ein halbes Leben schien das zurückzuliegen, so kam es Casey jedenfalls vor.

Die Sektierer steuerten die Boote gegen die Strömung, ohne auch nur erahnen zu können, was rings um sie herum war. Es folgten Augenblicke der Ungewissheit, von denen später niemand mehr zu sagen vermochte, wie lange sie dauerten. Waren es Minuten, Sekunden oder gar nur einige Herzschläge?

Dann plötzlich riss der Nebel auf.

Es war, als würde sich im Theater der Vorhang heben und den Blick auf ein gewaltiges Schauspiel freigeben. Die Felswände zu beiden Seiten wichen zurück, öffneten sich zu einem weiten Talkessel, der von einem breiten See eingenommen wurde, dessen blaue Fläche im Sonnenlicht glitzerte. Und exakt auf der der Schlucht gegenüberliegenden Seite stürzte ein gleißend weißer Katarakt vom Rand eines Plateaus gut zweihundert Meter weit in die Tiefe und ergoss sich in den See.

Dies war der Ursprung des Rauschens – und Hutten schien nur darauf gewartet zu haben.

Der Schurke erhob sich im Boot und setzte seine Sonnenbrille auf, dann stand er nur da, die Hände stolz vor der Brust verschränkt, und grinste zufrieden in die Sonne.

»Gaspari«, rief er schließlich zum anderen Boot hinüber, das die Durchfahrt inzwischen ebenfalls passiert hatte, »schicken Sie ein paar Männer zu den Flugzeugen zurück. Sie sollen den Weg zu diesem Kessel mit Karbidfackeln markieren und die Piloten hierher lotsen.«

»Wozu?«, fragte Casey. »Was ist dies für ein Ort?«

»Er hat viele Namen«, entgegnete Hutten, ohne den Blick von dem Wasserfall zu wenden. »Ich weiß, es mag nicht danach aussehen, aber wir haben das Ziel unserer Suche erreicht. Willkommen in der Stadt der Nebelkrieger, Fräulein Goldstein – oder dem sagenumwobenen ›Z‹, wie der gute Percy Fawcett es zu nennen pflegte.«

»Oder auch El Dorado«, fügte Vandermere hinzu.

Und einmal mehr konnte Casey die Gier in den kleinen Augen des Verräters blitzen sehen.

32

Das Flugzeug sah nicht gut aus.

Mit voller Wucht war es in die Baumwipfel gerast, nachdem der Pilot von einem Amazonenpfeil tödlich getroffen worden war. Dort thronte es noch immer, ein Fremdkörper, gestrandet inmitten der grünen Wildnis. Die mit Leinwand bespannten Tragflächen waren durchlöchert, auch das Seitenleitwerk hatte einiges abbekommen; Rumpf und Motor waren weitgehend intakt, von den beiden Schwimmern, die anstelle eines Fahrwerks unter der Maschine montiert waren, war einer abgebrochen.

Wie Jack richtig vermutet hatte, handelte es sich um ein italienisches Fabrikat, eine Ansaldo vom TYP SVA 10, die gegenüber den Modellen, die Jack aus dem Krieg kannte, einige Veränderungen aufwies: Die Maschine war schwerer und robuster gebaut und schien weniger für Kampfeinsätze als für Aufklärungsmissionen gedacht zu sein; hinter dem Pilotensitz gab es einen zweiten Platz für einen Begleiter, der mit dem Rücken zum Piloten saß. Unterhalb seines Sitzes war zudem ein Notsitz für ein weiteres Besatzungsmitglied untergebracht, das durch eine im Rumpfboden befindliche Luke Fotoaufnahmen machen konnte. Das vor dem Pilotensitz starr montierte Vickers-Maschinengewehr, das den Amazonen so verheerend zugesetzt hatte, war beim Absturz irreparabel beschädigt worden.

Das hinter dem Begleitersitz auf einer Drehringlafette befindliche Lewis-MG hingegen schien nach wie vor funktionstüchtig zu sein, und es gab auch passende Munition an Bord, wenigstens für einige Salven. Vorausgesetzt, es gelang Otto, das arg malträtierte Flugzeug überhaupt jemals wieder in die Luft zu bringen.

Bis zum Mittag sah es nicht so aus.

Mit Hilfe von Elissas Kriegerinnen hatten sie die Maschine an Seilen aus den Baumwipfeln herabgelassen. Auf dem Boden sah sie beinahe noch desolater aus als in luftiger Höhe, und Jack fürchtete schon, ihr Traum, das Flugzeug wieder flottzubekommen, würde kläglich platzen.

»Ganz ehrlich, kannst du so was noch reparieren?«, fragte er seinen Partner.

»Kannst du es fliegen?«, fragte der dagegen – und dann spielte jenes Grinsen um Ottos Züge, das ihm bei Jack den Ruf des großen Zauberers eingetragen hatte. Denn wenn Otto eines schon immer gekonnt hatte, dann mit dem zu arbeiten, was er hatte, und jede noch so kleine Chance zu nutzen.

Mit Hilfe von Ersatzteilen, die Jack und einige der Amazonen aus dem inzwischen vollständig gesunkenen Wrack der Latécoère heraufbrachten, gelang es ihm, den Sechszylinder-Reihenmotor wieder zum Laufen zu bringen, indem er die Zündkerzen erneuerte und das leckgeschlagene Kühlgehäuse abdichtete. Elissa und ihre Kriegerinnen halfen unterdessen, indem sie eine Art Leim auf Kautschukbasis anrührten, mit dem die Löcher in der Tragflächenbespannung geflickt werden konnten. Dabei schielten sie immer wieder in Ottos Richtung, dessen großer Wuchs und Schnauzbart sie sehr zu beeindrucken schienen. Doch wann immer er in ihre Richtung blickte, wandten sie sich lachend ab.

Größerer Aufwand war bei dem abgebrochenen Schwimmer vonnöten. Ein Konstrukt aus getrocknetem Bambus, den die Amazonen sonst für die Dachkonstruktion ihrer Hütten verwendeten, sollte das geborstene Gestänge schienen. Alles in allem sah das, was Jack, Otto und zwei Dutzend Kriegerinnen am Abend zum Fluss zogen, ziemlich abenteuerlich aus, und es hätte wohl Piloten gegeben, die sich lieber eine Hand abgehackt hätten, als sich hinter das Steuer eines solchen Vehikels zu setzen. Aber zum einen war Jacks Vertrauen in die Fähigkeiten seines Partners nahezu unbegrenzt, und zum anderen war sein Verlangen danach, Casey aus den Händen von Hutten und seinen Sektierern zu befreien, stärker als alle Bedenken.

Für den Umweg, den sie in Kauf nehmen mussten, weil eng stehende Bäume den Transport des Flugzeugs auf direktem Weg zum Fluss verhinderten, entschädigte der Moment, in dem sie die Maschine zu Wasser ließen: Die SVA 10, die aufgrund der aus der 28-3 verwendeten Teile inzwischen mehr eine Ansaldo-Latécoère war, glitt über welkes Laub und feuchtes Moos die Uferböschung hinab und in das seichte, im Licht der untergehenden Sonne glitzernde Wasser.

»Schwimmen tut sie schon mal«, bemerkte Otto und stopfte sich seine Pfeife, um sich nach getaner Arbeit zu belohnen.

»Und wird sie auch fliegen?«, fragte Jack.

»Schon«, versicherte Otto, während er die Pfeife paffend ansteckte, »aber nur in eine Richtung.«

»Das reicht.«

Unter den neugierigen Blicken der Kriegerinnen stieg Jack ins Wasser und vertäute das Flugzeug sorgfältig. Obwohl sie erschöpft waren von der Arbeit und der Hitze des Tages, wäre Jack am liebsten sofort aufgebrochen, aber natürlich hatte das keinen Sinn. Sie brauchten das Tageslicht, um sich auf die Suche nach Hutten und seinen Schergen zu machen. Bis zum Morgengrauen würden sie also wohl oder übel warten müssen.

»Flugzeug«, sagte Elissa, die oben auf der Böschung stand und alles genau beobachtet hatte. Es war eines der Worte der englischen Sprache, die sie inzwischen aufgeschnappt hatte.

»Flugzeug«, bestätigte Jack und machte eine Flügelbewegung. »Morgen früh.«

»Elissa«, sagte die Anführerin, auf sich selbst deutend. Dann folgten einige weitere Worte in ihrer Sprache, worauf sie auf ihre Kriegerinnen zeigte.

»Nein.« Jack schüttelte den Kopf. »Das Flugzeug hat nur Platz für drei Personen.« Er zeigte ihr drei Finger. »Otto, mich und eine deiner Kriegerinnen als Führer«, erklärte er, wobei er zunächst auf Otto und sich deutete und dann eine unbestimmte Handbewegung machte.

Die Amazonenkönigin schnitt eine Grimasse, der Gedanke schien ihr nicht zu gefallen. Offenbar, so vermutete Jack, hatte sie in ihrer Unkenntnis von Physik und Aviatik angenommen, dass ein halbes Dutzend ihrer Kriegerinnen in die Maschine passen würde. Sie verstand wohl, dass Widerspruch an dieser Stelle wenig Sinn hatte, und dachte einen Augenblick nach.

»Elissa«, erklärte sie dann, auf ihre nackte Brust deutend.

»Sicher?«, fragte Jack. »Unsere Reise ist gefährlich. Wenn Elissa nicht zurückkehrt, wer ist dann eure Anführerin?« Er bemühte sich, seinen Worten gestenreich Ausdruck zu verleihen, was vermutlich nicht viel half. Aber sie deutete die Besorgnis in seinen Zügen richtig.

»Elissa«, wiederholte sie noch einmal und sandte ihm ein Lächeln, das wohl bedeuten sollte, dass sie für alle Eventualitäten Vorkehrungen getroffen hatte.

Jack nickte nur. Ihm sollte es recht sein.

»Ich werde hierbleiben und Wache halten«, erklärte er, an Otto gewandt, »leg dich inzwischen …«

Er verstummte, weil sein Partner nicht ihn ansah, sondern an ihm vorbei auf die Amazonen starrte. Noch ein blauer Rauchkringel stieg auf, dann nahm er die Pfeife aus dem Mund.

»Was haben die?«, wollte er wissen.

Jack wandte sich zum Ufer um. Die meisten der Kriegerinnen waren abgezogen, nur eine Handvoll war zurückgeblieben, und ihre Blicke waren ebenso herausfordernd wie erwartungsvoll auf seinen Partner gerichtet.

»Ist noch was?«, wandte sich Jack an Elissa. »Ich sagte doch, wir haben keinen Platz für …«

Sie entgegnete etwas in ihrer Sprache, wobei sie zuerst auf ihre Waffenschwestern deutete und dann immer wieder auf Otto. Anfangs verstand Jack nicht, und schließlich war er sich nicht sicher, ob er sie *richtig* verstand. Doch als die Worte der Amazone immer energischer und ihre Gesten immer eindeutiger wurden, schwanden seine Zweifel …

»Was ist?«, fragte Otto. »Was wollen die Frauenzimmer?«

»Naja, großer Zauberer …« Ein wenig verlegen rieb sich Jack den Nacken. »Ich weiß nicht, wie ich es dir sagen soll, aber diese Kriegerinnen wollen … *dich*.«

»Wie belieben?« Otto sah ihn verständnislos an.

»Es ist ein Stamm von Frauen«, erklärte Jack ein wenig hilflos, »und genau wie die Amazonen der antiken Sage verbinden sie sich ab und zu mit Männern, um den Fortbestand ihrer Sippe zu sichern. Gewöhnlich trifft es die Jungs aus den umliegenden Indio-Dörfern, was erklärt, warum sich ihr Aussehen seit Orellanas Tagen geändert hat. Aber in diesem konkreten Fall würden sie, wenn ich es richtig verstehe …«

»Ernsthaft?«

Jack hielt dem fragenden Blick seines Partners stand. »Ich höre hier keinen lachen«, erwiderte er.

Otto errötete.

Ob er beschämt war wegen der Direktheit, mit der die Amazonen das Thema angingen, oder schlicht und einfach nur geschmeichelt, war nicht festzustellen. Vielleicht, dachte Jack, war es auch die schiere Vorfreude, die seinem Partner Röte auf die Wangen und Schweiß auf die Stirn trieb.

Otto klopfte rasch die Pfeife aus und steckte sie weg, dann schloss er den obersten Knopf seines verschwitzten Hemdes und strich sich das nicht vorhandene Haar glatt.

»Wie seh ich aus?«, fragte er.

»Wie Grant und Astaire in einer Person«, log Jack ungeniert. Der Freund glaubte es nur zu gerne.

»Also schön, Ladies«, sagte er und trat den Kriegerinnen hoffnungsvoll entgegen. »Wenn das so ist, ist es mir natürlich eine Ehre …«

Was auch immer er hatte sagen wollen, er kam nicht dazu. Denn schon im nächsten Moment hatten die vier Frauen ihn gepackt und zogen ihn zurück zum Dorf, gefolgt von ihrer Anführerin.

»Gute Nacht«, rief Jack ihnen hinterher. Und etwas leiser fügte er hinzu: »Und lasst noch etwas von ihm übrig.«

33

In der Morgendämmerung brachen sie auf.

Aus ihrem eigenen Flugzeug hatten sie geborgen, was noch zu retten gewesen war: neben dem Teil des Proviants, den nicht die Fische gefressen hatten, auch die Zelte und die Kleidung sowie einen Pack Verbandmaterial. Die Taschenlampen waren ebenso unbrauchbar geworden wie die Repetiergewehre und die dazugehörige Munition. Ihnen blieben nur die Handfeuerwaffen und das, was sie an Patronen am Gürtel trugen. Ohnehin konnten sie nur das Allernötigste an Bord der Ansaldo nehmen, die mit drei Passagieren schon nah an ihrer Auslastungsgrenze war. Das defekte Vickers-MG hatte Otto deshalb entfernt, wie auch alles andere, das nicht unbedingt vonnöten war. Sogar auf Werkzeug hatte er weitgehend verzichtet – wie er schon angemerkt hatte, war ein Rückflug nicht eingeplant.

Sein nächtliches Abenteuer schien Jacks Partner gut überstanden zu haben. Er wirkte ein wenig erschöpft, aber zufrieden wie lange nicht mehr. Was ihn nicht davon abhielt, von einer seltsamen Melancholie befallen zu werden, als sie die letzte Ladung aus der Latécoère holten.

»Mach's gut, altes Mädchen«, sagte er, während er sanft, beinahe liebevoll das Ende der linken Tragfläche berührte, das als

Einziges noch aus dem braunen Wasser ragte – stummes Mahnmal einer innigen Freundschaft, die ein jähes Ende gefunden hatte.

»So oft hast du uns durch die Luft getragen und bist uns immer treu geblieben«, philosophierte Otto weiter, und für einen Moment hatte Jack das Gefühl, eine Träne in seinen grauen Augen blitzen zu sehen.

Es war bezeichnend für seinen Partner: Von dem Tag an, da sich die 28-3 in ihrem Besitz befunden hatte, war er nicht müde geworden, über ihre Mängel zu maulen: über ihren spanischen Motor, ihre seiner Ansicht nach viel zu kleinen Tanks und über ein weiteres Dutzend Dinge, die er wie der alte Cato immer wieder zur Sprache gebracht hatte. Und nun, da es ans Abschiednehmen ging, war er den Tränen nahe.

»Komm schon, Oz«, sprach Jack ihm zu. »Wir werden ein anderes Flugzeug finden.«

»Vielleicht diesmal ein deutsches?«, fragte der Mechaniker mit hoffnungsvollem Augenaufschlag wie ein kleiner Junge, dessen Kanarienvogel gestorben war.

»Wer weiß? Vielleicht auch ein deutsches.« Jack grinste schief, dann klopfte er dem Freund ermunternd auf die Schulter, und sie ließen das Wrack der Latécoère zurück und gingen flussaufwärts zu der Stelle, wo ihre neue Maschine im Wasser dümpelte.

Wenigstens drei Dutzend Kriegerinnen hatten sich auf der Uferböschung versammelt, um dem Abflug beizuwohnen. Bei ihnen war auch ihre Anführerin, die auf den ersten Blick kaum wiederzuerkennen war, denn Jack hatte ihr Kleider verordnet. Für das Leben im Regenwald mochte das Geburtstagskostüm der richtige Aufzug sein – für die luftige Höhe sicher nicht. Deshalb hatte er vorgeschlagen, dass Elissa Sachen aus Caseys Koffer anziehen sollte, den er aus der 28-3 geborgen hatte, doch natürlich waren diese viel zu klein gewesen für die hünenhafte Amazone.

Die Wahl war schließlich auf Ottos Mechanikeranzug aus sandfarbenem Drillich gefallen, der zwar wie ein Fremdkörper an ihr wirkte, sie jedoch sowohl vor dem Fahrtwind als auch vor zudringlichen Blicken schützen würde.

So bekleidet bestieg sie unter den staunenden Blicken ihrer Kriegerinnen die Fahrgastkabine der SVA 10 und zwängte sich auf den Notsitz, sodass Otto auf dem des Begleiters Platz nehmen und nötigenfalls das Bord-MG bedienen konnte. Entsprechend beengt war der Raum, den beide sich teilten.

Zuletzt ging Jack über die aus Bambusrohren zusammengebundene Planke und stieg in die Maschine. Er trug seine Jacke, die Fliegerbrille hatte er auf der Stirn. Mit pochendem Herzen ließ er sich auf dem spartanischen Sitz nieder und ging noch einmal die Kontrollen durch, die im Prinzip gleich, aber anders angeordnet waren als an Bord der *Liberty*. Er prüfte ein letztes Mal die Steuerung und gab dann Zeichen, die Planke einzuholen und die Leinen zu lösen. Anschließend betätigte er den Anlassmagneten. Es klickte, und der Funke zündete, doch mehr als ein heiseres Keuchen brachte der Motor nicht zustande.

»Mit Gefühl«, schärfte Otto ihm vom rückwärtigen Sitz aus ein. »Ich habe den Motor mehrmals durchgedreht, er ist willig und bereit für dich. Aber du musst behutsam vorgehen.«

»Sicher, dass wir noch übers Fliegen reden?«, fragte Jack über die Schulter zurück. Offenbar stand sein Partner noch ziemlich unter dem Eindruck der vergangenen Nacht.

Er versuchte es noch einmal.

Diesmal sprang der Funke der Magnetzündung über. Der Isotta-Fraschetti sprang mit lautem Knattern an und drehte die große, überdimensioniert wirkende Luftschraube. Jack konnte nicht anders, als einen lauten Triumphschrei auszustoßen, und als hätten sie auf dieses Signal nur gewartet, fielen die Amazonen in den Schrei mit ein. Während sie ihre Bogen in die Luft stießen, stimmten sie einen hellen Kriegsgesang an – es war ihre Art, ihre Anführerin zu verabschieden und der Mission Glück und Erfolg zu wünschen.

Von seinem Propeller gezogen, glitt der Doppeldecker hinaus auf den Fluss. Sein Schwimmverhalten war anders als das der 28-3, schon aufgrund des geringeren Gewichts und der improvisierten Konstruktion, auf der das Flugzeug ruhte. Doch Jack tat, was er immer tat, wenn er eine neue Maschine flog – er sog jede ihrer Bewegungen, jede Eigenheit und jede einzelne Reaktion in sich auf wie ein trockener Schwamm, und seine Instinkte sagten ihm, wie er damit umzugehen hatte.

Es gelang ihm ohne Mühe, die etwas widerborstige Maschine vom Ufer weg und auf den Fluss zu lenken. Dass der Doppeldecker anders als die 28-3 keine Rad- sondern eine reaktionsschnelle Knüppelsteuerung hatte, wie er sie aus seiner alten Jagdmaschine gewohnt war, sah er eher als Vorteil denn als Nachteil.

Kaum hatten sie das offene Gewässer erreicht, drehte Jack gegen den Wind und gab Gas. Der Sechszylinder röhrte auf, und die Maschine beschleunigte. Jetzt stieß auch Elissa auf ihrem Notsitz einen gellenden Schrei aus, der von den Amazonen am Ufer beantwortet wurde – dann war das Flugzeug auch schon an ihnen vorbei und schoss über das in der Morgensonne glitzernde Wasser.

Jack hörte ein Knacken und fürchtete schon, die Schwimmerkonstruktion würde nachgeben, was die Maschine ganz sicher zum Überschlag gebracht und sie alle getötet hätte. Er zog den Steuerknüppel kaum merklich heran, um etwas Auftrieb unter die Tragflächen zu bekommen und Druck von der Bambuskonstruktion zu nehmen.

Im nächsten Moment hatte die Maschine ihre Startgeschwindigkeit erreicht.

Die beiden Schwimmer hoben vom Wasser ab, durch das sie eben noch geglitten waren, und das Flugzeug gewann an Höhe. Der große Oz hatte einmal mehr gezaubert!

Jack zog den Steuerknüppel an sich heran und ließ den Doppeldecker steil in den blaugrauen Himmel steigen, hoch über die Wipfel der Bäume hinweg. Um sich zu orientieren und ein Gefühl für die Steuerung zu bekommen, drehte er einmal über dem Fluss. Dann schlug er einen neuen Kurs ein und lenkte die Maschine flussaufwärts in die Richtung, in der die S 55 mit Casey an Bord verschwunden war.

Die Jagd war eröffnet.

34

Nachdem die Flugzeuge auf dem See eingetroffen waren, hatten Harald Hutten und seine Leute an dem schmalen Ufer, das den See säumte, ein Lager aufgeschlagen.

Pilot und Mechaniker wurden mit der Wartung der S 55 betraut, damit sie jederzeit wieder abfliegen konnte, während Hutten die Doppeldecker anwies, über dem See und dem Plateau, das sich oberhalb des Wasserfalls erstreckte, Patrouille zu fliegen. Die Angst, die ihn von Anbeginn der Expedition begleitet und die sich auf dem Fluss noch gesteigert hatte, schien ihn noch immer nicht loszulassen.

Gleichwohl verlor der Schurke keine Zeit. Nachdem das Lager errichtet war, stellte er einen Expeditionstrupp zusammen, dem neben ihm selbst, Casey und Vandermere auch Gaspari und seine Leute angehörten. Zusätzliche Munition wurde ausgegeben, dazu Handgranaten, die die Männer an ihren Waffengurten befestigten. Doch nicht nur Hutten war unruhig, auch bei den Sektierern stellte Casey eine wachsende Nervosität fest. Allerdings schien es anders als bei Hutten nicht die Furcht um Leib und Leben zu sein, die die Männer in Aufregung versetzte, sondern gespannte Erwartung. Immer wieder murmelten sie Wörter in ihrer fremden Sprache vor sich hin, von der Casey annahm, dass es sich um karthagisches Phönizisch handelte, Wörter, die wie leise Beschwörungsformeln klangen.

Nach einer knappen Stärkung, die aus Pökelfleisch und getrocknetem Maniok bestand, brachen sie auf. Auch wenn es beim besten Willen nicht danach aussah, beharrte Hutten darauf, dass es einen Weg geben musste, der in unmittelbarer Nähe des Wasserfalls an der fast senkrecht aufragenden Felswand emporführte. Tatsächlich gelang es nach einigem Suchen, einen Zugang zu einem solchen Pfad zu finden.

Eine Laune der Natur hatte vermutlich den Anfang gemacht, den Rest hatte Menschenhand besorgt. Von Felsvorsprüngen verborgen, wand sich ein Weg, der vom See aus unmöglich gesehen werden konnte, in engen Serpentinen das Gestein empor. Wer nichts von seiner Existenz wusste, der würde ihn vermutlich nie finden. Hutten jedoch schien detaillierte Kenntnis von diesen Dingen zu haben. Vermutlich deshalb, weil sein Vorfahr vor rund vierhundert Jahren genau diesen Weg gegangen war.

Da der Aufstieg im prallen Sonnenlicht lag, war er noch mühsamer und beschwerlicher. Casey, die ohnehin geschwächt von den Strapazen der vergangenen Tage und vom Mangel an Schlaf war, hatte Mühe, das Marschtempo zu halten. Ihr Glück war, dass Vandermere schon nach kurzer Zeit Geräusche von sich zu geben begann, die an einen kaputten Blasebalg erinnerten. Der Trupp musste pausieren, zum Missfallen Huttens, der zuletzt immer nervöser geworden war. Der beschwerliche Aufstieg schien ihm nichts auszumachen, seine Sorge galt offenbar anderen Dingen. Immer wieder wies er Gaspari an, Späher vorauszuschicken, die das nächste Stück Weg erkunden sollten.

»Warum plötzlich so vorsichtig?«, erkundigte sich Casey.

»Ich bin die ganze Zeit über vorsichtig gewesen, Fräulein Goldstein. Sonst wäre ich wohl nicht hier.« Hutten blieb stehen und ließ seinen Blick über den See und den Zug schweifen, der sich den steilen Pfad heraufquälte. Vandermere folgte mit etwas Abstand, hinter ihm kamen noch vier der Söhne Molochs. Gaspari und der Rest seiner Männer hatten die Vorhut übernommen.

»Alles ist genau so, wie mein Vorfahr es beschrieben hat«, stellte Hutten fest, »und ich weiß nicht, ob mich das beruhigen soll.«

»Was macht es für einen Unterschied?« Caseys Stimme troff vor Sarkasmus. »Sie sind am Ziel Ihrer Träume, oder nicht?«

»Nicht nur meiner Träume. Auch Ihr Vater hätte viel darum gegeben, hier zu sein.«

Casey schnaubte. »Wissen Sie, wie krank es ist, dass ausgerechnet Sie das sagen?«

Durch die getönten Gläser seiner Sonnenbrille sah er sie an. Einen Moment lang schien er etwas erwidern zu wollen, doch dann wandte er sich um und setzte seinen Weg fort. »Ich weiß, dass Sie mir das nicht glauben werden«, sagte er schließlich, »aber ich bin nicht Ihr Feind. Ich habe Ihrem Vater wirklich sehr viel zu verdanken.«

»Das haben Sie ihm übel vergolten«, konterte Casey, »und offengestanden hoffe ich, dass Sie auf die eine oder andere Art Ihre gerechte Strafe bekommen we…«

Der Rest des Satzes blieb ihr im Hals stecken, denn sie verlor den Boden unter den Füßen.

Der schmale Pfad, auf dem sie ging, brach ab und verwandelte sich in loses Geröll. Casey stieß einen erstickten Schrei aus und suchte nach Halt, aber es war eine jener Passagen des Trails, wo es nichts gab, an dem sie sich einklammern konnte, keinen Vorsprung, keine Kante. Und da Hutten zugunsten der Eile auf ein Sicherungsseil verzichtet hatte, wäre Casey im nächsten Moment in den bodenlosen Abgrund gestürzt – wäre nicht ausgerechnet Huttens Hand vorgeschossen und hätte sie im letzten Moment gehalten.

»Vorsicht, Fräulein«, sagte er mit öligem Grinsen und schob sie auf den Pfad zurück.

Caseys Herzschlag raste. So erleichtert sie einerseits darüber war, dem Tod mit knapper Not entronnen zu sein, so sehr weigerte sie sich anzuerkennen, dass Hutten ihr das Leben gerettet hatte. »Das ändert nichts zwischen uns«, stellte sie klar.

»Natürlich nicht.« Er wandte sich von ihr ab und den Spähern zu, die die nächsten Biegungen des Pfades erkundet hatten. Erst als Gaspari Zeichen gab, dass der Weg sicher war, setzte Hutten den Aufstieg fort.

Inzwischen hatten sie rund die Hälfte der Felswand bewältigt. Je weiter sie nach oben gelangten, desto kühler und feuchter wurde es, weil sich der Pfad dem Wasserfall näherte und die Luft durchsetzt war von Gischt. Casey fühlte, wie sich ihre Kleider vollsogen und an ihr klebten, was den Aufstieg noch zusätzlich erschwerte. Zudem wurde der Fels unter ihren Füßen glitschig, was die Gefahr eines Absturzes noch zusätzlich erhöhte.

Der Zug schloss zu Gaspari und seinen Leuten auf. Vandermere quittierte die unverhoffte Rast mit einem erleichterten Pfeifen und sank erschöpft an einem der Felsen nieder. Hutten hingegen missfiel die Verzögerung.

»Was ist los?«, erkundigte er sich ungeduldig. »Warum geht es nicht weiter?«

»Wir haben das Ende des Weges erreicht«, erstattete der Anführer der Sektierer Bericht. »Nur ein kurzes Stück hinauf, dann trifft der Pfad auf den Wasserfall, genau wie Sie es vorausgesagt haben.«

»Und?«

»Das letzte Stück des Weges fehlt. Vermutlich ein Steinschlag.«

Huttens Mund wurde zu einem dünnen Strich. Einen Moment lang schien er zu überlegen, ob er einen Wutausbruch bekommen sollte, dann ließ er Gaspari und seine Leute stehen und arbeitete sich an ihnen vorbei den Pfad hinauf. Gaspari folgte ihm, und auch Casey wollte sehen, was es dort oben gab, während Vandermere stöhnend zurückblieb.

Sie kamen nah an den Wasserfall heran. Das Rauschen steigerte sich in ohrenbetäubenden Lärm, feiner Nebel durchsetzte die Luft und sorgte dafür, dass man nur wenige Meter weit sehen konnte. Dass Gaspari recht gehabt hatte, war allerdings deutlich zu erkennen: Ein kurzes Stück voraus fehlte der Weg. Der Pfad, der über einen schmalen Vorsprung am beinahe senkrecht aufragenden Fels entlanggeführt hatte, war in die Tiefe gebrochen, infolge natürlicher Erosion, wie Casey vermutete. Nun gähnten vier Meter tödliche Leere zwischen dem einen Ende des Pfades und dem anderen, das hinter den rauschenden Vorhang aus weißer Gischt zu führen schien.

Das also war es, wonach Hutten gesucht hatte: Der Wasserfall schien einen Eingang zu verbergen – den geheimen Eingang zur Festung der Nebelkrieger!

Bislang hatte Casey nur mit Verachtung auf Hutten geblickt, hatte nicht mehr als einen gemeinen Mörder und Betrüger in ihm gesehen. Doch in diesem Moment kam sie nicht umhin, ihm auch ein wenig Respekt zu zollen. Er mochte ein Schurke sein, aber es steckte auch ein Forscher in ihm. Und ja, ihr Vater hätte viel darum gegeben, in diesem Augenblick bei ihnen zu sein …

»Worauf warten Sie?«, wandte sich Hutten an Gaspari. »Das ist der richtige Weg, also tun Sie, was von Ihnen und Ihren Männern erwartet wird!«

Gaspari sah ihn an, widersprach jedoch nicht. Dann nickte er und ging zu den anderen. Kurz darauf kehrte er mit zweien seiner Männer zurück. Da sie die Ärmel ihrer Hemden aufgekrempelt hatten, sah Casey die Tätowierungen auf ihren Unterarmen. Durch den Sehschlitz in ihren Gesichtstüchern konnte Casey die Verbissenheit und das fanatische Leuchten in ihren Augen erkennen. Und dennoch ertappte sie sich dabei, dass sie in diesem Moment Mitleid mit diesen Männern empfand.

Beide hatten Seile bei sich, deren Enden sie sich um die Hüften knoteten. Dann trat einer von ihnen vor und sagte etwas. Casey verstand die Worte nicht, aber es klang bitter entschlossen, beinahe wie ein Schwur.

Und der Name »Moloch« kam darin vor …

Der Mann zwängte sich an ihnen vorbei bis zu der Stelle, wo der Pfad abgebrochen war. Viel Anlauf nehmen konnte er nicht, dazu war kein Platz. Er musste mehr oder weniger aus dem Stand springen und hoffen, dass seine Beine auch nach dem Aufstieg noch kräftig genug sein würden, um die Distanz zu überbrücken.

Die Entschlossenheit des Sektierers hatte etwas Erschreckendes. Es gab keinen Moment des Zögerns oder des Innehaltens. Ansatzlos sprang er ab. Mit aller Kraft katapultierte er sich nach vorn, warf dabei wie ein Weitspringer die Arme vor, um sich in der Luft noch mehr Schwung zu verleihen – aber es reichte nicht. Der Mann verfehlte die Abbruchkante um nahezu einen halben Meter.

Die Situation hatte etwas Unwirkliches. Es gab keinen Schrei, noch nicht einmal einen Laut des Entsetzens. Mit erschreckender Beiläufigkeit verschwand der Vermummte in der weißen Gischt und in der Tiefe, die ihn verschlang.

»Nächster«, verlangte Hutten ungerührt.

Der andere Sektierer trat vor. Dass sein Kamerad gerade vor seinen Augen in einen schrecklichen Tod gestürzt war, schien seinen Eifer nicht zu beeinträchtigen. Auch in seinen Augen sah Casey fanatisches Feuer brennen. Die Begierde dieser Leute, auf die andere Seite des Abbruchs zu gelangen, schien größer zu sein als jede Angst und jede Vernunft.

Immerhin dehnte sich dieser Mann ein wenig, ehe er an die Kante trat, streckte seine Arme und Beine. Dann nahm auch er den kurzen Anlauf und sprang. Casey hielt den Atem an, als sie ihn sekundenlang zwischen Leben und Tod schweben sah. Im nächsten Moment hatte er die Kluft überwunden und schaffte es tatsächlich, sich irgendwie an der glitschigen Kante festzukrallen. Einen Augenblick lang baumelte er über dem Abgrund, und es sah so aus, als wollte ihn dieser doch noch verschlingen. Doch dann gelang es ihm, sich emporzuziehen und die andere Seite zu erklimmen.

Auf allen vieren kriechend, verschwand er hinter dem Wasserfall. Als er nach einigen Augenblicken wieder zurückkehrte, trug er das Seil nicht länger um die Hüfte geknotet, sondern hatte es offenbar irgendwo befestigt. Gaspari nahm das andere Ende des Seils und ging damit ein Stück zurück, um es festzuzurren und zu spannen. Anschließend hangelte sich ein weiterer seiner Männer mit einem zweiten Seil hinüber, das etwa einen Meter unterhalb des ersten über die Kluft gespannt wurde. Auf diese Weise entstand eine behelfsmäßige Brücke, auf der man einigermaßen sicher von einer Seite auf die andere gelangen konnte, indem man das untere Seil bestieg und sich am oberen festhielt.

Gaspari war der Erste, der seinen Männern folgte, Hutten bestand darauf, der Nächste zu sein. Dann war die Reihe bereits an Casey. Inzwischen hatte sich das Seil mit Feuchte vollgesogen, sodass seine Spannung nachgelassen hatte, entsprechend schwieriger war es, sich darüber zu bewegen. Casey vermied es, in die Tiefe zu sehen, die gerade erst einen von ihnen verschlungen hatte. Stattdessen konzentrierte sie sich ganz darauf, sich Stück für Stück vorwärtszubewegen, bis Hutten ihr die Hand entgegenstreckte und sie vollends auf die andere Seite zog. Liebend gerne hätte Casey sie ausgeschlagen, aber dies war nicht der richtige Zeitpunkt dafür.

Vandermeres Überquerung der Kluft geriet beinahe erwartungsgemäß zum Spektakel. Lauthals jammernd hangelte sich der Gelehrte in seinem weißen Tropenanzug über die provisorische Brücke, dabei wie ein betrunkener Seiltänzer bald zur einen und dann wieder zur anderen Seite wankend. Es war das einzige Mal, dass Casey die Söhne Molochs lachen hörte, und es hörte sich seltsam unwirklich an.

Noch während der Rest des Trupps herüberkletterte, wies Hutten Gaspari an, die Höhle zu sichern, die sich nach einer Seite hin zum Wasserfall öffnete, auf der anderen jedoch in einen Stollen mündete, der tiefer in den Fels zu führen schien. Grubenlampen wurden entzündet, die auch den letzten Winkel aus der Dunkelheit rissen, und ein Trupp wurde vorgeschickt, um den Felsengang zu erkunden.

Als plötzlich Rufe aus dem Stollen drangen, zog Hutten seine Waffe. Aber es waren nur die Späher, die zurückkehrten und aufgeregt Bericht erstatteten.

»Was sagen sie?«, verlangte Hutten ungeduldig zu wissen.

»Der Tunnel ist leer«, berichtete Gaspari. »Aber an seinem Ende haben die Männer etwas gefunden, das Sie sich ansehen sollten.«

»Dann los«, bestätigte Hutten und bedeutete Gaspari vorauszugehen. Seine Waffe, eine deutsche P08, behielt er in der Hand.

Die Männer huschten in den Stollen. Casey, Vandermere und die übrigen Sektierer folgten mit etwas Abstand. Das Licht der Karbidlampen stach in die Dunkelheit und fiel hier und dort auf glatt behauene Wände, die einst bemalt gewesen waren. Wegen der allgegenwärtigen Feuchte waren die Farben verblasst, und es war nicht mehr zu erkennen, was die Bilder einst dargestellt hatten. Aber hier und dort erkannte Casey noch Reste von Symbolen, die ihr bekannt vorkamen. Es war jene Abart der phönizischen Schrift, die die Erben Karthagos benutzt hatten und deren Entdeckung und Entschlüsselung das Verdienst ihres Vaters gewesen war. Mit aller Deutlichkeit dämmerte ihr jetzt, dass sie tatsächlich am Ziel ihrer Reise angelangt waren, in der legendären Stadt der Nebelkrieger. Ein ehrfürchtiger Schauer durchrieselte sie.

Das Rauschen des Wasserfalls fiel hinter ihnen zurück, als sie eine weitere Höhle erreichten, von der aus noch mehr Gänge abzweigten. Hutten, Gaspari und die Späher standen vor etwas, das am Boden lag und das sie im Schein ihrer Lampen betrachteten: die sterblichen Überreste eines Menschen.

Mehr als Knochen waren nicht mehr übrig. Zeit, Feuchtigkeit und vermutlich auch Aasfresser hatten ganze Arbeit geleistet. Welche Kleidung auch immer der Tote getragen haben mochte, sie hatte sich vollständig aufgelöst. Von seiner Rüstung und Bewaffnung jedoch waren noch einige Reste übrig. Casey erkannte eine rostige Speerspitze, Spangen, die einst einen ledernen Brustpanzer gehalten hatten, sowie die Einfassungen eines Schildes, der wohl aus Holz gefertigt gewesen war.

»Ein Wächter«, stellte sie ungefragt und mit einem spöttischen Blick auf Hutten und seine Pistole fest. »Von dem haben Sie nichts mehr zu befürchten.«

»Wie lange ist er schon tot?«, wollte Hutten ungerührt wissen.

Casey bückte sich und nahm Knochen und Schädel in Augenschein. »Dem Grad der Mineralisierung nach zu urteilen liegt dieser Leichnam schon ziemlich lange hier unten«, stellte sie fest. »Wenigstens zweihundert Jahre.«

»Vielleicht war es doch eine gute Idee, Sie mitzunehmen, Fräulein Goldstein«, entgegnete Hutten mit unverhohlener Erleichterung und holsterte seine Luger. »Denn das ist die beste Nachricht, die Sie mir überbringen konnten.«

»Das war es, was Ihnen Sorgen gemacht hat?« Casey hob die

Brauen, während sie sich wieder erhob. »Sie hatten Angst, die Erben Karthagos könnten noch existieren?«

»Vor rund vierhundert Jahren haben sie das noch«, gab Hutten schlicht zur Antwort.

Casey legte den Kopf schief und sah ihn fragend an. »Was genau ist damals geschehen?«, wollte sie wissen. »Worüber schreibt Ihr Vorfahr in seinen Briefen?«

»Glauben Sie mir, das wollen Sie nicht wissen«, erwiderte er und ließ sie einfach stehen und wandte sich Gaspari zu. »Ein Mann bleibt als Wache zurück, der Rest kommt mit uns.«

»Dann ist der Weg jetzt frei?«, fragte Vandermere und hastete eilfertig hinter ihm drein. »Wir brauchen nichts mehr zu befürchten?«

Casey hörte nicht, was Hutten seinem Verbündeten zur Antwort gab. Aber ein Gefühl sagte ihr, dass es nicht so einfach war und sie ihr Ziel noch längst nicht erreicht hatten.

35

Sie waren seit sechs Stunden unterwegs.

Die peruanische Grenze hatten sie längst hinter sich gelassen und ihren Flug nur einmal unterbrochen, um in Iquitos, dem einzigen Außenposten der Zivilisation inmitten von tausend Meilen Dschungel, die Maschine neu zu betanken und den Motor und die improvisierten Reparaturen zu prüfen, denen die hohen Lufttemperaturen und die Feuchte des Dschungels ohnehin stark zusetzten. Während Otto die Seilverbindungen um die Bambusschienen nochmals verstärkte, holte Jack Erkundigungen bei der Hafenkommandantur ein, einer zweistöckigen, mit rostigem Wellblech gedeckten Holzhütte. Der diensthabende Offizier erwies sich zunächst als wenig gesprächig, erst als Jack ihn mit dem Lauf des Colt Army bekannt machte, brach er widerwillig sein Schweigen. Demnach waren vor drei Tagen tatsächlich ein Savoia-Marchetti-Flugboot und zwei begleitende Doppeldecker in Iquitos gelandet und nach einem Aufenthalt von achtundvierzig Stunden am Vortag wieder abgeflogen. Und nach allem, was der Offizier wusste, war auch eine junge Frau bei ihnen gewesen – eine *belleza*, wie er betonte, und Jacks Spanisch reichte aus, um zu wissen, dass das Wort »Schönheit« bedeutete. Wohin die drei Maschinen anschließend geflogen waren, konnte der Mann nicht sagen. Doch jetzt wussten sie, dass sie Hutten und Vandermere auf den Fersen waren.

Und dass Casey noch am Leben war.

Noch vor Mittag waren sie wieder aufgestiegen und dem Amazonas in südwestlicher Richtung gefolgt. Damit Elissa freie Sicht hatte und ihnen den Weg weisen konnte, hatten Otto und sie ihre Plätze im rückwärtigen Teil des Flugzeugs getauscht; die Amazone thronte jetzt oben auf dem Begleitersitz, während der Mechaniker versuchte, seine hagere Gestalt in den verbleibenden Platz zu stopfen. Entsprechend waren immer wieder deutsche Verwünschungen zu vernehmen, die das Motorengeräusch des Doppeldeckers untermalten.

Elissa hingegen war verstummt. An das Gefühl des Fliegens hatte sie sich inzwischen gewöhnt, doch erst jetzt, da sie freie Sicht hatte, bot sich ihr der weite Ausblick über das Land, den Fluss und den Wald, die ihre vertraute Heimat waren und die sie nun doch aus einer völlig neuen Perspektive sah. Vor Staunen brachte sie kein Wort mehr hervor, und Jack musste unwillkürlich an den Tag denken, als er zum ersten Mal in einem Flieger gesessen hatte. Das Gefühl von grenzenloser Freiheit, das er dabei empfunden hatte, würde er niemals vergessen – wie musste es da erst Elissa gehen?

Schon kurz darauf bewies die Anführerin der Amazonen, dass Jack und Otto sie zu Recht mitgenommen hatten. Denn als sie sich der Stelle näherten, wo der große Amazonasstrom entsprang und Jack nicht mehr wusste, welchem der beiden Quellflüsse er folgen sollte, deutete Elissa ohne Zögern auf den nördlichen Zustrom, und Jack sah keinen Grund, an ihrer Entscheidung zu zweifeln. In einer Höhe von nur etwa tausend Fuß steuerte er den Doppeldecker den Marañón hinauf, der als braunes Band durch endlose Quadratmeilen Regenwald mäanderte, während fern im

Westen bereits die Anden im Dunst zu erahnen waren, gewaltig und endgültig wie eine Mauer.

Sie folgten den Windungen des Flusses, während das Gelände allmählich anzusteigen begann und vereinzelte Hügel und Felsen aus der Landschaft hervortraten. Hier verzweigte sich der Fluss erneut, doch als Jack Elissa nach dem Weg fragte, blieb sie eine Antwort schuldig. Mehr noch, die Kriegerin wirkte geistesabwesend und schien nicht mehr in der Lage, sich zu konzentrieren. Jacks erste Vermutung war, dass sie das Fliegen nicht vertrug, bis ihm dämmerte, dass der Grund für ihre Desorientierung ein ganz anderer war: Die Amazone hatte diesen Teil des Urwalds stets nur zu Fuß oder mit dem Boot bereist – aus der Luft jedoch sah alles verwirrend anders aus, und sie versuchte, das, was sie sah, mit ihrer Erinnerung in Einklang zu bringen.

Jack löste das Problem, indem er die Maschine noch tiefer sinken ließ, immer weiter hinab, bis die Schwimmer beinahe das Wasser berührten. So ging es in schwindelerregendem Zickzack-Kurs den Fluss hinauf, bis Elissa mit einem erleichterten Ausruf bekannt gab, dass ihr Orientierungssinn zurückgekehrt war. Schon beim nächsten Zufluss wies sie Jack an, diesem zu folgen, und über eine ganze Reihe weiterer Abzweigungen entfernten sie sich immer weiter vom Lauf des Marañón und gerieten immer tiefer hinein in eine urwüchsige Welt aus verschlungenen Wasserpfaden und dunklem Wald, aus dessen Dunst sich steile, von Moos und Farn überwucherte Felswände erhoben. Wo genau sie sich befanden, wusste Jack nicht mehr zu sagen. Der Kompass zeigte nordwestliche Richtung an, doch weit und breit war nichts mehr zu erkennen außer dichtem Urwald und schroffem Fels, zwischen dem sich der Dunst zu Nebel verdichtete.

Jack stieß eine Verwünschung aus. Die Suppe behagte ihm nicht. Schon jetzt konnte er den Verlauf des Flusses nur noch schemenhaft erkennen. Wenn die Sichtverhältnisse sich noch mehr verschlechterten, würde er höher gehen müssen – und damit sanken die Chancen, Casey zu finden.

Er überlegte noch, als plötzlich eine Felswand aus dem Nebel auftauchte. Groß und dunkel stürzte sie ihnen entgegen, und Jack tat das Einzige, was er noch tun konnte: Mit einer ruckartigen Bewegung zog er den Steuerknüppel heran und konnte von Glück sagen, dass der Doppeldecker sehr viel leichter war, als es die 28-3 gewesen war. Von der Trägheit ihrer Masse gehalten, wäre die Latécoère mit großer Wahrscheinlichkeit frontal gegen die Felswand geprallt. Der Doppeldecker jedoch reagierte prompt auf den Ausschlag des Höhenruders und brach nach oben aus.

Die Fliehkräfte pressten Jack die Luft aus den Lungen, Elissa und Otto schrien vor Überraschung auf, während die behelfsmäßig reparierte Maschine ächzend gegen das abrupte Manöver protestierte, das er ihr abverlangte.

Beinahe senkrecht schoss die Maschine nach oben, gerade noch rechtzeitig, um der Felswand auszuweichen. Wie knapp es gewesen war, zeigten die Funken, die davonstoben, als die Unterseiten der Schwimmer für einen kurzen Moment über den Fels wischten. Der Doppeldecker gebärdete sich wie ein bockiges Reittier. Jack glich mit dem Querruder aus, während es weiter steil emporging, durch Fetzen von Nebel, die an der Maschine vorbeizogen.

Jack atmete stoßweise ein und aus. Wo zum Henker war die Felswand plötzlich hergekommen? Und wohin war der Fluss verschwunden?

Schlagartig lichtete sich der Nebel, und der Doppeldecker schoss über ihn hinaus. Ein blauer, mit Wolken gefleckter Himmel breitete sich über ihnen aus, vor ihnen ragte ein gewaltiges, von Regenwald bewachsenes Plateau aus dem Nebel.

Elissa rief und winkte aufgeregt, während sie immerzu auf das Plateau deutete. Offenbar waren sie dem Ziel ihrer Reise nahe.

Jack steuerte die Maschine über das Plateau und riskierte einen Blick in die Tiefe, halb in der Erwartung, dort im Urwald geometrische Formen, Rechtecke und Kreise erkennen zu können, die auf alte Fundamente schließen ließen.

Aber da war nichts.

»Sicher, dass das die richtige Gegend ist?«, fragte er über die Schulter. Elissa bestätigte mit einem schrillen Heulen.

Da er den Fluss aus den Augen verloren hatte, hielt Jack nach einem anderweitigen Landeplatz Ausschau. Erneut wies Elissa ihm den Weg, indem sie nach Südosten deutete. Dort schien eine Art Krater in dem Plateau zu klaffen, der sich immer weiter vor ihnen öffnete, je näher sie ihm kamen, bis sich schließlich ein vielleicht eine halbe Meile messender Talkessel unter ihnen ausbreitete. Von einem Sandstreifen abgesehen, der den Kessel rings umgab, wurde das Tal von einem dunkelgrünen See eingenommen, dessen Oberfläche geheimnisvoll schimmerte. Gegenüber, an der Stirnseite des von Felsen umgebenen Runds, stürzte ein gewaltiger Wasserfall rund zweihundert Meter in die Tiefe und ergoss sich in den See. Davor dümpelte weithin sichtbar der vertraute Doppelrumpf der Savoia-Marchetti im grünen Wasser des Sees …

»Wir haben sie!«, rief Jack triumphierend aus und griff hinter sich, um Elissa in ehrlicher Anerkennung auf die Schulter zu klopfen. »Gute Arbeit! Wir haben die Mistkerle tatsächlich gef…«

Er verstummte, als sich plötzlich sein Magen meldete.

»Einen Moment«, rief er, »wo sind die verdammten …?«

In diesem Moment war ein hässliches Rattern zu vernehmen, und eine Garbe von Geschossen sengte nur knapp über ihre Maschine hinweg. Jack blickte auf – und sah eine der verbliebenen Ansaldos auf sich zukommen …

36

»Oz!«, brüllte Jack, während das Vickers-MG am Bug der feindlichen Maschine bereits wieder Verderben spuckte.

Mündungsfeuer züngelte aus dem klobigen Lauf, und Jack wusste sich nicht anders zu helfen, als seinen Doppeldecker jäh in die Tiefe sacken zu lassen, um dem Beschuss zu entgehen. Die 303-Geschosse hagelten dort durch die Luft, wo sie sich eben noch befunden hatten.

»Verstanden, Skipper!«, scholl es von hinten, während Otto bereits dabei war, mit Elissa die Plätze zu tauschen. In luftiger Höhe und bei vollem Flug erforderte dies einiges an Unerschrockenheit. Hätten die beiden diese Nummer über einem verschlafenen Nest irgendwo in Kansas abgezogen, hätten sie damit eine Menge Geld verdienen können.

Als Otto endlich wieder auf dem Begleitersitz hockte, war es keinen Augenblick zu früh. Indem er eine weite Kurve geflogen war, hatte der feindliche Pilot sich in eine günstige Schussposition gebracht und griff wieder an.

Während Otto noch dabei war, die Arretierung des Lafetten-MGs zu lösen und die Waffe durchzuladen, ließ Jack seine Maschine zur Seite ausbrechen. Die Kugeln, die der feindliche Flieger auf sie spuckte, verfehlten den Rumpf nur um Haaresbreite. In steilem

Winkel ließ Jack den Doppeldecker abschmieren, um ihn dann abrupt wieder hochzuziehen – ein Trick, den er früher oft angewandt hatte, allerdings in sehr viel leichteren und wendigeren Maschinen, die auch nicht notdürftig zusammengeflickt gewesen waren.

Die Konstruktion ächzte entsprechend, und einmal mehr knackte es unschön im behelfsmäßigen Landegestell, als dieses den Fliehkräften trotzen musste. Aber dann war Jack schon dabei, die Maschine in einer wilden Aufwärtskurve an ihrem Gegner vorbeizuziehen – und Otto feuerte.

Das Lewis-MG ratterte und streute eine Garbe in den Himmel, die die feindliche Ansaldo jedoch knapp verfehlte.

»Verdammt«, wetterte er.

»Aufpassen, Oz!«, rief Jack. »Wir haben nur das eine Magazin! Wenn wir …«

Ein hässliches Klopfen ließ ihn verstummen.

»Was war das?«

»Wir haben was abbekommen«, meldete Otto.

Jack warf einen Blick zurück. Etwas hatte den hinteren Teil der Maschine getroffen und das Rumpfholz durchschlagen. Aber der andere Pilot war doch eben erst dabei, sich wieder in Position zu bringen …?

Die zweite Ansaldo, schoss es Jack durch den Kopf – als er aus dem Augenwinkel etwas wahrnahm. Es war nur ein Flackern im gleißenden Licht der Sonne, dennoch warnte es ihn und ließ ihn den Steuerknüppel herumreißen – ein weniger erfahrener Pilot wäre dem alten Trick wahrscheinlich aufgesessen.

Mit brüllendem Bordgeschütz stürzte der zweite Feindflieger aus der Sonne, und nur Jacks blitzschneller Reaktion war es zu verdanken, dass ihr Doppeldecker nicht von Geschossen zersägt wurde. So ließ er ihn nach links wegkippen, während er ihn zugleich nach oben zog, steiler und immer steiler.

Im Krieg waren die Ansaldos berüchtigt gewesen für ihre Fähigkeit, rasch an Höhe zu gewinnen. Jack hätte diese Stärke gerne ausgespielt – dummerweise flog sein Verfolger denselben Typ Flugzeug, der noch dazu nicht geflickt und sehr viel weniger beladen war.

Jack wusste, dass er das Rennen nicht gewinnen konnte. Stattdessen ließ er die Maschine im Aufwärtsflug rollen, vergewisserte sich, dass die andere Ansaldo ihnen nach wie vor folgte, und ließ seinen Doppeldecker dann jäh wieder fallen.

»Jetzt, Oz!«, brüllte er über das Pfeifen des Windes hinweg, der an ihnen zerrte.

Otto zog den Stecher durch, jagte die Kugeln aus dem Lauf, mit denen das Tellermagazin das Maschinengewehr fütterte – und erwischte den feindlichen Flieger an der Unterseite.

Die Kugeln schlugen genau dort ein, wo sich der Pilotensitz befand. Die Maschine, noch immer in der Aufwärtsbewegung, legte sich auf den Rücken und kippte nach hinten weg, beschrieb einen Looping, der allerdings nicht gewollt und kontrolliert war – und nur Augenblicke später an der schroffen Felswand des Talkessels endete.

Der feindliche Doppeldecker schlug ein wie ein Geschoss und zerbarst, ehe er von einer orangeroten Explosion zerfetzt wurde, von der dunkler Rauch über dem Regenwald aufstieg.

»Einen haben wir im Sack. Bleibt noch einer übrig«, folgerte Jack, der die andere Maschine im Blick behalten hatte. Mit feuerndem Bordgeschütz schoss sie heran und zwang Jack einmal mehr zum Ausweichen. Doch statt in den Talkessel zurückzufliegen, hielt er sich dicht über den Bäumen des Plateaus. Die Ansaldo blieb ihm dicht auf den Fersen.

»Schön ruhig halten, Skipper!«, verlangte Otto und gab zwei Feuerstöße auf die verfolgende Maschine ab, die jedoch wirkungslos verpufften. Dafür sah man erneut Mündungsfeuer aufflammen, und die Luft rings um sie war von Blei erfüllt. Die Bespannung des rechten Tragflügelpaars wurde durchschlagen, auch die Verstrebung bekam etwas ab. Angesichts der gewaltigen Kräfte, die beim Flug auf die Konstruktion einwirkten, eine böse Sache!

»Hol den Spinner vom Himmel, ehe uns die Kiste unterm Hintern zusammenbricht!«, verlangte Jack.

Otto feuerte abermals, doch plötzlich gab das Lewis-MG jenes hässlich hohle Geräusch von sich, das kein Schütze hören wollte. »Keine Munition mehr!«, meldete Otto überflüssigerweise. Die Kanonade deutscher Flüche, die er vom Stapel ließ, sprach für sich.

Wieder feuerte ihr Verfolger. Jack wich aus, indem er die Maschine auf ihrer Flugbahn hin und her pendeln ließ, im Bemühen, ein möglichst unvorhersehbares Ziel zu bieten und Zeit zu gewinnen, während er fieberhaft überlegte.

Er erwog, in den Nebel zu fliegen, um den Verfolger abzuschütteln, doch dort wäre er ebenso blind gewesen wie dieser, und die Gefahr, gegen ein Hindernis zu prallen, mindestens ebenso groß wie die, abgeschossen zu werden. Der Zufall kam ihm zu Hilfe, als der Regenwald unter ihm plötzlich endete und sich eine schmale Schlucht öffnete, die das Plateau durchzog. Auf ihrem Grund schlängelte sich ein schmaler Wasserlauf, bei dem es sich nur um den Fluss handeln konnte, dem sie anfangs gefolgt waren. Dorthin also war er verschwunden!

Jack trat in die Pedale und drückte das Steuer nach vorn. Indem er ihn gleichzeitig neigte und um seine Hochachse drehte, schwenkte er den Flieger in die Schlucht ein, die an die zweihundert Meter tief sein mochte, aber nur rund zwanzig Meter breit. Heftige Fallwinde wirkten an den Rändern und rüttelten an der Maschine – was Jack nicht daran hinderte, diese weit hinabzusteuern, in das schummrige Halbdunkel, in dem der Fluss lag.

Einen Augenblick hegte er die Hoffnung, sie könnten ihren Verfolger abgeschüttelt haben, doch dann stieß Otto einen lauten Warnschrei aus. Die feindliche SVA 10 war wieder da, und das Vickers-MG spuckte Feuer!

Jack ging höher, die Garben schlugen in den Fels und endeten als gefährliche Querschläger. Unter Bogen aus Schlinggewächsen hindurch, die von einer Seite der Schlucht zur anderen wucherten und bizarre Brücken formten, flog er den Doppeldecker in einem wilden Zickzackkurs, immer auf der Flucht vor ihrem Verfolger und seinen todbringenden Salven … bis die Schlucht plötzlich schmaler wurde.

Es geschah ohne Vorwarnung.

Als hätten sie sich entschieden, die beiden Maschinen zu zerquetschen, die insektengleich zwischen ihnen hin und her surrten, rückten die Felswände zusammen und bildeten eine Engstelle, die offenbar das Ende der Schlucht markierte. Jenseits davon war helles Tageslicht zu erkennen.

Die Engstelle maß höchstens fünf Meter, die Spannweite der Ansaldo betrug beinahe doppelt so viel – und Jack hielt mit unverminderter Geschwindigkeit darauf zu!

Hochzuziehen kam nicht mehr in Frage, es blieb nur eine Möglichkeit. Er betätigte die Quersteuerung und kippte die Maschine, legte sie auf die linke Seite. Mit dem Höhenruder, das nun zur Seitensteuerung geworden war, korrigierte er den Kurs nach Gefühl – dann war das Nadelöhr auch schon heran.

Jack hielt den Atem an.

Schroffer Fels, der dazu angetan war, die SVA 10 in Stücke zu reißen, wischte mit mörderischem Tempo vorbei.

Einen Lidschlag später waren sie hindurch – anders als ihr Verfolger, dem sein Ehrgeiz zum Verhängnis wurde.

Im Versuch, es Jack gleichzutun, legte auch er seine Maschine auf die Seite, doch kurz bevor er die Engstelle erreichte, kam er mit den Schwimmern der Felswand zu nahe. Funken schlugen, als Metall auf Gestein traf. Mit Urgewalt wurden die Schwimmer abgerissen. Die Ansaldo geriet ins Schlingern, und im Versuch, sie wieder unter Kontrolle zu bringen, gab der Pilot die senkrechte Lage auf. Das rechte Flügelpaar krachte gegen die Felswand und ging zu Bruch, der Rest der Maschine wurde förmlich von der Schlucht ausgespien und landete rücklings auf dem Wasser, wo er in tausend Trümmer zerschellte.

»Yehaaa!«, rief Jack wie ein Cowboy beim Rodeo, während er sein eigenes Flugzeug wieder in Horizontallage brachte, und auch Otto und Elissa schrien ihre Erleichterung laut hinaus.

Dann erst wurde ihnen klar, wo sie waren – nämlich inmitten des Talkessels, in dem die mörderische Verfolgungsjagd begonnen hatte. Ihr Doppeldecker flog auf den glitzernden See hinaus, der den Flusslauf speiste und seinerseits von dem mächtigen Wasserfall gefüttert wurde, der vom gegenüberliegenden Rand des Plateaus herabstürzte.

Und da war auch die Savoia-Marchetti, die dort noch immer vor Anker lag ...

37

Die Expedition führte tief in den Fels hinein, durch dunkle Höhlen und Stollen an Orte, die seit Jahrhunderten niemand betreten hatte.

Huttens Anspannung hatte merklich nachgelassen. Seine Sorge schien im Wesentlichen darin bestanden zu haben, dass die Bewohner dieser Katakomben noch am Leben sein könnten und sie auf bewaffneten Widerstand treffen würden. Doch als sie einen Stollen nach dem anderen menschenleer vorfanden und höchstens noch auf die sterblichen Überreste weiterer Wächter stießen, beruhigte er sich zusehends, und an die Stelle seiner Furcht trat nun unverhohlene Gier. Dennoch ließ er sich, anders als Vandermere, nicht zur Unvorsicht verleiten.

Wann immer sie auf einen neuen Stollen stießen, schickte er zunächst Gaspari oder einen seiner Männer voraus, um das Gelände zu sondieren; und wenn sie sich für eine von mehreren Abzweigungen entschieden, ließ er sie stets mit Farbe markieren, damit sie später auch wieder herausfinden würden. Auf diese Weise suchten sie Höhle für Höhle ab und gelangten so immer weiter und tiefer in die Anlage, die von beeindruckender Größe war und einmal viele Hunderte, wenn nicht Tausende von Menschen beherbergt haben musste.

Unwillkürlich musste Casey an die unterirdische Stadt im türkischen Kappadokien denken, die vermutlich auf die Hethiter zurückging. Der Unterschied war, dass es dort weiches Tuffgestein den Menschen leicht gemacht hatte, sich in den Boden zu graben, während es hier offenbar schon vorher ein weit verzweigtes Netz von Gängen und Gewölben gegeben hatte, das die Flüchtlinge aus Karthago immer weiter ausgebaut hatten. Rund 1800 Jahre hatten sie dafür Zeit gehabt, und allem Anschein nach hatten sie diese Zeit ausgiebig genutzt.

»Das ist unglaublich!«, rief Vandermere, als sie ein weiteres Gewölbe betraten.

Es war von annähernd runder Form, und eine glatt behauene, kuppelförmige Decke spannte sich darüber, von der seine dünne Stimme widerhallte. Im Zenit der Kuppel gab es eine rund zwei Meter durchmessende Öffnung, durch die fahles Tageslicht lotrecht einfiel. Vom Rand der Öffnung troff Wasser. Vandermere nahm seinen Helm ab und stellte sich darunter, ließ sich das kühle Nass auf die Stirn träufeln.

»Die Erbauer dieser Anlage waren nicht dumm«, meinte Hutten. »Sie wussten, dass sie Luft zum Atmen brauchten. Vermutlich gibt es viele solcher Schächte.«

»Anzunehmen«, stimmte Casey zu. Sie trat ebenfalls unter die Öffnung und blinzelte gegen das gleißende Licht nach oben. Der Schacht war tief, an die fünfzig Meter, und seine Innenseite war von Moos und Wurzeln überwuchert. Von dem Gitter, mit dem er einst verschlossen gewesen war, waren nur noch Reste übrig.

Plötzlich hielt Casey inne.

Hatte sich dort oben gerade etwas bewegt?

Nein, sagte sie sich.

Wohl nur eine Täuschung …

Sie trat aus dem Licht und nahm die Kuppeldecke in Augenschein. »Scheint eine Art Versammlungsort gewesen zu sein«, stellte sie mit Blick auf die verblichenen Zeichnungen fest, die dort zu erkennen waren. Forscherdrang ergriff von ihr Besitz, auch wenn sie es sich eigentlich nicht eingestehen wollte.

»Was bringt Sie darauf?«, fragte Hutten.

»Diese Bilder dort.« Sie deutete hinauf. »Das sind Darstellungen von Sonne, Mond und Gestirnen.«

»Und?«, fragte Hutten. »Die Karthager waren Seefahrer. Da ist es doch nur natürlich, dass sie den Himmel beobachtet und sich Abbildungen davon gemacht haben.«

»Das schon – aber soweit ich es beurteilen kann, ist dies nicht der südliche Sternenhimmel, sondern der nördliche«, erwiderte Casey. »So, als hätten die Bewohner dieser Höhlen in diesem Gewölbe hier das Andenken an eine andere Zeit bewahrt.«

»An ihre Herkunft«, fügte Vandermere flüsternd hinzu, »an die alte Heimat. Wie sonst sollten diese Menschen gewusst haben, wie der nördliche Sternenhimmel aussieht?«

»Wenn es noch eines letzten Beweises bedurft hätte, dass die Theorien Ihres Vaters zutreffen – hier ist er«, bekräftigte Hutten. »Er war ein Genie.«

»In der Tat«, bestätigte Casey und verspürte für einen Moment tatsächlich so etwas wie Stolz und innere Freude – ehe ihr klar wurde, wie unpassend dies angesichts der ganzen Situation war.

»Hier sind noch mehr Bilder«, meldete Gaspari von der anderen Seite des Runds. Tatsächlich waren im Lichtkegel seiner Lampe schemenhafte Formen an der Wand zu erkennen. Casey nahm auch sie in Augenschein. Nicht nur aus Neugier. Sondern auch, weil sie das Gefühl hatte, es ihrem Vater schuldig zu sein.

»Ich kann mich irren, denn diese Darstellungen sind stark verblichen«, sagte sie. »Aber ich halte es für möglich, dass diese

Bilder die Geschichte der karthagischen Auswanderer erzählen, so, wie mein Vater sie rekonstruiert hat.«

»Nämlich?«, wollte Vandermere wissen.

»Dies hier scheinen Dünen mit Palmen darauf zu sein«, erläuterte Casey, »und das hier sind phönizische Segelschiffe, deutlich zu erkennen an ihrer typischen Form mit dem an Bug und Heck weit hochgezogenen Kiel. Die anderen Bilder scheinen von den Ereignissen während der Überfahrt zu berichten«, fuhr sie fort, während sie die Wand langsam abschritt. »Vieles davon ist nicht mehr zu erkennen, aber dies dort könnte ein Sturm gewesen sein. Und dies dort das Begräbnis einer hochgestellten Persönlichkeit. Es scheint eine lange und entbehrungsreiche Reise gewesen zu sein. Vermutlich gingen einige Schiffe verloren, ehe die Flotte die Neue Welt erreichte, irgendwo in der Nähe der Amazonasmündung. Einen so gewaltigen Fluss wie diesen hatten sie sicher noch nie gesehen, womöglich wussten sie zu Beginn nicht einmal, dass es sich um einen Fluss handelte, und sie hielten es für einen Ausläufer des Großen Meeres.«

»Warum sind sie den Fluss hinaufgefahren und nicht im Mündungsgebiet geblieben?«, wollte Hutten wissen. »Hat Ihr Vater auch dafür eine Erklärung gefunden?«

»Er konnte nur vermuten«, erwiderte Casey, die Wände weiter untersuchend. »Es könnte am widrigen Klima gelegen haben oder am schlechten Wetter. Vielleicht waren sie auch Angriffen von Eingeborenen ausgesetzt ...«

»... oder vielleicht waren sie auch nur auf der Suche nach einem Ort, wo sie den Schatz ihrer Könige verbergen konnten«, führte Hutten den Gedanken fort.

»Das ist Ihre Theorie, nicht die meines Vaters. Tatsache ist, dass die Karthager den Fluss hinaufgefahren sind, immer weiter. Hier gibt es einige Zeichnungen, die dies belegen. Hier sind Darstellungen gewaltiger Bäume zu sehen. Und das dort könnte ein Jaguar gewesen sein.«

»Der Regenwald muss beängstigend auf diese Leute gewirkt haben«, mutmaßte Vandermere. »Sie waren die Küste Nordafrikas gewohnt, kannten Oasen und fruchtbare Täler. Aber diese Fülle an Wachstum und Leben dürfte sie ziemlich verstört haben.«

»Nicht unbedingt«, widersprach Casey. »Vergessen Sie nicht, dass sich die Karthager auf einer besonderen Mission wähnten. Sie waren die letzten Überlebenden ihres Reiches und vermutlich auch des Königshauses. Gut möglich, dass sie sich für auserwählt hielten.«

»In der Tat«, stimmte Hutten zu. »Das würde auch erklären, warum sie …« Er unterbrach sich. »Nicht wichtig«, fügte er kopfschüttelnd hinzu.

»Die Karthager sahen sich nicht als Flüchtlinge, sondern als Kolonisten«, fuhr Casey fort. »Unterwegs scheinen sie sich geteilt und eine Siedlung gegründet zu haben, wenn ich diese Zeichnungen hier richtig deute.«

»Das könnte die Existenz dieses Amazonenstammes erklären«, fügte Vandermere hinzu.

»Richtig.« Casey nickte. »Allerdings scheiterten ihre Pläne, ein neues Reich zu errichten, und ihnen blieb nichts anderes übrig, als sich mit der einheimischen Bevölkerung zu verbinden. Nur hier, in ihrer verborgenen Festung, scheint sich ihre Kultur in Reinform erhalten zu haben – bis in die Zeit Ihres Ahnen, Hutten.«

»Stellt sich nur die Frage, weshalb sie hier Zuflucht gesucht haben«, meinte der Deutsche.

»Ich nehme an, aus denselben Gründen, aus denen Menschen zu allen Zeiten der Geschichte in Höhlen Zuflucht gesucht haben«, erwiderte Casey. »Um sich vor Naturgewalten zu schützen, vor Regen, Blitz und Unwetter, aber auch vor Feinden und wilden

Tieren. Diese Höhlen haben ihnen vor all dem Schutz geboten – nur offenbar nicht vor dem, was dann am Ende doch ihr Schicksal besiegelt hat.«

»Wovon sprechen Sie?«

»Entweder die Bewohner der Festung haben diesen Ort irgendwann aufgegeben und ihn verlassen – oder sie sind hier elend zugrunde gegangen. Nach den Überresten der Wachen zu urteilen, die wir gesehen haben, würde ich auf Letzteres schließen. Außerdem sind da noch die Bilder in dieser Halle. Sie bedecken die Wand nicht vollständig, sondern nur rund drei Viertel davon. Das deutet darauf hin, dass die Nebelkrieger selbst ihre Geschichte noch nicht als abgeschlossen betrachteten. Der Rest hätte irgendwann hinzugefügt werden sollen, aber dazu ist es wohl nicht mehr gekommen.«

»Der Fluch«, sagte Hutten leise.

»Welcher Fluch?«

»Mein Vorfahr berichtet, dass die Indios ihn davor warnten, sich in die Nähe des Sees zu begeben. Und auch Ihr Vater und ich wurden damals von unseren Trägern gewarnt, dass wir uns von dem Grab fernhalten sollten. Sie waren überzeugt, dass es mit einem Fluch beladen sei.«

»Aberglaube, nichts weiter«, stieß Vandermere abschätzig hervor und war dennoch schon wieder dabei, sich Schweiß von der Stirn zu tupfen. »Nur dummes Zeug, nichts weiter.«

»Wenn es so ist, brauchen Sie sich ja keine Sorgen zu machen, Jerome«, sagte Casey genüsslich. Ihr Vater hatte sie gelehrt, sich niemals von derlei Folklore abschrecken zu lassen. Aber es bereitete ihr diebisches Vergnügen zu sehen, wie der Gelehrte, der ihr Vertrauen auf so gemeine Art missbraucht hatte, immer nervöser wurde.

»Alles Blödsinn«, blaffte er. »Ich werde …«

Ein erstickter Schrei zerriss die Stille unter der Kuppel und hallte dutzendfach wider. Alle Anwesenden fuhren alarmiert herum – nur um zu sehen, wie einer der Söhne Molochs auf bizarre Weise um sein Leben kämpfte.

Er hatte unter dem Schacht gestanden, um sich wie zuvor Vandermere ein wenig an dem glitzernden Rinnsal zu erfrischen, das von oben herabtroff. Doch unerwartet war aus der mit Wurzeln und Schlingwuchs überwucherten Röhre ein Feind gekommen, mit dem weder er noch einer seiner Kameraden gerechnet hatte: Ein langer Körper hing im hellen Tageslicht aus der Öffnung herab, von olivgrüner Farbe und mit dunklen Flecken übersät, sodass man ihn auf den ersten Blick für eine Pflanze hätte halten können – wäre er nicht dabei gewesen, den Anhänger Molochs zu fressen!

Casey schrie auf.

Der Anblick war entsetzlich.

Die Anakonda war von geradezu riesenhafter Größe, rund einen Fuß dick und mehrere Meter lang. Die genaue Größe ließ sich nicht feststellen, weil das meiste von ihr im Schacht verborgen war, doch ihr Maul hatte sie in der dieser Spezies eigenen Gier weit aufgerissen und kurzerhand über den Kopf des Mannes gestülpt, den sie verschlingen wollte. Da er sein Gesichtstuch verloren hatte, konnte man erkennen, dass Stirn und Augen bereits im Schlund des Reptils verschwunden waren. Nur noch der Mund war zu sehen, der erbärmlich schrie.

Auch Vandermere brüllte aus Leibeskräften, Gaspari bellte Befehle. Die Söhne Molochs eilten hinzu, um ihrem Kameraden zu helfen. Sie packten ihn und versuchten ihn aus dem Schlund der Schlange zu ziehen, doch die Kiefer des riesigen Reptils hatten sich so fest um seinen Kopf geschlossen, dass dies unmöglich war. Der Attackierte brüllte entsetzlich, der Druck auf seinen

Kopf musste kaum auszuhalten sein. Hilflos schlug er mit den Armen, was die Bemühungen seiner Kameraden noch zusätzlich erschwerte.

Gaspari zog seine Glisenti und feuerte auf den aus der Öffnung hängenden Teil des Tieres. Die Kugeln schlugen ein und stanzten blutende Wunden, die jedoch keine Wirkung zeigten. Die Anakonda ließ nicht von ihrem Opfer ab.

Zwei der Sektierer rissen ihre Ermas in den Anschlag und schossen ebenfalls auf das Reptil. Eine Garbe traf und durchlöcherte die Schuppenhaut, richtete ein wahres Blutbad an, das sich über den schreienden Sektierer und seine Helfer ergoss. Dann eine zweite Salve. Das Stakkato der MPE hallte von der Kuppeldecke wider, während die Kugeln in den Schlangenkörper schlugen. Doch in dem Moment, da die Anakonda getroffen wurde, durchlief ein reflexhafter Impuls ihren Körper, der ihre Kiefer noch fester zupacken ließ – der Kopf ihres Opfers zerplatzte daraufhin wie eine überreife Frucht.

Die Schreie des Mannes verstummten jäh, sein Körper erschlaffte, während seine Kameraden entsetzt zurückwichen.

Leblos brach der Mann zusammen. Das Haupt der Schlange, in deren Rachen sein zerquetschter Schädel steckte, zog er dabei mit zu Boden, und im nächsten Moment folgte auch der Rest der Anakonda. Ihr gewaltiger, rund zehn Meter langer Schlangenkörper fiel aus dem Schacht und begrub den Toten unter einer Vierteltonne grün gefleckter Schlingen, die sich noch vereinzelt regten.

Einen Augenblick lang waren alle wie erstarrt vor Entsetzen. Casey hatte die Hand vor den Mund geschlagen, die Söhne Molochs murmelten leise Worte der Beschwörung.

Vandermere trat vor und betrachtete das Bild des Grauens. »Schrecklich«, war alles, was ihm dazu einfiel. »Noch vor ein paar Minuten habe ich hier gestanden.«

38

Jack drosselte das Tempo.

Der Doppeldecker war im Landeanflug.

»Noch ein letztes Mal, Baby«, flüsterte er der Maschine zu, der er so viel zugemutet hatte. Tatsächlich leistete das geschiente Landegestell noch einmal gute Dienste und setzte auf dem dunklen Wasser des Sees auf, in einiger Distanz von der S 55.

Zwar war weit und breit niemand zu sehen, doch Jack wollte kein unnötiges Risiko eingehen, zumal sie auf dem Sandstreifen, der sich zwischen See und Felswand erstreckte, ein Lager mit mehreren Zelten ausgemacht hatten. Der Canvas der Zelte war khakifarben, sodass er auf den ersten Blick nicht auffiel, aber auch dort war keine Menschenseele zu sehen.

Da sie kein Schlauchboot hatten – das Staufach der Ansaldo wäre schlicht zu klein gewesen, um das der *Liberty* mitzunehmen –, steuerte Jack den Doppeldecker näher ans Ufer heran. Bevor die Schwimmer auf Grund liefen, warf Otto den Anker, und sie kletterten aus der Maschine und wateten durch das noch knapp hüfthohe Wasser an Land. Sie hatten das trockene Ufer kaum erreicht, als ein Schuss aus Richtung des Lagers peitschte.

Unmittelbar vor Jack spritzte Sand in die Höhe, als sich das Geschoss in den Boden grub. »Deckung!«, brüllte er.

Alle drei warfen sie sich auf das feuchte Ufer, das an dieser Stelle eine leichte Kuppe bildete und ihnen so etwas Schutz bot. Gebannt warteten sie, aber es fiel kein weiterer Schuss.

»Die wollen uns locken«, stellte Otto grimmig fest. Wie Jack hielt er schon seine Waffe in der Hand.

»Hast du gesehen, woher der Schuss kam?«

»Nah.« Jacks Partner schüttelte den Kopf. »Aber aus der Luft habe ich in der Mitte des Lagers ein paar Kisten gesehen. Das wäre ein guter Platz, um sich zu verschanzen.«

Jack überlegte einen Moment, dann richtete er sich vorsichtig auf, um einen Blick über die Kuppe zu werfen, die der Strand formte. Er hatte den Kopf noch nicht ganz oben, als schon der nächste Schuss fiel – und haarscharf über ihn hinwegsengte.

»Das war dämlich«, stellte Otto fest. »Wie viele Köpfe hast du?«

Jack schürzte die Lippen. Sein Partner hatte recht, es war dämlich gewesen. Aber jetzt wusste er, wo sich der feindliche Schütze verbarg – tatsächlich hinter den Proviantkisten, die in der Mitte des Lagers aufgestapelt waren.

Vorsichtig, den Kopf nun stur unten behaltend, robbte Jack die sanfte Steigung hinauf. Wenn er sich nicht sehr täuschte, war dort oben ein Felsen, der sich als Deckung gebrauchen ließ, das wäre immerhin etwas. Flach durch den Sand kriechend, der überall an seiner Haut und seiner Kleidung klebte und sich wie Scheuerpulver anfühlte, näherte er sich dem Uferrand.

Der Fels stand ein Stück weiter rechts, aber er war groß genug, sie alle drei vor Kugeln zu schützen.

Mit Handzeichen bedeutete er seinen Begleitern, ihm zu folgen, was sie mit unterschiedlicher Eleganz taten. Während Ottos Bemühungen, sich bäuchlings fortzubewegen, eher an ein gestrandetes Walross erinnerten (wozu nicht zuletzt auch der Schnauzbart beitrug), glitt Elissa wie eine Schlange durch den Sand. Jack hatte den Felsen unterdessen schon erreicht und feuerte zwei, drei Schüsse in Richtung des Lagers, um den Gegner in Deckung zu zwingen und ihn am Schießen zu hindern. Unbehelligt langten Otto und Elissa bei ihm an.

»Und jetzt?«, fragte der Mechaniker erwartungsvoll.

Jack legte den Finger auf den Mund. Für einen Moment hatte er den Eindruck gehabt, dass …

Er lauschte und war sicher, leise Stimmen zu hören, die der Wind vom Lager herübertrug.

»Es sind mehrere«, erkannte auch Otto flüsternd.

»Zwei«, vermutete Jack. »Wen würdest du zurücklassen, wenn du unbedingt wieder zurück nach Hause kommen möchtest?«

Otto grinste. »Ganz klar – den Piloten und den Mechaniker.«

Jack nickte, während er die Trommel des Colt Army auskippte und mit Patronen aus seinem Gürtel nachlud, wobei er jede einzelne zunächst von Sand befreien musste. Dann klappte er die Trommel entschlossen wieder zurück.

»Was hast du vor?«, fragte Otto.

»Weiß ich noch nicht.« Jack schnaubte. »Sie irgendwie da raustreiben, schätze ich. Gib mir Feuerschutz, dann werde ich versuchen, an den Zelten vorbei ins …«

Er verstummte, als sein Blick auf Elissa fiel. Mit katzenhafter Gewandtheit war sie aus ihrem Overall geschlüpft und trug nun wie gewohnt nur ihren Lendenschurz. Im Blick ihrer grünen Raubtieraugen stand die alte Entschlossenheit zu lesen. Flüsternd raunte sie den beiden Männern etwas zu, das diese nicht verstanden, und im nächsten Augenblick sprang sie bereits auf und huschte der feindlichen Stellung entgegen. Während ihre männlichen Begleiter noch berieten, hatte sie bereits entschieden …

»Los, Oz!«, rief Jack, und beide schossen sie drauflos, um der Amazone Feuerschutz zu geben.

Das Model 1917 in Jacks Faust gab einen hämmernden Schuss nach dem anderen ab, und auch Otto schickte ein Rudel Kugeln über den Strand. Die Geschosse schlugen in die Kisten, hinter denen die feindlichen Schützen sich verschanzten, oder fauchten knapp darüber hinweg – während Elissa mit ausgreifenden Schritten den Strand hinaufhetzte, den Bogen mit einem bereits aufgelegten Pfeil in den Händen.

Jack schoss, bis die Trommel leer war, und kurz darauf gab auch die Mauser mit metallischem Klicken bekannt, dass ihr die Argumente ausgegangen waren.

In diesem Moment hatte Elissa die feindliche Stellung erreicht. Mit einem heiseren Kriegsschrei auf den Lippen setzte sie über die Kisten hinweg und schoss noch in der Luft den Pfeil ab, ehe sie dahinter verschwand.

Schreie waren zu hören, ein Schuss peitschte.

Dann kehrte Stille ein.

Jack und Otto wechselten Blicke, während sie ihre Waffen hastig nachluden. Sie sprangen auf und rannten den Strand hinauf, um Elissa zu Hilfe zu kommen. Doch als sie die Kisten erreichten, wurde ihnen klar, dass die Königin der Amazonen ihre Unterstützung nicht mehr brauchte.

Dem Piloten war der Pfeil mit derartiger Wucht durchs rechte Auge gedrungen, dass er am Hinterkopf wieder ausgetreten war und ihn förmlich an die Holzkiste geheftet hatte. Der Mechaniker lehnte neben ihm. Seine Miene war schmerzverzerrt, in seiner Schulter steckte Elissas Knochenmesser. Seine Pistole, die er noch abgefeuert hatte und aus deren langem Lauf blauer Rauch kräuselte, lag neben ihm am Boden. Jack nahm sie und warf sie Otto zu. Dann erst fiel ihm die verkrampfte Haltung auf, mit der Elissa dastand. Mit aller Kraft presste sie ihre linke Hand auf ihre Seite, während roter Lebenssaft zwischen ihren Fingern hervorsickerte.

»Elissa«, stieß er hervor und wollte ihr zu Hilfe kommen, aber sie gebot ihm mit einer abwehrenden Geste Einhalt. Dazu stieß sie einige Worte hervor, die wohl bedeuten sollten, dass es schon gehen würde.

Es schien ein glatter Durchschuss zu sein. Schmerzhaft, aber wohl nicht lebensgefährlich. Mit zusammengebissenen Zähnen ging die Amazone zu dem toten Piloten, riss einen Ärmel seines Hemdes ab und nahm ihm auch den Gürtel weg. Mit beidem fertigte sie eine Art Druckverband an, den sie sich anlegte – das Prinzip schien den Amazonen bekannt zu sein.

Jack nickte ihr anerkennend zu, dann wandte er sich dem Mechaniker zu. Elissas Messer hatte die Schlagader knapp verfehlt, und ein Gefühl sagte Jack, dass das kein Zufall war.

»Kannst du mich verstehen?«, erkundigte er sich.

Der andere sah ihn aus fiebrigen, schmerzvoll verkniffenen Augen an. »*Non parlo la vostra lingua*«, stieß er dann hervor. »*Non parlo la vostra …*«

»Wollen wir wetten?«, fragte Jack – und drehte ein wenig am Messergriff. Der andere gab ein Winseln von sich.

»Wo sind die anderen?«, wollte Jack von ihm wissen. »Rede, Mann, oder es wird verdammt ungemütlich für dich!«

»*Sto parlando un po' di tedesco*«, stöhnte der andere mit zusammengebissenen Zähnen.

»Na also, das ist doch was«, erwiderte Jack, obwohl er nur das letzte Wort wirklich verstanden hatte. »Mein Freund hier ist zufällig Deutscher – und er ist ganz Ohr.«

»Rede schon«, verlangte Otto in seiner Muttersprache. »Oder wir werden dich der reizenden Dame hier überlassen.«

Der Mechaniker warf Elissa einen Blick zu, man konnte die

nackte Angst in seinen Augen flackern sehen. »Die anderen in den Berg gegangen«, verriet er dann in gebrochenem Deutsch.

»Wohin genau?«

»*La cascata*«, sagte er, auf den Wasserfall deutend.

»Red keinen Blödsinn, was sollen sie da? Außerdem sind sie nirgendwo zu sehen!«

»Ich schwöre. Weg am Fels hinauf, dann verschwunden.«

Otto übersetzte für Jack, der darüber einen Moment nachdachte. »Möglicherweise gibt es einen geheimen Pfad, der hinter den Wasserfall führt«, meinte er dann. »Frag ihn, auf welcher Höhe.«

Otto fragte, und der Gefangene gab bereitwillig Auskunft. »Etwa auf halber Höhe«, berichtete Otto auf Englisch. »Wo der große Felsvorsprung ist.«

Jack sah zum Wasserfall hinüber. Tatsächlich ragte auf halber Höhe ein großer Vorsprung aus dem moosüberwucherten Fels, Schlinggewächse hingen von dort herab. »Also schön.« Er nickte. »Frag ihn, wo Casey ist. Und ich will wissen, wie viele es sind und wann sie aufgebrochen sind.«

Otto übersetzte wieder, und der Italiener antwortete. »Er sagt, sie sind am späten Vormittag aufgebrochen. Hutten, Vandermere und alle Sektierer. Casey haben sie auch mitgenommen.«

Jack warf einen Blick auf die Uhr. »Dann haben sie rund vier Stunden Vorsprung.«

»Worauf warten wir?«, fragte Otto.

Jack nickte. »Wir werden den Kameraden hier verbinden und fesseln«, sagte er dann, mit dem Daumen auf den Gefangenen hinter ihm deutend, »ich will nicht, dass er …«

Ein grässlicher Schrei erklang.

Jack fuhr herum – nur um zu sehen, wie Elissa sich wieder aufrichtete, ihre blutige Knochenklinge in der Hand. Ihr zu Füßen lag der leblose Körper des Mechanikers, überall um ihn war dunkles Blut, das im Sand versickerte. Indem sie das Messer aus seiner Schulter zog, hatte sie ihm kurzerhand die Kehle durchgeschnitten.

Jack und Otto tauschten einen betroffenen Blick, aber keiner von ihnen sagte ein Wort. Diese Männer hatten das Dorf der Amazonen ohne Vorwarnung angegriffen und viele von ihnen getötet. Elissa war nicht hier, um Casey zu befreien, einen Schatz zu heben oder ein altes archäologisches Rätsel zu lösen. Ihr ging es einzig und allein um Rache, daran hatte sie nie einen Zweifel gelassen.

Ungerührt reinigte sie ihre Klinge im Sand und steckte sie wieder an den Gürtel zurück. Blutdurst funkelte in ihren grünen Augen, während sie ihren Bogen mit den daran befestigten Pfeilen wieder vom Boden aufnahm.

»Weiter«, verlangte sie dann.

39

Casey Goldstone wusste nicht zu sagen, wie weit sie in dem Labyrinth aus Stollen und Höhlen bereits gegangen waren. Nur eines war ihr klar: Hätten Hutten und seine Leute an den Wänden keine Markierungen hinterlassen, hätten sie wohl niemals wieder aus der Festung herausgefunden.

Auf den Spuren der Nebelkrieger zu wandeln fühlte sich seltsam an. Nicht nur, weil sie sich in Gesellschaft von Mördern und Verrätern befand und sich zwar frei bewegen durfte, im Grunde jedoch eine Gefangene war; sondern auch, weil dieser Ort die Erfüllung all dessen war, was ihr Vater sich stets erträumt hatte. Es war der Lohn seiner Mühen und der definitive Beweis seiner Theorien, und Casey empfand eine gewisse Genugtuung dabei. Doch es war nicht *ihr* Traum, der sich hier erfüllte, und sosehr sie sich einerseits für ihren Vater freute, so sehr betrübte es sie, dass er nicht hier war, um all dies mit eigenen Augen zu sehen.

»Sind Sie sicher, dass dies der Weg zum Tempel ist?«, fragte Hutten, der neben ihr ging. Sie waren dabei, einen langen Gang zu durchschreiten, der einst mit Wandbildern und Symbolen bemalt gewesen sein musste. Jetzt waren nur noch verblasste Reste davon zu erkennen.

»Wie kann ich sicher sein? Ich bin zuvor noch niemals hier gewesen.«

»Aber Sie haben mir geraten, diesen Weg einzuschlagen.«

Casey seufzte. Seit sie die Anlage betreten hatten, befand sie sich in einem fürchterlichen Zwiespalt. Einerseits verspürte sie nicht das geringste Verlangen, Hutten und seinen Kumpanen zu helfen. Andererseits wusste sie nur zu gut, dass ihr Leben davon abhing …

»Weil dieser Weg noch tiefer in die Anlage hineinführt«, erläuterte sie deshalb. »Wenn es hier so etwas wie einen Tempel gibt, sollten wir davon ausgehen, dass die Neu-Karthager ihn an einer besonders geschützten Stelle eingerichtet haben, tief im Inneren des Berges. So ist es auch bei der Felsenstadt im türkischen Malakopia. Unterkünfte und Stallungen befinden sich in den oberen Stockwerken, Lagerräume und Stätten religiöser Verehrung in den untersten. Es gehört zur Logik des Überlebens, das zu schützen, was am wertvollsten ist – und diese Logik besitzt überall auf der Welt Gültigkeit.«

»Hat Sie das auch Ihr Vater gelehrt?«

»Nein, der gesunde Menschenverstand.« Sie ließ ihn stehen und schritt aus, um zu Gaspari und seinen Leuten aufzuschließen. Der Gang endete, und sie gelangten in einen weiteren Raum, dessen Decke gerade hoch genug war, dass Casey noch aufrecht darin stehen konnte. Hutten und die meisten anderen Männer mussten die Köpfe einziehen.

Und es gab keinen Ausgang.

Der Raum war eine Sackgasse.

»So viel zum gesunden Menschenverstand«, ätzte Vandermere.

Casey reagierte nicht darauf. Der fehlende Ausgang war nicht das Einzige, was an diesem Gewölbe seltsam war. Seit dem Augenblick, da sie ihn betreten hatte, spürte sie eine Art Beklemmung.

Zuerst nahm sie an, dass es an der niedrigen Decke lag, aber auch die Söhne Molochs waren plötzlich unruhiger als zuvor, und Vandermere war einmal mehr dabei, sich vor Nervosität die Stirn zu tupfen.

Es war der Ort an sich, der dies bewirkte.

Eine beängstigende Atmosphäre ging von ihm aus, eine Ahnung von drohender Todesgefahr, die sich unter dieser Decke zu konzentrieren schien. Casey schüttelte den Kopf, wollte die düsteren Gedanken verscheuchen wie ein lästiges Insekt, aber so einfach war es nicht. Und obwohl sie eigentlich nicht an derlei Dinge glaubte, konnte sich Casey des Eindrucks nicht erwehren, dass dieser Ort von Angst durchdrungen war.

Ein Hort des Bösen …

Sie erschrak über den Gedanken.

Was hätte ihr Vater jetzt wohl zu ihr gesagt? Vermutlich hätte er sie ausgelacht und sie eine dumme Gans genannt, und das mit gutem Recht. Aber Casey fühlte nun einmal, was sie fühlte, und auch ihre Begleiter waren nicht frei davon.

»Wir sollten gehen«, schlug Vandermere vor. »Hier kommen wir nicht weiter.«

»Sie haben recht«, pflichtete Hutten ihm bei, und sie schickten sich bereits an, die Kammer wieder zu verlassen – als Casey plötzlich innehielt.

»Hier ist etwas«, stellte sie fest. »Eine Inschrift …«

Hutten war sofort bei ihr. »Jetzt wäre es an der Zeit, sich für das Geschenk Ihres Lebens zu revanchieren, Fräulein Goldstein. Übersetzen Sie!«

Im Licht der Lampe, die er ihr hinhielt, befühlte Casey die Vertiefungen, die im Übergang zwischen Wand und Decke in den Fels gemeißelt waren. Wäre nicht für einen kurzen Moment Licht daraufgefallen, hätte sie sie nicht einmal bemerkt.

Es waren tatsächlich Schriftzeichen, Symbole des neukarthagischen Alphabets, das ihr Vater entdeckt und zuletzt noch entschlüsselt hatte. Hastig rief sie sich ins Gedächtnis, was er ihr darüber beigebracht hatte, und übersetzte Wort für Wort. Dabei bemerkte sie, wie ihr ein eisiger Schauder über den Rücken rann. »Es ist eine Warnung«, stellte sie fest.

»Wovor?«

»Sie sollten eher fragen, an wen sie sich richtet«, verbesserte Casey, »nämlich an all jene, die den Tempel des *Bewahrers* betreten, ohne *Emocha* zu besitzen.«

»*Emocha*?« Vandermere war sichtlich genervt. »Was soll das sein?«

»Den wahren Glauben«, übersetzte Casey das altpunische Wort, worauf Unruhe unter den Sektierern um sich griff. Die meisten mochten nicht verstanden haben, was sie sagte – das eine Wort genügte jedoch offenbar, um sie in Aufregung zu versetzen. Und in diesem Moment wurde auch deutlich, wer mit dem »Bewahrer« gemeint war, von dem die alte Inschrift sprach.

»*Moloch*«, begannen die Sektierer. »*Moloch …*«

Zunächst war es nur ein leises Murmeln, doch innerhalb von Augenblicken formierte sich ein Sprechgesang daraus, der ebenso gleichförmig wie bedrohlich klang.

»*Moloch, Moloch …*«

»Was soll das?«, empörte sich Vandermere. »Verlieren Ihre Handlanger jetzt den Verstand, Hutten?«

»Gaspari, was hat das zu bedeuten?«, verlangte auch Hutten zu wissen.

Der Anführer der Sektierer wandte sich zu ihm um. Er hatte sich nicht am Sprechgesang seiner Männer beteiligt, doch in seinen dunklen Augen lag ein seltsamer Glanz. »Sehen Sie es uns nach«, bat er. »Dies ist der Augenblick, auf den wir so lange Zeit gewartet haben. Der Bewahrer ist nah.«

»Was bedeutet das?« Vandermere machte große Augen.

»Ich denke, das heißt, dass wir nah am Tempel sind«, vermutete Casey. »Er kann nicht mehr weit von hier entfernt sein.«

»Und wo ist er?«, fragte Vandermere ungehalten und breitete die kurzen Arme aus. »Sollte es etwa dieses Loch hier sein?«

Casey dachte nach. Eines der wichtigsten Dinge, die ihr Vater sie gelehrt hatte, war es, die Vergangenheit aus deren eigener Perspektive zu betrachten.

Im Altertum hatte Schrift eine völlig andere Bedeutung besessen als heute. Vergleichsweise wenige Menschen waren ihrer mächtig gewesen, und etwas aufzuschreiben war mit weitaus größerem technischen Aufwand verbunden gewesen, als es heutzutage der Fall war. Wann immer sich die Menschen also der Schrift bedient hatten, hatte es einen triftigen Grund dafür gegeben – und das musste auch für diese Warnung gelten …

»Geben Sie mir Ihre Pistole«, verlangte sie kurz entschlossen von Hutten.

»Sind Sie ebenfalls verrückt geworden?«

»Dann klopfen Sie selbst diese Wand damit ab«, verlangte Casey, auf das Gestein unterhalb der Inschrift deutend. »Ich denke, dass es hier eine Tür geben könnte, einen verborgenen Durchgang.«

»Es ist nichts zu sehen«, stellte Hutten fest. Die Luger zückte er trotzdem – und begann prompt, die Wand zu untersuchen, indem er mit der Unterseite des Griffs darauf klopfte. Schon nach wenigen Versuchen veränderte sich das dabei entstehende Geräusch und klang plötzlich hohl. »Sie haben recht, da ist etwas.«

»Fragt sich nur, wie wir es aufbekommen«, meinte Vandermere.

»Ich nehme an, früher hat es einen Mechanismus gegeben«, mutmaßte Casey. »Wahrscheinlich wurde er von Sklaven betätigt.«

»Das alte Problem«, knurrte Vandermere und verdrehte die

Augen. »Immer wenn man einen Sklaven braucht, ist keiner zur Hand.«

»Willkommen im zwanzigsten Jahrhundert, Jerome«, versetzte Casey trocken, während sie die Wand noch genauer in Augenschein nahm. »Hier ist eine Fuge«, stellte sie fest. »Sie ist kaum zu sehen, aber ich spüre einen Luftzug von der anderen Seite. Wenn wir Werkzeuge hätten …«

»Haben wir«, versicherte Hutten ungerührt und pflückte eine der Handgranaten von seinem Waffengurt.

»Haben Sie den Verstand verloren?« Casey starrte entsetzt auf das eiförmige Gebilde in seiner Hand. »Wenn Sie versuchen, den Eingang zu sprengen, könnte das alles hier zum Einsturz bringen.«

»Ich will sehen, was hinter dieser Wand ist«, beschied der andere ihr achselzuckend. »Mein Leben lang habe ich auf diesen Moment gewartet, ich werde ihn mir jetzt nicht nehmen lassen.«

Casey sah Hilfe suchend zu Vandermere, aber an seiner gierig verkniffenen Miene war zu erkennen, dass von ihm keine Unterstützung zu erwarten war. Und bei den Söhnen Molochs brauchte sie es erst gar nicht zu versuchen.

Sie zogen sich ein gutes Stück in den Gang zurück, aus dem sie gekommen waren, und duckten sich zu beiden Seiten eng an den glatten Fels. Hutten und Gaspari, die ganz vorn standen, nickten einander zu, dann entsicherten sie ihre Granaten und ließen sie Bowling-Kugeln gleich davonrollen, dem verschlossenen Durchgang entgegen.

Huttens Granate blieb einen Meter davor liegen, Gasparis traf mit leisem Klicken gegen den Fels.

Sie detonierten fast gleichzeitig, sodass nur ein einziger Knall zu hören war. Feuer war kaum zu sehen, dafür fegten Granatsplitter und Gesteinsbrocken durch die Höhle, gefolgt von Staub und beißend scharfem Rauch.

Casey hatte die Augen geschlossen und die Hände auf die Ohren gepresst, dennoch hörte sie einen dumpfen Pfeifton. Erst als dieser sich wieder legte, schlug sie vorsichtig blinzelnd die Augen auf.

Durch sich lichtende Schleier von Rauch und Staub sah sie, dass die Handgranaten ganze Arbeit geleistet hatten.

Die niedrige Decke war rußgeschwärzt und von kleinen Kratern überzogen, die die Splitter gerissen hatten, ansonsten aber unversehrt – dafür klaffte auf der anderen Seite des Gewölbes ein dunkles Loch von annähernd quadratischer Form im Gestein.

Der Eingang zum Tempel stand offen.

40

Über den schmalen Pfad, der sich am Wasserfall entlang in die Höhe wand, arbeiteten sie sich immer weiter empor. Elissa ging voraus, Jack und Otto hatten Mühe, mit der Amazone Schritt zu halten, die sich trotz ihrer Schusswunde mit erstaunlicher Leichtfüßigkeit bewegte. Im Krieg hatte Jack viele Männer gesehen, die Durchschüsse erlitten hatten, aber nur wenige, die sie derart still und tapfer ertragen hatten.

Im Schatten des gewaltigen Katarakts, der aus dem Himmel fiel, stiegen sie immer weiter hinauf. Hätten sie nicht von dem Gefangenen erfahren, dass Hutten und seine Leute diesen Weg genommen hatten, wären sie vermutlich nicht darauf gekommen, in den zerklüfteten Felsen nach einem Pfad zu suchen. Der Aufstieg war anstrengend und beschwerlich, zumal angesichts des Tempos, das Elissa an den Tag legte. Aber Jack achtete weder auf sein hämmerndes Herz noch auf seine schmerzenden Muskeln.

Seine ganze Sorge galt Casey.

Er konnte nur hoffen, dass sie am Leben war und dass es ihr gut ging, trotz der schlechten Gesellschaft, in der sie sich befand ...

Plötzlich endete der Pfad.

Unmittelbar vor ihnen war der schmale Vorsprung abgebrochen, der am Fels entlang verlief, ehe er in der nebligen Gischt des

Wasserfalls verschwand. Etwa vier Meter Felsenpfad fehlten, dafür waren zwei Seile gespannt worden, an denen sich Hutten und seine Leute wohl hinübergehangelt hatten – der endgültige Beweis dafür, dass Jack und seine Gefährten auf dem richtigen Weg waren.

Elissa fragte nicht lange. Schon hatte sie nach dem Seil gegriffen und war dabei, den Abgrund zu überqueren. Kaum hatte sie die andere Seite erreicht, ging auch Otto daran, sich hinüberzuhangeln. Bei seiner schlaksigen Gestalt sah das sehr viel weniger elegant aus, aber auch er gelangte unbeschadet auf die gegenüberliegende Seite. Schließlich war die Reihe an Jack. Das von der Gischt durchfeuchtete Seil umklammernd, überwand auch er die tiefe, von Gischt umtoste Kluft, wobei er Hutten bei jedem Griff und jedem Schritt dafür verfluchte, dass er Casey dieser Gefahr ausgesetzt hatte.

Auf der anderen Seite setzte der Pfad sich fort, geradewegs hinter den Wasserfall, der wie ein Vorhang herabfiel und den Weg vor neugierigen Blicken schützte. Dies also war der verborgene Eingang zur Festung der Nebelkrieger, die sich ins Innere des Berges zu erstrecken schien.

Eine Felsenfestung, dachte Jack grimmig.

Deshalb also war aus der Luft nichts davon zu sehen gewesen. Und es war wohl auch der Grund dafür, dass dieser Ort so lange unentdeckt geblieben war. Was Theodore Goldstone wohl dazu gesagt hätte?

Elissa war bereits zum anderen Ende der Höhle geeilt, um das Terrain zu sondieren. Jack wollte nach dem Weg fragen, als sie warnend eine Hand hob.

Offenbar waren sie nicht allein …

Jack und Otto zückten ihre Waffen. Auch die Amazone nahm einen ihrer Pfeile und legte ihn auf die Sehne ihres Bogens. So schlichen sie weiter und verließen die nach zum Wasserfall hin offene Höhle durch den Stollen, der sich ihr anschloss. Das Rauschen des Katarakts fiel hinter ihnen zurück – und plötzlich erblickten sie ein Stück voraus den fahlen Schein einer Karbidlampe. Das also hatte Elissa gemeint.

Leise pirschten sich die drei weiter an. Zuerst gewahrten sie nur einen Schatten, dann auch den Mann, der dazugehörte. Es war einer der Söhne Molochs, schwarz vermummt und mit einer Maschinenpistole am Gurt über der Schulter. Vermutlich hatte Hutten ihn zurückgelassen, um ihnen den Rücken frei zu halten. Aber daraus würde nichts werden …

Mit Handzeichen gab Jack Elissa zu verstehen, dass er sich darum kümmern wollte. Schon hatte er eine Handvoll lose Steine vom Boden aufgelesen und warf sie in den Stollen, wo sie für ein klickerndes Geräusch sorgten.

Die Maschinenpistole flog in den Anschlag, während der Posten gleichzeitig herumfuhr – und ihnen damit den Rücken zuwandte. Jack wollte aufspringen, um den Kerl mit einem gezielten Schlag auf den Hinterkopf ins Reich der Träume zu schicken, doch Elissas Pfeil war schon unterwegs.

Das erste Geschoss traf den Mann in den Rücken. Mit einem Aufschrei kreiselte der Sektierer herum, ein halb erstickter Schrei drang unter seinem Gesichtstuch hervor. Die Maschinenpistole ließ er los, sodass sie schlaff am Riemen baumelte, während er gleichzeitig versuchte, den Fremdkörper, der in seinem Rücken steckte, zu fassen und herauszuziehen.

Elissa erhob sich aus ihrer Deckung, und noch ehe Jack oder Otto etwas dagegen unternehmen konnten, schickte sie einen zweiten Pfeil auf Reisen. Das Geschoss bohrte sich in den Hals des Mannes und durchtrennte seine Stimmbänder, sein Schrei verkam zu einem grässlichen Gurgeln. Noch einen Augenblick hielt er sich auf den Beinen, die schreckgeweiteten Augen auf die Amazone gerichtet, die wie ein rächender Geist vor ihm aufgetaucht war.

Dann brach er leblos zusammen.

Jack und Otto wechselten einen Blick. Wäre es nach ihnen gegangen, hätte der Mann nicht ins Gras zu beißen brauchen. Aber nach allem, was die Sektierer den Amazonen angetan hatten, sahen sie auch keinen Grund, Elissa aufzuhalten.

Sie verließen den Stollen, und die Kriegerin holte sich ihre Pfeile zurück, die allmählich knapp zu werden drohten. Otto holsterte seine Mauser und nahm stattdessen die MPE des toten Wächters und ein Ersatzmagazin an sich, das er sich in den Gürtel steckte. Dann schalteten sie die Lampen an, die sie aus dem Lager mitgenommen hatten, und drangen in den nächsten Stollen vor.

Es schien ein natürliches Höhlensystem zu sein, das von Menschenhand ausgebaut worden war. Ob die Nebelkrieger seine Entdecker gewesen waren oder ob es schon zuvor bewohnt gewesen war und die Neuankömmlinge die Einheimischen daraus vertrieben hatten, wusste Jack nicht zu sagen, aber sie schienen sich häuslich eingerichtet zu haben; an den Wänden waren Reste von Malereien zu erkennen, die den alten Professor Goldstone in helle Aufregung versetzt hätten. Vielleicht, dachte Jack, hatte ja auch seine Tochter ihre Freude daran gehabt …

Der Gedanke an Casey versetzte ihm einen Stich. Was Huttens Umgang mit ihr betraf, gab sich Jack keinen Illusionen hin: Sobald er Casey nicht mehr brauchte, würde er sich ihrer entledigen. Jack konnte nur hoffen, dass sie noch rechtzeitig eintreffen würden.

Das Tosen des Wasserfalls wurde leiser, bis nur noch ein dumpfes Rauschen davon übrig blieb. Und schließlich erreichten sie eine Höhle, von der gleich mehrere Gänge abzweigten. Jack stieß eine Verwünschung aus und überlegte noch, welche Richtung sie einschlagen sollten – als Otto im Lichtschein seiner Lampe etwas entdeckte.

»Hier ist eine Markierung«, stellte er fest.

Tatsächlich: Mit weißer Farbe war ein Pfeil an die Höhlenwand gemalt worden. Die Farbe war noch nicht ganz trocken, was bedeutete, dass Hutten und seine Leute vor nicht allzu langer Zeit hier gewesen waren.

»Nett von ihnen, uns diese Wegweiser zu hinterlassen«, feixte Jack.

»Und ob.« Otto grinste. »Wahrscheinlich haben sie dabei an Ariadne gedacht.«

Jack hob die Brauen. »Sollte ich die Dame kennen?«

»Hast du in der Schule nie die Klassiker gelesen?«

»Doch, natürlich – *Nick Carter Stories*, *New Buffalo Bill Weekly*, *Argosy* …«

Otto grunzte. »Ich habe nicht gefragt, was du *unter* der Schulbank gelesen hast, sondern darüber. Ariadne war die Freundin des griechischen Helden Theseus, der in das Labyrinth des Minotaurus ging. Damit er wieder herausfand, gab ihm die gute Ariadne einen Faden mit, der seinen Weg markierte.«

»Kluges Mädchen.« Jack grinste.

Elissa schnaubte verächtlich – und huschte weiter.

41

»*Moloch, Moloch*«, murmelten die Sektierer.

Unheimlich hallte das Echo ihrer Stimmen in der Schwärze der Höhle wider. Noch immer lag Staub in der Luft. Wie dürre, fahl leuchtende Knochenfinger stocherten die Strahlen der Grubenlampen in die Dunkelheit.

Das bedrückende Gefühl, das Casey Goldstone schon zuvor empfunden hatte, hatte sich noch verstärkt. Sosehr ihre Neugier sie auch dazu getrieben hatte – eine innere Stimme hatte sie davor gewarnt, den Tempel zu betreten. Sie hatte es dennoch getan, wenn auch als Letzte.

Gaspari und seine Leute hatten das Vorauskommando gebildet. Sie waren die Ersten gewesen, die die Schwelle überschritten hatten, ihre Waffen im Anschlag und dabei leise Beschwörungsformeln murmelnd. Vorsichtig war zunächst Hutten ihnen gefolgt, dann Vandermere und schließlich Casey.

In Staub und Dunkelheit konnten sie kaum etwas erkennen, aber der Widerhall ihrer Schritte verriet, dass dieses Gewölbe sehr viel größer sein musste als das zuvor. Erst als die Sektierer die Grubenlampen auf den Boden stellten und ihre Justierung veränderten, erweiterte sich ihr Lichtkreis und erfasste die ganze Höhle.

Der Anblick war überwältigend.

Dass das Gewölbe von erstaunlicher Größe war und gewaltige Stalaktiten von seiner Decke hingen; dass der Boden mit einem kunstvollen Mosaik aus den Tagen des alten Karthago belegt war; dass es entlang der Wände riesige Feuerkörbe gab – all das nahm Casey erst sehr viel später wahr.

Denn im ersten Augenblick sah sie nur den furchterregenden Koloss, der sich auf der anderen Seite der Halle aus dem steinernen Boden erhob.

Es war Moloch.

Genau so, wie die mythologische Überlieferung ihn beschrieb, zur einen Hälfte Mensch und zur anderen Stier, eine albtraumhafte Schreckgestalt. Nur Schultern und Kopf der Gottheit wurden von der Statue abgebildet, die an die acht Meter hoch sein mochte. Das Haupt selbst war aus Felsgestein gehauen, Hörner und Unterkiefer jedoch mit Bronzeplatten beschlagen. Im Lauf der Jahrhunderte hatte sich das Metall grünlich verfärbt, was den Koloss nur noch furchterregender wirken ließ.

Schon auf Casey, Hutten und Vandermere machte die antike Statue in ihrer schieren Größe und düsteren Erscheinung Eindruck – um wie viel mehr erst auf Gaspari und seine Sektierer!

»*Moloch! Moloch!*«, riefen sie, während sie auf die Knie niedersanken. Dabei legten sie ihre Waffen ab und lösten die Tücher um ihre Köpfe. Hier, im Angesicht ihrer Gottheit, schien keine Notwendigkeit mehr zu bestehen, ihre Gesichter weiter zu verhüllen.

Die Mienen, die darunter zum Vorschein kamen, erschreckten Casey. Nicht, weil sie entstellt oder besonders unansehnlich gewesen wären. Sondern weil es Allerweltsgesichter waren, die blassen Mienen von jungen Männern, die unter anderen Voraussetzungen und unter anderem Einfluss ein ganz normales Leben hätten führen können. Doch ihnen allen gemeinsam war der Fanatismus, der auch jetzt noch in ihren Augen loderte.

Die Söhne Molochs verneigten sich vor der Statue und hoben die Arme in einer Geste absoluter Unterwürfigkeit. Für sie musste es sein, als wäre für einen Christen das Jüngste Gericht angebrochen oder für einen Juden das Ende der Tage. Es war die Erfüllung ihrer Religion, etwas, worauf sie sich vermutlich ihr ganzes Leben lang vorbereitet und worauf sie unermüdlich hingearbeitet hatten. Sie hielten sich für auserwählt, hatten zahllose Mühen auf sich genommen und große Opfer gebracht.

Und skrupellos gemordet …

»Alles ist genau so, wie mein Vorfahr es beschrieben hat«, sagte Hutten leise.

»Er ist hier gewesen?« Casey sah ihn fragend an. Würde sie nun endlich erfahren, was damals geschehen war?

Hutten nickte langsam. »Es war zu einem Gefecht gekommen. Die Nebelkrieger hatten ihm und seinen Leuten aufgelauert und seine Einheit vollständig aufgerieben. Daraufhin wurde er zusammen mit einigen Kameraden gefangen genommen und in diesen Tempel gebracht. Hier musste er mitansehen, wie einer nach dem anderen bei lebendigem Leib verbrannt wurde.«

»Barbarisch«, kommentierte Vandermere.

Casey schluckte, um den Kloß loszuwerden, der sich in ihrem Hals gebildet hatte. Für einen Moment versuchte sie sich vorzustellen, wie es damals gewesen sein musste: lodernder Feuerschein, eine große Menschenmenge, vielleicht ein Hohepriester, der die Zeremonie leitete. Dazu die Schreie der Opfer und der beißende Gestank von verbranntem Fleisch …

Sie schauderte.

»Mein Vorfahr schreibt, die Hörner Molochs hätten in grünen Flammen gestanden«, berichtete Hutten weiter.

»Das könnte durchaus der Wahrheit entsprechen«, stimmte Casey zu. »Über ihre Handelsbeziehungen in den fernen Osten könnten die Phönizier durchaus schon früh Kenntnisse in der Kunst des Feuerwerkens erworben haben. Wenn die Flammen grün waren, deutet das auf die Verwendung von Kupfersulfat hin.«

»Ich verstehe allmählich, warum Ihr Vater Sie zu seiner Assistentin gemacht hat.«

»Mit grünen Flammen an den Hörnern muss dieser Koloss fürchterlich ausgesehen haben«, stellte Vandermere fest.

»Nicht nur das. Mein Vorfahr berichtet auch von einem Gift, das ihm verabreicht wurde, sodass er in dieser Statue ein lebendes, atmendes Monstrum erblickte.«

Casey nickte. »Auch das ist durchaus möglich. In der Antike wurden öfter Halluzinogene benutzt, um die Verbindung zwischen der sterblichen Welt und den Göttern herzustellen. Das bekannteste Beispiel ist das Orakel von Delphi, wo Dämpfe aus einer Erdspalte aufstiegen. Und da der Regenwald sicher voller Pflanzen ist, aus denen sich Drogen mit halluzinogener Wirkung herstellen lassen, ist es nur folgerichtig anzunehmen, dass die Neu-Karthager davon auch Gebrauch gemacht haben.«

»Die hier brauchen keine Drogen«, meinte Vandermere mit einem abfälligen Blick auf die Sektierer, die noch immer am Boden kauerten. »Blinder Fanatismus erfüllt denselben Zweck. Wie gern hätte ich jetzt meine Kamera zur Hand. Mit einem solchen Bild käme ich mühelos auf die Titelseite des *Time Magazine*.«

»Mit der Story meines Vaters«, versetzte Casey bitter.

»Nein, Jerome«, widersprach Hutten entschieden. »Die Titelstory des *Time Magazine* wird sich nicht um diese Statue drehen oder um die traurige Anhänglichkeit, die diese Narren zu ihr an den Tag legen – sondern einzig und allein um das Gold. Wenn dies das Innerste der Festung ist, muss die Schatzkammer ganz in der Nähe sein, nicht wahr?«

»Das nehme ich an«, stimmte Casey zu. Der Unterton in Huttens Stimme gefiel ihr nicht, ebenso wenig wie das gierige Leuchten in seinen Augen, das noch merklich zugenommen hatte. »Nur wüsste ich nicht, wo wir mit der Suche beginnen sollten, denn einen weiteren Ausgang aus dem Tempel scheint es nicht zu geben. Hat Ihr Vorfahr es je mit eigenen Augen gesehen?«

»Nein.« Hutten schüttelte den Kopf. »Aber er berichtet von goldenen Helmen, die die Priester trugen. Woher sollte dieses Gold sonst gekommen sein? Und woher die Legenden von einem sagenumwobenen Schatz? Alle Hinweise führen hierher, Fräulein Goldstein. Hier laufen alle Spuren zusammen.«

»Aber wohin führen sie?«, stellte Casey die entscheidende Frage.

Hutten machte eine Handbewegung, als wolle er den Einwand schlicht beiseitewischen. »Wie ich Ihnen bereits erklärte, berichtet mein Vorfahr von einem Amulett, das einer ihrer Priester um den Hals trug. Ein Schmuckstück ganz ähnlich dem, das Ihr Vater damals fand und das Sie mir freundlicherweise überlassen haben – und das der Priester als eine Art Schlüssel benutzte.« Mit triumphierendem Grinsen griff er in die Innentasche seiner Tropenjacke und zog die goldene Scheibe hervor, mit der damals alles seinen Anfang genommen hatte, sowohl Theodore Goldsteins Besessenheit als auch seine eigene.

»Ein Schlüssel? Wofür?«

»Würden Sie das nicht selbst gerne herausfinden?«, fragte er und hielt Casey das Schmuckstück grinsend hin. »Ich habe das Gefühl, Ihnen das schuldig zu sein.«

Wütend riss Casey ihm das Amulett aus der Hand. Ein Teil von ihr hätte es am liebsten in die nächste Felsspalte geworfen oder zerstört, wenn das möglich gewesen wäre. Aber da war auch ein anderer Teil, der neugierig war und der wissen wollte, wie diese Suche ausgehen würde, die vor so langer Zeit begonnen und das Leben zweier Männer derart tiefgreifend beeinflusst hatte …

»Die Stelle muss irgendwo am Boden sein«, verriet Hutten ihr gönnerhaft.

Mit Unterstützung von Vandermere suchte Casey daraufhin den Boden ab, dessen Mosaik infolge der Feuchte an vielen Stellen aufgebrochen war. Schmutz und die kleinen Kacheln machten es schwer, etwas zu erkennen – doch plötzlich glaubte Casey, durch die Sohle ihrer Stiefel eine Vertiefung zu erspüren.

»Mehr Licht«, verlangte sie.

Hutten kam zu ihr und beleuchtete die Stelle mit der Gruben-lampe. Tatsächlich: Im Boden gab es eine kreisrunde Versenkung, gerade groß genug, um das Schmuckstück aufzunehmen, sowie eine halbkugelförmige Erhebung in der Mitte. Casey ließ sich nie-der. Sie reinigte die Vertiefung und blies den Schmutz heraus, der sich darin gesammelt hatte. Dann prüfte sie die Größe.

Das Amulett passte!

Mit leichtem Druck ließ es sich in die dafür vorgesehene Ver-tiefung einsetzen – doch weiter geschah nichts.

»Hutten?«, fragte Vandermere, der von einem Fuß auf den anderen trat und vor Anspannung beinahe zu platzen schien.

»Das ist alles, was ich weiß«, versicherte der. »Mehr hat mein Vorfahr nicht berichtet, ich schwöre es.«

Casey dachte einen Augenblick nach.

Hatte Hutten nicht selbst gesagt, dass es ein Schlüssel war? Und pflegte man einen Schlüssel nicht im Schloss herumzudre-hen, damit er es öffnete?

Kurz entschlossen streckte sie die Hand aus, übte Druck auf die Goldscheibe aus und versuchte, sie zu drehen.

Einen Augenblick lang sah es so aus, als hätte sie sich geirrt. Die Scheibe bewegte sich keinen Millimeter.

Dann jedoch gab es ein leises Knirschen, und die Zacken auf der Innenseite der Scheibe griffen in die dafür vorgesehenen Vertiefungen. Das Amulett ließ sich tatsächlich gegen den Uhrzeigersinn drehen.

Einen Moment lang schien die Zeit stillzustehen, nur das dumpfe Gemurmel der Söhne Molochs war noch zu hören.

Dann ein tiefes Mahlen und Rumpeln, wie wenn ein seit Jahrhunderten schlummernder Mechanismus wieder zum Leben erwachte, und schließlich das grässliche, ohrenbetäubende Kreischen von Metall, das sich anhörte, als würden all die unschuldigen Seelen, die in diesem Gewölbe ein grausames Ende gefunden hatten, in ihrer Verzweiflung noch einmal aufschreien – und plötzlich begann sich etwas an der Statue zu regen. Der riesige, mit Bronze beschlagene Unterkiefer öffnete sich mit hässlichem Knirschen und senkte sich langsam herab.

Gaspari und seine Sektierer sprangen auf, die Hände jetzt zu Fäusten geballt, die Gesichter wie im Fieberwahn verzerrt.

»*Moloch*!«, brüllten sie.

42

Lautlos wie ein Schatten huschte Elissa durch die Gänge, während Jack und Otto ihr folgten.

Anders als die beiden Männer schien die Amazonenkönigin kein Licht zu brauchen, um sich in der Wirrnis der Stollen zurechtzufinden. Ob ihre katzenhaften Augen tatsächlich in der Lage waren, im Dunkeln zu sehen, oder ob sie vielleicht schon öfter hier gewesen war und diese Gänge kannte, wusste Jack nicht zu sagen. Aber er für seinen Teil war froh über die Markierungen, die Hutten und seine Leute hinterlassen hatten und denen sie folgen konnten.

»Glaubst du, es ist wahr?«, raunte Otto ihm im Laufen zu.

»Was meinst du?«

»Das Gold«, stieß sein Partner keuchend hervor. »Von wegen El Dorado und so.«

Jack schnaubte. Er hatte es bislang vermieden, darüber nachzudenken. Seine Sorge galt Casey, daran hatte sich noch immer nichts geändert. Doch nun, da sie diesen sagenumwobenen Ort tatsächlich gefunden hatten, ertappte er sich dabei, dass er ab und an auch an das Gold denken musste.

So abenteuerlich die Theorien Professor Goldstones auch geklungen haben mochten, am Ende hatten sie sich als wahr erwiesen. Was, wenn es sich mit Harald Huttens Behauptung ebenso verhielt? Was, wenn ganz in der Nähe ein Goldschatz von unermesslichem Wert auf sie wartete?

Jack ertappte sich dabei, dass ihn der Gedanke in Unruhe versetzte, und er verdrängte ihn rasch wieder.

»Eins nach dem anderen«, meinte er.

»Schon klar. Aber falls sich die Gelegenheit ergibt …«

Otto unterbrach sich, als sie in das nächste Gewölbe gelangten, denn es unterschied sich grundlegend von den bisherigen. Sein Grundriss war beinahe perfekt kreisförmig, und es hatte eine kuppelförmige Decke, in deren Zenit durch einen Schacht Tageslicht einfiel. Und in dem grünlich blauen Schein, der von oben eindrang, lag ein lebloser Körper.

»Verdammt!«

Jack wollte das Blut in den Adern gefrieren. Doch es war nicht Casey, die dort lag, sondern einer der Sektierer.

Der Mann war fürchterlich zugerichtet. Er lag in einer mächtig großen Blutlache, und von seinem Gesicht war praktisch nichts mehr übrig.

»Ach du Scheiße!«, brummte Otto. »Was ist denn hier passiert?«

»Sieht aus, als ob sein Kopf von irgendwas zerquetscht worden wäre«, vermutete Jack. »Aber was in aller Welt ist groß und stark genug, um …?«

Elissa, die sich in dem Gewölbe umgesehen hatte, stieß ein heiseres Zischen aus, um auf sich aufmerksam zu machen. Ihr Blick war auf den Boden geheftet, wo sich eine Spur aus dunklem Blut abzeichnete. In einem bizarren Zickzack-Muster führte sie über das Gestein.

»Ist es das, wonach es aussieht?«, fragte Otto.

»*Nunat*«, erwiderte die Amazone.

Jack schürzte die Lippen – das war wohl ihre Art, ihnen klarzumachen, dass sie es mit einer Schlange zu tun hatten, einer Anakonda vermutlich. Da niemand genau wusste, wie groß die Biester wurden, war es auch schwer zu sagen, welchen Kalibers diese hier gewesen war. Aber allein der Breite der Spur nach schätzte Jack ihre Länge auf sieben oder acht Meter. Kein Wunder, dass sie den Kopf des armen Kerls geknackt hatte wie eine reife Nuss.

»Gefällt mir nicht hier drin«, kommentierte Otto.

»Kann ich dir nicht verdenken, Partner.«

Rücken an Rücken schauten sie sich wachsam um, während sie sich vorsichtig an dem entsetzlich zugerichteten Leichnam vorbei zum Ausgang bewegten. Der Blutspur nach war die Schlange wohl verletzt gewesen, vermutlich durch Schusswunden. Hutten und seine Leute hatten sie bestimmt für tot gehalten, sonst hätten sie ihr sicher vollends den Garaus gemacht.

Aber wo war das Reptil jetzt?

Die Spur führte ausgerechnet in den Stollen, in den auch die nächste Markierung zeigte.

Jack und Otto wechselten einen Blick.

»Großartig«, maulte der Mechaniker.

Elissa erwartete sie am Tunneleingang. Mit Blicken bedeutete sie ihnen, vorsichtig zu sein. Zum ersten Mal glaubte Jack, in den herben Zügen der Amazone so etwas wie Furcht zu erkennen. Der *Nunat*, wie sie es nannte, schien auch ihr ziemlichen Respekt einzuflößen.

Vorsichtig gingen sie weiter. Wer diese Gewölbe einst bewohnt und welchem Zweck sie gedient haben mochten, darüber dachte Jack nicht nach. Zum einen gab es Leute, die sich damit sehr viel besser auskannten als er. Zum anderen hatte er im Augenblick ganz andere Sorgen.

Der Felsengang verengte sich, sodass sie hintereinander gehen mussten. Otto bestand darauf, mit der Maschinenpistole im Anschlag vorauszugehen, Elissa übernahm diesmal die Nachhut, während Jack im Lichtschein der Lampe Boden und Wände nach Spuren absuchte. Anfangs konnte er vereinzelt noch dunkelrote Flecke erkennen, doch sie wurden immer weniger, bis sie schließlich ganz verschwanden.

»Hier verliert sich die Fährte«, stellte er leise fest.

»Verdammt, wo steckt das Biest?«, knurrte Otto.

»Schhh«, machte Elissa. Das Weiße ihrer aufmerksam geweiteten Augen schien im Halbdunkel zu leuchten, während sie sich vorsichtig umblickte. Die Amazone schnüffelte wie ein Tier, das etwas gewittert hatte – und verzog angewidert das Gesicht.

Jack roch es ebenfalls. Etwas tränkte die feuchte Luft, ein beißender Gestank, der zuvor noch nicht da gewesen war und von dem Jack nicht wusste, ob er …

»Skipper!«

Als Ottos Warnruf kam, hatte Jack die Bewegung aus dem Augenwinkel bereits wahrgenommen. Er riss die Lampe hoch, und ihr Schein erfasste eine Felsspalte, aus der das geschuppte Haupt einer Schlange schnellte!

Es war tatsächlich eine Anakonda und mit Abstand die größte, die Jack je gesehen hatte. Das klobige Haupt mit der schwarzen Zeichnung zwischen den Augen schoss mit weit aufgerissenen Kiefern vor und schnappte nach Elissa.

Die Amazonenkönigin fuhr blitzschnell zurück, doch in der Enge des Tunnels blieb ihr kaum Platz, um auszuweichen. Die Kiefer packten ihren Arm, der den Bogen hielt, und bissen mit aller Kraft zu.

Jack wollte feuern, aber er konnte nicht, ohne Elissa dabei zu gefährden. Auch Otto hatte die Erma im Anschlag, doch die Gefahr durch Querschläger im engen Stollen war zu groß, als dass er den Stecher einfach hätte durchziehen können. Stattdessen beschritt er den rustikalen Weg und schlug mit dem Kolben zu, prügelte auf das Tier ein, das schon aus einer Unzahl an Wunden blutete, die Hutten und seine Leute ihm zugefügt hatten. Vermutlich war es tödlich verwundet und hatte sich zum Sterben hierher zurückgezogen, wo Jack und seine Gefährten es aufgeschreckt hatten. Und wie jede Kreatur, die nichts zu verlieren hat, war es ein furchtbarer Gegner.

Jack war bei Elissa. Mit aller Kraft versuchte er, den Kiefer der Schlange wieder aufzubekommen, doch es war aussichtslos. Die Anakonda hatte sich regelrecht in ihren Arm verbissen, und die nach innen gerichteten Zähne sorgten dafür, dass sich ihr Biss nicht mehr lösen ließ. Blut quoll hervor, doch obwohl der Schmerz nahezu unerträglich sein musste, kam kein Laut der Klage über Elissas Lippen.

In seiner Not griff Jack nach seinem Messer und begann damit auf die Schlange einzustechen. Die ersten beiden Stiche drangen in die Schuppenhaut ein, ohne erkennbare Wirkung zu hinterlassen. Daraufhin packte er den Messergriff mit beiden Händen und stieß die Klinge mit voller Wucht genau dorthin, wo sich das Gehirn der Schlange befand. Die Spitze durchschlug die Schädeldecke, drang jedoch nur ein Stück weit ein. Jack musste die Klinge herausziehen und ein zweites Mal damit zustoßen, bis es ihm endlich gelang, sowohl das Tier als auch Elissa von den Qualen zu erlösen.

Noch mehrmals zuckte der Schlangenkörper, der sich irgendwo in den Tiefen der Felsspalte verlor, dann erschlaffte er, und der Biss des Reptils ermattete. Mit Ottos Hilfe gelang es Jack jetzt endlich, den Kiefer von Elissas Unterarm zu lösen.

Die Bisswunde blutete heftig, vermutlich war sie auch infiziert. Zudem wies der Arm eine seltsame Krümmung auf, offenbar war der Knochen unter dem enormen Druck gebrochen.

»Allmächtiger«, entfuhr es Otto. »Wir müssen augenblicklich zurück zum Lager und die Wunde versorgen, ehe …«

»Nein«, sagte sie nur und schüttelte kategorisch den Kopf. »Haben Auftrag. Nehmen Rache.«

Schon zuvor hatte sie bewiesen, wie bitterernst es ihr damit war, nun waren auch die letzten Zweifel beseitigt. Jack nahm sein Halstuch ab und schickte sich an, die blutende Wunde wenigstens notdürftig zu verbinden. Die Amazone gab ein unwirsches Knurren von sich, gestattete es ihm dann aber. Die Qualen, die sie fraglos litt, ignorierte sie stoisch, ihr Gesicht war zur Maske gefroren, eine wahre Kriegerin.

Jack versorgte die Wunde, so gut es ging. Daran, einen Bogen zu halten und damit Pfeile zu verschießen, war nicht mehr zu denken, also ließ Elissa die Waffe zurück. Stattdessen zückte sie das Knochenmesser, das sie an sich presste wie einen Schatz. Dann setzten sie ihren Weg in die dunkle Tiefe des Berges fort.

43

Moloch wollte sie verschlingen.

Dieses Eindrucks konnte sich Casey nicht erwehren, als sie zögernd das Tor durchschritt, das sich geöffnet hatte, und über den riesigen, von einem verborgenen Mechanismus abgesenkten Unterkiefer das Innere der Statue betrat.

Der Boden bestand aus einem Gitterrost, der Gaumen des riesigen Maules war rußgeschwärzt. Beides ließ vermuten, dass hier einst Flammen gelodert hatten. Casey musste an das denken, was Hutten ihr von seinem Vorfahr erzählt hatte, und schauderte bei dem Gedanken an die Menschen, die hier einen grausamen Tod im Feuer gefunden hatten, zu Ehren der grausamen Gottheit.

An der Rückseite der Kammer führte eine Treppe in den Schlund der Kreatur. Über sie gelangte man in ein tiefer gelegenes Gewölbe, von dem aus das Feuer im Maul der Statue geschürt worden war, beinahe wie in einer römischen Therme. Bei aller Grausamkeit, die die Nebelkrieger in ihrer neuen Heimat an den Tag gelegt hatten, hatten sie offenbar auch einen Teil ihres Wissens aus der ursprünglichen Heimat bewahrt. Die neue und die alte Welt, Gegenwart und Vergangenheit, Zivilisation und Barbarei waren an diesem Ort eine denkwürdige Verbindung eingegangen, faszinierend und erschreckend zugleich.

In der anderen Richtung schloss sich ein Stollen an, dem Casey folgte. Der grelle Schein von einem Dutzend Karbidlampen drang ihr von dort entgegen, die Gaspari und seine verbliebenen Schergen aufgestellt hatten und die das angrenzende Gewölbe beleuchteten. Genau wie Hutten und Vandermere starrten auch die Söhne Molochs mit einer Mischung aus Fassungslosigkeit und Überraschung auf das, was sie auf der anderen Seite des geheimen Durchgangs entdeckt hatten. Denn weder waren es Gold und Gemmen noch religiöse Erfüllung oder wissenschaftliche Wahrheit, auf die sie jenseits der Statue gestoßen waren – sondern Knochen.

Skelette, so weit das Auge blickte.

Hunderte von ihnen.

Überall entlang der Wände reihten sie sich, lagen auf dem Boden verstreut und auf den Stufen, die auf der Rückseite der Höhle in den Fels gehauen waren.

Der Anblick der im fahlen Licht der Grubenlampen schimmernden Gebeine war an sich schon bizarr genug. Den Gipfel des Grotesken bot jedoch ein Thron, der oberhalb der in den Stein gehauenen Stufen stand und auf dem die sterblichen Überreste eines Menschen kauerten. Ob es ein Mann oder eine Frau gewesen war, ließ sich nicht mehr feststellen, aber fraglos war dies der Herrscher über Neu-Karthago gewesen, der letzte König, der über die Festung der Nebelkrieger geboten hatte.

»Was … was soll das?«, rief Vandermere, der wie ein Schlafwandler inmitten der Skelette umherging. »Wo ist das Gold, Hutten?«

»Ich weiß es nicht«, erwiderte der Deutsche, und zum ersten Mal vernahm Casey in seiner Stimme Unsicherheit. »Es sollte hier sein, ich war mir ganz sicher!«

»Und all diese Toten?«

»Ich weiß es nicht«, gestand Hutten noch einmal, während er

sich suchend im künstlichen Licht umblickte. Seinem Gesichtsausdruck war zu entnehmen, dass ihm all das wie ein schlechter Scherz vorkam, den sich jemand mit ihm erlaubte.

»Vielleicht ist Ihr Vorfahr ja nicht ganz ehrlich gewesen in seinem Bericht«, gab Casey zu bedenken.

»Warum sollte er mich belügen?« Hutten schüttelte fassungslos den Kopf. »Das ergibt keinen Sinn.«

»Vielleicht wollten Sie ja auch nur, dass es Sinn ergibt«, wandte Casey gleichmütig ein, während die Wissenschaftlerin in ihr bereits damit begonnen hatte, die Skelette in Augenschein zu nehmen. »Diese Menschen haben ihr Leben nicht im Kampf verloren«, stellte sie fest. »Nicht ein einziger Schädel weist Spuren von Gewalteinwirkung auf, soweit ich das sehen kann. Keine Löcher und keine Sprünge.«

»Woran sind sie dann gestorben? Und warum alle auf einmal?«, wollte Vandermere wissen. Er hatte seinen Tropenhelm abgenommen und wischte sich den Schweiß. Nachdem er seine erste Enttäuschung verwunden hatte, schien ihn nun vor allem der Anblick all der Gebeine zu stören.

»Möglicherweise an einer Seuche«, mutmaßte Casey. »Als die Konquistadoren in die Neue Welt kamen, schleppten sie eine Reihe von Krankheiten ein, die bei den Einheimischen unbekannt waren und gegen die ihr Körper sich nicht wehren konnte. Das hat auch den Untergang der Azteken und der Inkas besiegelt. Vielleicht wurden diese Menschen ebenfalls davon befallen und haben sich hierher geflüchtet, weil sie glaubten, ihre Gottheit könnte sie beschützen.«

»Hat nicht funktioniert«, stellte Hutten fest. Der Leiter der Expedition gab sich keine Mühe, die Geringschätzung zu verbergen – anders als die Söhne Molochs, die seit Betreten des Gewölbes kein Wort gesprochen hatten.

Casey fragte sich, ob die Sektierer in Ehrfurcht erstarrt waren oder ob sich auch bei ihnen Ernüchterung breitmachte, nun, da sie gewissermaßen hinter die Kulissen ihres Jahrtausende alten Kultes blickten. Vielleicht begannen sie sich in diesem Augenblick zu fragen, welchen Sinn all das Morden gehabt hatte.

Ein Begriff kam Casey in den Sinn, der aus ihrer alten Heimat stammte und diese Situation so treffend beschrieb wie kein anderer.

Götterdämmerung ...

»Soll es das etwa gewesen sein?«, begehrte Vandermere auf. »Haben wir dafür all diese Strapazen auf uns genommen? Nur wegen ein paar lausiger Knochen? Das kann nicht sein! Das darf nicht sein!«

Niemand antwortete oder erwiderte etwas.

Stille kehrte ein, in der Gaspari nach seiner Pistole griff. In einer bedächtigen Bewegung zog er die Glisenti aus dem Holster und richtete ihren dünnen Lauf auf seine Schläfe.

»Was tun Sie da?«, fragte Casey entsetzt.

»Moloch verlangt ein Opfer«, erklärte der Italiener schlicht. »Bis hierher hat er uns vordringen lassen, denn wir haben ihm treu und gut gedient. Doch nun verlangt er ein letztes Opfer, um auch sein letztes Geheimnis zu offenbaren. Und dieses Opfer muss freiwillig erbracht werden.«

»*Moloch*«, bestätigten die verbliebenen Sektierer und hoben in einer ehrerbietigen Geste die Hände.

»Aber ...«, wollte Casey noch einwenden – doch Gaspari drückte ab.

Der Schuss hallte von der Höhlendecke wider, und der Anführer der Sektierer brach zusammen. Leblos lag er auf dem Boden, Blut sickerte aus der Stelle, wo das kleinkalibrige Geschoss eingedrungen war.

Die Beiläufigkeit, mit der das alles geschehen war, ließ Casey schaudern. Und selbst jetzt, da Gaspari leblos auf dem Boden lag, schien sein Tod niemanden zu kümmern, am allerwenigsten seine Untergebenen, die wieder in denselben dumpfen Sprechgesang verfielen, den sie schon zuvor angestimmt hatten, so, als wollten sie ihre dunkle Gottheit ersuchen, das erbrachte Opfer zu akzeptieren.

Von Götterdämmerung keine Spur!

Casey konnte nicht länger an sich halten.

»Ihr seid ja alle wahnsinnig!«, herrschte sie sie voller Abscheu und Entsetzen an. »Er hätte nicht sterben müssen! Sein Tod ist völlig sinnlos gewesen – und Sie haben nicht einmal den Versuch unternommen, es zu verhindern, Hutten!«

»Wieso sollte ich?« Er schüttelte den Kopf. »Haben Sie je versucht, einem Fanatiker etwas auszureden? Es ist vergebliche Mühe, glauben Sie mir.«

»Und das ist alles, was Ihnen dazu einfällt? Nachdem er Ihnen treu gedient und sogar für Sie gemordet hat?«

»Ich sagte es schon einmal, Fräulein Goldstein: Diese Leute sind meine Verbündeten, nicht mehr und nicht weniger. Sie haben ihre eigenen Gründe, hier zu sein, ich bin nicht für sie verantwortlich.«

»Ein Mann erschießt sich vor Ihren Augen, und es tut Ihnen noch nicht einmal leid?«, fragte Casey mit bebender Stimme.

»Allerdings tut es das – weil er mir lebend sehr viel nützlicher gewesen wäre«, konterte Hutten, ohne mit der Wimper zu zucken. »Ich muss etwas übersehen haben«, überlegte er daraufhin ungerührt weiter. »Irgendetwas …«

»Sie sehen auf diese Menschen herab«, sagte Casey, »genau wie auf die Faschisten in ihrem blinden Eifer. Dabei sind Sie nicht weniger blind in Ihrer Gier und Ihrer Sucht nach Geltung!«

»Wir befinden uns im Tempel, im Innersten der Festung«,

resümierte Hutten, während er langsam im Kreis ging, ihren Vorwurf einfach überhörend. »Wo, wenn nicht hier, sollten sie ihren Schatz verstecken …?«

»Vielleicht gibt es ja gar keinen Schatz, haben Sie daran je gedacht?«, erkundigte sich Vandermere bissig. »Eins sollte Ihnen klar sein«, fuhr der untersetzte Gelehrte fort, wobei er sich regelrecht in Rage redete, »die Kosten für dieses Fiasko werde ich Ihnen ganz allein in Rechnung stellen, und zwar jeden einzelnen Cent davon. Sie werden das meiner Familie erstatten, oder ich werde dafür sorgen, dass Sie nie wieder …«

In einem jähen Entschluss zog Hutten seine Waffe. Seine Mundwinkel waren herabgefallen, sein Blick war düster entschlossen.

»Was haben Sie vor?«, schnaubte Vandermere. »Wollen Sie sich ebenfalls erschießen? Nur zu. Aber erst, wenn Sie Ihre Schulden bei mir beglichen haben!«

Hutten hob die Pistole und schwenkte sie herum – worauf Vandermere erschrocken die Hände in die Luft riss. »Bitte nicht«, flehte er, plötzlich sehr viel weniger forsch. »Ich bin sicher, wir finden einen Weg, uns zu …«

Da krachten bereits die Schüsse.

Hutten betätigte den Abzug mehrmals hintereinander, wobei er in zorniges Gebrüll verfiel. Das Ziel seiner Wut war jedoch nicht Vandermere, sondern das Skelett, das auf dem Thron saß und – so sah es im Schein der Grubenlampen beinahe aus – höhnisch zu ihnen herübergrinste. Hutten leerte das gesamte Magazin auf die Gebeine, als wollte er den toten Herrscher im Nachhinein dafür bestrafen, dass er sein größtes Geheimnis mit ins Grab genommen hatte.

Trotz seines Wutausbruchs hatte Hutten einigermaßen gut gezielt. Die Kugeln trafen den Schädel, der daraufhin zersprang und zu Boden fiel. Die letzten der acht Kugeln schlugen in die Felswand hinter dem Thronsitz, von der sie hätten abprallen müssen, um als kreischende Querschläger zu enden – aber das taten sie nicht.

Stattdessen hinterließen die Kugeln der P08 faustgroße Löcher in der Wand, die scheinbar sehr viel weniger massiv war, als es auf den ersten Blick den Anschein hatte. Und aus diesen Löchern quoll etwas hervor, das mit leisem Klimpern zu Boden fiel und sich über die Stufen des Podests ergoss …

»Was zum Henker …?«

Die rauchende Waffe noch in der Hand, ging Hutten zu der Stelle und hob etwas von dem schwärzlich schimmernden Zeug auf. Er nahm es kurz in Augenschein, dann warf er eines davon Casey zu, die es auffing.

Es war klein und rund.

Eine Münze.

Casey betrachtete sie. Das Metall war angelaufen und hatte sich schwarz verfärbt, aber dem Gewicht nach handelte es sich um Silber. Zudem war auf einer Seite das Bild einer Palme eingeprägt …

»Eine karthagische Münze«, stellte sie verblüfft fest.

Hutten entfernte sich weiter von dem Podest, den Blick nach wie vor auf die Wand hinter dem Thron gerichtet, die er plötzlich mit anderen Augen sah.

»Dieser Fels ist nur eine Attrappe«, gab er bekannt. Seine Stimme bebte dabei vor nur mühsam zurückgehaltener Euphorie. »Ich hatte recht, der Schatz ist hier! Er befindet sich hinter dieser Wand!«

Die verbliebenen Sektierer, die sich sein Geschrei zunächst nicht erklären konnten, tauschten verunsicherte Blicke. Dann jedoch begriffen sie, was die Stunde geschlagen hatte. Sie legten ihre Waffen nieder und sanken auf die Knie, dankten ihrer Gottheit dafür, dass sie ihnen ihr Geheimnis offenbart hatte. Das Opfer war angenommen worden.

Hutten sah es voller Verachtung.

»Auf den Knien rumzukriechen und irgendwelches Zeug zu murmeln wird uns dem Schatz nicht näher bringen«, knurrte er. »Wir müssen diese Wand einreißen, und dazu brauchen wir Werkzeug, Spitzhacken und Schaufeln ... oder wir lösen das Problem auf andere Weise«, fügte er hinzu und griff nach der anderen Handgranate, die er noch an seinem Gurt hängen hatte.

»Nicht!«, warnte Casey und stellte sich ihm in den Weg. »Nur weil es einmal gut gegangen ist, bedeutet das nicht, dass auch beim zweiten Mal nichts passieren wird. Das gesamte Höhlensystem ist überaus fragil. Eine Explosion an der falschen Stelle, und ...«

»Gehen Sie mir aus dem Weg«, verlangte Hutten. »Ich habe zu lange gewartet und zu viel erduldet, als dass ich mich von ein paar einfältigen Bedenken aufhalten ließe.«

»Das sind keine einfältigen Bedenken! In Nordafrika habe ich Grabanlagen gesehen, die schon bei der kleinsten Erschütterung ...«

Er stieß sie grob zur Seite. Casey taumelte und stürzte, schlug sich dabei die Ellbogen blutig. Tränen hilfloser Wut schossen ihr in die Augen – und durch die Schleier sah sie Gasparis herrenlose Pistole nur wenige Meter entfernt auf dem Boden liegen. Die Söhne Molochs waren mit ihren eigenen Dingen befasst und schenkten ihr keine Aufmerksamkeit.

Vielleicht, mit etwas Glück ...

Sie handelte, noch ehe sie nachdenken konnte.

Auf den Knien kroch sie über den schmutzigen, von Staub und Knochen bedeckten Boden zur Leiche des Italieners, griff nach der Pistole und richtete sie auf Hutten.

»Halt!«, befahl sie.

Hutten blieb am Fuß der Stufen stehen und starrte sie an. Die Sektierer wurden aus ihrer Kontemplation gerissen und fuhren zu ihr herum. Sofort wollten sie nach ihren Maschinenpistolen greifen, aber Casey ließ sie nicht.

»Keine Bewegung«, schärfte sie ihnen mit einer unmissverständlichen Bewegung der Waffe in ihrer Hand ein.

»Was soll das, Fräulein Goldstone?«, fragte Hutten, mehr verärgert als beeindruckt. »Sind Sie sicher, dass Sie das wirklich tun wollen?«

»Allerdings.« Sie nickte.

»Und dann? Was, glauben Sie, wird geschehen, wenn Sie mich erschießen? Die Söhne Molochs werden sich Ihrer annehmen, so viel steht fest. Und am Ende wird diese Wand doch gesprengt werden, ob es Ihnen gefällt oder nicht.«

»Vielleicht«, versicherte Casey grimmig. Sie hatte genug von der selbstgefälligen Art ihres Landsmannes. Endgültig genug! »Aber Sie werden dann nicht mehr hier sein, um Ihren Triumph zu genießen. Genauso wenig wie mein Vater«, fügte sie hinzu und wollte in einem verzweifelten Entschluss den Abzug drücken – als sie an ihrem Hinterkopf plötzlich den kalten Lauf einer Pistole spürte. Jäh wurde ihr bewusst, dass sie Vandermere aus den Augen verloren hatte.

Aber es war zu spät …

»Tun Sie's nicht, Cassiopeia«, beschied ihr der falsche Freund mit dünner Stimme. »Ihr Vater hätte nicht gewollt, dass Sie seinetwegen zur Mörderin werden. Denn nichts anderes wäre das, was sie vorhaben – kaltblütiger Mord. Und ich kann mir nicht vorstellen, dass sie fähig sind, einen Menschen zu töten, richtig?«

»Richtig«, bestätigte eine Stimme aus Richtung des Eingangs, und Casey hatte das Gefühl, dass diese Stimme geradewegs aus der Vergangenheit zu ihnen drang. »Miss Goldstone bringt es vielleicht nicht über sich, jemanden zu erschießen. Aber bei uns sollten Sie sich da nicht so sicher sein, Doktor!«

Caseys Kopf flog herum, der Waffe zum Trotz, die sie bedrohte – und sie traute ihren Augen nicht, als sie Jack, Otto und Elissa erblickte, die Königin der Amazonen.

44

»Jack!«, stieß Casey hervor. Ungläubiges Staunen lag in ihrem Blick, als sie den Totgeglaubten vor sich sah.

Die Söhne Molochs rissen ihre Waffen in den Anschlag und richteten sie auf die Neuankömmlinge, die ihrerseits auf sie zielten. Vandermere war wie versteinert, nur die Pistole, die er weiter auf Casey gerichtet hielt, bebte in seiner Hand.

Der Lauf von Jacks Colt Army war geradewegs auf Harald Hutten gerichtet. Wenn der Schurke überrascht war, ließ er es sich jedoch nicht anmerken.

»Kelley«, sagte er nur. »Ich muss gestehen, dass ich nicht erwartet habe, Sie noch einmal wiederzusehen. Noch dazu in so aparter Begleitung«, fügte er hinzu, Elissa mit einem abwertenden Seitenblick streifend. Die verwundete Anführerin der Amazonen konnte kaum gerade stehen, doch sie nahm Huttens Spott ebenso gleichmütig hin wie die Schmerzen, die sie quälten.

»Ich könnte ja sagen, dass ich mich über das Wiedersehen freue, Hutten, aber das wäre glatt gelogen«, sagte Jack, während er gleichzeitig versuchte, sich von seiner Umgebung nicht einschüchtern zu lassen. Zuerst all die unterirdischen Stollen und Gewölbe, dann die gigantische Statue, durch deren weit geöffnete Kiefer sie in diese Höhle gelangt waren. Und nun Skelette, wohin man auch blickte. Was für ein beschissen düsterer Ort!

»Lassen Sie Casey gehen«, verlangte Jack mit ruhiger Stimme. »Alles andere ist mir gleichgültig.«

»Und Sie erwarten von mir, dass ich Ihnen das glaube? Nachdem Sie es bis hierher geschafft haben?« Hutten stieg von dem Thronpodest herab. »Wie in aller Welt ist Ihnen das überhaupt gelungen?«

»Die Amazonen, denen Sie und Ihre Leute so übel mitgespielt haben, haben uns geholfen. Ihre beiden Doppeldecker sind Schrott, Hutten, und Ihr Pilot und Ihr Mechaniker, die sie draußen zurückgelassen haben, üben sich im Harfenspiel.«

Noch immer bemühte sich Hutten, keine Reaktion zu zeigen, aber man konnte sehen, wie seine Kieferknochen mahlten. Wenn er nicht noch einen Piloten auf die Schnelle aus dem Hut zaubern konnte – und davon war nicht auszugehen –, dann hatte er soeben ein ziemliches Problem bekommen!

»I-ist das wahr?«, stotterte Vandermere, dem in diesem Moment ebenfalls dämmerte, dass ihre Chancen, den Dschungel wieder zu verlassen, gerade gegen null gesunken waren. Instinktiv nahm er die Waffe von Caseys Kopf.

»Allerdings«, bestätigte Otto, mit dem Kinn auf Elissa deutend. »Unsere Freundin kennt keine Nachsicht mit den Mördern ihres Volkes.«

»Wenn die Piloten alle tot sind, wie sollen wir dann wieder von hier wegkommen, haben Sie sich das überlegt?«, wandte sich Vandermere an Hutten. Er gab sich erst gar keine Mühe, seine Furcht zu verbergen.

Hutten schien einen Augenblick nachzudenken, dann nickte er. »Ich würde Ihr Spiel ja gerne mitspielen, Mr. Kelley«, sagte er dann. »Indes, mir fehlt dafür sowohl die Zeit als auch die Geduld.«

Mit diesen Worten zog er die rechte Hand hinter seinem Rücken hervor und offenbarte, was er darin verborgen hielt.

Es war eine Handgranate.

Und beinahe im selben Moment verriet ein helles Klingeln auf dem Boden, dass er den Sicherungsstift gezogen und fallen gelassen hatte.

»Pshaw«, machte Otto.

»Was soll das?«, rief Jack. »Wollen Sie uns alle umbringen?«

»Hinter dieser Wand befindet sich der Schatz der Nebelkrieger, Mr. Kelley«, erklärte Hutten. Mit der einen Hand hielt er die Granate hoch, deren Bügel er umklammerte, mit der anderen deutete er über seine Schulter. »Seit mehr als zweitausend Jahren liegt er dort und wartet – und zwar auf niemand anderen als mich. Ich werde ihn mir holen, Mr. Kelley, und weder Sie noch irgendjemand sonst wird mich davon abbringen, haben Sie das verstanden?«

»Natürlich.« Jack nickte – und ließ demonstrativ seine Waffe sinken und holsterte sie. Nun, da Hutten eine entsicherte Granate in der Hand hielt, konnte er ihn ohnehin nicht mehr glaubhaft bedrohen. »Holen Sie sich, was Sie wollen. Uns geht es nur um Casey. Lassen Sie sie gehen, und alles ist gut.«

»Das werde ich ganz sicher nicht tun«, entgegnete Hutten kopfschüttelnd. »Denn wie mein guter Freund Vandermere eben so treffend bemerkte, sind wir äußerst knapp an Piloten. Fräulein Goldstein wird also als mein Gast in unserer Gewalt verbleiben – und als Gegenleistung dafür, dass ich sie am Leben lasse, werden Sie mich und den Schatz ausfliegen.«

Jack biss sich auf die Lippen.

Er spürte Elissas Blick auf sich lasten. In ihrem Durst nach Rache hatte die Amazone für rücksichtslosen Angriff plädiert, doch das Risiko, dass Casey dabei etwas zustieß, war in Jacks Augen zu groß gewesen. Jetzt allerdings fragte er sich, ob es nicht doch vielleicht besser gewesen wäre, die Sache im Kampf zu entscheiden. Eine Pattsituation war eingetreten und Eile geboten, denn dort vor ihnen stand ein offenkundig Geistesgestörter mit einer entsicherten Handgranate …

»Wie Sie inzwischen sicher festgestellt haben, wäre mein Ende auch das Ihre«, versetzte Hutten mit hämischem Grinsen. »Ich schlage daher vor, dass auch Ihre Begleiter die Waffen niederlegen und sich ergeben.«

Otto schickte Jack einen fragenden Blick, der ihm beinahe unmerklich zunickte. Im Augenblick hatten sie kaum etwas zu gewinnen, aber alles zu verlieren.

Mit einem missmutigen Grunzen sicherte Otto die erbeutete Erma und wollte sich bücken, um sie vor sich auf den Boden zu legen – als sich die Ereignisse plötzlich überschlugen.

Denn statt auch ihre Waffe niederzulegen, wie Hutten es verlangt hatte, hob Elissa das primitive Knochenmesser und sprang damit wie ein Raubtier vor.

»Elissa! Nein!«, schrie Jack – vergeblich.

Mit katzenhafter Gewandtheit setzte die Königin der Amazonen auf Hutten zu. Ihre Schmerzen ignorierte sie dabei, legte ihre ganze verbliebene Kraft in die Beine, die sie mit atemberaubender Geschwindigkeit vorwärtskatapultierten. Ein Befehl erscholl, und die Maschinenpistolen der Sektierer spuckten Feuer. Mündungsfeuer flackerte, das Rattern der MPEs hallte von der Höhlendecke wider, Projektile prallten ab und schlugen quer durch das Gewölbe.

Jack tat das Einzige, was ihm zu tun blieb – er rannte zu Casey, die noch immer bei Vandermere auf dem Boden kauerte. Als der Verräter ihn heranstürmen sah, ließ er seine Waffe fallen und wandte sich zur Flucht. Gleichzeitig hatte sich Otto zu Boden geworfen, seine Maschinenpistole wieder entsichert und eröffnete nun seinerseits das Feuer.

Noch mehr Kugeln sengten durch die Luft, einer der Söhne Molochs wurde getroffen. Der Mann riss die Arme hoch und brach zusammen, während die anderen weiter auf Elissa feuerten – die im nächsten Moment Hutten erreichte.

Der Schurke schrie vor Zorn und Entsetzen. Alles hatte er zu kontrollieren versucht, jede Eventualität in seinen Plänen berücksichtigt – mit der Entschlossenheit einer Eingeborenen, die die Rache für ihre getöteten Schwestern über alles andere stellte, hatte er nicht gerechnet.

Mit vor Schreck geweiteten Augen sah er sie herankommen, konnte sich jedoch nicht entschließen, einer primitiven Wilden wegen die Granate loszulassen. Die Bedrohung kam ihm surreal vor, beinahe lächerlich – bis das Knochenmesser der Amazone ihm bis zum Heft in die Eingeweide fuhr.

Hutten schrie auf, nicht nur vor Schmerz, sondern auch vor Empörung darüber, dass sein Vorhaben gescheitert war. Von der Wucht ihres Angriffs aus dem Gleichgewicht gebracht, taumelte er zurück und stieß gegen die Rückwand des Gewölbes. Dadurch entrang sich die entsicherte Handgranate seinem Griff und fiel zu Boden.

Jack zählte in Gedanken mit.

Obwohl es nur vier Sekunden waren, kam es ihm vor, als würden sie sich zu Ewigkeiten dehnen.

3 …

Mit fliegenden Schritten rannte er zu Casey, konnte nur hoffen, sie noch rechtzeitig zu erreichen …

2 …

Die letzte Distanz überbrückte er mit einem Hechtsprung, riss sie zu Boden und begrub sie unter seinem Körper, den er schützend über sie breitete.

1 …

Die Granate detonierte.

Für den Bruchteil eines Augenblicks waren Elissas und Huttens Silhouetten noch zu erkennen, die sich schemenhaft gegen den grellen Feuerball abzeichneten, dann wurden sie von den Flammen verzehrt.

Granatsplitter und Trümmer fegten durch die Höhle. Die wenigen verbliebenen Sektierer, die alle in unmittelbarer Nähe gestanden hatten, wurden förmlich davon zerfetzt.

Dann kam die Druckwelle.

Vandermere, der Hals über Kopf davongerannt war, wurde von ihr erfasst und gegen die Höhlenwand geschleudert, während Jack sich flach auf den Boden drückte und den Sturm der Vernichtung über sich hinwegbrausen ließ. Er spürte Casey unter sich, ihren vor Angst bebenden Körper, und erwartete beinahe, entweder von der Gefechtsladung der Granate oder von Felssplittern getroffen zu werden. Gleichzeitig hatte er ein hässliches Pfeifen im Ohr, das alles andere übertönte und das er hasste, weil es ihn an den Krieg erinnerte.

Dann, so schnell, wie er über sie hereingebrochen war, legte sich der Sturm wieder.

Jack blieb noch einen Atemzug lang liegen, dann regte er sich, schüttelte grauen Staub von sich ab, wobei er einigermaßen verblüfft feststellte, dass er unverletzt war. Er stemmte sich auf die Knie, damit Casey unter ihm wieder Luft bekam.

»Alles okay?«, erkundigte er sich.

Sie nickte, war jedoch nicht zu einer Antwort fähig. Der dichte Staub sorgte dafür, dass sie von Hustenkrämpfen geschüttelt wurde.

Jack richtete sich halb auf. Grauer Nebel erfüllte die Höhle, in der es dunkler geworden war. Nur rund die Hälfte der Karbidlampen hatte die Explosion überstanden. Der verdammte Pfeifton war allerdings immer noch da …

»Oz? Wo bist du?«

Jack raffte sich vollends auf die Beine, schüttelte den letzten Rest Staub von seiner A2, während er sich nach dem Freund umblickte.

»Hier«, drang es aus Richtung des Eingangs. Unter einer ganzen Schicht von Staub und Geröll wühlte sich eine hagere, glatzköpfige Gestalt mit einem ergrauten Schnauzer empor. »Es geht mir gut, nur ein paar Kratzer …«

Jack nickte erleichtert und half Casey auf die Beine, die sich wortlos bedankte, indem sie ihn umarmte. Dann erst blickten sie zum Thronpodest, wo noch vor Augenblicken ihr Erzfeind gestanden und ihrer aller Leben bedroht hatte.

Von ihm und der Amazonenkönigin, die ihre Racheschwüre wahr gemacht und ihren Feind mit in den Tod gerissen hatte, war nichts mehr zu sehen, die Explosion hatte sie förmlich verzehrt. Dafür jedoch klaffte ein Loch in der Rückwand des Gewölbes, groß genug, dass ein Truck hätte hindurchfahren können – und aus der Öffnung quoll, Jack traute seinen Augen nicht, der sagenumwobene Schatz der Nebelkrieger!

Ganze Berge von Silbermünzen und Goldschekeln ergossen sich über den Thron und die Skelette; und auf der glitzernden Flut schwammen goldene Pokale und mit Edelsteinen besetzte Waffen, Brustpanzer und Helme, Amulette, Armreife und noch vieles mehr. Im Schein der wenigen verbliebenen Lampen funkelten die Gemmen und blitzte das Gold, dessentwegen so viele Menschen den Tod gefunden hatten – nur damit es sich jetzt wie Unrat über den Boden ergoss, in unanständiger, alles Begreifen übersteigender Fülle.

Das also war der Traum von El Dorado.

Jack war beinahe enttäuscht.

Otto kam zu ihnen gehumpelt, die MPE als behelfsmäßige

Krücke nutzend. Sein rechtes Hosenbein war blutig, offenbar hatte ihn ein Splitter gestreift. Aber genau wie Jack und Casey war auch er froh, noch am Leben zu sein.

»Der Schatz von Karthago!«, rief plötzlich jemand, dass es von der hohen Decke widerhallte. »Er existiert, und er war da, die ganze Zeit über, seit zweitausend Jahren!«

Es war Vandermere.

Mit Glück hatte auch er die Explosion überstanden, allerdings blutete er heftig aus einer Wunde am Kopf, was er jedoch nicht zu bemerken schien. Seinen Helm hatte er verloren, und sein Anzug war blutbesudelt. Das schien ihn nicht zu stören, ebenso wenig wie der Tod all seiner Begleiter – er hatte nur Augen für das Gold, das aus der Tiefe des Berges hervorquoll, als hätte sich ein Füllhorn geöffnet.

»Ich habe es gewusst! Die ganze Zeit über habe ich es gewusst ...«

Die Art, wie er die Worte hinausschrie und sich seine dünne Stimme dabei überschlug, sprach Bände. Im Krieg hatte Jack Männer gesehen, deren Geist vor dem Grauen kapituliert hatte. In Vandermeres Fall schien es die Gier gewesen zu sein, die ihm den Verstand geraubt hatte.

Wie von Sinnen lachend, bückte er sich und schaufelte mit den Händen Münzen auf, die er in die Luft warf und auf sich niederprasseln ließ. »Der Schatz gehört mir!«, rief er dabei. »Mir ganz allein!«

»Also, ein bisschen was davon hätte ich auch ganz gern«, meinte Otto achselzuckend.

»Ich auch«, stimmte Casey zu. »Jedes einzelne dieser Stücke ist von unschätzbarem kulturhistorischen ...«

Sie hatte noch nicht zu Ende gesprochen, als ein Geräusch zu hören war. Es war ein Knacken, das durch Mark und Bein ging und so laut war, dass es alles andere übertönte: Vandermeres Geschrei und selbst das Pfeifen in Jacks Ohren.

Instinktiv sah er nach oben – nur um den Riss zu sehen, der sich in der Felsendecke gebildet hatte und der sich rasend schnell verbreitete ...

»Kurskorrektur«, gab er bekannt. »Wir lassen das verdammte Gold, wo es ist, und nehmen die Beine in die Hand!«

»Was?«, widersprach Otto. »Aber ich will ...«

Ein neuerliches Knacken, gefolgt von einem grässlichen Knirschen. Ein ganzes Netz von Sprüngen breitete sich über die Höhlendecke aus, ein paar kleinere Stalaktiten lösten sich und krachten zu Boden, wo sie zersplitterten. Ob es die Explosion selbst gewesen war oder die Druckwelle, die ihr folgte – in jedem Fall war das Höhlensystem in seinen Grundfesten erschüttert und seiner Statik beraubt worden. Und jetzt waren die uralten Gewölbe dabei, in sich zusammenzustürzen und alles unter sich zu begraben.

»Vergiss es«, brummte Otto – und begann zu laufen, dem Ausgang entgegen.

Jack nahm Casey bei der Hand und zog sie mit – als sein Blick auf Vandermere fiel. Bis zu den Knien stand der Verräter in der Flut aus Gold und lachte noch immer. Von der sich anbahnenden Katastrophe bekam er nichts mit.

»Vandermere, kommen Sie!«, rief Jack ihm zu.

»Jerome!«, versuchte es auch Casey. »Wir müssen fort von hier, hören Sie?«

Der Gelehrte sah zu ihnen herüber, ob er sie allerdings wirklich wahrnahm, war fraglich. Seine fliehenden Züge waren von Irrsinn verzerrt, seine Augen funkelten wie die Edelsteine um ihn herum.

Jacks erster Impuls war es, ihn einfach zurückzulassen. Schließlich war er ein Windhund und Verräter, der sie ohne Skrupel ausspioniert und hintergangen hatte. Doch dann musste er daran denken, dass es Vandermere gewesen war, der Casey und ihren Vater in die USA geholt hatte, und wenn er es auch aus den falschen Motiven getan hatte – zumindest dafür schuldete Jack ihm etwas …

»Geht!«, rief er und schob Casey zu Otto, der schützend einen Arm um sie legte. »Haut ab, ich komme sofort nach!«

»Nein, Jack«, protestierte Casey, »du …«

Wieder lösten sich Tropfsteine und gingen berstend nieder. Dichter Staub wölkte auf und erstickte das, was Casey sagen wollte. Otto zog sie in den Gang, während Jack sich umwandte und zurück zu Vandermere rannte – durch ein Gewölbe in Aufruhr!

Nicht mehr nur Tropfsteine fielen von der Decke, ganze Brocken von Felsgestein lösten sich und schlugen herab, wo sie in tausend Trümmer zerschellten, die Knochen der Nebelkrieger gleichermaßen unter sich begrabend wie ihr Gold. Jack rannte auf Vandermere zu, den Kopf zwischen die Schultern gezogen und darauf hoffend, dass das dicke Leder der Jacke die Gesteinssplitter abhalten würde.

»Vandermere! Verdammter Idiot!«, brüllte er über das Krachen und Bersten hinweg.

Doch der Gelehrte hörte ihn nicht.

Vandermeres Verstand hatte sich in den Fluten des Goldes verloren, die noch immer aus der Öffnung drängten, Reichtum im Wert von Millionen Dollars – und im Augenblick so nutzlos wie ein Sandkasten in der Wüste.

Wild entschlossen, ihm das Leben zu retten, hielt Jack weiter auf Vandermere zu. Nur noch wenige Meter trennten ihn von dem Gelehrten, als es unmittelbar über ihnen knackte. Diesmal so laut, dass auch Vandermere reagierte.

Er fuhr herum, blickte mit blutbesudelter Miene empor – und stieß einen gellenden Schrei aus.

Jack sah den Steinschlag kommen.

Er blieb stehen und wandte sich ab, in gebückter Haltung, den Kopf mit den Armen schirmend, während unmittelbar hinter ihm die Höhlendecke einstürzte.

Vandermere verstummte jäh, er verschwand in einer Lawine aus Staub und Geröll, die nicht nur ihn, sondern auch das Gold unter sich begrub.

Jack wartete nicht, bis auch noch der Rest des Gewölbes über ihm zusammenbrach. Hals über Kopf rannte er zum Ausgang, während rings um ihn weitere Tropfsteine niedergingen und wie steinerne Lanzen einschlugen. Ein entsetzliches Dröhnen und Bersten lag in der Luft, die inzwischen so von Staub erfüllt war, dass er die Orientierung zu verlieren drohte. Eine einsame Karbidlampe, die bis zuletzt tapfer ihren Dienst versah, wies ihm den Weg zum Ausgang, und atemlos erreichte er den Durchgang, während hinter ihm die Höhle in sich zusammenfiel.

Im Laufschritt durchmaß er den dunklen Stollen, stieg die Stufen hinauf, die ihn zurück in Molochs Kiefer führten. Verfolgt von einer Staubwolke, die ihm hart auf den Fersen blieb, spuckte die uralte Gottheit ihn zurück in den Tempel, und atemlos wollte er weiter – als der Lichtschein einer Grubenlampe ihn blendete.

»Da bist du ja, Skipper.«

»Jack!« Casey flog ihm entgegen und schloss ihn in die Arme. Offenbar hatten die beiden es nicht fertiggebracht, ohne ihn zu fliehen, und auf ihn gewartet …

»Vandermere?«, fragte Otto nur.

Jack schüttelte den Kopf. Dann taten sie, wozu Jack schon zuvor geraten hatte: Sie nahmen die Beine in die Hand und rannten, so schnell sie konnten.

45

Seiner Statik beraubt, stürzte das Höhlensystem ein.

Gewölbe für Gewölbe, Stollen für Stollen gab den einwirkenden Gewalten nach. Und inmitten des dröhnenden, bebenden, alles zermalmenden Chaos rannten drei zerbrechliche Gestalten um ihr Leben.

Jack konnte sich nicht erinnern, jemals zuvor in seinem Leben so schnell gelaufen zu sein. Auch Casey und Otto gaben alles, während sie durch die Gänge stürzten, von deren niederen Decken bereits Gesteinsbrocken rieselten und die ebenfalls jederzeit einstürzen konnten. Die drohende Gefahr mobilisierte ihre letzten Reserven, dennoch spürte jeder von ihnen, dass ihre Kräfte zu Ende gingen.

Den Markierungen folgend, die Hutten und seine Leute hinterlassen hatten, erreichten sie den Tunnel, in dem die Schlange ihnen aufgelauert hatte, und passierten den Raum mit der Kuppeldecke, auf der die Gestirne aufgemalt waren – all dies würde schon in Kürze unter Bergen von Geröll begraben sein, doch daran dachte im Augenblick niemand, nicht einmal Casey. Die Furcht, dass die Gewölbe vor ihnen einstürzen könnten, noch ehe sie sie passiert hatten, dass sie womöglich in diesen dunklen Katakomben gefangen sein und einen grausamen Tod erleiden würden, überwog in diesem Moment alles andere.

Endlich hörten sie das Rauschen des Wasserfalls.

Wie ein Lockruf erklang es vor ihnen und verhieß ihnen Rettung, während das Dröhnen und Rumoren hinter ihnen von Zerstörung und Untergang kündete. Zwei Jahrtausende hatte die Kultur der Nebelkrieger überdauert und das Erbe des einstmals stolzen Karthago bewahrt – bis menschliche Gier und Dummheit all dem nun ein jähes Ende gesetzt hatten. Für einen kurzen, triumphalen Augenblick hatte Harald Hutten für sich in Anspruch nehmen können, das Vermächtnis seines Ahnen erfüllt und den Schatz gefunden zu haben. Am Ende war das Gold auch ihm zum Verhängnis geworden.

Sie erreichten die Höhle, die sich zum Wasserfall öffnete, und sogen dankbar die von Feuchte durchsetzte Luft in ihre Lungen. Im nächsten Augenblick ließen sie die dunkle, staubige Enge der Höhlen endlich hinter sich.

Es war Abend geworden. Die untergehende Sonne setzte den Himmel im Westen in Brand, doch keiner der drei Gefährten hatte Augen für das Schauspiel.

Nacheinander hangelten sie sich über den Abgrund, während die Felswand selbst in ihren Grundfesten zu erbeben schien. Casey glitt aus und hätte um ein Haar den Halt verloren, aber Jack hielt sie fest. Zusammen mit ihr überquerte er die Kluft, ließ sie erst wieder los, als sie die andere Seite erreicht hatten. Dann ging es den steilen Pfad hinab, und sie stolperten und stürzten bisweilen mehr, als sie liefen. Ihre Knie waren weich, und ihre Beine gehorchten ihnen kaum noch, dennoch versuchten sie, möglichst rasch Distanz zwischen sich und den Höhlenausgang zu bringen, aus dem bereits grauer Staub wölkte. Niemand wusste zu sagen, was geschehen würde, wenn auch die am Wasserfall gelegenen Höhlen einstürzten – womöglich würde sogar der Fluss seinen Lauf ändern und der Katarakt sie alle in die Tiefe reißen.

»Lauft!«, schärfte Jack seinen Freunden ein, obwohl er selbst kaum noch konnte. »Immer weiter!«

Als ein ohrenbetäubendes Tosen erklang, fuhr Jack herum und blickte hinauf. Der Fels war in Bewegung. Gestein hatte sich gelöst und kam an der Flanke des Wasserfalls herab. Es waren riesige Brocken, die zu Tal brachen – geradewegs auf sie zu!

Jack fuhr herum. Bis zur Oberfläche des Sees mochten es noch zwanzig Meter sein.

»Springt!«, brüllte er aus Leibeskräften.

Er hörte, dass Otto noch etwas erwiderte, aber es ging im Rumpeln des Steinschlags unter. Dann hatte er Casey auch schon gepackt und setzte zusammen mit ihr von der Felskante in den gähnenden Abgrund.

Casey stieß einen gellenden Schrei aus, während es lotrecht hinabging, der glitzernden Wasserfläche entgegen.

Dann tauchten sie ein.

Der Aufprall war mörderisch und so heftig, dass Jack und Casey auseinandergerissen wurden. Für einen Moment verlor Jack die Orientierung und wusste nicht, wo oben und unten war, dann sah er die Luftblasen, die überall rings um ihn aufstiegen, und paddelte nach oben. Im nächsten Moment erreichte er die Oberfläche und sog gierig Luft in seine Lungen.

»Skipper!«, rief Otto, der ebenfalls schon aufgetaucht war. »Wo ist Casey?«

Gehetzt schaute Jack sich um. Felsbrocken schlugen rings im Wasser ein, das gischtend aufspritzte – doch von Casey war nichts zu sehen.

»Casey!« Wasser tretend drehte sich Jack um seine Achse. Als er sie nirgendwo entdecken konnte, tauchte er unter. Im dunklen Wasser spähte er suchend umher. Sein Herz schlug ihm bis zum Hals, nicht mehr nur aus Erschöpfung und aus Mangel an Atemluft, sondern aus Sorge um Casey. Er war der Captain, war für sie verantwortlich, und außerdem …

Dort!

Zwischen Gesteinsbrocken, die mit träger Langsamkeit dem Grund des Sees entgegensanken, schwebte eine menschliche Gestalt. Jack schwamm auf sie zu und griff nach ihr, trug sie hinauf zur Oberfläche, die sie schon einen Herzschlag später zusammen durchstießen.

»Casey!«

Er bekam keine Antwort. Ihre Augen waren geschlossen, ihre Züge bleich, reglos hing sie in seinen Armen. Sie musste beim Aufprall das Bewusstsein verloren haben.

»Casey, verdammt!«

Er schüttelte sie, so gut es im Wasser ging, frustriert darüber, dass er nicht mehr tun konnte – und plötzlich riss sie die Augen auf. Sie spuckte und würgte, aber sie war am Leben.

Immer mehr Felsen stürzten um sie herum in den See. Es war höchste Zeit zu verschwinden. Jack schwamm, so schnell seine vollgesogenen Kleider es zuließen, hinter Otto her. Casey zog er dabei mit. Es kostete ihn fast übermenschliche Anstrengung, sie beide durch das aufgewühlte Wasser zu paddeln, zumal er nur einen Arm zur Verfügung hatte. Den anderen hatte er fest um Casey geschlungen.

Ihr Ziel war die Savoia-Marchetti, die ein gutes Stück voraus auf dem Wasser dümpelte. Zuerst kam es Jack vor, als würde die Maschine bei jedem Zug, den er machte, noch weiter in die Ferne rücken. Er kämpfte die Panik nieder, die in ihm aufsteigen wollte, und konzentrierte sich ganz auf seine Schwimmbewegungen – und merkte endlich, wie die Distanz sich verringerte. Sobald Casey wieder einigermaßen zu sich gekommen war, begann sie ebenfalls mit den Beinen zu schlagen, und sie kamen rascher voran. Immer größer ragte der Doppelrumpf der S 55 vor ihnen auf – und als sie ihn tatsächlich endlich erreichten und Ottos Hand sich ihnen helfend entgegenstreckte, konnte Jack es kaum glauben.

Über die offene Heckkonstruktion hatte sein Partner den Backbordrumpf erklommen und den Bugausstieg von außen geöffnet. Dort stand er nun und beugte sich zu ihnen herunter, zog sie unter Aufbietung seiner letzten Kräfte an Bord. Sie waren noch nicht ganz auf dem Trockenen, als Casey ihre Arme um Jack schlang und ihn ohne Vorwarnung küsste. Es war ihre Art, sich bei ihm zu bedanken, und es sagte mehr als jedes Wort.

Jack wies Otto an, den Anker einzuholen und sich zum Anwerfen des Propellers bereitzuhalten. Er selbst stieg über die schmale Leiter in das Cockpit, das zwischen den beiden Rümpfen angebracht und in die mächtige Tragfläche des Hochdeckers integriert war. Entsprechend flach war es, mit einer Verglasung, die sich über die gesamte Kanzel zog. Jack entledigte sich seiner durchnässten A2 und zwängte sich hinter das hölzerne Steuerrad, verschaffte sich einen Überblick über die Anzeigen. Ein unbestreitbarer Vorteil an der Fliegerei war, dass die physikalischen Gesetze der Luftfahrt überall auf der Welt Gültigkeit hatten. Entsprechend musste ein Flugzeug auch überall auf der Welt über dieselben Instrumente und Anzeigen verfügen. Sie mochten anders angeordnet sein und in fremden Sprachen beschriftet – aber sie waren da.

Für aufwendige Checks blieb keine Zeit. Jack wollte fort, und das möglichst rasch. Durch das Kanzelglas sah er zu Otto hinauf, der dort bei den hoch über dem Cockpit montierten Isotta-Fraschinis stand. Jack betätigte den Anlasser und gab seinem Mechaniker das Zeichen, worauf dieser den Motor andrehte. Ein Moment banger Ungewissheit, dann belohnten ihn die beiden Motoren mit einem tiefen Brummen, und die hintereinander angeordneten Propeller liefen an.

Jack ließ sie warmlaufen, solange er es riskieren konnte. Unterdessen prüfte er die Steuerung, die einwandfrei zu funktionieren schien. Der Mechaniker, der Huttens Expedition begleitet hatte, schien etwas von seinem Job verstanden zu haben. Jack nickte dankbar.

»Bereit, Skipper«, meldete Otto, als er wieder an Bord war und den Bugeinstieg geschlossen hatte.

»Schnallt euch an!«, rief Jack zu ihm und Casey hinab. »Das könnte ein bisschen holprig werden …«

Dann gab er Schub.

Die 750 Pferdestärken der Isotta-Fraschinis liefen röhrend an und trieben das Flugzeug über das Wasser. Die Steuerung reagierte leichter und sehr viel empfindlicher, als Jack es bei einer Maschine dieser Größe angenommen hatte. Vielleicht, unter anderen Voraussetzungen, hätte es ihm sogar Freude gemacht, sie zu fliegen.

Jack drehte das Flugzeug in den Wind und beschleunigte, und während die Felswand über dem Wasserfall endgültig einstürzte und den einstmals so majestätischen Katarakt in ein Chaos aus Nebel und Gischt verwandelte, zog Jack das Steuer an sich heran, und die S 55 hob vom Wasser ab.

Die den See umgebenden Felswände zwangen ihn dazu, die Maschine in steilem Winkel emporzuziehen.

»Sorry, altes Mädchen«, knurrte er, als die Konstruktion ächzend protestierte. »Ich hoffe, wir können trotzdem Freunde werden …«

Im nächsten Moment war das Flugzeug bereits über die Höhe der Felswände hinaus und stieg über das Plateau. Jack beschrieb eine enge Kurve, um einen Blick nach unten zu werfen. Der Anblick war überwältigend.

Dort, wo sich die Höhlen und Stollen der verborgenen Festung befunden hatten, war der Boden eingebrochen. Ein halbrunder, zum See hin offener Krater war dabei, sich zu bilden und den Dschungel darüber zu verschlingen.

Jack brachte die Maschine rasch höher, um nicht in die Staubwolken zu geraten, die vom Krater aufstiegen und erahnen ließen, welch furchtbare Zerstörungskräfte dort unten am Werk waren. Die Savoia-Marchetti drang in die Wolken vor, die als orangerote Schleier über dem Plateau lagen und es zunehmend verhüllten, je weiter es in der Tiefe zurückfiel – und mit ihm auch der Schatz von El Dorado.

»Was für ein Irrsinn«, kommentierte Jack.

»Das kannst du laut sagen«, rief Otto von unten herauf. »Da fliegen wir doch tatsächlich um die halbe Welt, werden um ein Haar erstochen, erschossen, aufgefressen und erschlagen – und das alles nur, um eine französische Maschine gegen eine italienische zu tauschen!«

EPILOG

Charleston
Zehn Tage später

»Nun, Mr. Kelley?«

Jack schlug die Augen auf.

Draußen war es hell geworden, aber lange konnte er nicht geschlafen haben, eine Stunde allenfalls. Es war spät geworden, sehr spät …

Sie hatten ausgiebig gefeiert, zuerst in einem feinen Lokal in der Wentworth Street, in das Casey sie eingeladen hatte; später dann in einer Bar an der Waterfront, in der Theodore Goldstones Tochter ihren verblüfften männlichen Begleitern vorgeführt hatte, wie viel Tequila sie vertragen konnte; und zuletzt, nachdem Otto sich Pfeife rauchend und mit heftiger Schlagseite verabschiedet hatte, bei Casey zu Hause. Zwar herrschte dort noch immer Chaos, doch nach allem, was geschehen war, war ihnen das schlicht gleichgültig gewesen, genau wie vieles andere. Inzwischen zog ein neuer Tag herauf, und die ersten fahlen Sonnenstrahlen tauchten die blitzweißen Häuser von Charleston in helles Licht.

»Was soll sein?«, fragte Jack, während er in das hübsche, von dunklem Haar umrahmte Gesicht blinzelte, das auf ihn herabsah.

»Fühlt es sich noch immer falsch an?«, wollte Casey wissen. Sie lag auf ihm, nackt, wie Gott sie geschaffen hatte, nur das dünne Laken war zwischen ihnen.

»Kann ich nicht behaupten, nein«, musste Jack zugeben.

Sie lächelte und küsste ihn sanft auf den Mund. Dann erhob sie sich, schwang sich aus dem Bett und trat ans Fenster, um die Morgensonne zu begrüßen. Jack konnte nur hoffen, dass unten auf der Straße nicht gerade der Zeitungsjunge vorbeikam – bei diesem Anblick wäre er vermutlich vom Rad gefallen.

Von einem Haken an der Tür nahm Casey einen Hausmantel aus beigefarbener Seide und warf ihn sich über. Dann ging sie zum Beistelltisch und steckte sich eine Zigarette an. Nach wenigen Zügen kehrte sie zu Jack zurück. Sie setzte sich auf die Bettkante und ließ ihn ebenfalls einen Zug nehmen.

Jack nickte dankbar. Wobei ihm ein ordentlicher Schluck Whiskey noch lieber gewesen wäre.

Es fühlte sich seltsam an, nach allem, was geschehen war, nun wieder hier zu sein. Die Ereignisse in Afrika, ihr Flug über den Atlantik, ihre Erlebnisse im südamerikanischen Dschungel und selbst die Flucht aus der Festung – all das schien weit hinter ihnen zu liegen, auch wenn in Wahrheit nur einige Tage vergangen waren. Nun war ihr Abenteuer zu Ende. Sie waren zurück in der Zivilisation, aus dem Radio säuselte *You and the night and the music*, und ihnen beiden war klar, dass die Stunde des Abschieds nahte, so unvermeidbar wie der neue Tag, der über der Stadt heraufzog.

»Es tut mir leid«, sagte Casey leise.

»Jetzt schon?«

»So meine ich es nicht.« Sie lächelte schwach und nahm einen weiteren Zug. »Es tut mir leid, dass alles vergeblich gewesen ist. Ihr habt euer Geld nicht bekommen.«

»Nein«, gab Jack zu, »aber was soll's? Oz und ich waren noch nie auf Rosen gebettet, was das betrifft. Außerdem haben wir ein neues Flugzeug, also hat zumindest einer von uns einen guten Schnitt gemacht.«

»Und einen neuen Motor, an dem er schrauben kann«, fügte Casey lächelnd hinzu. »Auch wenn er sich in Zukunft über das italienische Fabrikat beschweren wird.«

»Zweifellos.« Jack grinste.

»Wohin werdet ihr gehen?«, fragte sie.

»Wohin der Wind uns weht.«

»Wieder nach Nordafrika?«

»Kaum.« Er schüttelte den Kopf. »Solange Rochas sein Geld nicht bekommen hat, ist unser Leben dort keinen Schuss Pulver wert, also lieber woandershin.« Jack schnitt eine Grimasse, das Thema gefiel ihm nicht besonders. »Und du?«, fragte er, um es rasch zu wechseln. »Was wirst du als Nächstes tun?«

»Ich weiß es nicht«, sagte sie, während sie die Zigarette im Ascher ausstieß. »Zum allerersten Mal in meinem Leben weiß ich nicht, was ich als Nächstes tun werde, und weißt du was? Eigentlich gefällt mir das ganz gut.«

»Du könntest die Arbeit deines Vaters fortsetzen«, schlug Jack vor. »Jetzt, wo Hutten und die Sektierer tot sind, hast du nichts mehr zu befürchten. Und nach allem, was wir im Dschungel gefunden haben …«

»Das könnte ich«, bestätigte sie. »Aber vielleicht will ich das ja gar nicht. Vielleicht«, überlegte sie, »bin ich mein Leben lang nur den Träumen von jemand anderem nachgelaufen, statt meine eigenen zu verfolgen.«

»Dann wird es höchste Zeit dafür«, forderte Jack sie auf. »Schließlich bist du jetzt Amerikanerin, und als solche hast du ein Recht darauf, dein Glück zu suchen. Steht sogar in der Verfassung«, fügte er feixend hinzu.

»Dann sollte ich gleich damit anfangen«, sagte sie.

Mit einem verführerischen Lächeln beugte sie sich zu ihm herab, und ihre Lippen begegneten sich in einem innigen Kuss, während sie gleichzeitig den Seidenmantel abstreifte. »Und wer weiß«, flüsterte sie Jack ins Ohr, während sie ihre Beine um seinen nackten Körper schlang, »vielleicht fliegst du ja noch einmal mit mir um die halbe Welt, Skipper.«

ENDE

Mensch oder ... Maschine?

Andreas Eschbach
DER LETZTE
SEINER ART
Thriller
DEU
352 Seiten
ISBN 978-3-404-18023-3

In einem kleinen irischen Fischerdorf lebt ein Mann, der ein Geheimnis hütet. Nein, mehr als das, er ist das Geheimnis.

Sie hatten ihm übermenschliche Kräfte versprochen. Stattdessen wurde er zum Invaliden. Er hatte gehofft, ein Held zu werden. Stattdessen muss er sich vor aller Welt verbergen. Denn Duane Fitzgerald ist das – fehlgeschlagene – Ergebnis eines geheimen militärischen Experiments. Für seinen Opfermut erhielt er die Freiheit, den Rest seines Lebens dort zu verbringen, wo er es sich wünschte. In Ruhe und Frieden. Im Gegenzug musste er sich verpflichten zu schweigen.

Doch es gibt da jemanden, der sein Geheimnis kennt – und er ist ihm bereits auf der Spur.

Lübbe

Er sucht dich. Er findet dich. Er jagt dich.

Nadine Matheson
JIGSAW MAN - IM
ZEICHEN DES KILLERS
Thriller
Aus dem Englischen
von Rainer Schumacher
480 Seiten
ISBN 978-3-404-18057-8

Der menschliche Körper ist ein wunderbares Puzzle, einzigartig in seiner Präzision und seiner aufeinander abgestimmten Perfektion!

Der Jigsaw Man liebt Puzzles über alles. Doch ein perfektes Puzzle ist nur eines, das in seine Einzelteile zerlegt ist. Nur so kann er die wahre Schönheit erkennen - indem er jedes Teil für sich betrachtet. Hände, Füße, Beine, Arme, Köpfe. Welche Freude! Und wahre Freude muss man teilen, nicht wahr? In der ganzen Stadt ...

Wirst du sein nächstes Opfer sein?

Lübbe